Klaus Schlesinger

Die Seele der Männer
Die Erzählungen

Aufbau-Verlag

Mit einem Gespräch mit Klaus Schlesinger

ISBN 3-351-02965-9

1. Auflage 2003

Einbandgestaltung visàvis, Wulf Winckelmann
Druck und Binden GGP Media, Pößneck
Printed in Germany

www.aufbau-verlag.de

Die Seele der Männer

Zu diesem Roman

Klaus Schlesinger war einer der Autoren, die über neue Projekte reden müssen, um sich dem Stoff zu nähern und herauszufinden, wie er am besten erzählt werden könnte. Nachdem er den Roman »Trug« beendet hatte, war er sich unschlüssig, ob er als nächstes eine Erzählung über die letzten Stunden Heinrich von Kleists – darüber hatte er bereits vor Jahren ein Hörspiel geschrieben – oder einen Roman über die Erfahrungen eines jungen Mannes im Berlin der fünfziger Jahren beginnen sollte. Dieses Projekt hieß bei ihm ironisch »Die Liebe in den Zeiten volkseigener Betriebe« oder einfach nur »VEB«, und es war bald zu merken – an der Art, wie er davon sprach, aber auch daran, wie oft er es erwähnte –, daß ihn »VEB« viel mehr beschäftigte. Im Zentrum des Romans standen nicht nur erste Erfahrungen des Siebzehnjährigen mit der Liebe, sondern es sollten auch Konflikte im Betrieb geschildert werden.

Relativ rasch entstanden die ersten Kapitel: zunächst das fünfte, gefolgt vom sechsten und ersten bis dritten. Mit dem vierten Kapitel sollte die Lücke geschlossen werden, um dann chronologisch weitererzählen zu können, wie sich die Liebesgeschichte zwischen Brehm und Bea entwickelt.

Beim letzten Gespräch zu diesem Roman sagte Klaus Schlesinger, Brehms Kollege würde erklären, daß die Seele der Frau ihre Haut sei.

Was oder wo die Seele der Männer wäre, deutete er nur an.

1. Kapitel

1

Mit Frauen hatte Brehm keine Probleme. Wenns darum geht, sagte er zu André auf dem Hof vor der Lackkammer in seinem lässigsten Tonfall, könnte er an jedem Finger zehn haben. Aber woher weiß man, welche die richtige ist?

Sie saßen auf Harzfässern, baumelten mit den Beinen und pafften den Rauch ihrer Zigaretten in den dunstigen Morgen. Eben hatte Brehm das Protokoll für die laufende Charge überbracht, von ihm selbst unterzeichnet. Seit er allein im Labor war, blieb ihm gar nichts anderes übrig, als die Protokolle eigenhändig zu unterzeichen, auch wenn er noch *Stift* war. Jedesmal, wenn er seinen Namen in die rechte untere Ecke setzte, fühlte er sich ein Stück gewachsen.

Gerade weil es so viele sind, ist es schwer, sagte André, der trotz der Kühle nur ein Turnhemd trug, das seine tätowierten, außergewöhnlich muskulösen Oberarme sehen ließ.

Brehm wiegte den Kopf. Er wollte auf ein bestimmtes Thema hinaus, wußte aber nicht, wie, und warf so leicht hin, ob André denn nie Schiß habe.

Wovor Schiß? Daß du hängenbleibst bei einer?

Brehm zog an seiner Zigarette.

Abhauen kannst du jederzeit, sagte André.

Das meinte Brehm nicht. Brehm meinte, daß man sich eine Menge einfangen kann, heutzutage. Davor hatte er Schiß.

André lachte auf. Dafür gibts doch Mittel. In jeder Apotheke. Sogar im Seifenladen.

Aber, sagte Brehm zögernd, manchmal kommts ja ganz plötzlich, und du hast nichts bei, ich meine, zur Sicherheit.

Aus der halboffenen Tür zur Lackkammer hörte man die Hammerschläge, mit denen der lange Adolf die Ringe von den Kunstharzfässern schlug, deren Dauben sich dann sprungartig öffneten, als blühten sie auf.

Kein Problem, sagte André. Brehm dürfe nur nicht vorher Wasser lassen. Nie Wasser lassen vorher! Und wenn du mit allem fertig bist, gehst du um die Ecke, hältst die Vorhaut zu und schiffst los! Verstehst du?

Brehm nickte, obgleich er nichts verstand.

Wenn du es nicht mehr aushalten kannst, aber erst dann, sagte André, mußt du loslassen.

Am anderen Ende des schmalen Hofes tauchte die Gestalt des Technischen Leiters auf, der Konrad Stache hieß und auf der Rangliste der Fabrik gleich hinter dem Werkleiter stand. Beide, André wie Brehm, rutschten wie auf Kommando, aber auch nicht übermäßig eilig, von den Fässern herunter.

Verstehst du, sagte André und spuckte in die Hände, durch den Druck wird alles rausgeschleudert, alle Bakterien und das ganze üble Zeug. Das haben wir beim Kommiß immer so gemacht, und es hat immer geklappt.

André war mit achtzehn schon Panzerfahrer bei der Wehrmacht gewesen.

Er wuchtete das Faß, auf dem er eben noch gesessen hatte, zur Seite, aber statt es zu rollen, wie alle es taten, stemmte er es mit beiden Armen in Brusthöhe und schleppte es mit nach hinten geneigtem Oberkörper und entenhaftem Gang Richtung Lackkammer. Seine Muskeln waren aufs äußerste gespannt, und seine Augen traten ein wenig aus den Höhlen.

Brehm trat seine Zigarette mit der Fußspitze aus und grüßte den Technischen Leiter, der so tat, als hätte er nicht bemerkt, daß sie vor der Lackkammer geraucht hatten, mit einer leichten Verbeugung.

2

Nein, mit Frauen hatte Brehm keine Probleme, das konnte er sich jeden Tag beweisen. Wenn er aus der Lackkammer zurückkehrte in sein Labor, machte er sich auf einem Zettel ein paar flüchtige Notizen über die noch zu erledigenden Arbeiten, zwei, drei Bestimmungen des Aschegehalts von Kondensatorenpapier, die in einem Quarztiegel unter dem mächtigen Exhauster vorgenommen wurden; ein paar Viskositätsmessungen von Kondensatorenöl in einem Gerät, das nach einem gewissen Höppler benannt war und in dem er die Zeitspanne des schwebenden Falls einer Glaskugel zwischen zwei Markierungen bei genau eingestellter Temperatur von 30 Grad Celsius zu registrieren hatte.

Kurz nach zehn langte er sich, wie jeden Tag, irgendeinen Aktendeckel vom Tisch im Büro, fuhr sich noch einmal mit der Hand durchs Haar und begann seinen Rundgang durch die Fabrik. Mit federndem Schritt, den weißen, schon ein wenig fleckigen Kittel halb geöffnet, nahm er zuerst den Weg durch die Fräserei, schmetterte ein fröhliches Guten Morgen in den sirenenartig singenden Maschinenlärm, den die Frauen, die hinter den Bohrmaschinen und Fräsen saßen, so spontan und ebenso fröhlich erwiderten, daß es ihm vorkam, als läge ein Lächeln des Wohlwollens über der kleinen Halle, ganz so, wie er es noch aus der Zeit der großen Feste kannte, wenn er, schon biertrunken, beim Abklatschwalzer von einem Arm in den anderen fiel. Entdeckte er die rundliche Charlotte, die nun schon das dritte Kind bekommen hatte, hob er die Hand zum Gruß oder ging sogar zu ihr hin, wechselte ein paar Worte übers gegenseitige Befinden und erinnerte sich, wie sie ihm auf dem sagenhaften Fest, bei dem der Professor mit Tante Anna in der Sanitätsstube verschwand, beigebracht hatte, wie man richtig küßt, ehe er seinen morgendlichen, durch nichts als den Zeitvertreib gerechtfertigten Gang durch Lackiererei, Kesselhaus, Kondensatorenhalle und Wickelei fortsetzte. Nur wenn er irgendwo den strengen Herrn Walther, den Oberingenieur, in ein fachliches Gespräch vertieft sah, schwenkte er schnell zum Bau der Technischen Abteilung und schaute bei Ilona Kreutziger vorbei, plazierte sich neben ihrem Schreibtisch, parlierte ein bißchen, nahm den Duft ihrer vollen roten Haare auf, lugte so unauffällig wie möglich in den Ausschnitt ihres Kleides, jeden Moment bereit, den Raum zu verlassen, wenn der strenge Herr Walther ihn wieder betrat.

Zwei Abteilungen mied Brehm konsequent, die Kleberei und die Presserei. Von der Kleberei, die gegenüber seinem Labor lag, war betriebsweit bekannt, daß die Frauen ihren Ehrgeiz darin setzten, jedem Mann, sogar dem abgebrühtesten, einen roten Kopf zu machen. Brehm selbst hatte es erfahren, als er, noch neu im Betrieb, aus purem Interesse an der Technologie die Halle betrat, in der drei Dutzend Frauen, über Leuchttische gebeugt, Glimmerplättchen zu großen Platten zusammenlegten, die lackiert und später gepreßt wurden. Wegen der großen Hitze waren die Frauen nur leicht bekleidet, Brehm wußte gar nicht, wo er hingucken sollte, wozu ihm auch wenig Gelegenheit blieb, denn gleich nach seinem Eintritt wurden ihm die abschätzigsten Blicke und Bemerkungen zuteil, von denen die Feststellung, nun habe man wieder Frischfleisch, oder die Aufforderung, für einen richtigen Hacker brauche er ein wenig Speck auf die Rippen, noch die harmlosesten waren, so daß er sofort den Rückzug antrat, natürlich mit feuerrotem Kopf.

Die Presserei betrat er nur, wenn es nicht anders ging. Sie lag mitten in der Fabrik, war sozusagen ihr Herz und ihr Übel. Hier wurden die lackierten, auf Format geschnittenen Papierbögen zwischen blinkende eingefettete Bleche gepackt und von mächtigen Maschinen bei 200 Grad und 120 atü so lange gepreßt, bis das Kunstharz polymerisiert, also ausgehärtet, war. Hier entstand dieser üble, beißende Gestank, der sich über alle Räume legte, durch alle Ritzen drang, in jeden Garderobenschrank, in jedes Stullenpaket, in die Haare, in die Strümpfe und sich dort festsetzte, eklig und unausrottbar. Am Anfang seiner Tätigkeit hatte Brehm geglaubt, er könne sich nie daran gewöhnen, und als er an einem Wochenende mit Paczoska und den anderen in Wilhelmsruh tanzen ging und eine außerordentlich attraktive Blondine mit kunstvoll toupiertem Haar, die schon zwei Körbe gegeben hatte, erfolgreich zu einem Tango aufforderte, diese aber, nach zwei, drei Drehungen, von ihm abrückte und mit pikierter Stimme fragte: Arbeiten Sie im Krankenhaus? – da hatte Brehm ernsthaft überlegt, ob es möglich wäre, die Lehrstelle zu wechseln. Er begann daraufhin Arbeits- und Freizeitkleidung scharf zu trennen und sich nach Feierabend immer von oben bis unten zu waschen, aber der Geruch verfolgte ihn bis in den Schlaf hinein. Erst als ihm seine Mutter nach eingehender Geruchsprüfung seines guten Anzuges hoch und heilig versicherte: Junge, ich rieche absolut nichts!, fuhr er am Wochenende mit Paczoska und den anderen wieder nach Wilhelmsruh, trank aber nur Bier und hielt sich beim Tanzen auffällig zurück. Um die Presserei schlug er bis heute einen großen Bogen.

Brehms Rundgang dauerte knapp vierzig Minuten, ehe er, nach einem kurzen Stopp bei dem Schnelldreher, der immer eine Zigarette für ihn übrig hatte, in seinem Labor eintraf. Dann waren es noch anderthalb Stunden bis zur Mittagspause.

3

Der Umgang mit Männern fiel Brehm schwerer, besonders in der ersten Zeit seiner Berufstätigkeit als Lehrling, wo er voller Offenheit und Neugier zu seinen Expeditionen in den Körper des Betriebes aufgebrochen war. Traf er bei dem weiblichen Teil der Belegschaft, gleich welchen Alters und abgesehen von den Glimmerfrauen, grundsätzlich auf Sympathie, die höchstens einmal mit mildem oder gar liebevollem Spott gewürzt war, begegnete ihm der männliche Teil mit offener Zurückhaltung, manchmal, fand er, mit Verachtung. Seine Vermutung, es läge an seiner weißen Arbeitskleidung, die ihn, wie alle Mitarbeiter des technischen Bereichs, von dem vorherrschenden Blau der Blusen, Kombinationen und Kittel abgrenzte, bestätigte sich nicht. Als er sich von dem Hilfslaboranten einen blauen, ihm etwas zu eng sitzenden Arbeitsmantel ausgeliehen hatte, waren die Antworten der Arbeiter auf seine Fragen ebenso knapp und geknurrt ausgefallen, wie wenn er ihnen, die Hände in den Taschen, im weißen Kittel bei der Arbeit zuschaute. Mehrmals war es ihm geschehen, daß ein Einrichter namens Roloff, wenn Brehm vorbeilief, mit höhnischem Ton in der Stimme gefragt hatte, ob der Herr heute wieder spazierenginge? Brehm war sich nicht bewußt, warum er sich von den anderen, meist Angestellten, unterschied, die, wie er beobachtet hatte, jeden Vormittag durch den Betrieb wanderten, mal hier, mal dort stehenblieben zu einem Gespräch, dessen privater Charakter schon durch häufig aufwallendes Lachen kenntlich wurde, bis ihm auffiel, daß niemand die Hand in der Tasche hatte und alle etwas trugen, sei es ein Werkstück, sei es ein Aktendeckel, und sie so ihren Wegen den Anschein des Offiziellen gaben.

Womit Brehm nicht zurechtkam, war die Tonlage, in der die Blaugekleideten mit ihm sprachen. Sie hatte, fand Brehm, etwas Lästerndes, Verletzendes an sich. Besonders wenn sie in Gruppen auftraten, schienen sie keine Gelegenheit auszulassen, um sich auf Kosten anderer mit einem polternden, groben Lachen zu amüsieren. Einmal, Brehm war durch die Schlosserei gegangen, bat ihn ein Werkzeugmacher, der gerade an einem Metallstück feilte, mit drängender Stimme, ob er mal schnell das vernickelte Augenmaß herbeischaffen könne. Brehm war so voller Bereitschaft, dem Arbeiter, der nicht viel älter war als er, eine Gefälligkeit zu erweisen, daß er gleich losstürmte. Erst als er am Schalter der Werkzeugausgabe den Wunsch laut vortrug, merkte er, auf welch einen dummen Scherz er hereingefallen war.

Am unangenehmsten waren ihm die Anspielungen auf seine Körperlichkeit. Brehm war dünn und hoch aufgeschossen, er überragte die meisten seiner Kollegen um mindestens einen halben Kopf, hatte einen schlaksigen Gang, und seine Bewegungen wurden noch ungelenker, wenn er einen Raum betrat und die Blicke der Anwesenden auf sich spürte. In dieser Zeit trat er mit Paczoska und den anderen dem Boxverein Empor Nord bei, wo sie zweimal in der Woche an Sandsäcken und Punchingbällen trainierten, und obgleich Brehm undeutlich spürte, daß er wenig Talent zu einem Spitzensportler hatte, veränderte sich sein Körper, sein Gang wurde federnder, seine Haltung herausfordernder, und dann dauerte es nicht mehr lange, bis er den Ton der Fabrik gefunden hatte und auf die

Frage: Na, wie gehts, Langer? mit einem lässigen: Letztes mal gings noch! antworten konnte.

Bei all seinen Schwierigkeiten im Umgang mit den Kollegen hatte es Ausnahmen gegeben, Männer, bei denen er auf den ersten Blick Sympathie verspürte. André zum Beispiel, der zehn Jahre älter war als er, ihm aber wie seinesgleichen gegenübertrat, ja sogar einen gewissen Respekt vor Brehms schnell erworbenen Kenntnissen in der Isolierstoff-Fertigung zeigte; oder Herbert Probst genannt Archibald, ein technischer Zeichner, der im französischen Sektor wohnte und nicht nur wegen seines Status als Grenzgänger der Schwarm aller Frauen, besonders Ilona Kreutzigers, war. Oder Paulchen Novak von der Gewerkschaft, der eine gutgehende Betriebsehe mit der Vorarbeiterin der Glimmerfrauen führte und Brehm in der Zeit der großen Feste über die ihm zustehende Ration mit Essen- und Freibiermarken versorgt hatte, sich an seinem Befinden aber auch sonst interessiert zeigte, indem er ihn einmal an den Arm nahm und mit bedeutungsvoller Stimme sprach: Junge, wenn du mal Schwierigkeiten hast, du weißt, wo Paulchen sitzt!

Am meisten beeindruckt hatte ihn aber die Begegnung mit Konny Sander, auch wenn sie, am Tag seiner Bewerbung, nur von kurzer Dauer war.

4

Das Jahr vor dem Eintritt in das Berufsleben hatte für Brehm katastrophal begonnnen. Zuerst verlor er auf dem Weg zu einem Fußballspiel im Oberdeck eines Autobusses der Linie 40 seine neue schweinslederne Brieftasche mitsamt dem Geld, das er zu Weihnachten und zum Geburtstag geschenkt bekommen hatte, 120 Ost- und 5 Westmark, vor dessen Mitnahme ihn seine Mutter ausdrücklich gewarnt hatte: Junge, führe nie dein gesamtes Geld mit dir! Dann erwischte man ihn, als er in seiner Klasse ein paar bunte Propagandabroschüren für den Marshallplan verteilte, die er bei einem Gang zur Maidemonstration im britischen Sektor kostenlos angeboten bekommen und unter der Jacke in den Osten geschmuggelt hatte. Brehm wurde vom Unterricht in der Heinrich-Schliemann-Oberschule sofort suspendiert, und seine Mutter mußte ihn unter der Drohung, man würde die Sache sonst nach oben melden müssen, von der Schule nehmen. Von einer Woche auf die andere kam er in die entsprechende Klasse einer Grundschule, wo er mit seinem Wissensvorsprung derart glänzte, daß ihm die Lehrerschaft glaubwürdig und überzeugend versicherte, sie werde alles tun, um seine Deklassierung rückgängig zu machen. So war er voller Hoffnung und kümmerte sich nicht weiter um seine Zukunft, so daß er, als alle Versuche, ihn in einer weiterführenden Schule unterzubringen, wider Erwarten ergebnislos blieben, am Ende des Schuljahres ohne jede Perspektive dastand und in eine sogenannte berufsbildende Klasse gelenkt wurde, in der die gescheiterte Jugend des Stadtbezirks versammelt war und auf eine neue Chance wartete. Sie kam für Brehm in Gestalt des Schildermalers Lefty, eines Freundes von Paczoska, der, von Brehms Schicksal informiert, eines Novembertages ganz aufgeregt auf ihn zulief und die Worte sprach: Du wolltest doch immer Chemiker werden. Bei uns in der Bude suchen sie einen Lehrling fürs Labor!

Vier Wochen vor Beginn des neuen Jahres fand sich Brehm vor dem Tor des Volkseigenen Betriebes IKO in Berlin-Weißensee ein, in seiner Aktentasche ein formloses Bewerbungsschreiben, ein Lebenslauf und das Abschlußzeugnis der 8. Klasse. Beim Pförtner nahm ihn der Schildermaler in Empfang und führte ihn in die Personalabteilung, die ein

Stockwerk über der Werkleitung lag, stellte ihn beim Leiter der Abteilung vor: Das ist der Kollege, von dem ich Ihnen erzählt habe! und verschwand mit der Bemerkung, er werde in der Kantine auf Brehm warten.

Brehm, im Hochgefühl einer bald beginnenden neuen Existenz, durfte Platz nehmen auf dem Stuhl neben dem Schreibtisch; der Kaderleiter namens Schulzendorf, ein massiger Mann mit groben, aber gutmütigen Gesichtszügen, begann Brehms Unterlagen zu überfliegen, nickte mehrmals anerkennend, sah ihn mit ernstem Blick an, seufzte mit bedauerndem Unterton und erklärte Brehm, daß man zwar tatsächlich an die Einstellung eines Lehrlings für das Labor gedacht habe, aber nicht zu diesem Zeitpunkt, denn erstens sei der Professor, der die Entscheidung treffe, zur Zeit in Urlaub, und zweitens habe er, der Professor, es zur Bedingung gemacht, daß eine Einstellung erst dann in Frage komme, wenn ein neuer Arbeitsplatz, also ein Labortisch, eingerichtet sei, und dafür seien die Mittel leider noch nicht bewilligt. Sosehr er, der Kaderleiter, es befürworten würde, daß Brehm diese Stelle bekäme, auch schon wegen der drängenden Empfehlung des Kollegen Schildermalers – leider, leider ...

Brehm biß die Zähne zusammen, um nicht vor lauter Enttäuschung loszuheulen. Er wollte sich schon erheben, als eine Sekretärin durch die Tür trat und wortlos zwei Kaffeetassen auf den Schreibtisch stellte.

Bohnenkaffee, sagte der Kollege Schulzendorf, trank ein paar Schlucke und fuhr mit leicht erhobener Stimme fort, Brehm solle nicht enttäuscht sein, denn wie er sicher wisse, brauche der Aufbau viele Hände an vielen Orten, und er wolle ihm deshalb eine andere, nicht weniger reizvolle Perspektive eröffnen.

Brehm, der an seiner Kaffeetasse nippte, sah ihn mit fragendem Blick an.

Wie wäre es zum Beispiel mit dem schönen und aussichtsreichen Beruf des Schlossers?

Nein, sagte Brehm schroffer, als er wollte. Auf keinen Fall.

Der Kollege Schulzendorf hob beschwichtigend die Hände und fragte ganz vorsichtig: Oder Dreher?

Brehm schüttelte den Kopf.

Der Kollege Schulzendorf seufzte. Dann habe er nur noch eines zu bieten, allerdings etwas Exklusives, sozusagen den König unter den Metallarbeitern, sehr begehrt überall und gar nicht so einfach zu bekommen.

Er machte eine bedeutungsvolle Pause und sah Brehm fest in die Augen: Den Werkzeugmacher.

Ich möchte nur ins Labor, sagte Brehm und nahm seine Aktentasche auf den Schoß.

Junge, du kannst es einem aber auch schwermachen!

Noch einmal griff sich der Kollege Schulzendorf Brehms Papiere, drehte das Zeugnis hin und her, hielt es sogar schräg gegen das Licht, als wolle er es auf eventuelle Manipulationen hin untersuchen.

Brehm schöpfte Hoffnung. Es war das beste Zeugnis, das er je bekommen hatte.

Sechs Einsen, sagt der Kollege Schulzendorf beeindruckt.

Sieben, sagte Brehm leise.

Der Kollege Schulzendorf warf noch einen Blick auf Brehms Lebenslauf.

Und Arbeiterklasse, sagte er wie geschlagen. Dein Vater war also Expeditionsgehilfe.

Brehm nickte.

Und du willst unbedingt nur ins Labor?

Brehm nickte mehrmals und nachdrücklich.

Dann soll es so sein, sagte der Kollege Schulzendorf entschlossen und hielt Brehm die Hand hin. Den Ärger werde ich ausfechten müssen!

Brehm, errötet über die glückliche Wendung, stand auf und bedankte sich beinahe überschwenglich, aber bevor er sich seinem Glücksgefühl hingeben konnte, hörte er den Kollegen Schulzendorf fragen, ob er, Brehm, schon in der FDJ sei?

FDJ? fragte Brehm ganz verdattert und verneinte.

Dann gehst du jetzt in die Schlosserei, da sitzt der Jugendfreund Klinke und … Oder warte mal.

Der Kollege Schulzendorf griff zum Telefon, wählte eine Nummer und rief in den Hörer: Fritz, komm mal gleich rauf. Wir haben eine Neuaufnahme.

2. Kapitel

1

Wenn man sie von fern hörte, hatte die Fabriksirene einen dunklen, fast wehmütigen Ton. Brehm hatte sie als unverwechselbares Signal in seinem Gedächtnis gespeichert wie den satten, flappenden Knall der Eisentür des Labors oder die Schritte seiner Mutter, wenn sie die letzten Stufen der Treppe heraufkam.

Mittags war die Sirene dreimal zu hören, um zwölf, um halb eins und um eins. Weil die Kantine durch den Einbau einer Bühne mit karminrotem Samtvorhang für Kultur- und sonstige Veranstaltungen nicht allen Beschäftigten zur gleichen Zeit Platz bot, war die Pause geteilt worden. Um zwölf gingen die Verwaltung und die Produktion, ausgenommen die Kondensatorenabteilung, zum Essen, um halb eins die technischen Mitarbeiter und die Beschäftigten der Kondensatorenabteilung. Mit der Zeit war eine gewisse Vermischung eingetreten, es waren Freundschaften entstanden oder sogenannte Betriebsehen, Paare, die in der Fabrik unzertrennlich schienen, sich aber nach Feierabend vor dem Fabriktor oder spätestens an der Straßenbahnhaltestelle trennten und ihre eigenen Wege gingen. Meist hatten sie sich innerhalb der Arbeitsbereiche gebildet oder waren in der gleichen Essensschicht wie etwa Paulchen und die kleine Frau Horst. War es mit dem Arbeitsrhythmus auch nur einigermaßen vereinbar, richtete man seinen Mittagsgang konsequent nach den persönlichen Bedürfnissen, von Meistern und Abteilungsleitern stillschweigend gebilligt.

Brehm ging in der zweiten Schicht zum Essen, was ihm schon deshalb entgegenkam, weil es ihm öfter gelang, am Tisch des Prüffeldes Platz zu finden, an dem Ilona Kreutziger saß. Zum zweiten konnte er am Ende der Pause, wenn in den grünen Kesseln etwas übriggeblieben war, von Tante Anna, die das Essen austeilte, einen Nachschlag ergattern.

Diesmal räumte er seine Sachen schon früher zusammen und stand eine Viertelstunde nach zwölf an der Essenausgabe. Er hatte irgendwo bewundernde Worte über eine neue Buchhalterin aufgeschnappt, aber es war ihm bisher nicht gelungen, sie in Augenschein zu nehmen. Offenbar saß sie mit dem Eifer der Neueingestellten schon wieder am Arbeitsplatz, wenn Brehm kurz vor halb eins die Kantine betrat.

Erfreulicherweise gab es paniertes Kotelett mit Mischgemüse und Salzkartoffeln, und während Tante Anna ihm den Teller füllte und in einer flachen Kasserolle nach dem größten Stück Fleisch stocherte, suchte er in der lärmenden, über die Teller gebeugten Menge nach einem fremden Gesicht, entdeckte auf den zweiten Blick einen hohen Rücken, der ihm unbekannt war, darüber pechschwarzes, zu einem Knoten gebundenes Haar. Er lief vorsichtig, den von Tante Anna bis zum Rand gefüllten Teller in der Hand, durch den Mittelgang und fand einen Eckplatz schräg gegenüber dem Tisch der Buchhaltung, grüßte die am Tisch sitzenden Kollegen aus der Wickelei mit einem Kopfnicken und einem knappen: Mahlzeit! und lugte, während er die Kartoffeln zerkleinerte, ein paarmal kurz durch die Lücke zwischen den Schultern seiner Gegenüber. Er sah in ein rundes Puppengesicht mit brandroten, gespitzten Lippen, das den Gesprächen der Umsitzenden aufmerksam zugewandt war. Brehm verzog seinen Mund und widmete sich dem Essen, aber als die junge Frau vom Tisch aufstand, folgte er ihr mit den Blicken bis zur Geschirrablage. Sie trug einen dunkelblauen Rock zu einer hellen Bluse und war rank wie eine Birke.

Nicht von der Bettkante zu weisen, sagte der Wickler neben ihm. Oder?

Geschmackssache, antwortete Brehm. Aber schöne Haare hat sie.

Haare! Der Wickler lachte und erhob sich mit dem Ton der Sirene. Ick denke mehr an den Arsch.

2

Der Wechsel der Essensschicht vollzog sich reibungslos wie jeden Tag, Brehm sah Ilona zusammen mit dem strengen Herrn Walther kommen und winkte ihr zu, kurz danach erschien die Abteilung Konstruktion mit Herbert Probst genannt Archibald und den Jungingenieuren. Brehm hoffte, daß sich einer zu ihm setze, aber er blieb allein am Tisch, und so entschloß er sich, seine Mittagszigarette in Leftys Kabuff zu rauchen. Er trug sein Geschirr zur Ablage, warf Tante Anna noch eine Kußhand zu und schlug einen weiten Bogen über den großen Hof. Auf der Höhe der Pendeltür, die zu den flachen Hallen führte, fiel ihm ein, daß es damals, bei seiner ersten Begegnung mit der Fabrik, ebenfalls Mittagszeit gewesen war und daß er über den unerwartet einsetzenden Ton der Sirene, die sich an dieser Stelle scharf, fast böse anhörte, ebenso erschrocken war wie über die ihm entgegenströmende Menge lachender und schwatzender Frauen mit rätselhaft glitzernden Kittelschößen und so herausfordernden Blicken, daß er die Augen niederschlagen mußte.

Damals hatte Lefty tatsächlich in der Kantine auf ihn gewartet und lotste ihn nun mit dem Stolz des Eingeweihten durch die Fabrik, zeigte auf diese oder jene Maschine und machte Bemerkungen, die Brehm, ohne sie zu verstehen, mit einem Aha! oder Ah so! quittierte. Er war noch ganz verwirrt von der Tatsache, daß er, der noch vor einem halben Jahr wegen des Verdachts imperialistischer Propaganda einen so krassen Sturz erlebt hatte, nun innerhalb weniger Minuten zum Mitglied der Freien Deutschen Jugend geworden war, aber Lefty lachte und sagte: Mach dir darüber keinen Kopf. Das ist doch nur Formsache.

Das Labor hatten sie über die Glastür zum kleinen Hof betreten. Brehm, den die Welt der Büretten, Pipetten, Destilliergeräte und Kippschen Apparaturen seit frühester Jugend fasziniert hatte und der, zum Ärger seiner Mutter, von den Schaufenstern einschlägiger Geschäfte nur mit Mühe wegzubringen war, spürte Enttäuschung. Im Gegensatz zu seiner Vorstellung stand er in einem nüchternen rechteckigen Raum, der in der Mitte von einem Pfeiler gestützt wurde. An der Schmalseite gegenüber sah er auf eine Glassteinwand und eine Stahltür, links von ihm gingen zwei halb offen stehende Türen ab. Lediglich die gekachelten Labortische mit Bunsenbrennern und Dreifüßen und Borden mit allerlei weißen und braunen Glasschliffflaschen, auf denen so reizvolle Namen wie Toluol, Aceton oder Oleum standen, versöhnten ihn ein wenig.

Lefty, der nur zwei Schritte in den Raum hinein getan hatte, rief mit hochgezogener Stimme: Konny?, und, als niemand antwortete, Monsieur Sander!, wobei er sich Mühe gab, dem Namen einen betont französischen Akzent zu geben: Musjöh Ssandähr!

Es dauerte noch zwei, drei Sekunden, ehe eine tiefe, wohltönende Stimme, die irgendwo aus dem hinteren Raum zu kommen schien, in ebenso gekünstelter Tonlage antwortete.

Oui, Monsieur, en quoi puis-je vous être utile?

Noch heute mußte Brehm grinsen, wenn er daran dachte, wie Konny Sander aus dem hinteren Raum ins Labor getreten war. Er hatte eine stattliche, zur kräftigen Stimme passende Erscheinung erwartet, statt dessen erblickte er einen kleinen, fast hutzeligen Mann mit zerfurchter Stirn, dem jeder Schritt schwerzufallen schien. Er trug keinen Kittel, sondern einen rehbraunen, nicht besonders gut geschnittenen Zweireiher und befreite sein Kinn gerade mit einem Handtuch von den Resten des Rasierschaums.

Lefty hatte Brehm von Konny Sander mit einem respektvollen, fast ehrfürchtigen Tonfall in der Stimme erzählt, daß er aus der Fremdenlegion geflüchtet sei, daß er als Folge einer Maschinenpistolensalve sechs Narben quer über dem Leib besitze, daß er im Dschungel an Malaria erkrankt sei und wegen anhaltender Schmerzen Morphium nehmen müsse und daß Paulchen ihm bei der Einstellung aus den Mitteln des Kulturfonds einen neuen Anzug gekauft habe – in einem so erbärmlichen Zustand sei Konny Sander gewesen.

Und was wolltest du uns eben mitteilen, fragte Lefty.

Ich habe nur gefragt, was ich für euch tun kann, sagte Konny Sander und musterte Brehm ungeniert. Lefty stellte Brehm vor, Konny nickte mehrmals, ohne den Blick von ihm zu lassen, und sagte: Du willst also dein Leben den Kunststoffen widmen?

Brehm, ein wenig verschüchtert, antwortete, er wisse noch nicht genug von der Materie, um …

Konny Sander unterbrach ihn schroff.

Eines merke dir, junger Mann: Keine falsche Bescheidenheit. Nie klein anfangen, immer groß! So wie Baekeland. Du kennst Baekeland?

Brehm schüttelte den Kopf.

Aber von Bakelit hast du schon gehört.

Brehm nickte.

Ohne Baekelands geniale Idee, Phenol und das dehydrierte Methanol namens Formaldehyd zu kondensieren, gäbe es diese Fabrik nicht, und wir stünden jetzt nicht hier ... Baekeland – Bakelit ... neunzehnhundertfünf, du verstehst?

Ohne seinen Vortrag über die Genese der Kunstharze zu unterbrechen, hatte er von irgendwoher eine Spritze gezaubert, köpfte eine kleine Ampulle, sog ihren farblos flüssigen Inhalt durch den Zug des Kolbens heraus und sagte zu Brehm mit einer Selbstverständlichkeit, die keinen Widerspruch zuließ: Du kannst mir mal die Hautfalte halten.

Brehm trat ein paar unsichere Schritte auf Konny Sander zu, griff aber wohl zu lasch an dessen Unterarm, so daß Sander ihm mit Daumen und Zeigefinger die Voraussetzung einer subkutanen Injektion demonstrierte, bevor er die Kanüle in die von Brehm gehaltene Falte der Haut versenken konnte. Er seufzte tief und voller Befriedigung, sein eben noch graues Gesicht färbte sich leicht rosig, ja, er schien sogar um einige Zentimeter gewachsen zu sein, als er Lefty fragte, was es in der Kantine zum Mittagessen gebe.

Lungenhaschee, sagte Lefty voller Widerwillen. Sieht aus wie gekotzt.

Was seid ihr verwöhnt, ihr jungen Leute! rief Konny Sander im Tonfall gespielter Empörung und lud sie mit einer Handbewegung ein, ihm zu folgen, schlurfte zur ersten Tür, die zum Büro führte, einem kleinen Raum mit Schreibtisch und hohem, dicht gefülltem Bücherregal, einer Konsole mit zwei Waagen und einer kleinen Sitzecke mit Stühlen und einem Ledersessel, in den er sich voller Behagen fallen ließ.

Schon mal Zikaden gegessen?

Wat sind Zikaden? fragte Lefty.

Na, eine Art Grillen, sagte Brehm beflissen.

Richtig. Oder Schlangen?

Ähh! rief Lefty und hätte vor lauter Ekel beinahe auf den Fußboden gespuckt.

Stell dir vor, du sitzt mitten im Dschungel … Dien bien-phu … Die Schlacht um Dien bien-phu! Ihr wißt doch, oder?

Brehm nickte. Er hatte in der Zeitung davon gelesen.

Alles grün um dich rum, alles heiß, die Uniform klebt dir am Leib, und du sitzt in deinem Loch und darfst dich nicht rühren … Die eiserne Ration hast du schon lange verbraucht, und irgendwo dir gegenüber sitzen die Gelben … Aber du siehst sie nicht, sie sind wie Gespenster, eine falsche Bewegung, ein Geräusch, und du bist geliefert!

Er hatte seine Stimme gesenkt, machte kurze Pausen zwischen den Sätzen und sah von einem zum anderen.

Und mit einemmal … ganz plötzlich geht es los: Ein ohrenbetäubendes Geballer und Geknall … Rechts und links neben dir schlägt es ein … Du drückst dich in die Erde, so tief es geht, und wartest, daß es aufhört … aber es hört nicht auf, und irgendwann glaubst du, es hört nie wieder auf …

Er starrte an Brehm vorbei in Richtung des Fensters, das zum kleinen Hof führte.

Brehm nahm all seine tropischen Leseerfahrungen zusammen und versuchte sich vorzustellen, wie er schweißüberströmt und hungrig in einem Loch sitzt und darauf wartet, daß der Granatenbeschuß ein Ende hat.

Zeig ihm doch mal deine Narben, sagte Lefty in das Schweigen hinein, aber Konny Sander reagierte nicht, und als die Pausensirene ertönte, riß er sich schroff aus dem Ledersessel hoch, strich seinen Anzug glatt, sah Brehm mit einem tiefen Blick in die Augen, streckte ihm die Hand hin und sagte: Ich bin sicher, wir werden uns gut verstehen!

Noch heute mußte Brehm lächeln, wenn er an die Begegnung mit Konny Sander dachte. Daß es seine einzige bleiben würde, konnte er damals nicht wissen, denn als er seine Stelle zu Jahresbeginn gespannt und voller Freude auf die Wiederbegegnung mit diesem fesselnden Menschen antrat, traf er neben dem Professor nur einen wortkargen, neu eingestellten Hilfslaboranten, der aus dem Uranbergbau nach Berlin gekommen war. Ihm fiel nur auf, daß sich das Bücherregal im Büro erheblich gelichtet hatte und daß auf dem Bord an der Wand eine der beiden hochempfindlichen und kostbaren Waagen fehlte. Seine Nachfragen wurden reserviert und in definitivem Tonfall beantwortet: Der Herr Sander sei nicht mehr im Betrieb tätig! Erst als Lefty von einem kurzen Winterurlaub wiederkam, gelang es ihnen, die Vorgänge um Konny Sander schrittweise zu rekonstruieren. Danach war er drei Tage vor der Rückkehr des Professors nicht mehr im Betrieb erschienen. Paulchen selbst war gleich den nächsten Tag voller Sorge, ihm könne etwas passiert sein, zu seiner Wohnung gegangen, hatte ihn aber mehrmals nicht angetroffen. Am Tag seines Arbeitsantritts stellte der Professor fest, daß ihm erhebliche Teile seiner privaten Bibliothek, darunter zwölf von zwanzig kostbaren Bänden einer Sammlung namens Beilstein, fehlten, dazu noch eine der beiden Analysenwaagen. So war es nicht unwahrscheinlich zu vermuten, daß Konny Sander unter Mitnahme seines neuen, aus den Mitteln des Kulturfonds erstandenen Anzugs den Weg zurückgegangen war.

Später, als Brehm dem Professor nähergekommen war, erfuhr er gesprächsweise, daß dieser dem Ostflüchtling Konny Sander von Anfang an skeptisch gegenübergestanden habe. Ein Morphinist! Außerdem sei die Einstellung auf Anweisung von oben und ohne seine, des Professors, Zustimmung erfolgt, und obgleich er Sander eine gewisse, ja man kann sagen, überdurchschnittliche Intelligenz nicht absprechen wolle, habe er doch kein Papier vorweisen können, das dokumentierte, was er zu sein vorgab: ein ausgebildeter Chemotechniker.

Aber daß er trotz seiner Flucht aus der Legion und der zu erwartenden Verfolgung wieder in den Westen zurückgegangen sei, fand Brehm zumindest merkwürdig, wenn nicht rätselhaft. Ob hinter seinem Verschwinden nicht doch etwas anderes stecken könne?

Legion? sagte der Professor mit einem leichten, abfälligen Lachen. Naja. Das seien so Geschichten, die heutzutage ihre Wirkung nicht verfehlten, und er fügte, nach einer Pause und wie abschließend, hinzu: Jedenfalls nicht bei bestimmten Personen.

Im Laufe der Zeit vergaß Brehm die Person Sander, und nur in gelegentlichen Gesprächen mit Lefty erinnerten sie sich seiner, etwa wenn dieser ganz plötzlich seinen Ärmel hochzog und Brehm mit gespielt vertiefter Stimme aufforderte: Hältst du mir mal die Hautfalte?

Brehm war schon Ende des zweiten Lehrjahres und hatte sich in der Fabrik eine gewisse Position erarbeitet, als der Professor gelegentlich ihres gemeinsamen Frühstücks im Büro einen Artikel aus einer Westzeitung aus der Brieftasche klaubte und ihn mit der Bemerkung: Da siehst du, was das für ein Früchtchen war! Brehm zum Lesen gab. Es war ein kurzer Bericht über eine Verhandlung gegen einen angeblichen Erfinder namens Konrad S., dem vorgeworfen wurde, einem Unternehmer 30000 Westmark unter Vorspiegelung falscher Tatsachen aus der Tasche gezogen zu haben, und der nun wegen schweren Betruges zu dreieinhalb Jahren Gefängnis verurteilt worden sei.

Und Sie sind sicher, es ist unser Sander?

Vollkommen, sagte der Professor und wandte den Blick auf das Regal mit seiner wieder kompletten, unter großen Kosten zurückgekauften Bibliothek.

3

Leftys Kabuff lag im nördlichen Teil der Fabrik, direkt über der Tischlerei. Es war eine kaum zehn Quadratmeter große Kammer, an die sich ein langgestreckter Lagerraum anschloß, in dem er größere Objekte malen und trocknen konnte.

Lefty war im Betrieb für die *Sichtagitation* verantwortlich, das hieß, er hatte für die Herstellung der periodisch wechselnden Parolen an der Frontseite der Kantine respektive des Kulturraums zu sorgen, ferner für spezielle Transparente, sofern sie bei Demonstrationen benötigt wurden, und selbstverständlich auch für die Verbots- und Gebotsschilder, die im Arbeitsablauf nötig wurden.

Es war allgemein anerkannt, daß Leftys Hand den Pinsel mit eindringlichem Strich führte. Er hatte noch bei einem Schildermaler gelernt, der Wert auf die Beherrschung alter Typographien legte, und so waren seine Produkte ausgesprochen auffällig, so wie das Schild an der Tür zur Wickelei, das die Eintretenden darauf hinwies, während der Tätigkeit des Deckenkrans, der die mächtigen Preßstoffzylinder von einem zum anderen Ende der Halle transportierte, so lange an der Tür zu warten, bis der Vorgang beendet sei, was durch die Zwänge des Betriebsablaufs allerdings weitgehend ignoriert wurde.

Eine Zeitlang hatte er sich einen Nebenverdienst gesichert, indem er die Kneipen in der Umgebung mit fein gemalten Hinweisschildern belieferte, auf denen so eindringliche Sprüche standen wie Hier wird nicht gepumpt! oder Verlassen Sie den Ort so, wie Sie ihn vorzufinden wünschen!, aber die Sache sprach sich, auch wegen seines unverwechselbaren Pinselstrichs, herum, und er hatte Ärger mit der Werkleitung, weil er Material des Betriebes benutzt hatte.

Leftys Kabuff befand sich in einer exklusiven Lage, weil es nur über eine kreischende Eisentreppe zu erreichen war, was ihn davor schützte, von irgendwelchen Vorgesetzten überrascht zu werden, wenn er, besonders an Montagen, den Kopf auf den Tisch legte und einen kleinen Schlaf wagte. Immer blieb ihm Zeit genug, sich einer Beschäftigung zu widmen oder sie vorzutäuschen, bevor ein Besucher ans Ende der Treppe gelangt war. Um so erstaunter war Brehm, als er mit einem lauten Ich bins nur! die Tür zu Leftys Kabuff aufstieß und ihn in träger Haltung auf seinem Stuhl sitzen sah, die Beine über den Tisch gestreckt und mit mißmutiger Miene.

Was ist los, hat dir dein Essen nicht geschmeckt?

Lefty beteiligte sich nicht am Kantinenessen. Zum Andenken an seinen Vater, einen Tiroler, der – wie Brehms Vater – auf dem Rußlandfeldzug verschollen war, aß er vegetarisch und brachte jeden Tag einen Topf mit Eingekochtem in den Betrieb, das seine Mutter am Vortag zubereitet hatte und das er sich auf einem Spirituskocher aufwärmte.

Du brauchst tierisches Eiweiß, sagte Brehm betont munter, warf Lefty eine Zigarette zu und setzte sich auf die kleine, dreistufige Trittleiter am Fenster. Jeder Mensch braucht tierisches Eiweiß, sonst kommt er auf den Hund.

Lefty riß ein Streichholz an und paffte ein paar Züge, ging aber nicht auf Brehms Frotzelei ein, ja, er sah ihm nicht einmal ins Gesicht.

Oder hast du deinen Moralischen?

Brehm hatte seinen mitfühlendsten Ton angeschlagen. Wenn Lefty seinen Moralischen bekam, war es besser, ihn in Ruhe zu lassen. Seinen Moralischen bekam er immer dann, wenn er Ärger mit seiner Cousine hatte. Es war bekannt, daß Lefty seine Cousine in einem so außergewöhnlichen Maße verehrte, daß alle Welt, außer Brehm, ihn für ein wenig überkandidelt hielt, zumal die Cousine als hochnäsig galt und ihm nur selten Gelegenheit gab, sich mit ihr auf der Straße zu zeigen. Brehm konnte sich vorstellen, daß es Lefty genauso ging wie ihm, wenn er, oft zu den unmöglichsten Zeiten, von einem Gefühl überfallen wurde, das er nur schwer benennen konnte. Es war eine Art schmerzhafter Sehnsucht nach etwas Unbestimmtem, so als wäre er nicht ganz vollständig, als fehlte ihm etwas, und je länger dieses Gefühl dauerte, desto beißender wurde es, so daß er manchmal schnaufen mußte wie ein Walroß, um sein inneres Gleichgewicht wiederzubekommen.

Brehm fühlte sich ihm nahe, weil er den sicheren Eindruck hatte, daß auch Lefty, obgleich er schon über zwanzig war, weder mit seiner Cousine noch mit einer anderen Frau je etwas *gehabt hatte* und er keine anzüglichen Fragen befürchten mußte wie manchmal bei Paczoska und den anderen.

Lefty schnippte den Rest der Zigarette in die abgesägte Granatenhülse, die ihm als Aschenbecher diente, und sagte in definitivem Tonfall: Ich hau hier in' Sack!

Nee, sagte Brehm.

Ich könnte nächsten Monat wieder bei meinem Alten anfangen.

Der Alte war Leftys Lehrherr, der einen kleinen Laden am Alexanderplatz hatte.

Da verdienst du doch nichts, sagte Brehm.

Aber ich bin den ganzen Tag an der frischen Luft und muß mich nicht mit Idioten herumärgern.

Er stand auf und trat nach einem fahnenroten, zusammengeknüllten Transparent, das neben dem Tisch lag und ein großes, verschnörkeltes V sehen ließ und ein kleines o. Wahrscheinlich gehörte es zu dem Wort *Vorwärts* mit der anschließenden Parole *zur Erfüllung des Fünfjahrplans* oder *zur Einheit Deutschlands*.

Weißt du, was sie mir vorgeworfen haben? Formalismus!

Brehm starrte auf das verschnörkelte V, das eine gewisse Ähnlichkeit mit den Buchstaben in den älteren Büchern seiner Eltern hatte.

Ist das nicht Nazi-Schrift?

Quatsch! Das ist reinste Gutenbergfraktur. Fünfhundert Jahre alt.

Vielleicht nimmst du das zu ernst, sagte Brehm. Da guckt doch sowieso keiner hin.

Das ist es ja! Man sitzt zwei Tage von morgens bis abends, und dann guckt keiner hin.

Er fuhr herum und rief übergangslos und in geradezu anklägerischem Tonfall: Und was machen sie mit dir?!

Was sollen sie mit mir machen?

Du bist seit zwei Monaten ohne Lehrherrn!

Brehm rechnete kurz nach. Mitte Februar war der Professor wegen der Spätfolgen einer Kriegsverletzung ins Krankenhaus gekommen und vierzehn Tage später der Hilfslaborant aus dem Uranbergbau in die Krebsklinik nach Buch.

Stimmt. Aber ich beklage mich nicht.

Aber du hast einen Lehrvertrag, und der wird einseitig verletzt.

Brehm schüttelte den Kopf: Das ist höhere Gewalt. Außerdem ist es mir noch nie so gut gegangen wie in den letzten zwei Monaten.

Er reckte sich und sah über die Schulter auf den Hof, den Herbert Probst genannt Archibald mit einem dicklichen, halbglatzigen Mann in einer Art und Weise durchschritt, als veranstalte er eine Führung.

Komm doch mal her, sagte er und winkte nach Lefty. Ich glaube, wir kriegen einen neuen Kollegen. Oder hast du den schon mal gesehen?

Ach, Scheiß! rief Lefty und trat noch einmal und heftiger nach dem Stoffhaufen, der mit einem flappenden Geräusch gegen die Wand schlug. Sein Gesicht war ganz verzerrt und seine Augen so feucht, als wäre er den Tränen nahe. Jetzt war sich Brehm sicher, daß Lefty Ärger mit seiner Cousine gehabt hatte, und er stieg von der kleinen Trittleiter herab und sagte: Na, ich muß mal wieder was tun.

3. Kapitel

1

Der zäheste Teil eines Tages in der Fabrik war der Nachmittag, jedenfalls für Brehm. Die Routinearbeiten waren erledigt, selten nur erschien jemand mit einem Sonderauftrag, und seit der Professor in der Klinik lag, bekam er auch keine der reizvollen Aufträge mehr, die mit der Forschung zu tun hatten, wie etwa die Arbeit an dem neuen, nach einem Dänen namens Falldor benannten Gerät. Es konnte geringste Quantitäten eines Gases messen, das bei der Zersetzung von Kondensatorenöl entstand und zu dem eine erhebliche Menge reinen Quecksilbers nötig war, das, in zwei Steingutkruken gefüllt, im unteren Regal des großen Laborschrankes in der Nähe der Stahltür aufbewahrt wurde. Über den genauen Zweck der Messungen hatte ihn der Professor entgegen seiner Gewohnheit nur andeutungsweise informiert, zudem in einer Tonart, daß Brehm vermutete, es handele sich um eine wichtige Entdeckung, über der noch der Schleier der Geheimhaltung liegen mußte.

Im Grunde war der Inhalt des Nachmittags nichts anderes als das Vertreiben der Zeit bis zum Feierabend. Obgleich Brehm, weil er noch nicht achtzehn war, dreißig Minuten pro Tag weniger arbeiten durfte als die anderen, zogen sich die Stunden quälend träge dahin. Meist setzte er sich an den Schreibtisch des Professors, las in alten Betriebsaufzeichnungen oder schrieb aus Lehrbüchern irgendwelche Analysenmethoden, die er nie praktiziert hatte, in seine Berichtshefte, in denen er für die Berufsschule stundenweise und detailliert Rechenschaft ablegen sollte über seine Arbeit im Labor.

Einmal stieß er in einem abgegriffenen Ordner auf vergilbte, an den Rändern schon brüchige Formulare, deren Kopfzeile den Namen Ignaz Jaroslav KG trug mit der Unterzeile Schichtpreßstoffe jeder Art. Brehms Lehrvertrag war mit dem Volkseigenen Betrieb IKO abgeschlossen worden, wobei der erste Buchstabe der Abkürzung für Isolierstoffe stand, die beiden anderen für Kondensatoren. Daß die Fabrik bis zum Kriegsende einem Unternehmerduo gehört hatte, erfuhr er aus Gesprächen quasi nebenbei, wenn einer der älteren Arbeiter bei irgendwelchen Produktionsschwierigkeiten oder Lieferverzögerungen mit höhnischem oder resigniertem Unterton behauptete: Na, bei Schwerb und Scheer wäre das nicht passiert!

So sprach er gelegentlich seiner morgendlichen Rundgänge in der Wickelei den Kollegen Tute Lehmann an, der erst kürzlich für seine dreißigjährige Betriebszugehörigkeit ausgezeichnet worden war und dessen Gesicht einen schwärmerischen Ausdruck annahm, als Brehm den Namen Jaroslav erwähnte: Der alte Jaroslav! Eine Seele von Chef!, und er beschrieb dessen menschliche Eigenschaften in so warmen Tönen, daß ein jüngerer Arbeiter neben Tute Lehmann das Gesicht verzog und ein scharfes Lohnmäßig war er ein Knicker, sagen alle! zu ihnen hinüberrief.

Na, wat verdienen muß er doch auch. Er trägt doch dat Risiko!

Ja, ja, Risiko! sagte der Arbeiter höhnisch. Die ollen Kamellen. Tute, du wirst auch nie schlau, aber verdirb uns nicht auch noch die Jugend.

Wat ick weiß, dat weiß ick. Oder? sagte Tute Lehmann zu Brehm und bot ihm die kurzfristige Überlassung einer alten Broschüre an, falls er sich dafür interessiere. Brehm nickte. Am nächsten Tag, gleich morgens, erschien Tute im Labor, wickelte mit seinen groben Händen vorsichtig ein fahlgelbes Heft aus seidigem Geschenkpapier, als handele es sich um die allergrößte Kostbarkeit, und reichte es ihm mit den Worten: Wiedersehen macht Freude!

Brehm versprach ihm die Rückgabe für den nächsten, spätestens übernächsten Tag und setzte sich, nachdem er die wichtigsten Arbeiten erledigt hatte, hinter den Schreibtisch des Professors. Es war eine Art Festschrift zum 20. Jubiläum der Jaroslav KG, auf Hochglanzpapier gedruckt und gleich am Anfang mit einem Halbporträt des Besitzers versehen, einem offenbar kleingewachsenen Mann mit Schnauzbart, energischer Kinnpartie und fröhlichem Blick. Es folgte eine kurze, im Festschriftenton gehaltene Biographie des Herrn Ingenieur Ignaz Jaroslav, der, aus Posen kommend, die glänzende Zukunft der Kunststoffindustrie mit der Gründung der Fabrik im Jahre 1908 schon frühzeitig erkannt hätte; es folgten Beschreibungen der wichtigsten Produkte, Tabellen, die den ständig wachsenden Umsatz dokumentierten, und eine knapp gefaßte Firmengeschichte, an der die Tatsache, daß die stinkende Fabrik auf freiem, damals noch unbesiedeltem Gelände gebaut worden war, Brehm am interessantesten erschien. In der Mitte des Heftes fanden sich vier Fotoseiten aus dem Leben des Betriebs, auf deren einer Brehm erst beim näheren Hinsehen den jungen Tute Lehmann erkannte. Er stand mit herausgereckter Brust, die rechte Hand an einen riesigen Preßstoffzylinder gestützt, und erinnerte Brehm an die Pose eines Großwildjägers, der eben einen Elefanten erlegt hatte. Er lächelte im stillen und dachte an die feierliche Geste, mit der Tute Lehmann die Broschüre aus dem Papier gewickelt hatte.

Brehm war gerade dabei, sich ein paar Zitate herauszuschreiben, als der Kaderleiter, Kollege Schulzendorf, anrief. Er wolle sich nur mal nach seinem Befinden erkundigen und … ja … in welchem Lehrjahr er jetzt sei.

Seine Stimme klang ein wenig zerfahren, als wolle er auf ganz etwas anderes hinaus.

Im dritten, sagte Brehm.

Im dritten schon? Mein Gott, wie die Zeit vergeht.

Brehm sagte nichts.

Dem Professor geht es übrigens etwas besser!

Freut mich zu hören, sagte Brehm. Kommt er bald raus?

Ich sagte: etwas besser ... Ja ... Aber mit der Arbeit kommst du zurecht?

Ich hoffe doch, sagte Brehm reserviert, oder gab es Klagen?

Nein, nein, beschwichtigte ihn der Kollege Schulzendorf. Aber er habe gehört, Brehm interessiere sich für die Firmengeschichte?

So würde er es nicht ausdrücken, sagte Brehm unbestimmt.

Viel Material sei auch nicht mehr vorhanden. Der Krieg! Sie hätten ja mehrere Volltreffer gehabt, die ganze Presserei und die Lackkammer und die Verwaltung. Mit bloßen Händen hätten sie die Maschinen aus den Trümmern geborgen!

Brehm räusperte sich.

Der Kollege Schulzendorf hob seine Stimme um einen halben Ton: Da sei doch die Forderung eingelöst, daß die Arbeiterklasse die Produktionsmittel sozusagen eigenhändig in Besitz nehmen müsse. Oder?

Brehm sagte nichts.

Und wenn man sich bewußt mache, daß das alles erst zehn Jahre her sei ... Und was man geschafft habe in der kurzen Zeit ... Darauf müßte man den Schwerpunkt setzen, wenn man sich mit der Geschichte ...

Bist du noch dran, Kollege Brehm?

Ja, sagte Brehm.

Also, kurz gesagt: Wenn du Informationen brauchst oder sonstige Hilfe – du weißt, wo du mich findest!

Noch während Brehm sich darüber wunderte, wie kurz die Wege zwischen der Wickelei und dem Büro des Personalchefs waren, obgleich doch beide am jeweils entgegengesetzten Teil der Fabrik lagen, fiel ein Schatten über seinen Schreibtisch.

Am halbgeöffneten Fenster stand Paulchen Novak von der Gewerkschaft und sagte grinsend: Na, Junge, da hast du ja was angerichtet.

Brehm hob die Schultern. Ich?

Na, Tute und der junge Genosse, der Leipert, hätten sich noch den ganzen Nachmittag über gestritten.

Ich habe doch nur mal gefragt, sagte Brehm und bat ihn herein, doch Paulchen winkte ab, er müsse gleich weiter, blieb aber am Fenster stehen.

Was immer man ihm erzählt habe, sagte er, Brehm solle nicht alles glauben, was man so rede.

Was Paulchen meine?

Na, zum Beispiel Schwerb und Scheer. Schwerb sei noch nicht mal Parteigenosse gewesen. Scheer sei es gewesen, aber er glaube, auch nur formal.

Er schob das Fenster ein Stück weiter auf und lehnte sich über das Zinkblech.

Jedenfalls waren sie sehr sozial eingestellt, beide.

Aha, sagte Brehm.

Nach allem, was er wisse, sozialer als der alte Jaroslav. Das wolle er Brehm sagen, auch wenn man so was heutzutage nicht gerne höre.

Paulchen, sagte Brehm, ich habe nur ein bißchen Stoff für mein Berichtsheft gesucht, weiter nichts.

Paulchen Novak sah ihn mit einem langen, prüfenden Blick an.

Nicht, daß du glaubst, ich will sie in Schutz nehmen, aber wenn wir ehrlich sind – wären sie es nicht gewesen, hätten es andere gemacht. Oder?

Ich versteh immer nur Bahnhof, sagte Brehm kopfschüttelnd.

Na, die Arisierung! Achtunddreißig haben sie den Betrieb vom alten Jaroslav übernommen. Sonst hätte man sie doch nicht enteignet, gleich nach dem Krieg. Als Mittelständler! Und dein Professor wäre heute noch Werkleiter!

Jetzt komm endlich rein, sagte Brehm entschlossen. Ich mach uns einen Tee.

Paulchen Novak warf einen Blick auf seine Armbanduhr, wiegte bedenklich den Kopf, krauste seine Stirn und sagte: Also, gut. Aber nur auf eine Tasse!

2

Sobald Brehm eine Kanne Tee gebrüht und Paulchen in den massiven Ledersessel plaziert hatte, lösten sich dessen Gesichtszüge, und hinter der Miene eines von den Problemen seiner Kollegen gehetzten Menschen tauchte ein Zufriedenheit ausstrahlendes Arbeitergesicht auf. Er wippte ein paarmal auf dem weichen Polster, nickte anerkennend, nahm mit spitzen Fingern die Zigarette, die Brehm ihm anbot, und schlürfte den Tee in kleinen Zügen.

Also, viel gibts ja nicht zu erzählen, aber es ist doch alles nicht so einfach gewesen, wie man heute denkt. Also, der alte Jaroslav, als diese Gesetze mit den Juden und so herauskamen, hat Scheer und Schwerb, die als Ingenieure bei ihm arbeiteten, zu Mitbesitzern gemacht, damit die Firma, wie man damals sagte, einen arischen Hintergrund bekommt. Aber das ist auch nur ein paar Jahre gutgegangen, und dann ist ja die vollständige Arisierung gekommen, und er, Jaroslav, hat seinen Anteil den beiden überlassen müssen. Daß er keinen hohen Preis bekommen hat und daß sofort die Mär aufkam, die beiden hätten ihn herausgedrängt, wo er sie doch erst reingeholt hatte ... Naja ... Soweit er es beurteilen kann, haben sich die drei doch gütlich geeinigt. Der alte Jaroslav soll noch gesagt haben: Haltet mir die Firma in Ordnung! Er, Paulchen, hat das immer so verstanden, daß, wenns mal anders kommt, die alten Verhältnisse wiederhergestellt werden. Eine Absprache sozusagen. Aber er ist ja nicht wiedergekommen ... Naja ... Und dann sind sie gleich enteignet worden, als Ariseure. Von den Russen noch.

Und der Professor? sagte Brehm.

Der Professor! Also, der ist gleich nach dem Krieg als Werkleiter eingesetzt worden, weil er am meisten verstanden hat von allem. Ob Brehm weiß, daß es noch ein Zweigwerk gibt, in Rudow, im amerikanischen Sektor?

Brehm schüttelte den Kopf.

Das hat Schwerb und Scheer nach dem Krieg immer noch gehört. Und man kannte sich ja. Es war ja auch alles verzweigt. Und wenn mal hier, also im Hauptwerk, für den Wiederaufbau was fehlte, dann hat man eben in Rudow angerufen, ob die nicht helfen könnten. Und umgekehrt auch. Das war doch irgendwie selbstverständlich. Oder? Jedenfalls ist das höheren Orts aufgefallen, und man hat gesagt, es ist politisch unmöglich, daß ein Volkseigener Betrieb mit Ariseuren zusammenarbeitet, man hat sie doch nicht umsonst enteignet. Der Professor hat argumentiert, daß es doch erst in zweiter Linie wichtig ist, woher er was nimmt, wenn es dem Volkseigenen Betrieb hilft, aber das hat nichts genützt, und da ist er abgelöst worden. Naja.

Hast du noch einen Tee, fragte Paulchen, und Brehm goß ihm nach.

An jenem Nachmittag erfuhr Brehm mehr über die Beziehungen der Kollegen seines Betriebes als in den zwei Jahren zuvor. Fast hätten sie den Feierabend versäumt, wären sie nicht durch den wehmütigen Ton der Fabriksirene daran erinnert worden. Paulchen sprang auf, griff sich nach einem vergewissernden Blick auf seine Armbanduhr an die Stirn, und auf sein Gesicht fiel wieder der Schatten eines gehetzten Mannes, der über viel zuwenig Zeit verfügt.

Himmel, was hab ich mich verquatscht, rief er Brehm zu, goß den lauwarmen Rest des Tees hinunter und stürzte zur Tür hinaus.

Brehm sah ihm hinterher, wie er mit flatterndem Kittel und eiligen, kurzen Schritten über den Hof Richtung Vorderbau lief, den Kopf gesenkt und sicher voller Gedanken. Er war seit zehn Jahren für die sozialen und kulturellen Belange der fünfhundert Mitarbeiter zuständig, hatte eine Betriebsbibliothek aufgebaut und die Gründung einer Kapelle und eines Kabaretts initiiert. Er hatte dafür gesorgt, daß Walter Serner auf Betriebskosten leidlich Posaune spielen lernte und Fritze Klinke Kontrabaß, und es gab kein Fest, an dessen Organisation Paulchen Novak nicht entscheidend beteiligt war.

Im Laufe der Jahre war Paulchen für den reibungslosen Ablauf des sozialen Lebens im Betrieb derart wichtig geworden, daß man ihm auch einige Fehler nachsah, wie den später als übertrieben gewerteten Einsatz für den Ostflüchtling Konny Sander oder seine großzügige Handhabung gewerkschaftlicher Finanzposten. Man tolerierte sogar seine Betriebsehe mit der kleinen Frau Horst, obgleich man höheren Ortes an Leitungskader strenge moralische Forderungen stellte, denn Paulchen, seit dreißig Jahren Ehemann und Vater zweier, inzwischen erwachsener Kinder, war nach dem Aufstand in die Gewerkschaftsleitung avanciert und saß im Vorderbau der Verwaltung.

Brehm hatte sich seit dem Beginn seiner betrieblichen Existenz von Paulchen protegiert gefühlt. Wann immer sie auf den verschlungenen Wegen der Fabrik zusammentrafen, nahm Paul ihn am Kittelärmel, erkundigte sich eingehend nach seinem Befinden und vergaß am Schluß nie hinzuzufügen, Brehm solle sich, wenn er Probleme bekäme, direkt an ihn wenden. Diese dringliche und, wie sich herausstellte, ehrliche Einladung konnte Brehm besonders in der, wie er sie nannte, Zeit der großen Feste nutzen. Das waren Betriebsvergnügen, die, seiner verklärten Erinnerung nach, in den Jahren von seinem Eintritt in den Betrieb bis zum Aufstand beinahe alle vierzehn Tage stattgefunden haben mußten, selten an Wochenenden, meist an einem Mittwoch oder an Abenden vor politisch begründeten Feiertagen wie dem 1. Mai oder dem Tag der Befreiung. Man tat das aus Rücksicht auf das Familienleben der Belegschaft, denn es war seit der Aufbauzeit offenbar eine ausgemachte Sache, daß Betriebsvergnügen nur Betriebsangehörigen vorbehalten blieben. Paulchen, der damals den Kulturfond verwaltete, hatte durch gewisse Umschichtungen einzelner Positionen erreicht, daß eine nicht unbeträchtliche Summe für den bei einem Vergnügen notwendigen Konsum aufgewendet wurde, so daß jeder Besucher des Festes bei seiner Ankunft erst einmal acht kinokartenartige Bons ausgehändigt bekam, von denen an der Theke, an der Tante Anna sonst das Essen verteilte, sechs für Bier oder Schnaps, einer für Kaffee und einer für Bockwurst mit Brot eingelöst werden konnten.

Nach der obligatorischen, glücklicherweise immer kurzen Rede des Werkleiters Karl Zumdick, der früher Schlosser war und erst nach dem Aufstand abgelöst und zur Qualifizierung an irgendeine Schule delegiert wurde, folgte das Kulturprogramm, das in der Regel mit einem Akkordeonsolo von Lackkammer-August eröffnet wurde. Er beherrschte offenbar nur zwei Lieder, aber die derart perfekt, daß er die Belegschaft jedesmal zu Beifallsstürmen hinriß. Noch während er wieder und wieder vors Publikum trat und sich feiern ließ, machte sich im Hintergrund die Kabarettgruppe für ihren Auftritt bereit und spielte dann für zwanzig, dreißig Minuten eine Sketchfolge, die sie den Anleitungsheften des Kabinetts für Volkskunst entnommen und den Verhältnissen des Betriebes angepaßt hatte. Die Gruppe, die sich Die Hornissen nannte, bestand allerdings nur ein gutes Jahr, in dem Brehm, von Paulchen geworben, einige Monate an Proben und Auftritten teilnahm. Die Sache machte ihm sogar Spaß, obgleich nur zwei Frauen mitspielten: Gertie aus der Lohnbuchhaltung, die künstliche Wimpern trug und schon stark auf die Vierzig zuging, und eine lebhafte, aber alles andere als attraktive Sekretärin aus dem Technikbereich. Nach einer Weile sah sich Brehm in seinen Phantasien vor dem Einschlafen manchmal auf einer größeren Bühne und vor einem anderen, größeren Publikum stehen, doch seine Karriere als Kabarettist nahm ein schroffes Ende. Als er einmal in einer Szene einen Funktionär parodierte und anschließend von Fritze Klinke heftig kritisiert wurde, er habe die Partei lächerlich gemacht und damit, ob gewollt oder nicht, der Sache des Sozialismus geschadet, zog er sich mit dem Argument, wenn er etwas freiwillig täte, müsse er auch die Freiheit der Darstellung haben, von der Gruppe zurück.

In der Sache war die Kritik Fritze Klinkes nicht ganz unberechtigt. Brehm hatte sich für die Rolle das braune Jackett seines Vaters angezogen und die linke Brustseite über und über mit ordensähnlichen Plaketten besteckt, und er sprach während der ganzen Zeit mit sächsischem Akzent und leicht singender Intonation, hob auch am Ende eines Satzes, wie es der erste Mann der Partei tat, die Stimme um einen halben Ton, so daß der an sich harmlose Text politische Brisanz bekam. Das von Lachen geschüttelte Publikum belohnte ihn mit einem minutenlang anhaltenden Beifall, und man war sich später einig, daß dieser an Intensität dem für Lackkammer-August gespendeten gleichgekommen sei, wenn er ihn nicht sogar übertroffen habe. Noch nach Wochen schenkte ihm ein großer Teil der Belegschaft auf seinen Rundgängen anerkennendes Grinsen oder wohlwollendes Schulterklopfen, und auch Paulchen, der ihn mehrmals, wenn auch erfolglos bat, er möge seinen Entschluß rückgängig machen, konnte sich ein Augenzwinkern nicht verkneifen, wenn sie auf seinen Auftritt zu sprechen kamen.

So saß er fortan wie alle anderen unten im Saal, reihte sich, als der Ausschank eröffnet wurde, in die Schlange vor der Theke ein, hörte die disharmonischen Töne, mit denen die Mitglieder der Betriebskapelle ihre Instrumente ein letztes Mal stimmten, um dann mit einem kräftigen Foxtrott wie Hallo, kleines Fräulein oder Komm mit mir nach Tahiti den eigentlichen Teil des Festes zu eröffnen. Zuerst begaben sich die Frauen paarweise in die tischfreie Mitte des Saales, aber nach dem Konsum von ein, zwei Bieren fanden auch die Männer den Mut zum Tanz oder wurden von den Frauen ganz einfach vom Tisch auf die Tanzfläche gezogen.

Lag es an seiner jugendlich unbefangenen Ausstrahlung oder einfach daran, daß der Betrieb weit mehr Frauen als Männer beschäftigte, Brehm war, neben Herbert Probst genannt Archibald, von Anfang an ein begehrtes Objekt des weiblichen Teils der Belegschaft. Nie bekam er einen Korb, wenn er eine zum Tanzen aufforderte, und wenn er nach einer Runde Rheinländer oder Walzer erschöpft auf einen Stuhl sank, hatte er gerade mal Zeit, sich den Schweiß von der Stirn zu wischen, da strahlte ihn eine nächste so unwiderstehlich lächelnd an, daß er auf ihr Na, kommste Kleener? unmöglich Nein sagen konnte.

Ungefähr gegen zehn Uhr war der erste Höhepunkt des Festes erreicht, einzelne Pärchen verließen den Saal und kamen nach einer viertel oder halben Stunde wieder, mit gelösten Gesichtern und feuerroten Wangen; die Tischordnung war längst durcheinandergeraten, auch Brehm saß mal hier, mal dort, ließ sich von dem schon leicht lallenden Archibald ein Bier spendieren und eine gute Zigarette und hörte sich an, wie es ist, wenn man so richtig verknallt ist und man nicht mehr weiß, was man tut; oder er tröstete ein anderes Mal Lydia Hohnke, die sich, den Kopf auf der Tischplatte, schluchzend beklagte, daß der Krieg die Männer gefressen habe und sie deshalb allein geblieben sei: der verfluchte Krieg.

Sobald Brehm seine Freigetränke eingelöst hatte, machte er sich, schon leicht schwankend, auf die Suche nach Paulchen Novak, fand ihn in der Nähe der Bühne oder der Theke, holte noch einmal tief Luft und straffte seinen Körper, worauf Paulchen nach einem väterlich mahnenden Blick, der soviel besagte wie: Junge, sei aber morgen früh pünktlich zur Stelle!, in die Tasche griff und ihm wortlos noch ein paar Marken in die Hand drückte.

Wenn der eigentliche Höhepunkt des Festes begann, wenn die Kapelle kurz vor Mitternacht zur Polonaise aufspielte, wenn zweihundert, dreihundert Menschen mehr grölend als singend durch den Saal, über die Stühle, die Tische schwankten, war auch Brehms Rausch derart fortgeschritten, daß er am nächsten Tag oft nicht mehr wußte, in welchen Armen er gelegen, welche Frau ihn geküßt hatte. Daß er in diesem Zustand mehrmals den Mut gefunden hatte, seinen Unterleib bei langsamen Titeln fest an den seiner Partnerin zu schmiegen und dabei nicht zurückgewiesen wurde, hinterließ in ihm das angenehme Gefühl des Begehrtseins, auch wenn die Frauen, die er im Arm gehalten hatte, seinen Träumen nicht entsprachen, von Ilona Kreutziger einmal abgesehen.

Das vertraute Gespräch mit Paulchen Novak fand seinen Niederschlag in einer über drei Berichtswochen hinausgezogenen, mit vielen Details geschmückten Geschichte des VEB IKO vormals Schwerb und Scheer vormals Ignaz Jaroslav KG, die allerdings von seinem Lehrer in der Berufsschule mit der schriftlichen Bemerkung versehen wurde: Gesellschaftspolitisch sehr interessant, gehört aber nicht zum Fach. Unbewertet!

4. Kapitel
(Fragmente)

Kneipp-Kur

Brehms erste Begegnung mit dem Körper einer Frau war mit einem bestürzenden/beklemmenden Erlebnis verbunden. Weder seine Stiefschwester noch seine Mutter hatten ihm je Gelegenheit gegeben, sie unbekleidet zu sehen. Obgleich Brehm meist schon im Bett lag, wenn sie sich in der Küche zur Nacht wuschen, achteten sie auf strenge Abgeschlossenheit, und als er einmal, von Durst geplagt, aus seinem Bett in die Küche stürmte, die Klinke herunterdrückte, fand er die Tür verriegelt. Durch die obere Scheibe sah er seine Stiefschwester, die sich gerade die Bluse über den Kopf gezogen hatte und im Unterhemd vor der dampfenden Schüssel stand. Erschreckt durch das Geräusch der heruntergedrückten Klinke, wandte sie den Kopf zur Tür, in den Augen eine Mischung aus Scham und Verlegenheit, so daß er schnell ins Bett zurücklief, puterrot im Gesicht und mit pochenden Schläfen. Seither waren die Scheiben der Küchentür mit Gardinen verhängt.

Brehm war fast vierzehn, als er an einem jener langweiligen Nachmittage der Vorweihnachtszeit in der Bücherkiste aus dem Nachlaß seiner Großmutter zu stöbern begann. Neben Kochbüchern und einer Balladensammlung aus dem Jahre 1911 fiel ihm ein massives, in festes Leinen gebundenes Buch ins Auge …

Die Seele der Frau

Die Seele der Frau, sagte Herbert Probst genannt Archibald mit seiner betont ruhigen, sonoren Stimme in der Waschecke auf dem Männerklosett, machte eine Pause, führte die Zigarette zum Mund, streifte erst Brehm, der an der Tür lehnte, dann die Arbeiter auf den provisorischen Bänken rechts und links vom Handwaschbecken mit einem sachlich wissenden, keinerlei Überlegenheit ausdrückenden Blick, zog den Rauch genußvoll und tief in die Lunge und blies ihn über die Köpfe der Männer hinweg …

5. Kapitel

I

André blieb aus, den ganzen Frühling über. Auf seine Nachfragen im Vorraum des Männerklosetts erhielt Brehm unterschiedliche Antworten. Die einen vermuteten, er sei Richtung Westen gemacht, die anderen wußten etwas von einer Dame mit einem Haus in der Nähe von Leipzig, zu der er möglicherweise gezogen sei, aber alles blieb im vagen, und die meisten zuckten ohnehin die Achseln.

Statt der muskulösen Erscheinung André Szyparskis schob sich die jugendliche, selbst im Kittel noch elegante des Herbert Probst genannt Archibald in sein Blickfeld. Seit der Zeit der großen Feste hatte er nichts von seiner Wirkung auf die Frauen eingebüßt; sobald er einen Raum betrat, zog er ihre Blicke auf sich, und sein Schritt wurde noch federnder, das Blau seiner Hans-Albers-Augen noch strahlender. Auch loderten immer wieder Gerüchte über kurzzeitige Liebschaften auf, konnten aber nie bestätigt werden. Unumstritten war nur, daß er zu Ilona Kreutziger aus dem Prüffeld besondere Beziehungen unterhielt, zweimal waren sie in den vergangenen Wochen nach Feierabend zusammen gesehen worden, und zur Maidemonstration kamen sie sogar untergehakt. Jetzt lief Archie immer öfter an Brehms Fenster vorbei, verschwand bei den Glimmerfrauen, deren freudigen Jubel Brehm durch das geöffnete Fenster hören konnte, kam nach einer kurzen Weile heraus, kaum gerötet im Gesicht und in lässiger Haltung, winkte ihm mit einer lockeren Handbewegung zu und verschwand Richtung Lackkammer. Einmal aber, er war gerade mit einer Viskositätsmessung beschäftigt, blieb Archie vor dem halbgeöffneten Fenster stehen und blickte ihn an, als wolle er ihn abschätzen. Brehm drückte auf die Stoppuhr, als der Faden des braunen Lacks abriß, notierte die Zeit und drehte die Sitzfläche des Schemels zum Fenster. Archie trug einen zartgelben Binder zu einem taubenblauen Hemd.

Sag mal, täusche ich mich, oder hast du nicht bald Geburtstag?

Brehm winkte ab: Nächstes Jahr, im Januar. Wieso fragst du?

Dann bist du Steinbock oder Wassermann.

Ich glaube, Steinbock.

Brehm tat amüsiert und nannte das Datum, als müsse er es aufsagen, wie früher, als Kind, wenn seine Mutter ihn beiläufig abfragte nach Namen, Geburtstag und Adresse.

Dann bist du ein Kopfmensch, sagte Archie. Steinböcke sind Kopfmenschen, ehrgeizig, zielgerichtet und willensstark.

Brehm mußte lachen.

Archie musterte ihn.

Und dein Aszendent?

Was fürn Ding?

Na, in welcher Konstellation dein Sternbild gestanden hat!

Keine Ahnung!

Das ist doch das Wichtigste. Manchmal wichtiger als das Sternbild selbst, sagte Archie.

Keine Ahnung, wiederholte er.

Du mußt die genaue Stunde deiner Geburt wissen. Dann rechne ich es dir aus.

Glaubst du daran? An Sternbilder?

Was heißt glauben, sagte Archie in unbestimmtem Tonfall. Bei mir stimmt jedenfalls alles.

Rauchen wir eine?

Nein, sagte Archie, ich muß gleich nach oben. Aber kümmere dich mal darum.

Kaum daß er zu Hause war, verblüffte er seine Mutter, die das Geschirr vom Vortag abwusch, mit der Frage nach der Stunde seiner Geburt.

Na, ganz früh am Morgen, so zwischen fünf und sechs, sagte sie spontan und lachte auf: Wie kommst du denn darauf?

Aber wann genau?

Warte mal, sagte sie, zog die Stirn kraus und trocknete die Hände an der Schürze. Sie lief an ihm vorbei zum Glasschrank in der Stube, zog die blecherne Kassette heraus, in der die Dokumente lagen und das Familienstammbuch, setzte sich an den Eßtisch und winkte ihn, der ihr langsam gefolgt und an der Tür stehengeblieben war, zu sich heran. Er beugte sich über ihre Schulter und las, daß seine Geburt am 15. Januar frühmorgens 4 Uhr 45 Uhr in der Entbindungsstation des Krankenhauses Berlin-Weißensee angezeigt worden war.

Siehst du, sagte sie. Wenigstens auf mein Gedächtnis kann ich mich noch verlassen. Und was interessiert dich daran?

Fürs Horoskop.

Du und Horoskope?

Sie schüttelte belustigt den Kopf und ging wieder in die Küche, um den Rest des Abwaschs zu erledigen. Er setzte sich auf ihren Platz und blätterte in dem weinrot gebundenen Büchlein, das noch aus den dreißiger Jahren stammte. Seine Mutter hatte recht, an der Astrologie war er nie besonders interessiert gewesen. Horoskope hielt er für einen Zeitvertreib von Frauen im Alter seiner Mutter, und wenn er bei seiner Tante im französischen Sektor ein Zeitung fand, las er über die Spalte mit den Sternzeichen flüchtig hinweg; aus den Zeitungen im russischen Sektor war sie schon lange verschwunden.

Dennoch rief er Archie am nächsten Tag, noch bevor der allgemeine Rundgang durch den Betrieb begann, über den Hausapparat an.

Ich habs rausgekriegt. Früh um dreiviertel fünf.

Bist du sicher?

Es ist amtlich. Aber warum willst du das wissen?

Archie ließ eine Pause entstehen, er hörte ihn atmen und im Hintergrund Stimmen und das perlende Lachen von Ilona Kreutziger.

Ich versprech dir, das wirst du bald erfahren. Es ist sozusagen eine Überraschung.

Komm, sagte Brehm, machs nicht so spannend.

Du wirst es schon erwarten können, sagte Archie mit betont milder Stimme und legte auf.

Am Donnerstag mußte er zur Berufsschule und vergaß im Trubel zweier Klausuren die rätselhafte Ankündigung, aber am folgenden Tag tauchte Archie schon kurz nach Arbeitsbeginn am Fenster auf, hielt ihm die Schachtel mit den feinen Zigaretten hin und sagte:

Dein Aszendent ist der Widder.

Er machte einen so zufriedenen Eindruck wie sonst nur nach einem vollendeten English-Waltz mit Ilona Kreutziger.

Und?

Ihr paßt zusammen!

Komm, jetzt hör auf, rief er in komischer Empörung. Das ist doch Folter!

Archie ignorierte seinen Einwurf.

Hast du einen Anzug?

Er verdrehte die Augen. Archie mußte doch wissen, daß er einen Anzug hatte.

Hast du Sonntag in vierzehn Tagen Zeit?

Er hatte immer Zeit, auch Sonntag in vierzehn Tagen.

Dann lade ich dich hiermit zu meiner Hochzeit ein.

Er hielt es erst für einen Scherz und wollte losprusten, aber Archies formelhaft feierlicher Tonfall ließ keinen Zweifel zu, daß er es ernst meinte, und er nahm sich zusammen und sagte:

Gratuliere. Wer ist die Glückliche?

Kennst du nicht, sagte Archie, lehnte sich aufs Fensterbrett und fuhr mit bedeutungsvollem Unterton fort, er habe ihn nicht ohne Absicht ausgewählt.

Brehm nickte, als verstünde er, was gemeint war.

Also, seine Braut sei Verkäuferin in einem Geschäft für Haushaltswaren in der Müllerstraße und mit der Tochter der Chefin befreundet. Sie sei auch eingeladen.

Die Chefin, sagte er, um etwas zu sagen.

Natürlich die Tochter!

Er nickte wieder.

Kurz gesagt, fuhr Archie fort, sie brauchten für die Tochter der Chefin einen Tischherren. Und da habe man sich nach langem Nachdenken für ihn entschieden.

Archie sah ihn an, als offeriere er ihm ein kostbares Geschenk.

Sie ist Widder und auch noch solo!

Brehm schob vor lauter Verlegenheit die Geräte auf dem Labortisch zurecht.

Es ist *die* Gelegenheit für dich, sagte Archie mit immer noch bedeutungsvoller Stimme. Zugegeben, sie ist nicht das, was man eine Schönheit nennt, aber sie hat eine ausgezeichnete Figur und einen guten Charakter.

Hast du noch eine Zigarette, fragte Brehm.

Archie hielt ihm die Packung hin.

Sie hat schon ein Auto.

Brehm fuhr auf: Was denn. Dann muß sie ja über achtzehn sein!

Ihr seid ein gutes Jahr auseinander. Glaub mir, das Alter spielt keine Rolle!

Brehm zog an der Zigarette und sah an Archie vorbei auf den Hof.

Mein Vater ist sogar drei Jahre jünger als meine Mutter. Voriges Jahr hatten sie silberne Hochzeit!

Er mußte jetzt etwas sagen, war sich aber immer noch nicht sicher, was. Einerseits verwirrte ihn die Vorstellung, er sei der Posten in einer Rechnung, die er einem so lebenslustigen und in den Tag hinein lebenden Menschen wie Herbert Probst genannt Archibald nie zugetraut hätte, andererseits reizte ihn eine Möglichkeit, die sich völlig unabhängig von ihm eröffnet hatte, ja, er fühlte sich sogar ein wenig erhoben, daß die Wahl auf ihn gefallen war.

Was braucht ihr denn so. Ich meine, als Geschenk.

Archie machte eine ostentative Handbewegung. Nichts, gar nichts. Ein Blumenstrauß reicht vollkommen. Also bon?

Bon, sagte er, und als Archie sich aufrichtete und mit allen Zeichen innerer Befriedigung die Hand zum Abschied hob, fragte Brehm: Wie heißt sie denn?

Hab ich das nicht gesagt? Sie heißt Ilse.

Trotz des leichten, fast beschwingten Schritts, mit dem Archie sich Richtung Presserei entfernte, kam er ihm vor wie ein Verlorener. Alles schien vorstellbarer als ein verheirateter Herbert Probst, aber wenn es denn tatsächlich geschehen mußte, wäre ihm keine andere Frau eingefallen als die rote Ilona. Er griff irgendeinen Aktendeckel und machte sich auf den Weg in die Technische Abteilung. Ilona Kreutziger war glücklicherweise allein im Zimmer, saß hinter ihrem Schreibtisch, vergraben in Papieren, und blickte gegen seine Erwartung nur kurz auf, als er in das Zimmer trat. Er wußte plötzlich nicht mehr, was er sagen sollte, und wollte sich, nach einer knappen Entschuldigung, schon wieder entfernen, als sie ihn aufforderte, Platz zu nehmen.

Bloß kein Mitleid. Von dir nicht auch noch!

Ihre sonst so korrekt gezeichneten Lidstriche waren unscharf, als hätte sie sich gerade über die Augen gewischt.

Ich war wie geplättet, sagte er und setzte sich ihr gegenüber.

Ich hab schon so was geahnt. Die ganze letzte Zeit hat er sich ja kaum sehen lassen.

Er dachte an Archies zunehmende Präsenz vor seinem Fenster.

Das geht bestimmt schief, sagte Ilona und schüttelte den Kopf, er ist doch gar nicht der Typ für eine Ehe.

Vielleicht muß er … Sicher muß er heiraten.

So war es! Archie hat irgendeiner Frau ein Kind gemacht, und nun muß er die Suppe auslöffeln. Er wunderte sich, daß ihm der Grund erst jetzt eingefallen war.

Sie beugte sich vor, und er ahnte den Ansatz ihrer Brust mehr, als er ihn sah, denn sie blickte ihn tief, wie bittend, an. Ihre Augen füllten sich mit Tränen, und ihr Busen hob und senkte sich deutlich. Sie streckte die Hand über den Schreibtisch, die er zögernd nahm, und sie drückte die seine einige Sekunden ganz fest, als wolle sie einen tiefen Schmerz an ihn weitergeben.

Das ist es ja, sagte sie mit beherrschter, leicht bebender Stimme, sie kriegt gar keine Kinder.

Er mußte schlucken vor Verlegenheit, die Berührung war ihm so peinlich, wie sie ihn erregte. Er dachte blitzhaft an die Nähe ihrer Körper bei jenem Tanz und bevor Archie ihn abklatschte, und er dachte, daß die rote Ilona nun quasi frei werde, und verbot sich diesen Gedanken im gleichen Moment, und während sie ihren Griff langsam lockerte und die Hand schließlich zurückzog, erzählte er ihr von Archies Einladung und seiner Bestimmung als Tischherr der Tochter des Chefs von Archies Braut.

Das ist doch nichts für dich, sagte die rote Ilona, wischte sich die Augen und nahm ihre Handtasche, die über dem Stuhl gehangen hatte, auf den Schoß.

Du bist doch auch so ein Schmetterling, fuhr sie, nun schon ein wenig kokett, fort und zog einen Taschenspiegel heraus. So von Blume zu Blume. Oder?

Och, sagte er, halb verlegen, halb geschmeichelt.

Sie stieß einen kurzen Schrei aus und sprang auf.

Mein Gott, wie ich aussehe!

Sie nahm ihre Tasche und machte sich auf den Weg zur Toilette, und auch er stand auf und ging die paar Schritte mit ihr, und noch vor der Tür mit dem großen geschwungenen D berührte sie ihn am Arm: Und erzähl dann mal, ja?

Ein wenig benommen von dem Moment der Intimität mit der roten Ilona ging er die Treppe hinauf zu den Zeichnern, machte später noch einen Umweg über die Wickelei zur Buchhaltung, aber wo er auch hinkam, ob in der Technischen Entwicklung, ob im Prüffeld oder in der Sanitätsstube bei Schwester Martha, die Nachricht hatte sich schon vor seinem Eintreffen verbreitet; nur bei den Arbeitern in der Raucherecke auf dem Männerklosett genoß er mit seiner Kunde von Archibalds radikalem Entschluß noch Exklusivität, und sie wurde mit unverhohlener Schadenfreude aufgenommen: Einmal erwischt es jeden!

In der Zeit bis zum Heiratstermin ließ sich Archie nur kurz an seinem Fenster sehen, bot ihm eine von den Feinen aus seiner Zigarettenschachtel an, rauchte aber selbst nicht und versicherte sich noch einmal seiner Zustimmung: Ich kann mich doch auf dich verlassen? Er antwortete: Na, was denkst du denn! und verbrachte die beiden Tage vor jenem Sonntag mit letzten Vorbereitungen.

Schnüffelnd prüfte er, ob sein Anzug irgendwelche kresolartigen Gerüche angenommen hatte, war mit dem Ergebnis zufrieden, hängte ihn dennoch einen ganzen Abend zum Auslüften ans offene Fenster und bestand zum Erstaunen seiner Mutter darauf, das rosenholzfarbene Hemd, das er letztes Weihnachten von ihr geschenkt bekommen hatte, selbst zu bügeln: Du plättest mir nur wieder Falten in den Kragen.

Beim Friseur kurz vor der S-Bahn-Brücke ließ er sich am Freitagabend einen Rundschnitt für eine Mark fünfzig machen, mietete sich Sonnabend nach der Arbeit eine Kabine mit Wanne im Stadtbad Oderberger Straße und besorgte danach das beim Blumenladen um die Ecke bestellte Gebinde, für das seine Mutter ihm bedenklichen Gesichts, aber ohne große Auseinandersetzung das Geld gegeben hatte: zwölf Mark fünfzig.

In diesen Tagen hatte er sich auch entschlossen, das Billardspiel aufzugeben. Noch immer sah er vor dem Einschlafen den Lauf der elfenbeinernen Kugeln über den grünbespannten Tisch, hörte ihr helles Klacken, wenn sie aneinanderschlugen, bis in die Träume hinein – ein Zustand, der ihm nicht unangenehm war. Beunruhigend war nur die Tatsache, daß er am letzten Gehaltstag nach der reihum erfolgten Rückzahlung der Kleinbeträge, die er sich im Laufe des letzten Monats bei dem Schnelldreher oder bei Lackkammer-August, bei Lefty dem Schildermaler oder bei der roten Ilona geliehen hatte, nur so viel übrigbehielt, um über die nächsten anderthalb, zwei Wochen zu kommen. Die ersten Abende fiel es ihm schwer, im Bewußtsein zu Hause zu bleiben, daß Paczoska und die anderen sich bei Schweppes trafen, während er nach Büchern griff, die er längst gelesen hatte, oder öde Kurzreferate für das Berichtsheft nachschrieb. Paczoska, den er zufällig im Milchladen traf, war voll stummem Vorwurf und nahm seine Begründung, er müsse verstärkt für eine Zwischenprüfung arbeiten, mit gerunzelter Stirn und allen Zeichen des Unverständnisses entgegen.

Mensch, ich hatte doch nur noch Billard im Kopp, rechtfertigte er sich heftig.

Am Sonntag gegen elf Uhr begann er, sich vor dem großen Spiegel anzukleiden. Er mußte den Schlips dreimal binden, ehe er richtig saß, ließ sich die Rückenpartie seines mokkabraunen Zweireihers abbürsten, tippte mit der flachen Hand von hinten gegen sein Haar, um die Welle über seiner Stirn noch ein wenig stärker hervorzuheben, reckte die Schultern, drehte sich für die Seitenblicke nach rechts und nach links und war mit dem Gesamteindruck nicht unzufrieden. Nur der Versuch, sich vorzustellen, was ihn in seiner Rolle als Tischherr einer jungen Dame mit Auto erwartete, die nicht gerade eine Schönheit war, aber eine ausgezeichnete Figur besaß und einen guten Charakter, verlor sich in einem Nebel diffuser Gesichter, die vor ihm auftauchten und wieder verschwanden, ohne daß er sie festhalten konnte. So löste er gegen halb zwei mit dem Gefühl, einer unerwarteten Möglichkeit seines Lebens gegenüberzustehen, am S-Bahnhof Prenzlauer Allee eine Rückfahrkarte in den Westsektor, war kurz vor zwei Bahnhof Reinickendorf und stand nach einem schnellen Gang durch zwei Straßen, vorbei übrigens an dem Kino, für das Archibalds Vater die Filmwerbung zeichnete, aber ohne einen Blick für sie, vor der Wohnung im zweiten Stock eines Gründerzeithauses. Von drinnen hörte er Stimmenlärm, aber bevor er auf die Klingel drückte, wurde ihm heiß bei dem Gedanken, daß er nicht wußte, ob er das Papier des Blumenstraußes gleich oder erst kurz vor der Übergabe entfernen müsse.

2

Die erste Person, die sich am Montag, noch vor der Frühstückspause, bei ihm sehen ließ, war Ilona Kreutziger. Der leichte Wind, der an diesem Tag durch den überdachten Gang zwischen Kondensatorenhalle und Presserei zog, trug ihren Geruch zu ihm hin, noch ehe er den pockenden Ton ihrer Pumps vernahm und sie am Fenster auftauchte, attraktiv wie je, die Bluse leicht geöffnet, ihr Kittel strahlend weiß.

Na, wie wars?

Im gleichen Moment, in dem sie sich auf das Fensterbrett lehnte, umhüllte ihn eine Wolke so strengen Maiglöckchengeruchs, daß er leicht zurückfuhr. Archie hatte ihm einmal erzählt, sie gebrauche ihr Parfüm immer dann auf eine, so sagte er: exzessive Weise, wenn sie ihre Tage hatte.

Och, sagte er unbestimmt und atmete flacher, wie solls gewesen sein, nickte dann aber mehrmals nachdenklich, als zöge er erst jetzt die Summe des vergangenen Tages: Eigentlich ganz schön.

Und was die aufgetafelt haben, fuhr er gleich darauf fort und rückte den Schemel ein Stück vom Fenster weg, das läßt du dir nicht träumen!

Zuerst gab es eine Bouillon mit Eierstich, danach konnte, wer wollte, wählen zwischen Rinderroulade mit Rotkohl und Petersilienkartoffeln oder Hirschkeule mit Preiselbeersoße und Schlesischen Klößen. Und alles in reichlicher Menge. Er selbst hat, nach Aufforderung, von beidem gegessen, von den Rouladen sogar zwei und dann noch die Füllung, die Archibalds Braut an den Tellerrand gelegt und ihm, angesichts seines außergewöhnlichen Appetits, angeboten hatte, schön gesottenen fetten Speck mit Zwiebeln und fast bißfester saurer Gurke. Und zum Nachtisch Rote

Grütze. Er war noch intensiv mit seiner Verdauung beschäftigt, als schon die nächsten Platten mit gedecktem Apfelkuchen und Mischobsttorte aufgetragen wurden, dazu zwei Schüsseln Schlagsahne bis über den Rand gefüllt. Mann!

Er machte eine kurze Pause, sah in die ernst gespannte Miene Ilonas und rief, noch ehe sie etwas fragen konnte: Und abends erst!

Er strahlte übers ganze Gesicht und setzte zu einer ausführlichen Beschreibung des kalten Buffets an, das Archies Mutter und ihre zwei Schwestern im Nebenzimmer schon gegen sechs begonnen hatten aufzubauen, aber noch bevor er seiner Begeisterung über die zarten, mit feinen Gemüsen dekorierten Roastbeefscheiben und die Rinderbrust mit dem Sahnemeerrettich Ausdruck geben konnte, unterbrach ihn Ilonas leicht ironisch gefärbte Stimme: Dann hats also gefunkt?

Er tat, als verstünde er nicht.

Na, mit deiner Tischdame.

Naja, was heißt, gefunkt. Aber sie ist schon ein Kumpel. Wirklich.

Sie hatte bereits am Tisch gesessen, als er mit seinem ausgewickelten Blumenstrauß ins Zimmer getreten war, ein bißchen gehemmt ob der Ansammlung unbekannter Menschen, die ihn aber alle so unbefangen und herzlich begrüßt hatten, daß seine Verlegenheit abfiel und sich erst wieder einstellte, als er ihr vorgestellt wurde und sich neben sie setzte. Glücklicherweise hatte man nur auf ihn gewartet, um mit dem Essen zu beginnen, die kirchliche Trauung war schon am späten Vormittag gewesen, im engsten Familienkreis, wurde gesagt. Er wurde zu ihrer rechten Seite plaziert und konnte alle Verlegenheitspausen mit lobenden Äußerungen über das Essen oder Zureichungen überbrücken, mal die Sauciere, mal die Kartoffelschüssel.

Er spürte die scheuen Blicke, die ihn von seiner linken Seite her trafen, wenn er sich mal mit einem lustigen Wort an Archie wandte, der ihm schräg gegenüber saß, vermied aber selbst jeden Blickkontakt.

Stimmt, er hatte anfangs Schwierigkeiten, ihr in die Augen zu schauen. Auch später, als er ein Gespräch über das schöne Wetter begann, das nun schon seit drei Wochen andauerte, streifte sein Blick eher die Unterpartie ihres Gesichts oder den Hals und den leicht vorgewölbten Teil ihrer straff sitzenden Bluse. Ihre Antworten waren einsilbig und mit dünner Stimme gesprochen, aber nicht abweisend, eher schüchtern oder zurückhaltend. So vermied er es, sich an sie direkt zu wenden, sondern bezog alle um ihn Sitzenden ein, sandte aufmerksam scheinende, nichtsdestoweniger flüchtige Blicke im Kreis und redete sich in einen Rausch hinein, so daß er für eine nicht unwesentliche Zeit Mittelpunkt der Tischrunde war. Einmal, als seine Nachbarin zur Linken den Tisch verließ, um zur Toilette zu gehen, wagte er es, ihr unauffällig hinterherzublicken, schob ihr den Stuhl, nach einer kurzen Entschuldigung, aber erst zurecht, als sie wieder dicht an den Tisch getreten war.

Je länger seine Unfähigkeit zur direkten Kontaktaufnahme anhielt, je unbehaglicher wurde ihm zumute, er begann zu schwitzen, bat bei Archies Mutter artig um Erlaubnis, seine Krawatte lockern zu dürfen, erhielt ein wohlwollendes Kopfnicken zur Antwort, man öffnete sogar das zweite Fenster, so daß ein wenig Durchzug entstand, aber seine Erleichterung dauerte nur eine kurze Weile an, und wäre nicht eine von Archies stämmigen Tanten gewesen, er hätte nicht gewußt, wie er den Tag überstehen sollte. Sie nutzte die Gesprächspause, die nach dem Ausschank einer Runde Dujardin entstanden war, und erklärte einem offenbar entfernten, aus dem Rheinland angereisten Verwandten, warum die Hochzeitsfeier, statt standesgemäß von den Eltern der Braut, von denen des Bräutigams ausgerichtet werden mußte, mit der Tatsache, daß sie, die Braut, seit ihrem dreizehnten Lebensjahr Vollwaise sei. Sie hatte nicht laut, aber so deutlich gesprochen, daß alle am Tisch auf die Braut schauten, die ihren Blick gleich gesenkt hatte und aus lauter Verlegenheit an den Rändern ihres Schleiers nestelte. Archie war gerade mal aus dem Zimmer gegangen, als seine zweite, ebenso stämmige Tante, die mit der Schnapsflasche um den Tisch herumging und nachschenkte, auf die kürzliche Preiserhöhung für Spirituosen zu sprechen kam und gleich darauf auch auf die von Fleischwaren, und alle drei Frauen, die beiden Tanten und Archies Mutter, wie automatisch von den Aufwendungen für die Feier zu reden begannen: Was der Kuchen allein gekostet habe und die kalten Platten von Feinkost-Bader und der Sekt, der ja noch an die Reihe käme, und indem sie sich bei der Aufzählung der einzelnen Preise zu übertrumpfen begannen, spürte er an seiner Schulter eine Berührung und an seinem Ohr einen warmen Atem und hörte die geflüsterten Worte: Mensch, wie findest'n du das?

Sei es wegen des leichten, nicht unangenehmen Schauers, der ihm über den Rücken lief, sei es, weil er die Beschämung, die er während der noch andauernden Kostenrechnung der Frauen empfand, mit einer Verbündeten teilen konnte, er drehte sich zu ihr und sah ihr in die Augen, die erstaunlich groß waren und von blassem Blau und ihn vor lauter Schalk geradezu ansprühten, so daß er sich ein Losprusten verkneifen mußte und sich zu ihr hinüberbeugte und ihr gleichermaßen ins Ohr flüsterte: Na, wie soll man das finden: peinlich!

Von diesem Moment an waren sie so etwas wie Verbündete. Und es hielt den ganzen Abend über an, sie tanzten sogar, und er fand, daß sie sich ausgesprochen gut *anfaßte*, auch wenn er sich recken mußte, um nicht kleiner zu erscheinen als sie, auch wenn er ihr immer fest in ihre lustigen Augen schaute, um alles andere darum herum nur verschwommen wahrzunehmen, die steil aus ihrem Gesicht schießende Nase, die kleinen dunklen Punkte auf ihrer bläßlichen Haut, die seine Mutter als unrein bezeichnet hätte.

Nee, wirklich, sagte er zu Ilona, sie ist schon ein toller Kumpel, und machte eine überschwengliche Geste, suchte dann nach der Schachtel mit den feinen Zigaretten, die Archibald ihm gestern heimlich zugesteckt hatte, und bot ihr eine an. Sie schüttelte den Kopf und lächelte munter, so als nehme sie inzwischen alles leicht und als könne sie nichts erschüttern, doch er ahnte, was sie hören wollte, war aber nicht in der Lage, ihr die Wahrheit zu sagen: daß er, bei aller Lebenslust und Fröhlichkeit, die ihrem Kollegen eigen war, noch nie einen so glücklichen Menschen erlebt hatte wie Archie auf seiner Hochzeit.

3

Die nächsten Tage nahmen ihren gewohnten Gang. Dienstags ging er tagsüber zur Berufsschule und abends zum Boxtraining, wo er drei Sparringsrunden gegen Werner Lübke, der die beste linke Gerade seiner Gewichtsklasse schlug, passabel absolvierte; am Mittwoch erfuhr er in der Raucherecke auf dem Männerklosett, daß auf der Parteiversammlung eine Normerhöhung in den wichtigsten Abteilungen diskutiert worden sei, und registrierte einige ablehnende, im Unterton höhnische Sätze wie: Na, det wolln wir mal sehn! Oder: Da staun ick aba!

Manchmal, wenn er mit der Stoppuhr in der Hand vor dem Viskosimeter saß oder bei seinen Rundgängen durch den Betrieb, blitzten Bilder vom letzten Sonntag vor ihm auf und hinterließen die im ganzen nicht unangenehme Erinnerung an einen Körper, der sich gut anfaßte, und an ein junges Lachen.

An jenem Abend waren sie kurz vor halb zwölf Uhr abends auseinandergegangen nach einem festen Händedruck und einem herzlichen, aber von keiner unterschwelligen Innigkeit gefärbtem Na, denn auf Wiedersehen!, das von Archie, der sie zur Haustür gebracht hatte, mit einem Na, das sollte wohl sein! bekräftigt wurde. Sie schlug die Richtung zum Autobus ein, er die zur S-Bahn, und bevor er die Ecke mit schnellen Schritten erreicht hatte, drehte er sich noch einmal herum, aber sie war schon verschwunden.

Am Donnerstag stieß Archie, der zu seinem freien Tag noch zwei Tage Tarifurlaub genommen hatte, kurz vor der Frühstückspause in der Wickelei zu ihm, wo er in einer Gruppe Blaukittel stand, die sich die Hände an Putzlappen säuberten und dabei den Abstieg der neuen Kranführerin beobachteten. Sie war rücklings aus der verglasten, kurz unter der Hallendecke befindlichen Kabine getreten, und bei jedem Schritt, mit dem sie die eiserne Leiter herunterstieg, spannte sich die Kombination über ihrem prallen Hinterteil und weckte eindeutige Phantasien, die durch Archies Auftauchen unterbrochen wurden. Gleich brach ein lautes Hallo! und Freudengeschrei aus, sofort bestürmte man ihn mit anzüglichen Fragen, aber Archie war in bester Stimmung und trug eine so sieghafte Miene zur Schau, daß alle lästernden Bemerkungen der versammelten Arbeiterschaft von ihm abprallen mußten.

Archie faßte ihn an den Arm und zog ihn Richtung Kleberei, und kurz vor der Pendeltür fragte er: Wie hast du es überstanden?, und er sagte: Na, bestens!, und als sie vor der eisernen Tür des Labors standen, sagte Archie: Dann lade ich dich Sonntag ein. Wir gehen in den Zoo.

Nächsten Sonntag war Pfingsten.

In den Zoo?

Natürlich zu viert. Einverstanden?

Er gab sich freudig überrascht und nickte, obgleich er die Vorstellung, den Sonntag im Zoo zu verbringen, alles andere als verlockend fand. Er erinnerte sich zäher Sommernachmittage an der Hand seiner Mutter, die ihn von Gehege zu Gehege führte und vor jedem dritten stumpf glotzenden Tier, ob Gemsbock, Coyote oder Pavian, Guck mal! Ist der nicht süß? oder etwas Ähnliches rief. Selbst die Fütterung der Raubtiere, die jedesmal Scharen von Besuchern anlockte, war ihm durch den infernalischen Gestank im Umkreis der Käfige verleidet, und als er wieder auf dem Schemel in der Nähe des Fensters saß, ärgerte er sich über seine voreilige Zustimmung, vor allem, weil er so getan hatte, als freue er sich, und er überlegte, wie er Archie von diesem Zooplan abbringen konnte, ohne unglaubhaft zu erscheinen. Aber weder tauchte Archie an seinem Fenster auf, noch fand er mittags in der Kantine Gelegenheit, ihn anzusprechen. Er saß an einem Tisch am anderen Ende des Saales neben dem Technischen Leiter und führte ein intensives Gespräch. Kurz vor Feierabend rang er sich durch, ihn unter einem Vorwand anzurufen, und fragte wie nebenbei: Sag mal, ist die Zoosache nicht viel zu teuer? Wir könnten doch ins Kino gehen. Da kann ich auch *eins zu eins* bezahlen.

Archies Stimme bekam einen beinahe väterlichen Klang, als er sagte, um das Geld solle er sich keine Gedanken machen. Das sei schon gut angelegt. Außerdem habe er Pfingsten vor einem Jahr seine Frau Evi kennengelernt, im Zoologischen Garten.

Das ist doch ein gutes Vorzeichen. Oder?

Ihm fiel kein Argument ein, das er Archie entgegenhalten konnte, und ergab sich seinem Schicksal. Am späten Nachmittag, als er nach Hause kam, fand er auf dem Nachttisch ein Buch, das ihm seine Mutter dort hingelegt hatte; es war, in hellgraues Leinen gebunden, Pelz von Felinaus Roman über den Untergang der Titanic. Ohne sich umzuziehen, fiel er in den Sessel, warf einen Blick auf die erste Seite und war derart gefesselt, daß er den ganzen Abend über las und auch den nächsten. Sonntagfrüh war sein Kopf noch immer gesättigt mit Bildern und Szenen aus dem gescheiterten Kampf um das Blaue Band, aus dem er erst kurz vor Archies Haustür auftauchte.

Er war ein paar Minuten zu spät gekommen und wurde von einem strahlenden Archie, der den Arm um seine zierliche Frau namens Evi geschlungen hatte, schon auf der Straße erwartet. Seine Tischdame stand einen halben Meter neben ihnen, hoch aufgerichtet und mit bescheidenem Lächeln auf dem viel zu schmalen Mund. Sie trug einen weißen knielangen Plisseerock und eine veilchenblaue Bluse aus zartem Gewebe, begrüßte ihn unbefangen, und er war überrascht, wie vertraut sie ihm schon war.

Am Bürgersteig stand das Auto, ein schwarzlackierter Volkswagen mit blitzenden Stoßstangen und heruntergeklapptem Verdeck. Archie und seine Frau stiegen in den Fond, ihm wurde der Beifahrersitz eingeräumt, und als er sich in das lederne Polster streckte und sie über die sonnigen, fast leeren Straßen fuhren, neben ihm eine junge Frau mit wirklich aufregenden Beinen, begann sein Herz schneller zu schlagen, und ihm war, als hätte sich eine Tür geöffnet, und er brauchte nur einzutreten in einen neuen, unbekannten Raum im Haus des Lebens, das noch vor ihm lag.

Dieses Gefühl hielt sich über die nächsten Stunden, und auf der Rückfahrt hatte er schon seinen linken Arm auf der Lehne des Fahrersitzes plaziert, die Beine übereinandergeschlagen, zwischen den Lippen eine Zigarette. Er war satt und in beschwingter Laune wie alle im Auto; so kurzweilig hatte er sich den Zoobesuch nicht vorgestellt, zumal sie die meiste Zeit in der Cafeteria gesessen hatten, zunächst bei Buttercremetorte mit Schlagsahne, später bei Würstchen, Kartoffelsalat und Coca-Cola, alles auf Archies Rechnung, der auch seinen Versuch, von den zwanzig Ostmark, die er sich am Sonnabend kurz vor Feierabend in plötzlichem Entschluß von dem Schnelldreher geliehen hatte, wenigstens ein Langnese-Eis zu spendieren, mit der Bemerkung Hier bist du mein Gast! freundlich, aber bestimmt zurückwies. Auch die Kapelle hatte nur anfangs einige Titel mit der auf Pfingstkonzerten üblichen Musik intoniert und war dann für den Rest der Zeit mit *American patrol* und *In the mood* in einen fröhlichen Swing gefallen. Sie saßen vor ihren Colaflaschen und wippten mit den Beinen im Takt, Archie zwinkerte ihm zu und erhob sich, und sie tanzten mit ihren Frauen zwei Runden einen – wie er es nannte – gepflegten Jitterbug.

Als sie auf der Rückfahrt in die Müllerstraße einbogen, beugte sich Archie aus dem Fond zu ihm herüber. Er solle mal nach links schauen. Da! Das Eckgeschäft. Dort arbeite Evi, seine Frau.

Er sah auf der ihm zugewandten Seite eine Front mit zwei ausladenden Schaufenstern unter der geschwungenen Inschrift *Boeldicke Haushaltswaren* vorüberziehen und nickte der grazilen Blonden zu, obgleich er wußte, daß Archie ihn nur auf die Besitzverhältnisse seiner Tischdame hinweisen wollte. Mit einem Seitenblick nahm er wahr, daß sie starr auf die Fahrbahn blickte, als habe sie die kurze Bemerkung gar nicht gehört, so daß er auf Archies Hinzufügung, der Laden an jener Ecke sei nur die Filiale, mit einem knappen und souverän gesprochenen Aha! antwortete.

Vor Archies Haustür stiegen sie aus, standen noch ein paar Minuten herum und versicherten sich, was für einen schönen Sonntagvormittag sie verlebt hätten und wie gut die Musik gewesen sei und wie schön das Wetter. Er sprach einen artigen Dank für die Einladung aus und verband sie mit der Hoffnung auf eine Revanche; Archie winkte großzügig ab und sagte, das werde sich schon finden, und er wollte schon die Hand zum Abschied reichen, um sich auf den Weg zur S-Bahn zu machen, als seine Tischdame ihm mit beinahe schüchterner Stimme anbot, sie wolle ihn nach Hause fahren. Archie, der neben ihm stand, stieß ihm, als er einen Moment zögerte, in die Seite, rief mit munterster Stimme: Na, das wird er sich nicht zweimal sagen lassen! und schob ihn mit sanfter Gewalt zur Beifahrertür.

Noch einmal begannen die Rituale eines fröhlichen Abschieds, Archie und seine grazile Frau standen untergehakt am Bordstein und winkten ihnen hinterher, aber sobald sie allein waren, versiegte jedes Gespräch, und er tat so, als konzentriere er sich ganz auf den Weg, wies sie an Kreuzungen in die richtige Richtung und füllte die Pausen, wenn sie ihm peinlich wurden, mit Spekulationen über mögliche Abkürzungen.

Sie passierten die Sektorengrenze dort, wo die Bernauer in die Eberswalder überging und die Straßenschwellen seit dem Aufstand beseitigt waren. Sie wurden auch nicht angehalten, aber unter dem Blick, den der Polizist ihnen vom Straßenrand her zuwarf, spürte er so etwas wie eine Besonderheit seiner Person, und der blitzhafte Gedanke, er würde einmal als Juniorchef eines imponierenden Eckladens, der überdies nur die Filiale darstellte, in seine Gegend zurückkehren, rief eine beinahe sensationelle Empfindung in ihm hervor, aber nur für ein paar hundert Meter Autofahrt, denn als sie die Kreuzung Ecke Schönhauser überquerten, stellte er sich vor, seine Mutter lehnte, wie oft zu dieser Mittagszeit, aus dem Fenster und winkte sie beide zu sich herauf, und so hätte der nur noch Minuten entfernte Halt vor seiner Haustür eine Konsequenz, die zu ziehen er im Moment nicht in der Lage war. Und so hob er in gespieltem Erschrecken die Hände, verzog sein Gesicht wie vor Schmerz, rief: O Gott, bin ich ein Trottel! und bat sie gleich darauf mit vor Panik gepreßter Stimme, sie möge anhalten, sofort. Bitte halt an!

Sie zog das Auto an den Straßenrand und trat hart auf die Bremse, so daß er sich mit beiden Händen an der Konsole des Armaturenbretts abstützen mußte, und er sah, als das Auto zum Stehen gekommen war, in ein überrumpeltes, ganz und gar ratloses Gesicht. Was denn passiert sei?

Er sah ihr so fest in die Augen, wie er konnte.

Etwas Wichtiges, etwas absolut Wichtiges! Tut mir leid, aber ich bin schon zu spät!

Ob sie ihn hinfahren soll! Sie kann ihn doch hinfahren!

Er schüttelte heftig den Kopf.

Auf keinen Fall! Das würde alles verderben.

Ist es was Schlimmes?

Er senkte den Kopf, holte Luft und seufzte so dramatisch, wie er konnte.

Kann er nicht sagen jetzt. Später. Da erklärt er ihr alles, ja?

Sie nickte wie in vollstem Verständnis und sagte: Klar, klar!, aber alles an ihr drückte eine so große Enttäuschung und Hilflosigkeit aus, daß es ihm unmöglich war, ohne eine versöhnliche Geste auszusteigen, und so beugte er sich kurz entschlossen zu ihr hinüber, zog sie an sich, schloß die Augen, berührte mit den Lippen erst ihre Wange, dann ihren Mund und küßte ihn. Als er die Straße hinablief, sich noch einmal herumdrehte und ihr zuwinkte, war er erstaunt, wie leicht ihm die Geste gefallen war, aber er registrierte auch, daß er in keinem Moment, selbst beim kurzen Berühren ihrer Brust, an der Stelle, die André Szyparski für den Sitz der Seele des Mannes hielt, auch nur die geringste Regung gespürt hatte.

4

Am Montag kam er sechs Minuten zu spät in die Fabrik, und die Stechuhr stempelte ihr häßliches Rot auf die schmale Karte, die seinen Namen trug. Seine Mutter hatte diese Woche Frühschicht und war schon kurz vor fünf aus der Wohnung gegangen. Sie hatte ihm den großen Wecker auf sechs Uhr eingestellt, und er hatte ihn tatsächlich klingeln hören und gleich ausgestellt, wollte, ohne die Augen zu öffnen und mit aufgestützten Ellbogen, ein paar Sekunden in dieser Stellung verharren, war aber noch einmal in einen tiefen Schlaf gefallen und erst kurz nach halb sieben aufgeschreckt. Obgleich er, nur flüchtig gewaschen, die Strecke bis zur Haltestelle im Laufschritt zurückgelegt hatte, war seine Straßenbahn schon weg. Fast wäre er wieder nach Hause gegangen, um sich beim Arzt um die Ecke für drei, vier Tage krankschreiben zu lassen, aber dann sah er am südlichen Ende der Allee schon die nächste Bahn auftauchen und blieb stehen. Gemessen an der Menge Bier, die er getrunken hatte, ging es ihm gar nicht so schlecht, er hatte nicht einmal Kopfschmerzen, es war nur, als läge ein Schleier von Dumpfheit über ihm.

Gestern war er nach dem Abschied von seiner Tischdame auf einem Umweg nach Hause gegangen. Tatsächlich lehnte seine Mutter aus dem Fenster und winkte ihm schon zu, als er an der Ecke auftauchte. Sie hatte mit dem Mittagessen auf ihn gewartet und trug es nun auf, in guter Laune, aber mit spürbar forschenden Blicken. Er hatte ihr in einer schwachen Minute kurz und auch nur andeutungsweise von seiner neuen Bekanntschaft erzählt, aber sie wußte, auf ihre Nachfrage würde er wie immer schroff reagieren und wortkarg. Nach dem Essen zog er sich mit der Zeitung auf das Sofa zurück, und beim Abräumen fragte sie wie nebenbei: Und wie wars so?

Wie solls gewesen sein. Das Essen war ganz gut. Ja. Und die Musik auch.

Und sonst nichts? sagte sie über die Schulter hinweg.

Er sah in die Zeitung und antwortete nicht, und sie ließ ihn in Ruhe und ging in die Küche. Nach einer halben Stunde Zeitungslektüre stellte er fest, daß er nicht mehr wußte, was er gelesen hatte, und er erinnerte sich der zwanzig Mark in seiner Tasche. Er rief in Richtung Küche, daß er noch einmal hinuntergehen werde.

Komm nicht so spät. Ich hab Frühschicht.

Sie hatte ihren klagenden Ton in der Stimme.

Ja, ja, sagte er.

Auf dem Hof gegenüber hatte er erfolglos nach Werner Lübke gepfiffen, war durch die ausgestorbenen Straßen erst zum Platz und dann zum Eisladen geschlendert, hatte aber auch dort niemanden getroffen, den er kannte. Für Schweppes war es noch zu früh; so setzte er sich an die Theke der Kneipe Horn und trank ein Pils. Außer ihm und dem Budiker war nur der alte Herr Wenger anwesend, der still an seinem Zweiertisch saß, vor sich ein Hellbier und ein schon leergetrunkenes Schnapsglas.

Für einen Moment überlegte er hinüberzuwechseln, unterließ es aber. Herr Wenger war für sie die Inkarnation eines Trinkers, der sich selbst genug war. Seine Frau war kurz nach dem Krieg an Typhus gestorben; er lebte allein mit seinem Sohn, der anfallweise stotterte und bei ihnen nicht besonders angesehen war. Noch nie hatte er jemanden am Tisch von Herrn Wenger sitzen sehen.

Kurz nach sechs stand er bei Schweppes vor der Tür. Die alte Frau Klug, die ihn begrüßte, als wäre er nie weggewesen, hatte wie üblich das Viertelbillard im Hinterzimmer für sie reserviert. Er ließ sich die Kugeln geben und spielte eine Weile für sich. Erst als Paczoska und die anderen kurz nacheinander eintrafen und ihn mit lautem Hallo begrüßten, wurde ihm bewußt, wie leer er sich die ganze letzte Zeit über gefühlt hatte.

Sie spielten den ganzen Abend lang, und obgleich er nicht eine einzige Partie gewann und es an Anzüglichkeiten und Frotzeleien über seine fast drei Wochen dauernde Abwesenheit nicht fehlte, kam er in beste Stimmung und spendierte sogar mehrere Runden Bier und Korn. Gegen zehn, als die alte Frau Klug die Zwischenrechnung machte, um kurz darauf mit ihrem angewärmten, zuckerhaltigen Schlafbier in die Wohnung zu verschwinden, hatte er die zwanzig Mark des Schnelldrehers so gut wie ausgegeben und wollte nach Hause gehen, aber Paczoska bot sich an, ihm das Geld für die Zeche, die er bis zum Kneipenschluß machen würde, vorzuschießen. Nur ein-, zweimal, als er, auf sein Queue gestützt, neben dem Billardtisch stand und das Spiel der anderen verfolgte, schob sich zwischen den exakten Lauf der Kugeln von Bande zu Bande das Bild zweier ausladender Schaufenster in der Müllerstraße, und er sah sich, zurückgelehnt und eine Zigarette im Mund, im offenen Wagen seiner Tischdame die Eberswalder Straße hinunterfahren.

Kurz nach Mitternacht fiel er bierschwer und mit stark umnebeltem Kopf ins Bett. Seine Mutter schlief schon. Sie hatte den großen Wecker herausgeholt und auf eine Untertasse mit drei Teelöffeln gestellt.

5

Den Vormittag verbrachte er mit Routinearbeiten und dem Säubern eines neuen Labortisches, der neben der Wand mit den Glassteinen installiert worden war. Er war froh, als die Werksirene zur Mittagspause rief, obgleich es montags immer Eintopf, wechselweise Brühreis oder Bouillon mit

Bandnudeln, gab. Archie war nirgends zu sehen; montags zog sich die Besprechung der Techniker meist weit über die Mittagspause hinaus. Er fand einen Platz am Tisch der Büroangestellten und löffelte die Suppe lustlos und ohne Appetit. Er hatte einen riesigen Brand und sehnte sich nach einer Flasche Bier, aber der Verkäuferin am Kiosk vor dem Werktor war es neuerdings untersagt worden, Betriebsangehörigen Alkohol zu verkaufen, jedenfalls nicht während der Arbeitszeit. Am zweiten Tisch gegenüber entdeckte er Ilona Kreutziger und winkte ihr zu, aber sie schien es nicht zu bemerken, und so wartete er, bis sie das leere Geschirr zur Ablage trug und schob sich dicht hinter sie. Ihre Haare fielen voller denn je über die Schultern, und sie roch nicht mehr nach Maiglöckchen. Als er sie ansprach, drehte sie sich nur halb zu ihm herum und sagte über die Schulter hinweg: Gratuliere zu deinem Erfolg.

Ihr schnippischer Ton irritierte ihn, und er fragte, was, um Himmels willen, sie meine.

Komm, tu nicht so unschuldig.

Sie wandte sich zur Tür, und er hatte Mühe, ihr zu folgen, so schnell ging sie, trotz ihrer Stöckelschuhe, über den Hof. Kurz vor der Tür zu Lackiererei hatte er sie eingeholt.

Ilona, bitte. Ich habe keine blasse Ahnung, was du meinst.

Jetzt blieb sie stehen und musterte ihn mit einer Mischung aus Mitleid und kühlem Spott.

He, Ilona, was ist los!

Ich versuche mir gerade vorzustellen, wie du unschuldigen Hausfrauen Schnellkochtöpfe andrehst.

Du spinnst doch!

Er mußte schon wieder lachen.

So? Sie dehnte das Wort und zog die Mundwinkel herunter, als sie lächelte. Mir hat man jedenfalls glaubhaft versichert, daß du seit gestern so gut wie verlobt bist.

Er spürte, wie ihm das Blut in den Kopf stieg, er wollte etwas sagen, war aber unfähig, auch nur das kleinste Dementi zu äußern, und sah, wie sie, hoch aufgerichtet, die linke Hand in der Kitteltasche, durch die Pendeltür verschwand, und es dauerte eine Weile, bis er begriffen hatte, welche Ursache Ilonas Äußerung zugrunde lag, und er verfluchte den Augenblick seiner Schwäche, in dem er sich aus purem Mitgefühl zu einer Zärtlichkeit hatte hinreißen lassen.

Aber wo leben wir denn! rief er sich in stummer Empörung zu und stürzte durch die Pendeltür Richtung Labor. Wenn er mit jeder Frau, die er mal geküßt hatte, als verlobt gegolten hätte, dann wäre …

Er brach den Gedanken ab und pustete verächtlich Luft durch die Lippen und hatte nicht übel Lust, mit dem Fuß gegen irgend etwas zu treten, mußte sich aber zusammennehmen, als er die Blicke der Lackierer auf sich spürte. Er war fest entschlossen, Archie, der allein der Urheber dieser absurden Behauptung sein konnte, telefonisch zur Rede zu stellen, doch als er an seinem Platz war und am Telefon erfuhr, der Kollege Probst sei *außer Haus*, verflog seine Empörung so schnell, wie sie gekommen war, und machte jener dumpfen Gleichgültigkeit Platz, die er nach Abenden, an denen er zuviel getrunken hatte, immer empfand.

Archie traf er erst am übernächsten Tag wieder. Dienstag war Brehm in der Berufsschule gewesen, und Mittwoch, kurz nach der Frühstückspause, sah er ihn strahlend und voller Selbstgewißheit in der Miene aus der Tür zur Kleberei heraustreten und auf sein Fenster zukommen.

Junge, du hast so gut wie gewonnen.

Komm rein, Archie.

Sie wollen dich sehen!

Brehm verbot sich, nach einer Zigarette zu fragen.

Verstehst du nicht? Ihre Eltern haben das dringende Bedürfnis, dich kennenzulernen!

Archie, komm doch mal rein.

Er rückte den zweiten Hocker zurecht, auf dem Archie zögernd und nur mit dem halben Körperteil Platz nahm, fischte sich eine Zigarette aus der Schachtel, die Archie auf den Labortisch gelegt hatte, und zündete sie sich an der Sparflamme des Bunsenbrenners an.

Archie, sagte er leise und mit dramatischem Unterton, aus der Sache wird nichts.

Moment mal. Du meinst ...

Archies Stirn krauste sich, die Unterlippe verschwand zwischen den Zähnen, und sein Blick verlor den gewohnten Glanz; es war, als hätten sich seine Augen nach innen gekehrt und betrachteten etwas unfaßbar Außergewöhnliches.

Brehm wagte nicht, ihn anzusprechen, er saß ganz still und sah dem Rauch der Zigarette hinterher und traute sich erst wieder, an ihr zu ziehen, als Archie tief einatmete, sich straffte und mit entschlossener Stimme sagte: Du kannst nicht auf halbem Wege stehenbleiben.

Jetzt hatte er wieder seinen Hans-Albers-Blick, und Brehm wußte, wenn ihm kein einleuchtender Grund für seinen Rückzug einfiel, hatte er Archies Sympathie für den Rest seines Lebens verloren.

Er zog also an der Zigarette und breitete dann die Hände aus wie einer, der für nichts etwas kann. Er dachte an die Frau aus der U-Bahn, die er vor einem halben Jahr angesprochen hatte, und an Archies Schilderung seiner ersten Liebe und an den Satz Wie vom Blitz getroffen.

Ich muß, Archie.

Archie fixierte ihn.

Bei mir hats voll eingeschlagen, Archie. Verstehst du nicht?

Archie schüttelte den Kopf.

Auf der Rückfahrt, nach deiner Hochzeit. Sie saß mir genau gegenüber. Du hättest sie sehen sollen, Archie, ein Traum. Ich konnte gar nicht hingucken.

Archie sagte noch immer nichts.

Und das Verrückte war, sie stieg an derselben Station aus. Prenzlauer Allee! Und hatte denselben Weg!

Dann hast du also die ganze Zeit über gewußt, daß es nichts wird?

Archies Stimme war eisig.

Aber Archie! Das traust du mir zu?

Brehm seufzte, als wäre er tief enttäuscht.

Wirklich, Archie, ich wußte rein gar nichts. Ich dachte, ich würde sie nie wiedersehen. Ich hatte sie fast vergessen. Wirklich. Bis gestern.

Er tat, als suche er nach Worten, die seine Überwältigung am einleuchtendsten darstellen könnten.

Sie stand plötzlich vor mir … Ein Zufall. Oder Schicksal. Ich weiß nicht … Es war wie ein Blitz. Verstehst du?

Brehm war sich nicht sicher, ob er überzeugend genug geklungen hatte, und setzte fast flehend hinzu: Was soll ich denn machen, Archie? Soll ich dich anlügen?

Archie glitt vom Hocker, griff nach der Schachtel mit den feinen Zigaretten und steckte sie in die Kitteltasche. In seiner Miene kämpften Enttäuschung und Verständnis, aber er vermied es, Brehm anzublicken, und ging langsam zur Tür. Erst als er sie geöffnet hatte, drehte er sich zu ihm herum und sagte in gemessenem und nachdrücklichem Tonfall: Junge, es war die Chance deines Lebens. Deine Dummheit, wenn du sie nicht nutzt. Aber hast du dir mal ausgerechnet, was mich das alles gekostet hat?

6. Kapitel

1

Drei Wochen nach Pfingsten war Dampferfahrt. Im Kultursaal lagen auf dem Tisch neben der Essenausgabe Listen aus, in die sich Interessierte eintragen sollten, und es bildeten sich davor auch gleich lange Schlangen, nachdem sich herumgesprochen hatte, daß Paulchen als Gewerkschaftsvertreter das erste Mal seit der Zeit der großen Feste die in der Kopfspalte stehende Einschränkung durchgesetzt hatte: Nur für Betriebsangehörige. Aus der oberen Etage sickerte durch, daß ihm der Werkleiter nachgeben mußte, als Paulchen auf die gekürzten Mittel für kulturelle Aktivitäten und die Tatsache verwies, daß man dann nur einen Dampfer mieten müsse. Auf dem Männerklosett wurde das Zurückweichen der Leitung als Zeichen der seit dem Aufstand stärkeren Position der Arbeitervertretung gesehen, obgleich alle wußten, daß es Paulchen zuallererst um sein ungestörtes Zusammensein mit der kleinen Frau Horst ging.

Brehm zögerte mit seinem Eintrag. Mehrmals am Tag lief er nach vorne in die Kantine und warf einen Blick auf die Listen, in Erwartung, Archies schwungvollen Namenszug darauf zu finden. Seit seinem schroffen Rückzug von Ilse, die er seither nicht mehr gesehen hatte, vermied er es, Archibald öfter als notwendig über den Weg zu laufen. Er verzichtete auf die täglichen Rundgänge und hatte sogar seinen Arbeitsplatz vom Fenster vorübergehend an den neuen Labortisch vor der Glassteinwand verlegt. Seine Mittagspause machte er zu den Zeiten, zu denen er sich einigermaßen sicher sein konnte, Archie nicht zu treffen. Begegneten sie sich doch einmal, grüßte er mit schüchtern verlegenem Kopfnicken und verfiel in einen fahrigen Habitus, von dem er annahm, er müsse einem bis über beide Ohren verschossenen Menschen eigen sein. Selbst bei der roten Ilona ließ er sich in diesen Tagen nicht sehen, und als sie ihn einmal anrief, um sich über seine Absenz zu beklagen, und er versprach, gleich zu ihr zu kommen, blieb er vor der Stahltür, wie vom Donner gerührt, stehen, da ihm einfiel, daß er mit dem Schnelldreher von gegenüber noch immer nicht über die Stundung seiner Schuld gesprochen hatte, und er ging zur anderen Seite hinaus und nahm einen weiten Umweg, um nicht an ihm vorbeizumüssen. Seit er wieder Billard spielte, war sein Defizit dramatisch angewachsen, und er hätte, auch bei bestem Willen, dem Schnelldreher nicht einmal die Hälfte zurückzahlen können. Wenigstens war er sich sicher, daß der Schnelldreher nicht zur Dampferfahrt kommen würde; er hatte noch nie an einem Betriebsvergnügen teilgenommen, selbst nicht in der Zeit der großen Feste.

In diesen Tagen war es erheblich wärmer geworden, auch nachts, und Brehm ging jetzt immer nackt ins Bett. Einmal hatte er einen erotischen Traum von den Schwestern Witt, deren ältere ihm körperlich ganz nahe gekommen war, aber als er den Traum nach dem Erwachen rekonstruieren wollte, zerfiel er ihm; er behielt nur den ganzen Morgen über eine angenehme Empfindung auf der Haut, so daß er im Betrieb Ausschau nach ihnen hielt, sie auch inmitten einer größeren Gruppe Glimmerfrauen, die vom Mittagessen kam, entdeckte, aber sie gingen schnell vorüber, heiter schwatzend und mit herausforderndem Lachen, das ihm spitz in den Körper fuhr.

In der Kantine waren die Listen in kürzester Zeit ausgefüllt und verschwanden vom Tisch neben der Essenausgabe, so daß Brehm, der mit seinem Eintrag gezögert hatte, in

Paulchens Büro gehen mußte, wohin sie, nach Aussage der Essensfrau, gewandert sein sollten. Kurz vor der Tür mit der Aufschrift BGL kam Brehm ein Gedanke, der ihm möglicherweise einen Ausweg aus seiner ökonomischen Kalamität weisen konnte, und er verhielt einen Moment, prüfte im Kopf seine Tauglichkeit, nickte sich zu und ging, nach einem knappen Klopfen, hinein.

Paul saß, über Papiere gebeugt, hinter seinem Schreibtisch und runzelte die Stirn ob der Störung, aber indem er Brehm, der gleich nach den Listen fragte, erkannte, leuchteten seine Augen auf, und er machte eine einladende Handbewegung und sagte: Ich hab mich schon gewundert, Junge, daß du nicht draufstehst!

Ich wußte noch nicht genau, antwortete Brehm zögernd und setzte eine Miene auf, die seinen Zweifel nicht verbergen sollte.

Paul reagierte so, wie er es erwartet hatte. Sein rundes Gesicht nahm einen Ausdruck an, in dem sich Sorge und Mitgefühl mischten, und er sagte, Junge, setz dich doch erst mal.

Brehm ließ sich langsam auf dem Stuhl ihm gegenüber nieder. Es war bekannt, daß Paul, der nach dem Aufstand an die Spitze der Gewerkschaftsleitung gerückt war, seine Stellung vor allem seinem sozialen Engagement verdankte. Hatte er die Belegschaft früher mit Schnaps-, Bier- und Bockwurstmarken versorgt, kümmerte er sich jetzt vor allem um Wohnungsprobleme und Urlaubsreisen und stand in dem Ruf, den Mangel auf die gerechteste Weise zu verteilen.

Er war es auch gewesen, der damals dafür gesorgt hatte, daß der Westflüchtling Konny Sander mit umgewidmeten Mitteln aus dem Kulturfond neu eingekleidet und mit einer Anderthalb-Zimmer-Wohnung aus dem Notkontingent des Stadtbezirks versorgt wurde. Seine Ambitionen waren allgemein anerkannt und hatten auch nach Sanders schmählichem Abgang keinen Schaden erlitten.

Kummer? fragte Paulchen und reichte Brehm die letzte, noch nicht vollständig ausgefüllte Liste herüber. Brehm überflog sie, konnte Archie nicht entdecken, wohl aber die Geschwister Witt und Ilona Kreutziger, und er schrieb, nach einem entschlossenen Seufzer, seinen Namen unter den des Technischen Leiters, der sich als letzter eingetragen hatte.

Wat ist denn, Junge?

Naja, sagte Brehm zögernd, seufzte abermals und rieb Daumen und Zeigefinger aneinander.

Paulchen hob beide Hände.

Junge, wat machst du mit deinem Geld?

Was soll ich schon machen, sagte Brehm mit resigniertem Tonfall. Lesen, ich lese viel. Und was meinst du, was das kostet, wenn man auf dem neuesten Stand bleiben will.

Du kriegst doch Büchergeld. Oder?

Brehm verdrehte die Augen.

Das reicht für das Nötigste. Aber nimm nur die Silikone, sagte er.

Sili... was?

Die Chemie der Silikone, sagte Brehm gedehnt. Sechsundfünfzig Mark!

Und das brauchst du?

Es ist das Neueste!

Paulchen sah aus, als ob er nachdachte.

Geradezu revolutionär, fügte Brehm hinzu.

Paulchen schien überzeugt.

Schreib einen Antrag. Nächste Woche tagen wir. Aber schreib nichts von Büchern, wenn du Bezieher von Büchergeld bist. Laß dir was anderes einfallen.

Wieder im Labor, schrieb Brehm auf der Maschine des Professors an die Kasse für gegenseitige Hilfe einen Antrag auf Zuschuß für eine Urlaubsreise über einhundert Mark und brachte ihn noch vor Feierabend ins Gewerkschaftsbüro. Paulchen überflog ihn, akzeptierte die Begründung, war aber angesichts der Höhe des Betrages skeptisch: Fünfzig. Höchstens. Mehr kriege ich nicht durch.

Gut, sagte Brehm.

Und die Rückzahlung?

Fünf Mark im Monat?

Zehn.

Ist nicht wenig, sagte Brehm.

Aber du hast dein Buch!

Brehm war nicht unzufrieden, zumal er, ob der Begründung, keinen Beleg vorlegen mußte, und als er zurück ins Labor ging, nahm er den Weg durch die Bohrerei und rief dem Schnelldreher, der mit dem Abbau beschäftigt war und sich die Hände an einem groben Putzlappen säuberte, schon von der Schwingtür aus leichthin zu, daß er mit dem Geld bald rechnen könne: Nächste Woche!

Der Schnelldreher nickte, ernst und wortkarg wie immer.

Es war Freitag, am Sonnabendnachmittag war innerhalb eines Juniorenturniers auf, wie es hieß, Gesamtberliner Ebene ein Kampf in der Halle der Post Eberswalder Straße angesetzt, und Brehm wollte von der Arbeit aus gleich zum letzten leichten Training fahren, aber obgleich er schon Feierabend hatte, wartete er so lange, bis die Glimmerfrauen zu den Waschräumen gingen, schlenderte zehn Minuten später nach vorne, aber als er auf den Hof trat, sah er die Schwestern Witt schon an der Stempeluhr, und er beschleunigte seinen Schritt und lief ihnen, obgleich es nicht seine Richtung war, im Abstand von sechs, sieben Metern bis zur Straßenbahnhaltestelle hinterher. Sie liefen zügig und schwatzten unentwegt und fröhlich, mit jedem Schritt strafften sich die Waden, und ihre Hüften schaukelten, so daß sich die Röcke fest übers Hinterteil spannten und Brehm den Abdruck der Unterwäsche erkennen konnte. Das Bild dieser federnden, seinen Blicken ausgesetzten Körper erregte ihn so sehr, daß sich sein Atem beschleunigte und er mehrmals tief aus- und einatmen mußte, um sich zu beruhigen. Sie liefen um zwei Ecken und bemerkten ihn erst, als sie die Straßenbahn erreicht hatten und er die Straßenseite wechselte, um an der Haltestelle der Gegenbahn zu warten. Sie warfen sich deutlich in Positur und lächelten ihm auf ihre mild spöttische Weise zu. Er verzog das Gesicht zu einem leichten, aber doch herausfordernden Grinsen, wurde im gleichen Moment rot im Gesicht und wandte den Kopf zur Seite. Aus den Augenwinkeln sah er, daß sie ihn weiterhin beobachteten, und er überlegte, ob es nicht der richtige Moment wäre, kurz entschlossen und frech zu ihnen hinüberzugehen, wurde aber einer Entscheidung durch die aus beiden Richtungen gleichzeitig ankommenden Straßenbahnen entbunden. Der Anblick der Körper der Schwestern Witt verfolgte ihn den ganzen Abend über bis in die Nacht, er wälzte sich im Bett fast eine Stunde, versuchte sich zu beherrschen, aber trotz des Bewußtseins über die Ermahnung seines Trainers, man möge vor einem Kampf unbedingt eine Woche Enthaltung üben, gelang es ihm nicht, und so schlief er ermattet und mit schlechtem Gewissen eine halbe Stunde nach Mitternacht ein.

Am Sonnabend erwachte er gegen halb eins, aß weniger als sonst zu Mittag, packte seine Sporttasche und pfiff gegen zwei nach Werner Lübke. Sie gingen schweigend und ganz auf das bevorstehende Ereignis konzentriert Richtung Eberswalder Straße. Der Kultursaal der Post war schon zur Hälfte gefüllt und voller Lärm. Herr Schiewe, ihr Trainer, leitete sie zu den Umkleidekabinen, und als Brehm, gleich hinter Werner Lübke, nach dem Wiegen vom Ringarzt untersucht wurde, faßte der mit der Hand an Brehms Stirn und sagte lächelnd: Lampenfieber?

Erst jetzt merkte er, wie heiß ihm war, und er zuckte, ebenfalls lächelnd, die Achseln, und der Arzt sagte: Das geht gleich vorbei.

In der Kabine tänzelte er, eingehüllt in seinen Bademantel, hin und her, schüttelte seine Arme aus und schlug dann ein paar Serien in die Luft. Sein Kampf war als dritter angesetzt, und er wünschte sich, daß die Zeit schnell vorbeiginge, aber als das Wiegen und die ärztliche Untersuchung der restlichen Kämpfer beendet waren, erfuhr er von Herrn Schiewe, er könne sich wieder anziehen, sein Gegner, ein gewisser Heinold von Hertha BSC, sei nicht erschienen und er, Brehm, damit kampflos eine Runde weitergekommen.

Ach, Scheiß, rief er, und Herr Schiewe klopfte ihm zum Trost oder zur Ermunterung auf die Schulter.

Und das Startgeld, fragte er.

Kriegst du trotzdem.

Brehm zog sich um und wußte nicht, was in ihm überwog, seine Erleichterung oder seine Enttäuschung. Er ging in den Saal, um sich die ersten Kämpfe anzusehen, aber die Plätze in der Nähe des Ringes waren alle besetzt, nur ganz hinten fanden sich noch freie Stühle, und so lehnte er sich, die Hände in den Hosentaschen versenkt, gegen die Wand neben der Tür zur Umkleidekabine, deutlich demonstrierend, daß er zu den Kämpfern gehörte und nicht zu den Zuschauern. Die Spannung war von ihm abgefallen, er fühlte sich auch nicht mehr erhitzt, eher gelangweilt, seine Gedanken irrten öfter als einmal ab, nur als Werner Lübkes Kampf bevorstand, straffte er sich und war ganz Auge. Werner startete eine Gewichtsklasse höher als er, war aber genauso schlank, nur in den Schultern etwas breiter. Er setzte auf die Technik, das hieß: auf die Vermeidung von

Schlägen und einer punktesammelnden linken Geraden. Werner hatte schon acht öffentliche Kämpfe bestritten und alle gewonnen, manche knapp, manche hoch, aber nie durch k. o. Die erste Runde war das pure Abtasten, so daß schon Rufe aus dem Publikum laut wurden: Na, nu macht mal wat. Werners Gegner war etwas kleiner als er, dafür bulliger und muskulöser, und er griff, gleich nach dem Gongschlag zur zweiten Runde, aus einer dichten Doppeldeckung heraus überfallartig an, aber Werner tänzelte ihn aus, und so lief er immer wieder ins Leere. Am meisten beeindruckte Brehm, daß Werner Lübke mehrmals die Hände ganz sinken ließ und so seinen Körper dem Gegner provokativ anbot, um dessen wütenden Angriff mit einer schnellen Hüftbewegung auszupendeln. Er erntete dafür Pfiffe und Beifall gleichzeitig. Brehm lachte und klatschte bei jedem Ausweichmanöver laut und demonstrativ. Werner Lübke gewann klar nach Punkten, und Brehm umarmte ihn, als er nach dem Kampf zur Umkleidekabine ging. Später holten sie sich das Startgeld ab und gingen an der Ecke in die Kneipe. Jetzt überwog bei Brehm die Erleichterung, daß er fürs pure Nichtstun zehn Mark gewonnen hatte.

Die Woche vor der Dampferfahrt brachte für Brehm zwei Rückschläge. Nachdem er am Dienstag, in der Berufsschule, für seine Fachrechenarbeit eine glatte, unerwartete Fünf bekommen hatte, kam Paulchen am nächsten Tag mit einem derart zerknirschten Gesicht zu ihm ins Labor, daß er das Schlimmste befürchtete.

Sag bloß, es hat nicht geklappt!

Leider, sagte Paulchen, breitete die Hände aus und erklärte ihm, sein Antrag sei mit der Begründung abgelehnt worden, daß Urlaubszuschüsse nur in Verbindung mit einer Gewerkschaftsreise zulässig seien, und die habe er ja nicht aufweisen können.

Wir hätten einen anderen Grund finden sollen. Zum Beispiel Kohlen.

Im Sommer? sagte Brehm mit einem Anflug von Zorn in der Stimme.

Paulchen nestelte an seiner Gesäßtasche, holte sein Portemonnaie hervor und bot ihm bis zum nächsten Gehaltstag zwanzig Mark an.

Mehr geht wirklich nicht, Junge.

Das löst doch nicht das Problem, Paulchen, sagte Brehm besänftigter.

Versuchs in zwei Monaten noch mal, sagte Paulchen und hielt ihm den Schein hin.

Brehm seufzte und nahm ihn wie einer, der überredet werden mußte.

Paulchen nahm seinen Arm und drückte ihn.

Kurz danach wechselte Brehm am Kiosk den Schein und brachte dem Schnelldreher mit dem leidvollsten Gesichtsausdruck, der ihm zur Verfügung stand, zehn Mark.

Die Arschlöcher da vorne haben mich sitzenlassen, sagte er mit einer Kopfbewegung in Richtung der Verwaltung.

Schon gut, sagte der Schnelldreher.

An diesem Nachmittag wartete Brehm am Kiosk auf den Feierabend der Glimmerfrauen, fing auch einen tiefen, zu allen Hoffnungen berechtigenden Blick von der jüngeren der Wittschwestern auf, die sich sogar noch einmal nach ihm umdrehte, verzichtete aber bewußt, ihnen zur Straßenbahn zu folgen.

Am Freitag und Sonnabend zogen Gewitterfronten über die Stadt, es regnete in Strömen, so daß auf dem Männerklosett die Meinung vorherrschte, die Dampferfahrt werde wohl ins Wasser fallen, aber am Sonntag früh, als Brehm ein wenig zu spät von seiner Mutter geweckt wurde und ärgerlich aus dem Bett sprang, war der Himmel nur schwach bewölkt, und die Sonne schien wie in den Wochen vorher.

Brehm fuhr mit der S-Bahn bis Treptower Park und lief die Strecke bis zur Anlegestelle in schnellen Schritten, sah den Dampfer, als er die Brücke betrat, schon voller fröhlicher Leute, einige Schlosser an der Reling winkten ihm, Biergläser in der Hand, zu, aber ein Schiffer in weißer Bluse und Schirmmütze verwehrte ihm mit ausgebreiteten Armen den Zutritt und wies ihn in den hinteren Bereich der Anlegestelle, wo ein zweiter Dampfer stand, der, wie Brehm später erfuhr, wegen der großen Nachfrage in letzter Minute hinzugechartert worden war: Wir sind hier voll. Knüppeldicke!

Komm! Einer paßt doch noch rauf, rief Brehm und machte einen Schritt in Richtung der Bordwand, aber der Schiffer nahm eine derart drohende Haltung ein, daß er sich fluchend abwandte. Noch auf dem Weg zum zweiten Schiff, den er mit einigen Nachzüglern zurücklegte, wandte er sich mehrmals um und glaubte an einem Tisch auf dem Unterdeck die Glimmerfrauen zu entdecken und, als er kurz stehenblieb und sich vorbeugte, auch die beiden Schwestern Witt. Er biß sich auf die Lippen vor Ärger, mußte nun alle Hoffnungen auf den Halt in Schmöckwitz setzen, wo Paulchen für den Nachmittag eine Kneipe gemietet hatte, und betrat mit den anderen den zweiten Dampfer. Obgleich er kleiner war als der erste, war er noch nicht einmal bis zur Hälfte gefüllt. Statt Paulchen gab Walter Serner aus der Wickelei, der zu den Männern gehörte, die nach dem Aufstand für ein halbes Jahr verschwunden waren, pro Person zwei Bier- und zwei Schnapsmarken aus. Brehm ging gleich zur Theke, schlenderte dann, mit dem Bierglas in der Hand und die Bekannten grüßend, durchs Unterdeck nach hinten, schob die Tür zum Heckteil auf, sah als erstes Archibald, der seinen Arm um die Schulter der fülligen Gertie aus der Lohnbuchhaltung gelegt hatte und ebenso überrascht schien wie Brehm, sich aber gleich fing und breit grinste und ihm einen Platz neben sich anbot, und dann, dicht an Gerties anderer Seite und offenbar zu ihr gehörend, etwas engelsgleich Blondes, zartblau Gekleidetes und so exotisch Anmutendes, daß ihm für einen Moment die Luft wegblieb.

2

Es war noch dunkel, als er erwachte, aber wenig später dämmerte es, und gar nicht lange danach fielen auf das Dachgeschoß gegenüber die ersten Strahlen einer goldenen Sonne. Er lag ganz ruhig im Bett und beobachtete den stillen Übergang von der Nacht in den Morgen mit einem Staunen, als erlebte er ihn zum ersten Mal. Ihm war ganz leicht zumute, beinahe so, als schwebte er, und als er die Augen einen Moment schloß, sah er ihre Gestalt deutlich vor sich, sah ihre dunklen Augen über den leicht vorgewölbten Wangen, die ihrem Gesicht einen außergewöhnlichen Ausdruck verliehen, und er erinnerte sich dunkel eines ebenso suggestiven Mädchengesichts aus einem Film über die Belagerung Leningrads, das ihn als Junge in der Stunde vor dem Einschlafen noch wochenlang verfolgt hatte.

Er lächelte und sprach ihren Namen in Gedanken mehrmals vor sich hin und reagierte auf die Welle angenehmer Gefühle, die augenblicklich durch seinen Körper floß, mit einem tiefen, andauernden Seufzen. Er hatte viel getrunken, viel zuviel, spürte aber weder Schmerzen im Kopf noch die niederdrückende Mattheit nach einem durchzechten Abend in Schweppes' Billardkneipe oder wenn er mit André auf Tour gegangen war. Am Anfang hatte er sich zurückgehalten, zwei, drei Bier die ganze Fahrt über, nicht mehr, und gerade so viel, daß er ein wenig lockerer wurde und diese Hemmung verlor, die in dem Moment eingesetzt hatte, als er das halbrunde Heckteil betrat und ihren Blick auffing. Er hatte das Angebot, sich neben Archie zu setzen, nicht angenommen, sondern war, an die Wand neben der Tür gelehnt, stehengeblieben, sein Bier in der Hand und das rechte Bein leicht angewinkelt. So hatte er alle drei im Blick und konnte ihn unauffällig von einer Person zur anderen wechseln. Was ihm gleich zu Anfang auffiel, war die anmutige Bewegung, mit der sie ihre Hand zur Mundpartie führte, wenn sie lachen mußte oder zu einer kurzen Bemerkung ansetzte, als sei es ihr peinlich, das Wort zu ergreifen. Aber meist war sie still und hörte Archies und seinen Frotzeleien lächelnd zu oder trank ihren Apfelmost in ganz kleinen Schlucken. Sie trank die ganze Zeit über nur Apfelmost, Archie trank Bier wie Brehm, auch Gertie trank Bier, aber weniger, und als Brehm klar war, daß sie keinen Alkohol trank, schob er zwischen zwei Biere eine Selters und aß eine Bockwurst, um nicht zu schnell betrunken zu werden. Geredet hatten sie anfangs wenig, jedenfalls nicht direkt, nur über dritte Personen, aber als Archie mit Gertie für kurze Zeit zum Bug wechselte und sie den Oberkörper Richtung Heck drehte, faßte er sich ein Herz, trat auf sie zu, kniete mit einem Bein auf die Bank und lehnte sich neben sie über die Reling. Sie sahen der wirbelnden Spur der Schiffsschraube hinterher, lange und schweigend, Kopf neben Kopf, bis sie einen tiefen seufzenden Ton von sich gab und Schön sagte, schön, nicht wahr? Brehm nickte und starrte weiter in die blendende Gischt, er spürte die Nähe ihres Gesichts als etwas so Außergewöhnliches, daß er glaubte, jedes Wort von ihm könnte etwas, von dem er nicht einmal wußte, was es war, zerstören. Hin und wieder flog die Tür auf, und eine lärmende Gruppe betrat das kurz Heckteil, aber sie achteten nicht darauf. So saßen sie eine Viertelstunde oder länger, bis Gertie und Archie zurückkamen, mit neuen Getränken und in bester Stimmung. Erst da setzte sich

Brehm und fragte die junge Frau neben sich, wie sie hierhergekommen sei.

Was, ihr siezt euch noch, rief Gertie und juchzte im gleichen Moment, weil Archie, der seinen Arm um ihre breite Hüfte gelegt hatte, den Druck seiner Hand kurz verstärkte.

Sein Bein schmerzte vom langen Knien, und er rieb es.

Sie arbeite doch im Betrieb, sagte die junge Frau, ohne auf Gerties Einwurf einzugehen.

Was? Wo? Brehm zog die Stirn kraus.

Gertie verteilte die Getränke und setzte sich neben Brehm.

In der Bohrerei. Durch Gertie. Gertie hat ihr die Stelle besorgt.

Bohrerei?

Brehm dehnte das Wort ungläubig. Das ist ja bei ihm nebenan. Na, sie ist erst seit Montag letzter Woche dort.

Ach so. Naja. Da hatte er viel zu tun, in der Woche. Da ist er nicht so viel rumgekommen.

Brehm kam es vor, als zittere seine Stimme ein wenig.

Da lassen wir die beiden extra allein, und was ist? Nichts, rief Gertie in komischer Empörung.

Brehm riß sich zusammen, hob sein Glas und nannte seinen Vornamen.

Ich bin Beate, sagte die junge Frau hinter vorgehaltener Hand. Aber sag Bea.

Bea, sagte Brehm leise und entschied sich, das Bier nicht mehr auszutrinken.

3

Noch immer lag er im Bett und döste. Vor einer Weile schon hatten die Tauben zu gurren begonnen, das Milchauto war über das Kopfsteinpflaster gescheppert, und periodisch fiel aus der Ferne das singende Geräusch der Straßenbahn in die Stille dieses Morgens. Ihm war trocken im Mund, aber er wollte jetzt nicht aufstehen und dieses leichte Gefühl zerstören. Einmal war er kurz eingenickt und hatte von ihr geträumt; da hatte sie ein Gesicht wie die Engel auf den Lackbildern seiner Stiefschwester. Er lächelte darüber und hörte in sich hinein, um sich ihrer Stimme zu erinnern. Er war, als der Dampfer anlegte, als einer der ersten von Bord gegangen, um einen guten Platz zu reservieren, aber obgleich er auf dem Weg durch das Waldstück eine Menge der Leute, die auf dem ersten Dampfer gewesen waren, überholte, waren die meisten Tische im Garten des Ausflugslokals schon besetzt, und er fand in letzter Sekunde nur einen freien Vierertisch ganz am Rand, gleich neben einem Kiosk, der die Ausflügler zusätzlich zur Restaurantküche mit Eß- und Trinkbarem versorgte und vor dem sich im Moment eine lange Schlange bildete. Er stellte sich zwischen zwei Gartenstühle, legte die rechte Hand auf eine der Lehnen und reckte sich und winkte mit der anderen, damit Archie und die Frauen ihn gleich sehen konnten. Sie kamen mit dem Strom der Leute aus dem zweiten Dampfer, von denen die meisten nur noch Platz im Saal fanden, zwängten sich durch die eng gestellten Tische, froh über Brehms Erfolg, skeptisch nur wegen des Kioskbetriebs in ihrer Nähe. Brehm rückte ihr den Stuhl zurecht und setzte sich selbst mit dem Rücken zu der Gesellschaft, ein Umstand, der ihm erst jetzt auffiel. Er saß sonst nie mit dem Rücken zu einer Gesellschaft, so wie er nie ohne Jackett auf die Straße ging, selbst in den heißesten Sommern nicht. Wenn ihn jemand darauf ansprach, rechtfertigte er es mit der Vielzahl an Dingen, die er mit sich herumschleppte, Zigaretten, Streichhölzer, Schlüssel, Geldbörse, Brieftasche und sonstigem Kleinkram; in Wirklichkeit hielt er nicht viel von seiner Figur. Aber hier saß er mit dem Rücken zu der

Gesellschaft, ohne sich unbehaglich zu fühlen, und er zog auch seine Jacke aus, als sie ihn mit der Bemerkung aufforderte, es sähe viel hübscher aus; aber das war später.

Zuerst wurde das Essen aufgetragen. Äußerst agile Kellnerinnen schleppten Massen von Tassen und Tellern zu den Tischen, Tomatensuppe als Vorspeise, dann eine Scheibe Schweinebraten mit Sauerkohl und Salzkartoffeln, als Nachspeise Vanillepudding mit Fruchtsirup. Obgleich kein Nachschlag vorgesehen war, überzeugte Brehm die Kellnerin, die ihren Tisch bediente, mit witzigen Bemerkungen über seine nachkriegsbedingte Mangelernährung und von Archie, aber nur Brehms wegen, unterstützt, daß sie tatsächlich noch eine Schüssel Kartoffeln und eine kleine Terrine mit Soße brachte. Brehm langte kräftig zu, immer mit einem Blick auf die junge Frau ihm gegenüber, die langsam aß und nur winzige Häppchen zu sich nahm, und Gertie, die schon mehrmals den Kopf geschüttelt hatte, wenn er seinen Teller nachfüllte, gab ihm die Hälfte ihrer Fleischscheibe und sagte: Ich möchte wissen, wo du das alles hin ißt!

Brehm straffte sich leuchtenden Auges und wollte die in solchen und ähnlichen Fällen mit großem Erfolg erprobte Antwort geben, als er sich der Anwesenheit eines Engels namens Bea bewußt wurde und gerade noch zügeln konnte, bevor Archie, zwischen zwei Bissen und mit sichtbarem Behagen an Brehms Statt die Antwort gab: Wie sagst du immer? Guter Hahn wird selten fett!

Gertie kicherte auf und gab ihm unter dem Tisch mit dem Fuß einen sanften Tritt; der Engel namens Bea führte ein Gäbelchen Sauerkohl zum Mund. Brehm, der Archies Bemerkung unter anderen Gegebenheiten als Auszeichnung empfunden hätte, schluckte mehrmals und reckte den Arm nach der Kellnerin, um mit erhobener Stimme über die Tische hinweg noch ein Selterswasser zu bestellen.

So kenn ich dich gar nicht, rief Archie ihm zu und begann beim Auftragen der Nachspeise, an Gertie gewandt und zu Brehms Erschrecken, mit der Schilderung ihrer ausschweifenden Gelage in der Zeit der großen Feste, und als er bei der Episode angelangt war, in der der Professor die Vorarbeiterin der Glimmerfrauen überredet hatte, mit ihm die neue Sanitätsstube zu besichtigen, und Paulchen, von Archibald informiert, vor der von innen verschlossenen Tür stand und vergebens versuchte, Einlaß zu bekommen, räusperte sich der Engel namens Bea; sie schob ihre nur halb ausgegessene Kompottschüssel zur Tischmitte hin und fragte Brehm, indem sie die Hand zum Mund führte, ob er Lust hätte, mit ihr einen Spaziergang zu unternehmen. Brehm, der schon beim Rauchen war und Archies Erzählungen mit dem neutralsten Gesicht, das er aufzusetzen fähig war, begleitet hatte, erhob sich sofort und zertrat den Rest der Zigarette im Sand.

Laß doch die Jacke hier. Sieht doch hübscher aus, sagte der Engel namens Bea. Nach einem Moment des Zögerns hängte Brehm sein Jackett über die Lehne des Gartenstuhls und bat Archie, für die Dauer ihrer Abwesenheit einen Blick darauf zu haben.

Machen wir, versicherte Gertie anstelle des verblüfften Archie, der schon Anstalten gemacht hatte, sich ihnen anzuschließen, und nun in den Resten seines Nachtischs stocherte.

Sie verließen das Lokal mit zügigen Schritten, die sie erst verlangsamten, als sie einen Waldweg erreicht hatten. Brehm, der sich überraschend schnell an seinen jackenlosen Zustand gewöhnt hatte, näherte sich ihr vorsichtig, bis sich ihre Kleider berührten, achtete darauf, Gleichschritt zu halten, und starrte auf den Weg unter sich. Der Sand staubte bei jedem Schritt und legte sich auf seine blankgewienerten Schuhe. Mehrmals sog sie hörbar die Luft ein, die nach Kiefernharz und trockenem Gras roch, und nach einer langen Weile begann sie zu reden.

Sie ist gerade zwanzig geworden, Anfang Juni. Sie hat es eigentlich nicht nötig, in der Fabrik zu arbeiten, aber gewisse Umstände zwingen sie dazu. Ja, sie ist auch verheiratet, und daß sie keinen Trauring trägt, hat einen bestimmten Grund. Sie wohnt in der Weißenburger, die jetzt Kollwitzstraße heißt, nahe am Senefelder Platz. Zwei Zimmer mit Innentoilette. Sie hat auch ein Kind. Ein Mädchen, zwei Jahre alt. Ob Brehm Kinder mag?

Sie hatte leise gesprochen und mit ernstem Unterton, als sei sie ihm eine Erklärung schuldig, aber nicht in der Art eines Geständnisses, sondern eher wie eine Offenlegung, zu der man nur gegenüber sehr nahen, vertrauten Menschen bereit ist, und während sie sprach, begann sich in Brehms Brust irgend etwas, von dem er bisher nicht gewußt hatte, daß es existierte, zu bewegen und durch seinen Körper zu ziehen als ein Strom milder, seine Adern weitender Wärme, aber gleichermaßen war es ein wehes Gefühl, wie das einer nicht erfüllbaren Sehnsucht, und er mußte tief durchatmen, bevor er, ebenso leise und ernst und ohne darüber nachzudenken, sagen konnte: Ja, ich mag Kinder.

In diesem Moment waren sie im Gehen schon dicht und fühlbar aneinandergerückt, und er wußte nicht mehr zu sagen, wer zuerst stehengeblieben war, wer zuerst die Hand um den anderen gelegt und zuerst den Mund des anderen gesucht hatte. Er wußte nur, daß er, während sie eng umschlungen und ganz allein auf dem Waldweg standen, seinen schwellenden Unterkörper instinktiv ein wenig zurückgenommen hatte, so als wäre jede körperliche Reaktion der Größe des Augenblicks unangemessen. Sie lösten sich erst voneinander, als in der Nähe das Lachen von Spaziergängern zu hören war, und gingen dann schweigend und gemessenen Schrittes zurück zum Lokal.

4

Aus der Richtung der Küche hörte er Geschirrklappern und das Geräusch, das entstand, wenn seine Mutter den Wasserkessel füllte. Er schlug das Bettuch zurück, setzte behutsam die Beine auf den Boden und erhob sich. Außer einem leichten Schwindelgefühl, das nach ein paar Schritten verging, spürte er keine Nachwirkung des gestrigen, bei Schweppes abgeschlossenen Tages. Er streckte sich mehrmals, ging dann leise zum Fenster, das die Nacht über angelehnt war, und beugte sich hinaus. Die Luft war noch frisch, ein leichter Wind wehte, und auf der Straße war schon ein wenig Leben. Er steckte sich eine Zigarette an und sah, die Ellbogen auf das Fensterbrett gestützt, den Leuten zu, wie sie mit schnellen Schritten Richtung Straßenbahn liefen, meist jackenlos, mit offenen Hemden oder Blusen, Taschen in der Hand mit dem Frühstücksbrot oder übers Wochenende gewaschenen Kitteln. Hinter sich hörte er das leise Quietschen der Türklinke, die von seiner Mutter behutsam heruntergedrückt wurde. Er schnippte die halbe Zigarette aus dem Fenster, um sich nicht wieder anhören zu müssen, wie schädlich es sei, auf nüchternen Magen zu rauchen, drehte seinen Kopf herum und sah in ihr verblüfftes Gesicht: Junge, was ist denn mit dir los!

Was denn los sein solle. Nichts. Er sei einfach wach.

Warst du etwa gar nicht im Bett, fragte sie, und er stöhnte wie belästigt, denn sie mußte doch sehen, daß das Gegenteil der Fall gewesen war, trippelte ja auch schon zum Bett und schüttelte es auf, irritiert offenbar, daß sie um die Rituale des Weckens gebracht worden war. Sie kam immer schon zehn Minuten bevor er wach sein mußte ins Zimmer, erst ganz leise und mit einem geflöteten: Aufstehen, es ist gleich sechs!, das von ihm nur mit einem Brummen oder einem tonlosen: Ja, doch! beantwortet wurde. Ein paar Minuten später, in denen er in einen tiefen Schlaf zurückgefallen war, klang ihr Ruf schon munterer und fordernder, um schließlich, nachdem er mit einem halben Aufrichten seines Oberkörpers getan hatte, als wolle er ihrer Aufforderung tatsächlich Folge leisten, ganz kurz vor oder nach sechs Uhr in die scharf gesprochene Drohung zu münden, wenn er jetzt nicht endlich aufstünde, käme sie mit einem nassen Lappen! Da wußte er, es war höchste Zeit, und schleppte sich, meist mit schwerem Kopf und matten Gliedern, zum Waschen.

Er ging in die Küche, goß sich aus der Kanne mit dem fleischrosa Blumenmuster Muckefuck in eine Tasse und aß im Stehen die Zuckerstulle, die seine Mutter ihm geschmiert und auf dem Buffet plaziert hatte. Dann wusch er sich unter der Wasserleitung so gründlich wie möglich, besprach, während er sich abrieb, durch die Tür einige Dinge mit seiner Mutter, die vor ihm aus dem Haus mußte, und wartete so lange, bis er die Tür ins Schloß fallen hörte, ehe er wieder ins Zimmer trat und sich anzuziehen begann. Er warf einen Blick in den großen Spiegel, war nicht ganz zufrieden mit seiner Erscheinung, vor allem nicht mit seinem Sakko, das an den Seiten längliche Einbeulungen aufwies, probierte noch das braune Jackett seines Vaters, fand es aber zu kurz und zu stark tailliert, und entschied sich, gegen seine Gewohnheit, wie gestern nur im Hemd zu gehen.

Weit vor halb sieben stand er an der Haltestelle, pochenden Herzens und mit plötzlichem Zweifel, ob er dieselbe Frau treffen würde wie die, die ihn gestern, zwei Stunden vor dem Ende des Festes, so überraschend verlassen mußte. Da waren sie längst an einen Tisch im Saal gewechselt, hatten, dezent aneinandergelehnt, das Kulturprogramm über sich ergehen lassen und später nach den langsamen Stücken der Betriebskapelle getanzt, sogar eine Runde Walzer. Er war nicht von ihrer Seite gewichen, außer einmal, als er durch den ganzen Saal zur Toilette gehen mußte, vorbei an dem Tisch mit den Glimmerfrauen, von dem aus die Wittschwestern ihn mit so vorwurfsvollen Blicken maßen, daß er auf dem Rückweg die breiten Schultern von Fritze Klinke aus der Schlosserei als Deckung benutzte. Ab dreiviertel acht war Gertie sichtbar unruhig geworden, hatte abwechselnd Blicke zur Eingangstür und auf ihre Armbanduhr geworfen und war kurz vor acht aufgestanden, hatte sich von Archie, der offenbar vorbereitet war und äußerlich gelassen blieb, mit einem Kuß auf die Wange verabschiedet und der Frau an Brehms Seite mit einem unmißverständlichen Blick zu verstehen gegeben, daß sie ihr folgen müsse. Brehm, der spontan die Hand auf ihren Arm legte, erfuhr, sie, Bea und Gertie, würden von einem Auto abgeholt werden, es sei wegen des Kindes und so vereinbart gewesen, sonst hätte sie gar nicht kommen können. Brehm erhob sich in der Absicht, sie bis nach draußen zu begleiten, wurde aber von Gertie mit einem freundlich energischen Nein, laß mal! Das ist nicht nötig! zurückgewiesen, stand verdattert neben dem Tisch und sah den beiden, nachdem er einen Händedruck und einen tiefen, bedauernden Blick aus zwei tränenfeuchten Augen empfangen hatte, auf ihrem schnellen Gang nach draußen hinterher, lief dann, als sie hinter der Tür verschwunden waren, zum Fenster, lehnte seine Stirn an die Scheibe und sah sie beide, erst Bea, dann Gertie, in den Fond eines schwarzen Autos steigen, wie es meist als Dienstwagen irgendwelcher staatlichen Institutionen benutzt wurde. Archie, der ihm langsam gefolgt war, klopfte ihm leicht auf die Schulter und sagte, während der Wagen sich in Bewegung setzte, ohne jede Spur von Ironie: Dich hats aber erwischt, mein Junge.

Brehm biß sich auf die Lippen, um eine Welle traurigster Empfindungen zu dämmen, die ihn im gleichen Moment überschwemmte, als der schwarzlackierte Wagen seinen Blicken entschwand.

Ein Wind war aufgekommen, und er zog die Schultern hoch, so sehr fröstelte ihn. Er hatte schon zwei Bahnen, die aus der Richtung Metzer Straße kamen, passieren lassen, den Kopf gereckt und ins Innere spähend. Jetzt rieb er sich die Oberarme, tänzelte wie beim Warmmachen im Training, den Blick auf die lange Allee gerichtet, von deren Ende die blaßgelbe Front einer Elektrischen sich schleichend und winzig wie eine Spielzeugbahn auf ihn zu bewegte, an der großen Kreuzung noch einmal stoppte, um sich dann mit singendem Ton schnell zu nähern, der, kurz vor der Haltestelle, in ein tiefes Brummen überging und das plötzlich erstarb.

Sie stand, die Stirn an die Scheibe gelehnt, hinter der Tür des zweiten Wagens, mit ernster Miene und, wie Brehm fand, unendlich müden Augen, aber als sich ihre Blicke trafen, fiel auf ihr Gesicht ein so froher Ausdruck, ein so glückliches, durch keine anmutige Handbewegung verdecktes Lächeln, daß Brehm, der nur ganz nebenbei, wenn auch überrascht, den Schatten einer lückenhaften Vorderzahnreihe registrierte, vor Glück fast vergessen hätte einzusteigen.

Die Erzählungen

David

Szanan Lent, dem jüngsten Kämpfer des Warschauer Gettoaufstandes, gewidmet

Er stand in einer Mauernische, preßte sich eng an die kalte, schmutzige Wand und lauschte den Geräuschen auf der Straße. Sie kamen die Zamenhofa herauf und mußten jetzt auf der Höhe des Gefängnisses sein, also noch zweihundert Schritt von ihm entfernt – aber es konnten auch nur noch fünfzig oder sogar fünfhundert Schritte sein; er konnte es nicht genau ausmachen, denn sein Herz schlug so laut, daß es den Lärm auf der Straße zu übertönen schien. Es gelang ihm nicht, sich zu konzentrieren, sosehr er sich auch Mühe gab. Der Gedanke an seinen Auftrag beherrschte ihn vollkommen.

Er kannte diese Einsätze der Deutschen. Sie riegelten einen ganzen Straßenzug ab und trieben die sich versteckt haltenden Juden zum Umschlagplatz. Er selbst war einmal nur durch Zufall einer solchen Razzia entgangen; seine Eltern und seinen Bruder hatte man mitgenommen und deportiert. Aber das war schon lange her – bald ein Jahr –, und er lebte seitdem bei Onkel Dolek und den anderen Organisierten im Bunker.

Sein Standort war nicht sehr günstig, denn der hintere Ausgang des Raumes war von heruntergefallenem Trümmerschutt versperrt, und es blieb ihm nur die Möglichkeit, hier zu warten und zu hoffen, daß man ihn nicht entdecke, oder die gegenüberliegenden Häuser zu erreichen und durch die Kellergänge zu entkommen. Er kannte das komplizierte System der unterirdischen Gänge dank Onkel Dolek recht gut, denn er hatte ihn oft begleitet, wenn der

Onkel mit einem Maurertrupp die Kellerwände durchstieß, um die Verbindung zwischen den Bunkern auch unter der Erde zu ermöglichen. Onkel Dolek hatte die Pläne selbst ausgearbeitet, und manchen Abend hatte er dem Onkel dabei über die Schulter geschaut. Er wollte später einmal Brückenbauer werden, wie Onkel Dolek es war, und der Onkel bereitete ihn darauf vor, so gut es ging. Er war auch heute sicher gewesen durchzukommen, aber er hatte nicht damit gerechnet, daß Zygmunt Bauers Bunker von den Deutschen gesprengt worden war. Keiner hatte es gewußt; der Kommandeur nicht, nicht Onkel Dolek und nicht die anderen Männer vom Stab, die heute morgen im Zimmer waren. Es mußte ganz früh geschehen sein, denn der Kellergang war noch von Staub erfüllt, so daß er nicht viel sehen konnte und laut husten mußte. Er war dann hinaufgestiegen und die Straße hinuntergerannt, als er sie um die Ecke biegen sah. Vorn fuhr ein Panzerwagen, und hinterher kamen im Laufschritt die deutschen Soldaten.

Er konnte gerade noch im Eingang eines halbzerstörten Hauses verschwinden. Er verbarg sich rasch in einem Raum mit großen, leeren Fenstern, durch die er die Häuser auf der anderen Straßenseite sehen konnte. Er hatte gleich gemerkt, daß dieses Haus ungünstig für ihn war und daß er kaum ein schlechteres hätte finden können, aber es blieb ihm ja keine andere Wahl. Es war auch unwahrscheinlich, die gegenüberliegenden Häuser zu erreichen, das sah er jetzt ein – die Deutschen würden ihn bestimmt treffen, auch wenn er sehr schnell und im Zickzack lief. Aber es war zu weit, und er durfte nichts riskieren, was seinen Auftrag gefährden konnte.

Onkel Dolek hatte ihn früh ins Zimmer gerufen und an den schweren, altmodischen Tisch geführt, an dem noch sechs andere Männer saßen, die er alle vom Sehen kannte. Er kannte auch den langen, hageren Mann, der dann auf ihn zukam. Alle sahen ihn an, und Onkel Dolek lächelte ihm aufmunternd zu.

Der Kommandeur stand nun groß und hager vor ihm und fragte ihn freundlich, obgleich er es ja wissen mußte: »Wie heißt du denn?«

»David First«, antwortete er mit respektvoller Stimme.

»Und wie alt bist du?«

»Neun.«

»Neun Äpfel oder neun Birnen?«

David wurde verwirrt durch die freundliche und doch so bestimmte Frage, die ihn zweifeln ließ, ob der Kommandeur ihn überhaupt ernst nehmen könne, wenn er nicht mal eine exakte Frage exakt beantwortete, und er verbesserte sich und erwiderte: »Neun Jahre.«

Aber der Kommandeur schien von seiner Freundlichkeit nichts eingebüßt zu haben, denn er fragte ihn, ob er sich zutraue, eine wichtige Aufgabe allein durchzuführen. David bejahte mit einem stummen Kopfnicken, und der Kommandeur erklärte ihm weiter, es sei »von entscheidender Bedeutung, mit den Kämpfern aus der Gesiastraße Kontakt herzustellen«, er müsse also sofort aufbrechen, und es sei besser für ihn und die Aufgabe, wenn er die Kellergänge benutze, auf der Straße sei es sehr gefährlich. Dann gab er ihm ein dünnes, eng beschriebenes Papier in die Hand und ging auf seinen Platz zurück. Onkel Dolek hatte ihn zur Tür geführt und mit besorgter Stimme gesagt, er solle um Himmels willen vorsichtig sein. Von Stolz erfüllt über seinen ersten Auftrag, war David gleich losgegangen.

Der Lärm auf der Straße wurde jetzt deutlicher: Kommandorufe, knirschendes Rattern des vorbeifahrenden Panzerwagens, Schritte im Flur und eine Stimme: »Vier Mann nach oben!«

Nagelbeschlagene Stiefel stürmten die Treppe hinauf, und fürs erste fühlte er sich beruhigt, denn im Erdgeschoß blieb alles still. Sie werden erst nachsehen, ob sich jemand oben aufhält, dachte er, dann werden sie hierherkommen.

Eine plötzliche Angst befiel ihn, und er redete sich ein: Es wird nicht weh tun ... Sie werden schießen, und es wird nicht weh tun. Du wirst sofort tot sein, und wenn die anderen, der Kommandeur und Onkel Dolek dich finden, wirst du daliegen, die Augen geschlossen, die Hände über dem Bauch gefaltet und mit einem kreisrunden Loch in der Stirn.

Kreisrundes Loch, dachte er. Er hatte sich früher die Toten genau so vorgestellt, aber er konnte sich dieses Bild nicht mehr vergegenwärtigen, denn er hatte schon zu viel Tote gesehen: solche, die an Laternen hingen – die Zunge quoll aus dem Gesicht, und die Körper bewegten sich im Takt des Windes hin und her; solche, die sich aus den brennenden Häusern gestürzt hatten – zuerst hatten sie Lumpen und Matratzen aus dem Fenster geworfen, damit der Aufprall gemindert wurde, doch die meisten sprangen daneben; aber auch solche, die schwarz und zusammengeschrumpft in den Bunkern lagen, die die Deutschen mit Flammenwerfern ausgeräuchert hatten. Ja, er hatte schon viel Tote gesehen, und keiner hatte die Augen geschlossen, keiner die Hände über dem Bauch gefaltet und keiner ein kreisrundes Loch in der Stirn.

Auf der Treppe wurde es wieder laut. Die Soldaten kamen anscheinend unverrichteterdinge herunter. Er hörte Stimmen ganz dicht neben der Tür, konnte aber nichts verstehen. Wieder Schritte – eine Tür wurde am Ende des Ganges aufgestoßen. Er schloß die Augen und wartete. Als die Tür zu seinem Zimmer aufging, blickte er in das verkniffene Gesicht eines deutschen Soldaten und dann in den Lauf einer Maschinenpistole, der genau auf seine Stirn gerichtet war.

Es war nach dem Mittagessen, als Oberleutnant Walter von seinem Vorgesetzten die Nachricht erhielt, er werde nach Beendigung des Gettoeinsatzes zu seiner alten Einheit nach Frankreich versetzt. Das brachte ihn in gute Laune, denn obwohl ihm die Zeit in Warschau nicht lang geworden war – an Beschäftigung war seit dem Judenaufstand wirklich kein Mangel –, hatte er sich hier nie richtig wohl fühlen können. Sein Gemütszustand war in der letzten Zeit recht bedenklich gewesen, und er redete sich oft ein, er sei überarbeitet. Aber er wußte selbst, daß dies nicht der eigentliche Grund seines seelischen Unwohlseins war, denn er war gerne Soldat, und harte Einsätze hatte er nie gescheut. Das konnte es ja gar nicht sein. In dieser Beziehung war ihm Warschau noch lieber als Frankreich, wo es höchstens einige Auseinandersetzungen mit kleinen Widerstandsgruppen gab, und die erledigte meist der SD. Es war vielmehr der mangelhafte Kontakt zu seinen Kameraden, der ihn quälte. Die wenigen dienstfreien Abende seiner Warschauer Zeit hatten fast immer mit stupiden Saufereien geendet. Keine Diskussionen über Nietzsche, über Literatur oder entartete Kunst, wie sie ihm in Frankreich zur lieben Gewohnheit geworden waren. Nicht selten hatte er hier sogar Ekel und Abscheu vor seinen Kameraden empfunden, wenn er zum Beispiel beobachtete, wie sie sich auf dem Umschlagplatz benahmen. Überhaupt gehörten seine Erlebnisse auf dem Umschlagplatz zu dem Widerlichsten, was er hier gesehen hatte, und er versuchte auf jede Weise, sich von diesem Ort fernzuhalten. Irgendwie empfand er mit dem Haufen ausgehungerter, zerlumpter, gequälter Menschen Mitleid, was aber nicht heißen sollte, daß er an der These der Führung von der Endlösung der Judenfrage zweifelte; wenn er etwas kritisierte, dann waren es die Methoden, mit denen dieses Ziel erreicht werden sollte. Er glaubte auch nicht, daß es der germanischen Rasse würdig war, Taten von solcher Grausamkeit, wie sie hier geschahen, mit eigener Hand zu vollbringen – und sei es auch nur an rassisch minderwertigen Menschen. Vielleicht war es auch nur die Nähe zu den Dingen, die ihm zu schaffen machte; er war für diese Aufgabe jedenfalls nicht der richtige Mann. Und überhaupt wollte er jetzt nicht nachdenken darüber, mit seiner Rückversetzung hatte für ihn sowieso alles ein Ende.

Aus dem Zimmer über sich hörte er schon seit geraumer Zeit spitze, schrille Schreie, wie sie Frauen oder Kinder in höchster Not ausstoßen, und sie wurden noch übertönt durch das wütende, tierische Gebrüll eines Mannes. Dem Tonfall und der Lautstärke nach mußte es Unteroffizier Brunner sein, den er nicht leiden mochte, weil er wußte, daß dieser sich insgeheim über seine geistigen Ambitionen lustig machte.

War es nun die Freude über seine Versetzung, das gute Mittagessen oder seine Antipathie gegen diesen Brunner (zum Teufel, er wußte es selbst nicht!), was ihn veranlaßte, zu dem kleinen, unscheinbaren Feldwebel, der da irgendwo im Zimmer irgendeine unnütze Arbeit verrichtete, zu sagen: »Sehen Sie nach, Schmidt, was da oben los ist, und fragen Sie, ob man nicht mal einen Tag mit dieser verdammten Prügelei aufhören könne. Man wird dabei ja wahnsinnig!«

Wie gesagt, er wußte selbst nicht, wie er sich so unbeherrscht hatte zeigen können; und als Feldwebel Schmidt zurückkam und ihm berichtete, man habe einen Jungen aufgegriffen, der offensichtlich jüdischer Kurier sei, und man versuche nun von ihm zu erfahren, wo sich noch Juden versteckt hielten, sagte Oberleutnant Walter: »Schmidt, Sie haben Begabung zum Zyniker! Sie meinen wohl, mit dieser viehischen Prügelei könne man von einem Kind etwas erfahren? Sie haben eine Ahnung!«

Mit diesen Worten warf er sich seinen Rock über und rannte in das obere Stockwerk. Als er die Tür zu dem Zimmer, aus dem jetzt nur noch ein leises, klagendes Gewimmer zu hören war, öffnete, sah er einen kleinen, zerlumpten Jungen auf dem Fußboden liegen, der sich unter den Fußtritten des Unteroffiziers Brunner hin und her wand. Blutspuren, die durch das hereinfallende Sonnenlicht fast schwarz aussahen, waren über den ganzen Boden verteilt. In der Ecke des Zimmers stand, mit dem Rücken zu Oberleutnant Walter, ein zweiter Soldat. Er wusch sich an der Wasserleitung das Blut von den Händen. Dabei stieß er fortwährend durch die Zähne: »Dieses verdammte Judenschwein, so ein Rotzbengel, dieses Mistvieh ...«

»Meinen Sie, man hat mit solchen Verhörmethoden Erfolg? – Bei Kindern?« sagte Walter mit kaum beherrschter Stimme zu dem bebrillten Unteroffizier Brunner. Und: »Wenn so ein Junge nach der ersten Backpfeife nicht den Mund aufmacht, dann können Sie ihm zehnmal den Arsch vollhauen, und Sie werden nichts, aber auch gar nichts erfahren!«

Dann, nach einer kurzen Pause: »Sagen Sie Feldwebel Schmidt, er soll den Jungen in mein Zimmer tragen und ihn, so gut es geht, wieder herrichten. Ich werde Ihnen zeigen, wie man mit Kindern umzugehen hat.«

Er blickte noch einmal auf den Boden, wo der Junge ganz ruhig von einer tiefen Ohnmacht umfangen lag, und wendete sich dann zur Tür.

David erwachte in einem Meer von rotem dickem Nebel. Tiefblaue kernige Punkte kreisten vor seinen Augen, vergrößerten sich ständig und wuchsen unheilvoll über ihn hinaus. Anfangs waren sie noch konturenscharf, aber allmählich mischten sie sich zu häßlichen lila Streifen, um dann in ein trauriges Grau überzugehen. Sein Gesicht und seine Schultern schmerzten unerträglich. Er öffnete die Augen und sah, daß er sich in einem fremden Raum mit kahlen, kalten Wänden befand. Er lag auf einer Holzbank, und vor ihm stand ein Schreibtisch, der mit Bergen von Akten bedeckt war. Er wollte seinen Kopf wenden, um auch den hinteren Teil des Raumes zu sehen, aber ihm wurde plötzlich übel, er schloß sofort die Augen und kämpfte gegen das würgende Gefühl in seinem Hals an.

Sie haben mich geschnappt, dachte er. Sie haben mich geschnappt, weil ich nichts riskiert habe. Aber ich durfte nichts riskieren, und es war nicht meine Schuld, daß Zygmunts Bunker gesprengt war.

Wieder überkam ihn das Würgen, diesmal mit verstärkter Heftigkeit, und er mußte lange die Luft anhalten, bis es vorüberging. Er versuchte sich zu erinnern, wie er in dieses Zimmer gekommen war, und sehr schwer und nur schrittweise konnte er es sich vergegenwärtigen.

Als sie ihn entdeckt hatten, glaubte er, sie würden ihn auf der Stelle erschießen; aber sie hatten ihn nach Waffen durchsucht und dabei das dünne, engbeschriebene Papier gefunden, hatten sich bedeutungsvoll angesehen, und dann mußte er mit erhobenen Händen vor ihnen herlaufen, bis sie am Gefängnis waren, von wo man ihn mit einem Auto in die deutsche Kommandantur fuhr, die außerhalb des Gettos lag. Er nahm an, daß sie mit dem Brief nichts anfangen konnten, denn er war in Geheimschrift geschrieben, und es war kaum glaubhaft, daß die Deutschen die Chiffre kannten, denn der Stab wechselte sie aus Sicherheitsgründen sehr oft. Also war es nicht von großer Bedeutung, daß er vergessen hatte, den Brief zu vernichten; der Organisation hatte er damit nicht geschadet, allenfalls sich selbst, denn nun wußten die Deutschen von seiner Mission als Kurier, und sie hatten ihn verhört, um herauszubekommen, wo sich die Freunde versteckt hielten – und das war schlimm genug.

Du hast dich gut gehalten, dachte er. Onkel Dolek braucht sich nicht zu schämen. Und ihm kamen die Bilder des Verhörs ins Gedächtnis: Zwei Deutsche standen um ihn herum, ein dritter sah aus dem Fenster. »Du verstehst mich doch?« fragte der eine. Sein Gesicht war schwammig und aufgedunsen. Er roch nach Schnaps, und seine Augen funkelten tückisch hinter einer Nickelbrille, die in ihrer Zierlichkeit so gar nicht in dieses grobe, ungeschlachte Gesicht passen wollte.

David nickte, und der Soldat begann ihn zu fragen, wo seine Freunde seien und wie viele Orte er kenne, an denen sie sich aufhielten. Er solle sich klar darüber sein, daß man mit ihm machen könne, was man wolle, und es hätte gar keinen Zweck, etwas zu verschweigen, denn es würde sowieso nicht mehr lange dauern, bis man alle Juden gefangen hätte. Er könne sich jedoch retten, wenn er bereit sei auszusagen, aber sollte er sich weigern, so würde man schon andere Mittel haben, um ihn zum Sprechen zu bringen.

Der Deutsche sprach schnell, und David hatte nicht alles genau verstehen können, was er sagte, aber er war sich über die Bedeutung des Ganzen vollkommen im klaren. Der Deutsche schwieg einen Moment, offenbar um die Wirkung seiner Worte auf den Jungen abzuwarten. Dann sagte er: »Na?«

David senkte seinen Blick und dachte an Onkel Dolek: Man darf niemals anfangen zu sprechen, sonst spricht man weiter, und sie holen alles aus einem heraus, was sie wissen wollen. Und er hatte auch geschwiegen, als der Bebrillte zum zweiten Mal »Na?!« sagte, diesmal schärfer und drohender.

»Aus dem holst du nichts raus«, hatte spöttisch eine Stimme vom Fenster her gesagt.

David spürte, wie der Deutsche immer näher auf ihn zukam. Er fühlte sich an den Haaren gepackt, sein Kopf wurde hochgerissen, und er sah in ein wütendes, haßerfülltes Gesicht.

»Na!?!« hörte er die Stimme zum dritten Mal, nun überschlug sie sich fast. David sah den Soldaten ganz fest an, und er zuckte nicht, als ihn der erste Schlag ins Gesicht traf. Seine Nase fing an zu bluten, und ihm stiegen Tränen in die Augen. Der am Fenster erhob sich und sagte im Hinausgehen noch einmal: »Aus dem ist nichts rauszuholen, verlaßt euch drauf.«

Der Gedanke an das, was dann gefolgt war, ließ ihn erschauern, und er mußte sich plötzlich mit aller Gewalt zur Seite drehen. Das Gesicht zum Fußboden, übergab er sich laut hustend. Gleich darauf hörte er, wie jemand ins Zimmer trat. Ein deutscher Soldat, den er bis dahin noch nicht gesehen hatte, kam zu ihm herüber, stützte ihn und half ihm, sich aufzusetzen. Der Soldat schien besorgt um ihn zu sein, denn er fragte ihn, wie er sich fühle. Obgleich David sich noch sehr schwach fühlte, war ihm jetzt wohler zumute, und er nickte dem Soldaten zu. Der Soldat verließ das Zimmer, und ein Offizier kam herein. Er setzte sich David gegenüber und beobachtete ihn aufmerksam. Trotz seiner grauen Haare schien er noch nicht alt zu sein, und seine Person strahlte so viel Ruhe und Überlegenheit aus, daß David sich von Anfang an nicht vorstellen konnte, einen richtigen Deutschen vor sich zu haben. Das Gesicht war von der Frühjahrssonne leicht gebräunt, und winzige Fältchen um die Augen ließen die gehaßte Uniform unbedeutend werden. David dachte nach, wo er dieses Gesicht oder den Typ dieses Gesichtes schon einmal gesehen hatte. Der Kaufmannsladen seiner Heimatstadt tauchte vor ihm auf: Ein Bild an der Wand, ein Pappbild, auf dem ein Mann jedem Eintretenden eine buntbemalte Büchse entgegenstreckte; warmherzig und mild lächelte er auf die Käufer herunter und forderte zwingend Vertrauen im voraus. Wenn David einkaufen mußte, starrte er das Bild unentwegt und fasziniert an, und wenn er die Tür nach dem Einkauf schloß, galt sein letzter Blick wieder dem Bild an der Wand.

Der Offizier, der ihm gegenüber saß und dem Mann auf dem Pappbild unwahrscheinlich glich, sagte zu ihm: »Du fühlst dich sicher nicht wohl?« Und ohne eine Antwort abzuwarten: »Es tut mir leid, daß man dich geschlagen hat, man soll Kinder nicht schlagen. Aber du darfst nicht denken, daß wir alle so sind. Ich habe auch zwei Kinder, zwei Jungen, einer ist so alt wie du. Und ich habe sie noch nie geschlagen.«

Vater hat mich öfter geschlagen, dachte David. Einmal, als ich das Geld für Zigaretten verloren hatte, einfach verloren, in die Hosentasche gesteckt und nicht mehr wiedergefunden.

Er hatte es sich damals selbst nicht erklären können, wie hätte er es dem Vater erklären sollen? Er hatte es zwar versucht, aber natürlich glaubte ihm der Vater nicht, und es setzte Schläge.

Aber Onkel Dolek hat mich nie geschlagen, und er würde es auch nie tun, dachte er und verscheuchte damit die unangenehme Erinnerung.

Der Offizier sagte noch einmal, als hätte er Davids Gedanken belauscht: »Nein, ich habe sie noch nie gehauen, und ich würde es auch nie tun, glaube ich.«

Draußen dämmerte es bereits, und der Offizier steckte sich eine Zigarette an; dann griff er in die Brusttasche, zog ein Bild hervor und reichte es David.

»Hier, das sind wir«, sagte er, »der Kleinere ist ein Fußballer, er spielt schon in der ersten Mannschaft.«

David sah auf dem Bild vier Gestalten, zwei große und zwei kleine. Obgleich er sie nicht genau erkennen konnte, glaubte er zu sehen, daß sie alle lächelten – lächelten wie der Mann auf dem Reklameschild, und der Kleinste hatte einen Ball unter dem Arm. Als er dem Offizier das Bild zurückgab, sah er ihm ins Gesicht, und für einen Augenblick sah es so aus, als wäre da Onkel Dolek. Er fuhr sich über die Augen und spürte, daß sein Gesicht vor Hitze glühte, und der Mann stand auf, schloß die Fenster, ließ die Verdunklung herunter und drückte auf den Knopf einer Lampe, die auf dem Schreibtisch stand und das Zimmer in warmes gelbes Licht hüllte. Vor Davids Augen verschwamm alles. Hitze und Kälteschauer jagten in seinem Körper einander, der Offizier wurde eine ins Riesenhafte wachsende Masse, und die Lampe verwandelte sich in eine unermeßlich große, warme gelbe Sonne. Er konnte nicht mehr verstehen, was der Deutsche zu ihm sagte, aber er versuchte, die Augen offenzuhalten und zuzuhören, und die Stimme, die fortwährend und sanft auf ihn einredete, war wie das stetige, beruhigende Summen eines Ventilators. Große Müdigkeit überkam ihn und mit ihr die Sehnsucht nach Ruhe und Sicherheit. Er stellte sich vor, er wohne mit seiner ganzen Familie in einem Haus, das ihnen ganz allein gehöre. Onkel Dolek sei da, Mutter, der Offizier, und er hätte ein Zimmer ganz für sich allein, mit vielen Büchern an den Wänden, aus denen man lernen könnte, wie man Brücken baut, große Brücken und kleine Brücken, Brücken aus Holz und Brücken mit einem soliden Betonfundament.

Dieser Offizier könnte dein Vater sein, dachte er, und er wünschte sich für einen Moment, daß es so wäre. Du würdest wieder Brüder haben, könntest mit ihnen Ball spielen, Fußball, Handball oder sonst irgendwas. Hauptsache spielen. Auf grünen Wiesen, in breiten Straßen, mit hohen, hellen Häusern, die Sonne steht hoch am Himmel ... es ist heiß, wir ziehen die Jacken aus, legen sie auf die Straße, fünf

Schritt voneinander entfernt sind sie das Fußballtor ... Onkel Dolek kommt aus dem Hausflur und trägt eine deutsche Uniform. Er nimmt mich an die Hand, wir gehen die helle Straße immer weiter, und er sagt: Du bist doch ein vernünftiger Junge. Du hast doch Vertrauen zu mir. Komm, sei brav, und sag mir, wo sie sind. Es ist schlecht, daß sie dich geschlagen haben, aber es sind nicht alle so, und du kannst doch nichts dafür. *Du bist doch ein vernünftiger Junge!*

Die Straße wird dunkel, die Häuser stürzen zusammen, einzelne brennen, schwarzer Qualm dringt aus den Fenstern und steigt zum Himmel empor. Eine Sirene beginnt mit ohrenbetäubendem Lärm zu heulen. Stimmen, überall Stimmen: »Alarm, Fliegeralarm, die Russen ...«

Ich träume, dachte er, ich muß träumen! Und langsam verschwand alles, die brennenden Häuser, der Trümmerschutt, die dunkle Straße, und auch die helle kam nicht wieder, und die Sonne war nur noch eine Lampe, die auf einem Schreibtisch stand und warmes gelbes Licht verbreitete. Aus Onkel Dolek wurde ein deutscher Offizier, der nervös und hastig an einer Zigarette sog. Nur das unerträgliche Heulen der Sirene war geblieben, und der Offizier sagte eindringlich zu David: »Du mußt mir glauben. Ich will nur dein Bestes. Ich kann dich beschützen, wenn du mir sagst, wo sich deine Leute versteckt halten.«

Die Sirene erstarb mit brüchigen tiefen Tönen, von Ferne hörte man die Detonation einer Bombe, und David lächelte mit dem Lächeln eines ungeheuerlich betrogenen Kindes, das eigentlich die Reife eines Erwachsenen besaß. Der vertrauenheischende, mild lächelnde Mann auf dem Pappbild im Kaufmannsladen seiner Heimatstadt hatte die Maske des Biedermannes fallenlassen. Sein Lächeln und seine Warmherzigkeit waren die eines Heuchlers und Betrügers. Keine Täuschung mehr, kein Onkel-Dolek-Gesicht, nur das nervöse Ziehen an der Zigarette, denn die Detonationen waren näher gekommen. David nahm all seine Kraft und all seinen Mut zusammen, stand auf und spuckte dem Offizier ins Gesicht. Ein Stoß vor die Brust warf ihn auf die Bank zurück; der Deutsche lief aus dem Zimmer.

David saß da und vermochte sich nicht zu bewegen. Er lauschte dem schwermütigen Brummen der Flugzeuge, die da irgendwo über der Stadt ihre tödliche Last abwarfen, und als sich die Tür öffnete und der nickelbebrillte Soldat langsam und grinsend auf ihn zukam, dachte er an die Freude und an den Jubel, mit dem Onkel Dolek und die Genossen den ersten sowjetischen Luftangriff begrüßt hatten, und das nahe Krachen der Bomben erschien ihm als das Fanal der Erlösung.

Die Spaltung des Erwin Racholl

I

Am 27. April, dem Tag seines fünfunddreißigsten Geburtstages, war Racholl auf dem Höhepunkt seiner Laufbahn, am 28. April, schon einen Tag später, an deren Ende.

Früh gegen neun Uhr war er zu seinem Vorgesetzten, dem Genossen Leo, gerufen worden, einem kräftigen Mann mit grauen Haaren und kämpferischer Vergangenheit, der ihm, schon in Hut und Mantel, die Eröffnung machte, er, Racholl, werde mit sofortiger Wirkung, also ab morgen, den Posten des Hauptreferenten übernehmen müssen und ob er sich dazu in der Lage fühle.

Racholl, vor Überraschung unfähig, ein Wort herauszubringen, nickte mit dem Kopf und nahm die Entschuldigung des Genossen Leo entgegen, daß alles so plötzlich gegangen sei, aber Racholl solle verstehen, es sei eine Entscheidung auf höchster Ebene, er, Leo, habe dringend eine neue Aufgabe zu übernehmen. Racholl solle seine Akten zur Übergabe vorbereiten, morgen früh wolle er ihn dann in sein neues Amt einführen, einverstanden?

Wieder war Racholl nur fähig, mit dem Kopf zu nicken, während der Genosse Leo, von der Sekretärin gedrängt, zu seinem Aktenkoffer griff, Racholl noch einmal aufmunternd und herzlich auf die Schultern klopfte, ihn mit zur Tür zog, um dann den Gang in Richtung des Paternosters hinabzulaufen.

Racholl erfaßte ein leichtes Schwindelgefühl, er wußte nicht, ob vor Freude oder Erschrecken. Er mußte die Augen schließen, sich an die Wand lehnen und hatte Mühe, seinen Körper in Gewalt zu bringen, als er hinter sich das Klappen einer Tür hörte und gleich darauf Frauenschritte auf dem Bodenbelag des Ganges. Ohne sich umzusehen, den Blick starr geradeaus gerichtet, ging Racholl in sein Büro, ließ sich auf den Stuhl hinter dem Schreibtisch fallen und begann mechanisch den Aktenberg, der vor ihm lag, abzutragen.

Ein eigenartiges Gefühl der Erregung beherrschte ihn, sein Herz klopfte hörbar, und seine Hände zitterten leicht. Einmal lächelte er, die Gesichter seiner Kollegen vor Augen, wenn sie die Nachricht von seiner Beförderung erhalten würden; einmal sprach er das Wort Hauptreferent leise vor sich hin.

Gegen Mittag konnte er seine Neuigkeit nicht mehr für sich behalten. Er ging über den Flur in das Zimmer 3082, trat, ohne anzuklopfen, ein und sagte, während er die Tür hinter sich schloß: Helmut, ganz im Vertrauen, weißt du schon, daß Albert Leo die Treppe rauffällt?

– Setz dich doch erst mal, sagte der Kollege Richter leichthin.

Der Kollege Richter war fast zehn Jahre jünger als Racholl und hatte erst drei Dienstjahre. Dennoch setzte er ihn durch die beherrschte Art und Weise, mit der er Neuigkeiten entgegennahm, immer wieder in Erstaunen. Noch nie war es Racholl gelungen, ihn mit einer Nachricht zu überraschen oder gar aus der Fassung zu bringen. Für Richter hatte jede noch so überraschende Wendung eine Ursache, die er konkret benennen konnte. Als Ernst Liebecke aus der Finanzabteilung nach einer Revision ein Defizit von 6200 Mark nachgewiesen wurde, sprach Richter über Liebeckes aufwendigen Lebensstil, und als derselbe Liebecke, statt, wie von allen, auch von Richter, erwartet, in einen Produktionsbetrieb bei fast gleichem Gehalt in die Registratur versetzt wurde, war für Richter alles klar:

Der Mann weiß zuviel, der wird neu aufgebaut. Für das plötzliche Avancement des Genossen Leo hatte er nur die Bemerkung übrig, daß er mindestens seit zwei Jahren damit gerechnet habe: Das war doch längst überfällig.

– Ganz offen, Helmut, fragte Racholl, was meinst du, wer Nachfolger wird?

Richter, der selten Prognosen stellte, antwortete nicht sofort. Er zog sein Zigarettenetui hervor, hielt es Racholl hinüber – obgleich er wissen mußte, daß der seit zwei Jahren nicht mehr rauchte –, nahm sich dann selbst eine Zigarette, suchte lange und umständlich nach seinem Feuerzeug, schielte über die blasse Flamme hinweg in Racholls Gesicht und antwortete zwischen zwei Zügen, daß dafür doch eigentlich nur wenige in Frage kämen, genaugenommen nur ein einziger. Er lehnte sich zurück und sah Racholl prüfend an.

Racholl wurde rot, als fühlte er sich ertappt.

– Wieso, fragte er.

Das müsse doch nun auch ihm so langsam klar sein, sagte Richter und sah ihn scharf an.

– Meinst du etwa mich, sagte Racholl und lachte verlegen.

– Und warum nicht, sagte Richter.

– Wie bist du darauf gekommen? sagte Racholl, immer noch lachend, und fragte sich im gleichen Moment, warum es ihm selbst verwunderlich erschienen war.

– Na hör mal, sagte der Kollege Richter, bei deiner blütenweißen Kaderakte!

Ehe Racholl es verhindern konnte, hatte Richter zum Telefonhörer gegriffen und die Kollegen in das Zimmer 3082 zitiert.

– Komm, mein Lieber, darauf müssen wir anstoßen, sagte er, zog aus seinem Aktenschrank eine Flasche Kognak und Gläser.

Racholl wehrte ab. Er trank lediglich zu festlichen Gelegenheiten ein paar Gläser Sekt oder am Sonntag eine Flasche Bier zum Mittagessen; Schnaps nie.

– Aber komm! sagte Richter. Sei doch kein Frosch. Bei solch einem Anlaß!

Noch einmal schüttelte Racholl seinen Kopf, sah sich aber dann einer Runde ebenso einladend wie vorwurfsvoll blickender Männer gegenüber, deren Erwartungen zu enttäuschen ihm in diesem Moment unklug erschien.

– Na gut, sagte Racholl, aber höchstens einen kleinen.

Er nahm das bauchige Glas, nippte daran und stellte es bei passender Gelegenheit zur Seite. Racholl wurde zum Mittelpunkt seiner sich in immer größerer Zahl im Zimmer 3082 versammelnden Kollegen. Er nahm die Geburtstagswünsche mit dankbarem Lächeln, die Gratulationen zu seinem Avancement mit bescheiden abwehrenden Gesten entgegen, sah neidvolle wie bewundernde Blicke und hütete sich, trotz der aufmunternden Zurufe der Kollegen, vor dem Kognak. Dennoch spürte er, mitten in einer heftigen Diskussion über die bevorstehende Prämienverteilung zum Ersten Mai, eine seltsame Beklommenheit, und er klatschte, im Vorgriff auf seine neue Würde als Leitungskader und damit den Abschluß der kleinen Feierlichkeit andeutend, zwei-, dreimal in die Hände, nahm Blumenschale und Buchgeschenk und verließ den Raum 3082.

Hinter seinem Schreibtisch überfiel ihn der Schwindel ein zweites Mal, diesmal verbunden mit Übelkeit, die sich verstärkte, je mehr er dagegen ankämpfte. Er schleppte sich, darauf bedacht, von niemandem gesehen zu werden, auf das WC und versuchte über dem Waschbecken zu erbrechen, aber vergeblich.

Unter dem Vorwand, er habe eine dringende dienstliche Erledigung, meldete sich Racholl telefonisch im Chefsekretariat ab. Zu Hause warf er sich, kaum daß er die

Schuhe abgestreift hatte, aufs Bett, bemüht, möglichst regelmäßig und flach zu atmen.

So fand ihn seine Frau, als sie von ihrer Tätigkeit in der Liga für Völkerfreundschaft kam.

Die Frau, erschrocken über Racholls Zustand, lief zum Telefon, um einen Arzt anzurufen, aber Racholl schüttelte energisch den Kopf und sagte unter Mühen, er fühle sich ja schon besser, in einer halben Stunde ginge es wieder.

Tatsächlich war Racholl weder nach Ablauf dieser Zeit noch am späten Abend in der Lage, sich vom Bett zu erheben. Seine Frau mußte den Gästen der Geburtstagsfeier, die ohnehin nur im engsten Familienrahmen stattfinden sollte, telefonisch absagen und versorgte Racholl dann mit ungesüßtem Pfefferminztee und Zwieback, maß seine Körpertemperatur und ließ sich nur dadurch, daß diese unter 37 blieb, von ihrem Vorhaben abbringen, doch noch nach einem Notarzt zu rufen.

Racholl verbrachte eine schlaflose Nacht. Er versuchte, sich zur Ruhe zu zwingen, aber jedesmal, wenn er die Augen schloß, hatte er das Gefühl, er fahre in einem Fahrstuhl mit stetig wachsender Geschwindigkeit in eine endlose Tiefe, und er mußte die Augen aufreißen, um an der Übelkeit nicht zu ersticken. So lag er und starrte in das Dunkel des Zimmers, hörte Helgarths regelmäßige Atemzüge, das Ticken der Wanduhr und das Poltern der Lastzüge auf der Straße.

Gegen Morgen, es dämmerte schon, schnürte es ihm die Kehle zu, er rollte sich aus dem Bett, stürzte, an Möbelstücke stoßend, aus dem Zimmer auf das WC und erbrach sich hustend und lange.

Seine Frau stand in der Tür, mit der Hand hielt sie den Morgenrock zusammen, in ihren Augen las er Mitgefühl.

– Du bist überarbeitet, flüsterte sie.

– Ach i wo, sagte Racholl, als er sich den Mund ausgespült hatte, ich habe mir wahrscheinlich nur den Magen verdorben.

Er fiel wieder ins Bett, erleichtert und ruhig, und schlief sofort ein. Es war fünf Uhr; anderthalb Stunden später klingelte der Wecker.

Racholl stand, trotz der Proteste seiner Frau, sofort auf.

– Spann doch mal aus, sagte sie, wenigstens einen Tag.

Er fühle sich vergleichsweise ausgezeichnet, antwortete Racholl und fügte nicht ohne Ungeduld in der Stimme hinzu, sie könne wohl schwerlich von ihm verlangen, daß er heute, ausgerechnet heute, zu Hause bleibe.

– Meinst du, es geht nicht ohne dich? fragte sie. Erst jetzt fiel ihm ein, daß er vergessen hatte, ihr von seiner Beförderung zu erzählen.

Ist das wahr, sagte sie, lief auf ihn zu, küßte ihn und ging fröhlich zur Tür. Racholl hörte ihre Stimme aus dem Kinderzimmer.

2

Um sieben Uhr dreißig saß Racholl im vorletzten Abteil der U-Bahn, Linie A: Pankow/Vinetastraße–Thälmannplatz. Obwohl ihm die Müdigkeit in jeder Faser seines Körpers saß, waren sein Kopf hellwach und seine Sinne gespannt, ja, es schien ihm, als sähe er die Konturen der Dinge und Menschen um sich herum schärfer, die Farben kräftiger, eindringlicher. Der Zug fuhr an. Racholl lehnte sich in das kunstlederne Polster und schloß die Augenlider bis auf einen schmalen Spalt. Die gleichmäßige Beschleunigung des Zuges und das sanfte Rütteln übertrugen sich in seinen Kopf als ein eigentümlicher, singender Ton, der auch dann nicht verschwand, als die Bahn hielt und die Abteile sich mit Menschen füllten, Männern mit Aktentaschen und gepflegten Schuhen, Frauen mit kleinen Kindern auf dem

Arm, deren greinenden oder plappernden Lärm Racholl eindringlicher und störender empfand als sonst.

Ihm gegenüber, wie jeden Morgen um diese Zeit, begrüßten sich zwei Männer mit Kopfnicken und flüchtigem Händedruck und versanken hinter ihrer großformatigen Zeitung. Racholl kannte sie vom Sehen; offenbar arbeiteten sie in einem der Ministerien, die in der Nähe von Racholls Dienststelle lagen.

Flüchtig nahm er die Station Alexanderplatz wahr, schloß die Augen jetzt ganz, öffnete sie erst wieder, als der Zug in Stadtmitte hielt, atmete tief durch, schloß sie abermals und wartete auf die Endstation, die in weniger als einer Minute erreicht sein würde, wartete auf den sanften Schub des Bremsvorganges, der ihn tagtäglich auf die Sitzbank drückte, und gab sich währenddessen dem eigentümlichen Singen in seinem Kopfe hin, das sich auf nicht unangenehme Weise mit farbigen, ständig die Gestalt wechselnden Figuren mischte, ein wahres Meer manchmal flirrender, manchmal wellenförmig sich verändernder Formen, in die man sich fallen lassen konnte, die einen sanft trugen in einen ruhigen, wohltuenden, harmonischen Schlaf. Racholl stellte sich vor, er säße in einem Zug, der nie anhalten würde, eingehüllt in farbige Formen, und die Minute, die ihm noch bliebe bis zum Aussteigen, würde kein Ende nehmen, merkwürdig, ganz merkwürdig, aber nicht unangenehm, und er lächelte jetzt und fühlte sich wohl, bis in ihm, langsam erst, aber stetig, der Gedanke Gestalt gewann, daß der Zug tatsächlich nicht bremste, so wie er es jeden Tag tat, knapp eine Minute nach Stadtmitte, und daß auch mehr als sechzig Sekunden vergangen sein mußten, weit mehr!

Racholl riß die Augen auf. Das Abteil hatte sich geleert, niemand stand in den Gängen, und die Sitzbänke hatten große rotbraune Lücken.

– War denn schon Thälmannplatz, rief Racholl den beiden Männern zu, die, in Zeitungen vertieft, ihm gegenüber saßen, aber als der eine von ihnen das Blatt sinken ließ, blickte Racholl in ein Gesicht, das er noch nie gesehen hatte, und jetzt fiel ihm auf, daß auch die Zeitungen ungewohnt bunt und großbuchstabig aufgemacht waren. Schmerzhaft sprangen Racholl die balkenartigen Lettern in die Augen, und er las: Zwei Männer ertränkten junge Berliner Mutter im Wannsee!

Wie immer, wenn ihn Angst erfaßte, spürte Racholl ein Ziehen in der Leibgegend, und als der Zug in eine schroffe Linkskurve einbog, wurde ihm ganz unvermutet klar, daß er geradewegs auf die Station Potsdamer Platz zufuhr.

Das kann doch nicht sein, dachte Racholl und schüttelte ungläubig und verwirrt seinen Kopf, doch im gleichen Maße, wie er sich zuredete, daß der Bahnhof seit mehr als dreizehn Jahren gesperrt war, wuchs in ihm die Befürchtung, ihm könnte eine Änderung in der Praxis des städtischen Verkehrs entgangen sein und er fahre jetzt ungewollt und gegen seinen Willen in den ihm verbotenen Teil der Stadt.

Wieder spürte er dieses Ziehen im Leib, heftiger nun; ratsuchend sah er sich um, aber den Gesichtern der Fahrgäste nach zu urteilen, schien es etwas ganz Selbstverständliches, daß der Zug diesen Weg nahm. Racholl atmete schwer und ballte die Hände zu Fäusten, sein Blick fiel auf die Notbremse unter der Decke des Wagens; schon wollte er aufspringen und sie betätigen, trotz aller möglichen Folgen, als er sich erinnerte, daß die Station Potsdamer Platz vor dreizehn Jahren Grenzbahnhof gewesen war.

Natürlich, sagte er zu sich und schlug sich an die Stirn, es ist noch nicht zu spät, du steigst einfach aus.

Dieser Entschluß beruhigte ihn, und er starrte in die Finsternis hinter den Scheiben, die in regelmäßigen Abständen von den vorbeifliegenden Lichtschatten der Lüftungsschächte durchbrochen wurde, was ihn an die abenteuerlichen U-Bahn-Fahrten in seiner Kindheit erinnerte.

Als der Zug in den Bahnhof einfuhr und die graugrünen Schemen hinter den Scheiben mit der Rücknahme des Tempos zu lebendigen, wartenden Menschen werden ließ, rief Racholl, so laut er konnte:

– Meine Herren! Ich steige aus!

Aber im gleichen Moment, da er dies gesagt hatte und sich nun erheben wollte, spürte er, daß seine Beine ihm den Dienst versagten, er konnte einfach nicht aufstehen und erschrak über seine Äußerung, schlug sich demonstrativ auf den Mund, registrierte noch, daß beides, leichtfertige Äußerung und verweisende Geste, in den Gesichtern der Fahrgäste keine Reaktion hervorriefen, da hörte er schon die Stimme aus dem Lautsprecher, in deren Klang Aufforderung und Warnung zugleich mitschwangen:

– Letzter Bahnhof im demokratischen Sektor!

Einige Fahrgäste erhoben sich und gingen mit ernsten Mienen zum Ausgang.

Mein Gott, dachte Racholl, du mußt jetzt aufstehen!

Alle Bürger des demokratischen Sektors mußten jetzt aufstehen, das war ihm plötzlich so klar wie die Tatsache, daß die graugrün Uniformierten den ordnungsgemäßen Vollzug dieser Anordnung zu kontrollieren hatten. In wenigen Sekunden würden sie das Abteil betreten und die Sitzengebliebenen mustern, bis sie plötzlich und ohne erkennbaren Grund vor irgendeinem Fahrgast stehenblieben, das Personaldokument verlangten und ihn, falls er Bürger war, mit eisigen Gesichtern in die Mitte nahmen und aus dem Zug führten. Das wußte Racholl plötzlich ganz genau, und wenn er auch nicht die Höhe der Strafe kannte, so ahnte er doch, daß sie ein Leben lang anhalten könnte.

Jetzt gaben die Türen mit leisem Schnaufen den Weg frei für die Aussteigenden, und Racholl sah über deren

Schultern die Uniformen der Kontrolleure. Noch immer war er unfähig, seine Beine zu bewegen, in seinem Kopf überstürzten sich die Gedanken.

– Raus hier, raus hier, rief er sich zu, oder dich einfach nach vorn fallen lassen, da bist du eben gestürzt!

Ja, dachte er, das könnte die Lösung sein: Kreislaufschwäche als Folge überhöhter Arbeitsbeanspruchung.

Oder, dachte er, du stellst dich einfach schlafend, beziehungsweise mit den Gedanken abwesend, verwarf aber die Idee sofort, zu sehr konnte es als ein angesichts uniformierter Kontrolleure aufgegebener Versuch, sitzen zu bleiben, gedeutet werden, und auch das wußte Racholl mit ganzer Klarheit, daß schon der Versuch strafbar war und mit dem gleichen Maß gemessen wurde wie die Tat selbst.

Aber hier ist ja Bewegungsunfähigkeit der Grund, dachte Racholl verzweifelt, du willst ja aufstehen und kannst es nicht, mißtraute diesem Gedanken aber sofort, als gäbe es einen Zusammenhang zwischen der Lähmung in seinen Beinen und einem vielleicht tief in ihm verborgenen Wunsch, einfach sitzen zu bleiben. Nein, besser war es, auf einen Irrtum zu pochen, auf Uninformiertheit, und somit eventuell einen bewährungsfähigen Fall zu schaffen, vorausgesetzt, es lag Unbescholtenheit vor und eine günstige Beurteilung durch das Arbeitskollektiv.

Aber genau betrachtet, dachte Racholl, bist du ein Sonderfall. Du willst ja, wenn du sitzen bleibst, nicht etwa abhauen, dachte Racholl, schüttelte vor Empörung den Kopf und konnte für einen Moment, so klar wie noch nie, den Weg der Anordnung verfolgen bis zu ihrem Ursprung: eine administrative Reaktion auf die Versuche, das Territorium lebenslang zu verlassen, Flucht also, und somit gar nicht gültig für ihn, Racholl, aber nur *eigentlich* nicht, doch im nächsten Moment verschwand diese Klarheit in ihm durch die unübersehbare Präsenz graugrüner Uniformen in der

Eingangstür des Abteils. Jetzt wünschte er ein anderer zu sein, einer von denen ihm gegenüber, die in ihre Zeitungen blicken konnten, als ginge sie das alles nichts an.

Du darfst nicht auffallen, dachte er, du mußt aussehen wie sie.

Er straffte den Körper und versuchte seinem Gesicht jenen selbstverständlichen Ausdruck zu geben, wie ihn Menschen besitzen, die sich im Recht fühlen, aber er spürte, daß es ihm nur schlecht gelang, irgend etwas fehlte ihm, vielleicht eine Zeitung.

Warum hast du die Zeitung vergessen, dachte er, aber augenblicklich fiel ihm ein, daß er, hätte er sie mitgenommen, schon an der Art und Weise ihrer Aufmachung als Bürger erkannt worden wäre!

Schweiß trat ihm auf die Stirn, ein Schmerz zog sich durch seine Muskeln. Wie gern hätte er jetzt seine Lage verändert, aber weder konnte noch durfte er sich bewegen. Also ruhig Blut! Sitzen bleiben und unverdächtig aussehen, gar nicht hinsehen zu dem Uniformierten, der vor ihm stehengeblieben war und mit einem Seitenblick auf ihn herabsah, als mustere er Racholls Schuhe, als prüfe er die Stoffqualität seiner Hose und den Schnitt des hellen Übergangsmantels.

Racholl hielt die Luft an. Daran hatte er nicht gedacht, daß auch an der Kleidung zu erkennen ist, woher einer kommt.

Alles erstarb in ihm. Wie ein Stück Eis, dachte er, ein seelenloses Stück Eis!

Doch indem er sich seiner Fühllosigkeit bewußt wurde, zog Ruhe in seinen Körper, er hob die Arme und verschränkte sie über der Brust, neigte seinen Kopf ein wenig schnaufend, als wollte er dem Uniformierten zeigen, wie überflüssig und lästig er diese Prozedur fände, und er war, als dieser die Augen von Racholl nahm und seinen Kontrollgang durch das Abteil fortsetzte, noch nicht einmal verwundert, so sicher war er sich in diesem Augenblick gewesen, und er konnte den Kopf heben und ihm hinterherblicken, und er sah den sauber rasierten Nacken und den faltigen graugrünen Rock, der sich über ein breites, fast quadratisches Hinterteil spannte.

Du fährst zurück, dachte Racholl und atmete erleichtert aus, mit dem nächsten Zug fährst du einfach zurück, und nun konnte er schon lächeln und verwundert den Kopf schütteln über dieses merkwürdige Erlebnis; was es nicht alles gab!

Geräuschlos setzte sich der Zug in Bewegung, durch die Scheiben fiel Licht, dann tauchte er auf aus der Tiefe in eine kaltgleißende Helle, fuhr auf einem Trakt acht oder zehn Meter über der Erde, über die sich, so weit Racholl sehen konnte, ein Netz silbriger Gleise spannte, die nach allen Punkten der Welt zu führen schienen und in ihm die Vorstellung einer unbeschreiblichen Harmonie weckten. Für Sekunden trat das Gesicht des Genossen Leo vor seine Augen, und er erinnerte sich an den gestrigen Tag in seiner Dienststelle, der ihm neben der obligaten Blumenschale und einem roteingeschlagenen Buch mit dem Titel *Schild und Flamme* den Posten des Hauptreferenten gebracht hatte. Wärme stieg durch seinen Körper und mit ihr ein so heftiges Gefühl von Stolz und Befriedigung, wie er es nur aus seiner Kindheit kannte. Dann fuhr der Zug langsamer, und Racholl las hinter der staubigen Scheibe den Namen der Station: Gleisdreieck. Raus, dachte er, jetzt mußt du schnell raus!

3

Noch während der Fahrt sprang Racholl ab und lief auf die gegenüberliegende Seite des Bahnsteigs, an der der Gegenzug einfahren mußte. Er schlug den Ärmel seines Staubmantels zurück und sah auf die Armbanduhr, aber obgleich er sich erinnern konnte, daß er sie, wie jeden Morgen, aufgezogen hatte, zeigte sie noch immer sieben Uhr und dreißig Minuten. Ärgerlich schüttelte Racholl sein Handgelenk und suchte mit den Augen die Bahnhofsuhr, verwunderte sich, daß er sie nirgends fand, und bemerkte erst jetzt die Verfallenheit um ihn herum, die rostigen Gleise, zwischen denen staubgrau Unkrautpflanzen wucherten, die verwaschenen Plakate, die in Fetzen von den Anschlagtafeln herabhingen. Auch fiel ihm auf, daß er der einzige Mensch war, der auf diesem verwahrlosten Bahnhof stand. Keine Spur mehr von dem Zug, der ihn hierhergebracht hatte, kein Geräusch, das auf einen näher kommenden Gegenzug schließen ließ, nur das Gurren von Tauben, die auf den Stahlstreben der gewölbten Halle hoch über ihm saßen.

– Verdammt! sagte Racholl zu sich, und laut rief er: Hallo! Ist denn hier keiner! Und dachte dann wieder: Warum heute, warum gerade an diesem Tag! und suchte nach einem vernünftigen Grund, der ihm erklären konnte, weshalb dieser Bahnhof so verfallen war, daß er unmöglich in Funktion sein konnte, er, Racholl, also möglicherweise vergeblich auf den Gegenzug wartete, so wie es ihm unerklärbar schien, daß er ja ausgestiegen, der Zugverkehr also in einer Richtung in Gang war, wenn auch bisher kein zweiter Zug eingefahren war und es ihm, je länger er hier stand, immer unwahrscheinlicher wurde, daß es je dazu kommen könnte, ob nun in dieser oder in jener Richtung; das war ja kein Bahnhof mehr, das war eine Ruine, und wie immer es zugegangen sein mochte, daß er hierhergekommen, wichtiger war, daß er zurückkam, natürlich, er mußte zurück, aber wie denn nur, wenn kein Gegenzug fuhr? Das ist die Frage, dachte Racholl, und er dachte: Ruhe, du mußt jetzt Ruhe bewahren!, aber sosehr er sich mühte,

Ordnung in seinen Kopf zu bringen, er war unfähig, einen Gedanken zu Ende zu denken, kam unwillkürlich ins Laufen, stürmte den Bahnsteig entlang, die Treppe unter einem verblaßten Richtungspfeil hinunter und zwängte sich durch eine Gittertür, deren eiserne Stäbe zu seiner Verwunderung sich ohne große Kraftanstrengung zur Seite biegen ließen.

Er stand auf dem Gehsteig einer Straße, die er vorher noch nie gesehen hatte. Wieder dachte er: Zurück! Du mußt doch zurück!, aber er wußte nicht, wohin er sich wenden sollte auf dieser unbekannten Straße, die breit und einladend vor ihm lag, mit hohen Häusern von gewagter Architektur und schreiend farbigen Fassaden. Lärm schlug an sein Ohr, ein stetiges brausendes Sausen, dessen Herkunft ihm erst Sekunden später klar wurde, als er, gleich links von sich, auf dem Fahrdamm einen flachen, sich schlangengleich fortbewegenden, metallisch funkelnden Körper wahrnahm, den er, wieder erst Sekunden später, als einen träge dahinfließenden Strom durchaus einzelner Autos erkannte. Erschrocken wich er zurück und fand sich, kaum daß er zwei Schritte in Richtung der Häuser gegangen war, inmitten laufender Menschen, wurde geschoben, gestoßen und mitgerissen; mechanisch bewegte er die Beine und versuchte die Häuserwand zu erreichen, sah zwischen eilenden Körpern die weit geöffneten Türen der Geschäfte, in denen Männer mit farbigen Schlipsen standen und unverständliche Offerten über die Köpfe der Vorbeihastenden schrien, sein Blick fiel auf die Schaufenster, auf eigentümlich faszinierende, doch nicht näher zu definierende Produkte; schon wollte er, den Auslagen näher gekommen, nach ihnen greifen, als ihm der Gedanke durch den Kopf fuhr, wie er sich verhalten sollte, wenn ihn, was unwahrscheinlich, aber nicht unmöglich war, jetzt ein Bekannter sähe.

Überhaupt, dachte Racholl, welche Erklärung hättest du für deine Anwesenheit?

Instinktiv schlug er den Kragen seines Mantels hoch, riß seinen Blick von den Schaufenstern, entschlossen, jetzt um jeden Preis den Rückweg anzutreten. Er streckte die Hand vor, konnte den Lauf eines an ihm vorbeieilenden Mannes bremsen und rief:

– Zur U-Bahn?

– Welche Richtung? rief der Mann, indem er im Laufen seinen Kopf zu Racholl wandte.

– Richtung Pankow! rief Racholl.

– Keine Ahnung, antwortete der Mann, beschleunigte seinen Schritt und tauchte in der Menge unter.

– *Wo* willste hin? fragte ein dickbäuchiger Mann, der vor Racholl stehengeblieben war und eine abgegriffene Ledertasche unter dem Arm trug.

– Pankow, Vinetastraße! sagte Racholl mit Hoffnung in der Stimme.

– Nach'm Osten? fragte der dicke Arbeiter.

– In die Hauptstadt! sagte Racholl. Der dicke Mann winkte ab.

– Da fährt doch schon seit der Mauer keine U-Bahn mehr.

– Reden Sie doch nicht, sagte Racholl, ich bin doch hergekommen! Der Dicke schüttelte den Kopf.

– Wo lebst du denn! sagte er.

– Aber ich muß zurück! rief Racholl und dachte: Dann läufst du eben! und fragte: Wo ist denn das Zentrum?

Schon im Weitergehen streckte der Mann die Hand aus, und Racholl blickte in die Richtung und suchte nach dem Fernsehturm, aber obgleich er sich auf die Zehenspitzen stellte und die Häuserlücken einen genügenden Durchblick zuließen, konnte er ihn nirgends entdecken.

Kurz entschlossen lief er los. Wenn hier noch etwas zu

retten war, dann nur, wenn er keine Zeit mehr verlor. Tatsächlich fand er die Angaben des dicken Mannes an der nächsten Straßenkreuzung bestätigt: Ein gelbfarbenes Schild mit der Aufschrift Stadtzentrum wies ihm die angegebene Richtung.

Erleichtert stieß Racholl die Luft aus den Lungen und formulierte, während er in angedeutetem Dauerlauf über das Steinpflaster trabte, an einer plausiblen Entschuldigung, die er dem Genossen Leo angeben konnte, verweilte kurz bei den üblichen Katastrophen, wie Wasserrohrbruch oder Krankheit eines seiner Kinder, schüttelte im Laufen den Kopf, als er sich die Reaktion des Genossen Leo vorstellte, alles schön und gut, aber warum habe er, Racholl, denn nicht angerufen? Aus gleichem Grund kam auch ein überraschender Zahnschmerz als Motiv nicht in Frage, er hätte es mit einem gestörten Telefonanschluß verbinden müssen, und wenn Racholl sich einer Sache sicher war, dann dieser: daß man bei einem Versäumnis niemals zwei Gründe als Entschuldigung angeben durfte, selbst wenn sie auf Wahrheit beruhten. Und was wäre, fragte er sich und wischte sich im Laufen den Schweiß von der Stirn, was wäre, wenn du sagtest, wie es tatsächlich gewesen ist?, wies den Gedanken aber gleich wieder von sich, so phantastisch schien er ihm, und konzentrierte sich auf das nächstliegende Ziel, aber wie weit er auch schon gelaufen sein mochte, er fand kein Anzeichen, daß er sich seinem Teil der Stadt genähert haben könnte.

Im Gegenteil, noch fremder schienen ihm die Straßen, das Menschengewimmel noch dichter, und wenn auch die gelben Hinweisschilder die Vermutung rechtfertigten, er befinde sich auf dem richtigen Weg, so kam ihm doch weder das neue, steil aufragende Hotel am Alexanderplatz noch der Fernsehturm ins Blickfeld.

Dennoch lief er, mit unvermindertem Tempo, den gelben Schildern nach und verhielt erst, als er sich klar wurde, daß die Information, er bewege sich in Richtung des Stadtzentrums, für sein Ziel nichts bedeuten mußte, schließlich hatte er es mit zwei Städten zu tun, also auch mit zwei Stadtzentren; je beharrlicher er jenen Schildern gefolgt war, je weiter hatte er sich von seinem Ziel entfernt.

Diese Einsicht raubte ihm für Momente den Atem. Er stand still und dachte: Ist jetzt alles zu Ende?, aber bevor er sich die Antwort geben konnte, sagte etwas in ihm: Kommt Zeit, kommt Rat! Mach aus jeder Situation das Beste!

Fast automatisch bewegte er wieder die Beine, schlich durch die Straßen, kreuzte Dämme, bog um Ecken, bis die Straßen leerer und stiller wurden.

Lag es nun an der Tatsache, daß die Architektur der Häuser in den stillen alten Nebenstraßen sich von jener in seinem Teil der Stadt kaum mehr unterschied, oder lag es an Racholls Erschöpfung, die ihn von einem konsequenten Gedankengang über seine verzweifelte Lage abhielt – jedenfalls spürte er, neben einer eigentümlichen Spannung auf seinem Körper, ein Gefühl der Vertrautheit, ja, es schien ihm nach einiger Zeit, als bewege er sich auf etwas zu, das ihm bekannt sein mußte, auch wenn er keine blasse Ahnung hatte, was es sein konnte.

Zwar war Racholl nicht der Mann, der an eine höhere Bestimmung glaubte. Das letzte Mal hatte er als Kind während eines Bombenangriffs gebetet. Seither hatten Erfahrungen und schulische Erziehung das Bewußtsein in ihm gestärkt, er lebe in einem wissenschaftlichen Zeitalter, jede Erscheinung habe ihre Ursache, und was sich heutzutage nicht erklären lasse, entziehe sich lediglich zu *dieser* Zeit der menschlichen Erkenntnis.

Dennoch sagte er sich, daß es für ihn besser wäre, wenn er sich vorerst in die unerklärliche Lage schickte – zu vieles war hier rätselhaft, als daß man den Gründen nachgehen könnte.

Außerdem schien ihm, als habe er jegliches Zeitgefühl verloren, denn obgleich er hätte schwören können, daß er nicht mehr als eine, höchstens zwei Stunden durch diesen Teil der Stadt gelaufen sei, begann es zunehmend dunkler zu werden. Auf den Straßen flackerten die Kunstlichtröhren; in die Fensterhöhlen sprang gelbes Licht.

Kopfschüttelnd lief Racholl weiter, bis ihm dieses unbestimmte Gefühl in seinem Körper zu verstehen gab, daß er an einer Stelle sei, die er vielleicht gesucht haben könnte. Er sah sich um, fand aber nichts als einen grüngestrichenen, mit Getränkereklamen versehenen Bretterzaun; dahinter erhob sich ein kastenförmiger Betonklotz mit vielen gleich großen Fensterlöchern.

Racholl stand und dachte nach, aber es wollte sich in seinem Kopf kein Zusammenhang zwischen dem möglichen Ziel seiner rätselhaften Reise und diesem Rohbau herstellen, bei dessen Anblick sich ihm lediglich der Begriff Versicherungspalast assoziierte. Wieder schüttelte er den Kopf und wollte schon seinen Weg fortsetzen, als er die Nähe eines Menschen spürte.

Blitzschnell warf Racholl seinen Körper herum, lehnte den Rücken gegen den Bretterzaun, duckte sich angriffsbereit zusammen und sah im fahlen Lichtschein einer Laterne eine offenbar männliche Gestalt über den Damm laufen. Es war ein älterer Mann in verschlissener Kleidung; aus der Tasche eines überlangen Mantels glaubte Racholl den Hals einer Schnapsflasche ragen zu sehen.

Racholl löste sich verlegen aus seiner Stellung und klopfte sich den Staub von der Kleidung.

Zwei Meter vor ihm blieb der alte Mann stehen und sagte:

– Junger Herr. Sie kommen zu spät. Vergeblich versuchte Racholl das Gesicht des Mannes zu erkennen.

– Sie sind zehn Jahre zu spät gekommen, junger Herr, sagte der Mann. Jetzt treffen Sie keinen mehr.

– Wer sagt Ihnen, daß ich jemanden treffen wollte! rief Racholl mit aller Schärfe, über die seine Stimme verfügte.

– Ach, junger Herr, antwortete der Mann in nachsichtigem Tonfall, warum wären Sie sonst hier?

Racholl kam sich gleichermaßen ertappt wie verletzt vor, als hätte er zu dieser armseligen Gestalt eine Nähe gewonnen, die ihr nicht zustand. Er wollte sich schroff abwenden, verhielt dann aber doch; vielleicht konnte ihm dieser Mann Aufschluß geben über den Grund seiner, Racholls, Anwesenheit, und so formulierte er in Gedanken an einer Frage, mit der er auf möglichst unauffällige Weise Näheres von dem Mann erfahren konnte, doch aus seinem Mund kam – nach einer Pause, die die Distanz zwischen ihnen wiederherstellen sollte – etwas, dessen Sinn Racholl selbst nicht enträtseln konnte, und er hörte sich wenig später, als er keine Antwort erhielt, diesen Satz wiederholen; jetzt verstand er ihn auch. Und die Mutter? hatte er gefragt. Wo ist die Mutter jetzt? Der Mann hob seine Hände in einer Weise, die Racholl als Geste eines rätselhaften Wissens deutete, und sagte:

– Ach, junger Herr, die Mutter ist jetzt im Bordell!

– Wie bitte? fragte Racholl.

Nicht, daß er über die Mitteilung an sich erstaunt gewesen wäre; sie bestätigte ihm eher, in welch bodenlose Tiefe ein Mensch, der ihm immer als moralisch integre Person erschienen war, in diesem Teil der Stadt fallen konnte. Nein, ihn verwunderte nur die Diskrepanz zwischen seiner Vorstellung von einer Prostituierten und der Erinnerung an die Frau, deren Gesicht er jetzt deutlich vor sich sah.

– Aber sie war doch damals schon fünfzig, oder jedenfalls beinahe, sagte er.

Der Mann riß seinen Mund auf, holte tief Luft und begann in heiser bellendem Ton zu lachen.

– Aber, sagte er, Sie glauben doch nicht … Er bog sich vor Lachen. Nein, nein, das können Sie nicht glauben!

Die Straße hallte von seinem Lachen wider. Racholl blickte peinlich berührt nach allen Seiten und wurde erst sicherer, als er keine Menschenseele sah.

Der Mann lachte noch immer, wenn auch leiser.

– Ich bitte Sie, junger Mann, sagte er dann, mühsam nach Luft schnappend. Sie arbeitet … natürlich … als Verwaltungskraft.

Racholl stieg das Blut in den Kopf. Er machte eine abwehrende Handbewegung und rief:

– Was interessiert mich das alles! Das geht mich gar nichts an! Ich weiß auch gar nicht, wovon Sie eigentlich reden!

Der Mann, über dessen Schultern noch ein schwaches Zittern lief, hob den Kopf. Racholl erschrak; er war sich nicht sicher, aber er glaubte in den Gesichtszügen des Mannes eine Ähnlichkeit mit einem der Nachtpförtner seiner Dienststelle zu endecken. Vergeblich versuchte er sich an dessen Namen zu erinnern; es war ein zweisilbiger, das wußte er, aber er fiel ihm nicht ein.

– Junger Herr, sagte der Mann leise, Sie wehren sich immer noch!

– Was wollen Sie damit sagen, fragte Racholl.

– Sie wollen es nicht wahrhaben, sagte der Mann und verkürzte den Abstand zwischen ihnen, indem er einen Schritt nach vorne trat. Racholl wich zurück, spürte den Bauzaun in seinem Rücken, streckte dem Mann abwehrend die Hände entgegen und rief:

– Ich kenne Sie doch! Sagen Sie doch Ihren Namen. Ich weiß doch, wer Sie sind!

– Es nützt Ihnen nichts, sagte der Mann.

Er will dich bluffen, dachte Racholl. Vielleicht will er, daß du redest!

Blitzartig trat ihm Johannes vor Augen. Racholl schüttelte heftig den Kopf und dachte: Das kann er nicht wissen, woher soll er das wissen!

Wieder trat der Mann einen Schritt nach vorn. Racholl wich zur Seite aus, und als er sah, daß auch der Mann seinen Körper wendete, begann er zu rennen. Er rannte die Straße hinunter, sah links den Bauzaun, rechts den asphaltierten Damm an sich vorbeifliegen, rannte so lange, bis seine Schritte vor Erschöpfung langsamer wurden.

Tief atmend spähte er über die Schulter, aber die Gestalt war nirgends mehr zu erblicken.

Racholl lief weiter. Die Straßenbeleuchtung wurde fahler und trostloser. Noch immer beschäftigte ihn die Ähnlichkeit dieser Gestalt mit dem Nachtpförtner seiner Dienststelle. Nur langsam wurde er ruhiger, er zwang sich, den Mann zu vergessen.

Welch eine gottverlassene Gegend, dachte Racholl und überquerte einen breiten, von tiefen Rissen durchzogenen Straßendamm, ließ sich von den Auslagen eines Billigwarenladens anziehen, war aber wegen der Dunkelheit nicht in der Lage, die Preisschilder zu entziffern, lief enttäuscht weiter und wußte nach ein paar hundert Metern plötzlich, daß er am Ziel war.

Die Kneipe lag dort, wo sich die meisten Kneipen dieser Stadt befanden: an einer stumpfen Ecke. Der Lack des konvex gewölbten, breiten Schildes hing in großflächigen Fetzen über Racholls Kopf. Ohne zu zögern, ging er die zwei ausgetretenen Steinstufen hinauf und öffnete die Tür.

Drinnen war ein noch fahleres Licht als auf der Straße. Racholl mußte einige Sekunden stehenbleiben, um seine Augen an die Finsternis zu gewöhnen. Es waren nur wenige Menschen anwesend, meist Männer in mittlerem Alter, die stumm vor halbgeleerten Biergläsern saßen.

Racholl ging zum Tresen und spürte den fragenden Blick

des Wirtes, der schon die Hand am Zapfhahn hielt, bereit, mit der anderen nach einem umgestülpten nassen Glas zu greifen.

Racholls Beine waren wieder wie gelähmt, sogar seine Stimme schien ihm unter dem fordernden Blick des Wirtes zu versagen. Racholl faßte in die Tasche, spürte die Kühle einiger Münzen, dachte aber im gleichen Moment, daß sein Geld in diesem Teil der Stadt wertlos war!

Es war so etwas wie Scham, das ihn lähmte, und indem er sich dessen bewußt wurde, kam ihm ein Gedanke, von dem er glaubte, er könnte ihn aus dieser peinlichen Lage auf eine geschickte Weise befreien, und er verlangte, indem er mühsam Wort für Wort, Silbe für Silbe in das Gesicht des Wirtes sprach, eine Schokolade, nein, keinen Kakao, eine Schokolade: Ich trinke nur Schokolade.

Der Wirt sah ihn fassungslos an. Racholl reckte sich. Er spürte, daß er dem Wirt für diesen Moment überlegen war. Jetzt fiel ihm auch das Sprechen leichter, und er fügte seiner Bestellung hinzu, daß es dort, wo er herkomme, eine Selbstverständlichkeit sei, Trinkschokolade im Angebot zu führen, ganz gleich, welche Preisstufe ein Restaurant habe, das sei eben der Vorzug des Gesellschaftssystems, in dem er, Racholl, zu leben das Glück habe, und wenn der Wirt die gleichen Vorzüge genießen wolle, brauche er nur … Racholl konnte nicht zu Ende sprechen. Mit einem Tempo, das er dem massigen Wirt nicht zugetraut hätte, sprang dieser hinter der Theke hervor und warf sich mit seinem ganzen Gewicht auf einen Mann, den Racholl bei seinem Eintritt in die Kneipe als einen stumpf ins Bierglas glotzenden Mittdreißiger wahrgenommen hatte.

Der Mann wehrte sich verzweifelt, aber die muskulösen Arme des Wirtes zogen die Hände des Gastes immer weiter am Körper herunter, bis sie gestreckt an dessen Körper lagen.

Dann brach der Wirt die zur Faust geballten Hände des Mannes auseinander, jeden Finger einzeln.

Der Mann stöhnte laut, Schaum trat vor seinen Mund, und Racholl wollte den Wirt schon auffordern, den wehrlosen Mann endlich loszulassen, da sagte einer der Männer:

– Den kenn ich. Das hat der öfter. Das ist Epilepsie.

– Jaja, sagte eine zweite Stimme, da mußt du versuchen, die Hände aufzumachen. Sonst geht der ab.

– Halt doch mal einer den Kopf, rief der Wirt.

Ein jüngerer Mann trat hinzu und nahm den Kopf des Mannes in seine Hände, über die bald ein rosafarbener Speichel troff. Racholl wandte sich ab. Er hörte hinter sich das schwächer werdende Stöhnen des Mannes und eine Stimme, die mit ironischem Unterton behauptete, der Mann simuliere doch, der tue doch nur so als ob.

– Wer hat das gesagt, rief der Wirt.

– Ich, sagte die Stimme. Und ich weiß, was ich sage!

– Quatsch, rief der Wirt. So ein Quatsch. Guck ihn dir doch an.

– Ich weiß, was ich sage, wiederholte die Stimme.

– Nichts weißt du! sagte der Wirt, der wieder hinter der Theke stand.

Racholl drehte sich vorsichtig um und sah hinter sich den Mann, der sich eben in Krämpfen gewunden hatte, erschöpft und mit stierem Blick in sein Bierglas starren.

– Warum säuft er denn, sagte die Stimme. Wenn er Krämpfe hat, darf er doch nicht saufen.

– Was soll er denn anderes machen als saufen, wenn er Krämpfe hat, sagte der Wirt.

Die Stimme des Mannes, den Racholl nicht entdecken konnte, verstummte. Racholl empfand so etwas wie Sympathie mit dem Wirt.

– Sind Sie schon lange hier? fragte er ihn.

– Mir reicht's, sagte der Wirt.

– Ich frage nur, sagte Racholl, weil früher doch ein anderer an Ihrer Stelle war.

– Was ist früher, sagte der Wirt einsilbig.

– Vor dreizehn, vierzehn Jahren, sagte Racholl nach kurzem Nachdenken. Ich meine Erwin, Erwin Adler.

Der Wirt sah ihn aufmerksam an.

– So ein kleiner Mann, sagte Racholl. So Ende Vierzig, Anfang Fünfzig. Dem gehörte doch die Gaststätte, das weiß ich doch.

– So, sagte der Wirt. Da wissen Sie mehr als ich.

– Na, so ein Kleiner, sagte Racholl, so ein – wie soll ich sagen, na, so ein Jude! Er sprach auch so – so jüdisch. Wissen Sie nicht? Erwin Adler.

– Nein, sagte der Wirt bestimmt. Ich kenne keinen Adler.

– Das kann doch nicht sein, rief Racholl. Ich war doch damals selbst hier.

– Einen Erwin kenne ich, sagte der Wirt. Aber keinen Adler. Ich kenne einen Erwin Silbermann. Dem hat die Kneipe gehört. Das heißt, sie gehört ihm immer noch. Ich bin der Pächter.

– Silbermann? fragte Racholl und runzelte die Stirn. Ich meine, er hieß Adler.

– Nein, Silbermann, sagte der Wirt. So ein Kleiner. Ende Vierzig, Anfang Fünfzig. Mit so einer jüdischen Aussprache.

– Ja, rief Racholl. Das ist er!

– Der heißt Silbermann, sagte der Wirt.

– Ach Gott, sagte Racholl. Ich kenne ihn als Adler.

– Das hätten Sie aber wissen müssen, daß er Silbermann heißt, sagte der Wirt. Sie waren wohl lange nicht hier?

– Nein, sagte Racholl und fühlte sich durch den prüfenden Blick des Wirtes zu einer Erklärung verpflichtet. Ich war verhindert.

– Soso, sagte der Wirt und musterte Racholl. Sie kommen wohl von weither?

Racholl wollte den Kopf schütteln, war sich dann aber nicht klar, ob er die Frage des Wirtes lediglich auf den geographischen Aspekt gerichtet verstehen sollte, und sagte dann:

– Ich komme von drüben!

– Aus dem Osten? fragte der Wirt und fügte hinzu, als Racholl mit dem Kopf nickte: Dann sind Sie Funktionär?

– Mein Name ist Racholl, sagte Racholl. Ich bin Hauptreferent in den Abteilungen zwei, zwei a und drei!

Racholl war überzeugt, daß der Verweis auf seinen neuen gesellschaftlichen Status in diesem Teil der Stadt genauso wirksam war wie in jenem, aus dem er kam.

– Und Sie kennen Silbermann? fragte der Wirt.

Tatsächlich, fand Racholl, war seine Stimme um eine Spur respektvoller. Er schwieg. Die Tatsache, daß er nach ihm gefragt hatte, entband ihn einer Antwort.

Er sah jetzt auch den Mann, den er als Adler kannte und der hier Silbermann hieß, hinter dem Tresen stehen, klein und mit zusammengekniffenen Augen Gläser waschen, schwarze Weste über kugelförmigem Bauch gespannt – aber die Erscheinung verschwand sofort wieder. Johannes fiel ihm ein, und Racholl spürte, daß alles, was er in den letzten Stunden erlebt hatte: die Suche nach etwas, von dem er nicht wußte, was es war, der armselige Mann, der dem Nachtpförtner ähnlich sah; Racholls Frage nach der Mutter; die Tatsache, daß er in dieser Kneipe stand – daß dies alles sich in einen Zusammenhang stellen würde, und im gleichen Maße, wie er hoffte, dies würde bald geschehen, fürchtete er sich davor.

– Dann sind Sie es also! sagte der Wirt. Nun war aller Respekt aus seiner Stimme verschwunden.

– Wer soll ich sein? fragte Racholl.

Der Wirt trat, ohne zu antworten, hinter seiner Theke

hervor, packte Racholl am Arm und schob ihn in Richtung einer Tür im Hintergrund der Kneipe.

– Kommen Sie, sagte er, Sie werden schon erwartet.

Racholl wollte sich losreißen, aber es gelang ihm nicht, und so sah er hilfesuchend in die Runde, aber in den Gesichtern der Männer las er nur Gleichgültigkeit oder Hohn.

– Kommen Sie! rief der Wirt und schob ihn weiter.

Racholl wurde rot vor Zorn, spürte Angst in sich, aber gleichzeitig auch ein eigenartiges Gefühl von Triumph, er wollte schreien, er verbitte sich eine derartige Behandlung, das könne man mit ihm nicht machen, schließlich sei er Bürger und als solcher nicht den Behörden oder sonstigen Vertretern dieses Teils der Stadt rechenschaftspflichtig oder sonstwie von ihnen verfolgbar.

Ich protestiere auf das schärfste! wollte Racholl rufen, während ihn der Wirt gegen seinen heftigen Widerstand Stück für Stück in Richtung jener Tür schob, und Racholl sah sich auf dem Weg ins Gefängnis, seinen blutüberströmten Kopf schützend zwischen den Händen, zu beiden Seiten Polizisten mit Schlagstöcken und Gesichtsschutz, so wie er es vom Fernsehen in Erinnerung hatte, sah dieses Bild dann auf den Titelseiten der Zeitungen, die in seinem Teil der Stadt erschienen, las große balkenartige Buchstaben, las: Grober Willkürakt!, las: Bürger widerrechtlich eingekerkert!, sah in Betrieben und Dienststellen die Massen zu Solidaritätsveranstaltungen sich versammeln für ihn, Racholl, hörte, während ihn der Wirt endlich zu jener Tür geschoben hatte, den jubelnden Lärm, der ihm, dem endlich freigekämpften Racholl, galt, der nun an der Seite bedeutender Persönlichkeiten auf dem großen Platz neben dem Dom stand, drüben, zu Hause – da riß der Wirt die Tür auf, gab ihm einen Stoß, so daß er in den Raum stürzte, nach drei, vier taumelnden Schritten sich mit den Beinen verfing und nach vorn fiel. Er riß die

Augen auf, sah aber nur Schwärze, begann zu schreien, so laut er konnte, und fühlte sich erst jetzt als ein Fremder, ein Fremder im feindlichen Land.

4

Er stand in einem Raum, der voller Menschen war. Merkwürdigerweise beachtete ihn niemand. Der Stimmenlärm und eine Musik, die sich im gleichen Maße verstärkte, wie er sich ihrer bewußt wurde, rissen an seinen Trommelfellen. Durch eine Wand blauen Tabakqualms sah er im Hintergrund Paare in schwindelerregendem Tempo sich drehen; er hörte ihre grellen, im Takt der Musik ausgestoßenen Schreie. Auf den Tischen türmten sich, inmitten halbleerer Flaschen und versickernder Bierlachen, Berge vertrockneter Speisereste. Alles um ihn herum, der rissige Fußboden, die dunkelgestrichene Wand, die braunen Stühle, starrte vor Schmutz.

Racholl schüttelte sich, ging tastend drei, vier Schritte zurück, aber an der Stelle, an der er die Tür vermutet hatte, war eine verschlissene Täfelung. Er fuhr mit den Händen über das stumpfe, rissige Holz, schlug mit den Fäusten dagegen, konnte jedoch weder die Fugen einer geheimen Tür noch irgendeinen Hohlraum entdecken.

Jetzt haben sie dich, dachte er und versuchte sich klarzumachen, an welchem Ort er war und zu welchem Zweck und wer hinter alldem stecken konnte, aber die Gedanken in seinem Kopf dehnten sich auf eine so unbeschreibliche Weise, daß er unfähig war, sie bis zu ihrem Ende zu verfolgen. Noch während er sich an der Wand entlangtastete, hörte er eine leise, eindringliche Stimme, deren Tonfall ihm bekannt vorkam, doch fiel es ihm schwer, den Sinn der Worte, die sie sprach, zu erfassen. Offenbar wurde jemand aufgefordert, näher zu treten, aber wer und wohin, ging aus dem Satz nicht hervor, und erst als Racholl von einem Vorüberlaufenden zu Boden gestoßen wurde, kam ihm, in der Zeit, die er brauchte, um nach einer Stuhllehne zu greifen und sich aufzurichten, der Gedanke, daß die Aufforderung möglicherweise ihm selbst gegolten habe.

Natürlich, dachte Racholl und nickte, sich selbst bestätigend, mit dem Kopf, natürlich bist du gemeint! Warum hätte man dich sonst hierher verschleppt, wenn man nichts von dir wollte!

Er duckte sich zusammen, wach und bereit, jeden Angriff auf seine Person mit aller ihm möglichen Kraft abzuwehren. Diesmal sollte ihn niemand überrascht finden, diesmal würde er vorbereitet sein!

– Bitte treten Sie näher! Alle warten nur auf Sie, sagte die Stimme zum zweiten Mal.

Jetzt war Racholl sicher, daß sie ihm galt, und er drehte sich langsam in die Richtung, aus der die Aufforderung gekommen war, spähte mit zusammengekniffenen Augen durch die Wand aus Tabaksqualm und rief mit scharfer Stimme:

– Wer wartet hier auf mich!

– Wir! rief mit gleicher Schärfe die Stimme. Jetzt wußte Racholl, wer gesprochen hatte. Er rieb sich heftig die Augen und dachte, daß das nicht wahr sein könne! Aber es war kein Zweifel möglich. Dort saß, an der Stirnwand des Raumes und so unübersehbar, daß Racholl sich später fragte, warum er ihn nicht gleich entdeckt hatte, dort saß, den Kopf in die Hände gestützt, die kühlen Augen auf Racholl gerichtet – der Genosse Leo.

Racholl schwankte. Alles in seinem Kopf überstürzte sich, taumelte durcheinander, die Worte, die Fragen Warum? Wieso? Weshalb? Was will er? Was sollst du? Nein, nein! und Ja, ja!, und er konnte sie in keinen Zusammenhang bringen, und er dachte: Lieber Gott! und dachte: Ruhig bleiben! und fand an diesem Wort einen Halt, sprach es mehrmals vor sich hin, sagte: Ruhe, Ruhe, Ruhe, ja, er hämmerte es sich förmlich in seinen Kopf, bis sein Atem tatsächlich ruhiger, sein Herzschlag schwächer wurde.

Dennoch hatte er Mühe, seinen Körper zu beherrschen, und er sagte sich wieder, er dürfe sich die Fassungslosigkeit nicht anmerken lassen, und nach einigen Momenten gelang es ihm, seinen Körper zu straffen und ihn zu jener leichten Verbeugung zu zwingen, mit der er jeden Montag, gleich den anderen Referenten, das Konferenzzimmer betrat, in dem die Arbeitsbesprechungen stattfanden.

Doch indem Racholl seinen Oberkörper nach vorn neigte, rief der Genosse Leo, nun schon mit Ungeduld in der Stimme:

– Ich bitte Sie sehr!

Racholl erschrak wieder und trat automatisch, jetzt ohne Mühe, einige Schritte vor, zwängte sich zwischen die lärmenden und gestikulierenden Gestalten und blieb vor dem Genossen Leo stehen.

Der Tisch, an dem sein Vorgesetzter saß, stand auf einer flachen Erhöhung, ähnlich den Podesten, auf denen sich in Tanzgaststätten die Kapellen befinden, so daß Racholl, wollte er seinem Gegenüber in die Augen sehen, den Kopf heben mußte.

Racholl wartete. Er hatte sich, gemessen an seiner Lage, wieder in der Gewalt, ja, es gelangen ihm sogar einfache Gedankenkombinationen. So entschloß er sich nach kurzer Überlegung, die Hände in respektvoller Haltung hinter seinem Rücken zu verschränken, solange er sich nicht klar darüber war, mit welcher Absicht ihm der Genosse Leo gegenüber saß.

Auch registrierte er mit Verwunderung, daß er nicht – wie sonst üblich – in der zweiten Person angeredet worden war.

Sei vorsichtig! sagte er sich und wechselte unauffällig das Standbein, die nächsten Worte des Genossen Leo ebenso heftig erwartend wie bemüht, seine Ungeduld nicht offen zu zeigen. So stand Racholl, und je länger er wartete, desto befremdlicher erschien ihm die Situation, in der er sich befand, ja, er entfernte sich geradezu von ihr, ließ sie vor sich abrollen wie einen Film und stieß dabei auf einen Gedanken und sagte zu sich: Er hat *wir* gesagt, das heißt, nicht er allein wartet auf dich.

Vorsichtig suchte er aus den Augenwinkeln nach bekannten Gesichtern, aber er entdeckte keins, das er auf irgendeine Weise in sein Leben einordnen konnte. Außerdem schien sich – abgesehen vom Genossen Leo – noch immer niemand in diesem Raum um ihn zu kümmern. Das Getöse der Musik ging unvermindert weiter, jemand lachte mit dröhnender Stimme und schlug, offenbar vor Vergnügen, mehrmals mit der Faust auf den Tisch.

Racholls Kopf schmerzte, am liebsten hätte er sich die Ohren zugehalten und wäre hinausgelaufen. Gleichzeitig stieg ein starker Unwille in ihm auf, und er dachte, man könne doch einen Menschen nicht so lange im unklaren lassen, bezwang sich aber, indem er sich in Gedanken sagte, er dürfe sich jetzt keinesfalls von Gefühlen beherrschen lassen. Nichts ist schädlicher als Gefühle, sagte er zu sich und suchte nach einem passenden Beispiel, aber ihm fiel keins ein. Warum sagt er denn nichts, dachte Racholl verzweifelt, bis ihm ganz unvermittelt klar wurde, daß es gar nicht an dem Genossen Leo war, etwas zu sagen, sondern daß er, Racholl, angesprochen worden war, zweimal bereits, nein, dreimal, und daß lediglich er, Racholl, keiner sonst, an der Reihe war, etwas zu sagen. Ihm wurde heiß bei dem Gedanken an sein Versäumnis, und er versuchte sofort, seinen Fehler wiedergutzumachen, indem er ohne Verzögerung zu reden begann.

Er bitte um Entschuldigung, hörte er sich sagen, aber verschiedene ihm unerklärliche, jedoch sicher objektiv begründete Umstände hätten ihn davon abgehalten, früher zu erscheinen. Er habe den Weg verfehlt und lange Zeit überhaupt nicht gewußt, daß er erwartet werde. Auch hätte er sich gegenüber dem Kollegen Wirt selbstverständlich nicht gesträubt, hier zu erscheinen, wäre ihm bekannt gewesen, wen er hier treffe. Es sei ein Mißverständnis seinerseits, sagte Racholl, aber er nehme an, man habe Verständnis dafür, daß er in keiner Weise damit gerechnet habe, den Genossen Leo hier zu treffen, ausgerechnet hier.

– Wieso nicht hier? fragte der Genosse Leo. Ob er, Racholl, etwas gegen diesen Ort habe.

– Gewiß nicht, antwortete Racholl, gewiß nicht! Und er fügte hinzu, das Gesicht seines Gegenübers aufmerksam beobachtend, es würden schon die entsprechenden Gründe vorliegen.

Der Genosse Leo nickte mit dem Kopf. Für einen Moment glaubte Racholl, er bekomme nun eine Erklärung der Situation, statt dessen fragte ihn der Genosse Leo, was denn seine, Racholls, persönliche Meinung über die Wahl dieses Ortes sei.

– Ehrlich gesagt, antwortete Racholl nach einem Augenblick des Zögerns, währenddessen er sich versichert hatte, daß der Grundton des Genossen Leo, bei aller Distanz, eher freundlich als abweisend war und ihm somit Gelegenheit gab, aufrichtig zu sein: Ehrlich gesagt, ich weiß nicht, wohin ich geraten bin!

Das erstaune ihn allerdings, sagte der Genosse Leo, nun mit einer deutlichen, wenn auch immer noch freundlichen Ironie in der Stimme. Er habe gedacht, Racholl kenne den Anlaß.

– Stellen Sie sich vor, sprach er weiter, das geschieht alles Ihnen zu Ehren.

Racholl schüttelte den Kopf und sagte betont verständnislos: Er wisse doch gar nicht, wer diese Leute seien. Er kenne doch keinen!

Damit würde er an Racholls Stelle nicht rechnen, antwortete der Genosse Leo mit einem so nachsichtigen Lächeln, daß Racholl den Mut fand, die alles entscheidende Frage zu stellen. Er breitete – seiner Hilflosigkeit Ausdruck gebend – demonstrativ die Arme aus und fragte:

– Wenn ich nur wüßte, worum es geht!

– Es geht, antwortete der Genosse Leo mit bedächtiger Stimme, als wisse nur er die Kosequenzen seiner Worte zu ermessen, es geht um Ihr Leben.

5

Wider Erwarten verlief das, was kurz nach der doppelsinnigen Eröffnung des Genossen Leo vor sich ging, für Racholl durchaus befriedigend. Zwar hatten sich inzwischen immer mehr Leute zu einem undurchdringlichen Halbkreis um ihn gesammelt, zwar tobte der Lärm hinter seinem Rücken mit unverminderter Heftigkeit, doch spürte Racholl nach den ersten Fragen, die der Genosse Leo stellte, und nach den ersten Reaktionen, die das Publikum zeigte, daß ihm von beiden eher Sympathie als Abneigung entgegengebracht wurde. Racholl antwortete sachlich und mit Zurückhaltung.

Ja, er heiße Erwin Racholl, sei 1938 geboren. Sein Vater sei Arbeiter gewesen und in der Kriegsgefangenschaft gestorben, seine Mutter anfangs Hausfrau, später Montiererin in einer Fabrik.

Wie man sehe, sagte der Genosse Leo und blickte auf ein vor ihm liegendes Papier, seien die Lernergebnisse zufriedenstellend bis gut gewesen, schnelle Auffassungsgabe und Fleiß seien Racholl bestätigt worden. Dennoch, trotz guter Noten und einwandfreier Herkunft, nur Grundschulabschluß – warum?

Nun, seine Mutter habe zwar gewollt, daß er das Abitur mache und studiere; schon wegen des Vaters, der immer gesagt habe, der Junge solle es einmal besser haben und nicht sein Leben lang untergeordnete Tätigkeiten verrichten müssen. Aber alle seine, Racholls, Freunde seien arbeiten gegangen und hätten Geld verdient. Da wollte er nicht zurückstehen.

Aber er sei dann doch nicht gleich in eine Fabrik gegangen, sondern habe eine Lehrstelle angenommen.

Ja, seine Mutter habe darauf bestanden.

Dann also Lehre, mit gutem Erfolg, als Handelskaufmann. Danach Tätigkeit in einem großen Verlag als Werbeleiter. Zweimalige Auszeichnung als Bestarbeiter, einmal als Aktivist. Lehrgang für elektronische Datenverarbeitung mit Erfolg absolviert ...

Jawohl! Damals habe er auch geheiratet!

– Warten Sie, sagte der Genosse Leo. Das Persönliche behandeln wir später.

Man sei jetzt bei seiner beruflichen Entwicklung, die im übrigen einen sehr positiven Verlauf genommen habe. So habe ja auch Racholls individuelles Einsatzvermögen wie sein politisches Engagement dazu geführt, daß er in die Dienststelle übernommen wurde und seit – wieviel Jahren dort tätig sei?

Der Genosse Leo blätterte in einem Aktenstoß.

– Neun Jahre, antwortete Racholl und fügte, nicht ohne Stolz, hinzu: Im Dezember werden es zehn!

Einige der Umstehenden klatschten beifällig in die Hände. Racholl senkte bescheiden die Augen.

– Bitte halten Sie Disziplin, sagte der Genosse Leo über Racholls Kopf hinweg und dann, wieder an ihn gewandt: Wir kennen Sie als flexibel einsetzbaren Mitarbeiter. Sie haben wechselnde Standpunkte stets prinzipiell vertreten und besitzen ein gutes Verhältnis zu Ihren Kollegen. Alles in allem eine positive Bilanz!

Wieder regten sich einige Hände. Diesmal ließ es der Genosse Leo ohne Einspruch geschehen. Racholl verbeugte sich leicht.

Er hatte an Sicherheit gewonnen. Selbst wenn er noch nicht mit letzter Klarheit den Zweck seiner Anwesenheit bestimmen konnte, neigte er mit fortschreitender Zeit immer stärker zu der Ansicht, es handele sich hier um eins der routinemäßigen Kadergespräche, wenn nicht gar um die Einweisung in sein neues Amt selbst.

Bitte sehr, dachte Racholl, warum nicht jetzt und an diesem Ort! Er war gerüstet, er hatte sich nichts vorzuwerfen, zumal die Tatsache seines Aufenthalts in diesem Teil der Stadt, wie er den Genossen Leo verstanden hatte, gar nicht zur Debatte stand, ja, Racholl erlaubte sich in Gedanken sogar die Frage, wie denn der Genosse Leo seine Anwesenheit gegebenenfalls zu begründen gedenke: Sei er dienstlich unterwegs, oder habe er die Grenze unter ebenso merkwürdigen Bedingungen übertreten wie Racholl? Der Gedanke verfiel ihm jedoch unter der leise gesprochenen Aufforderung des Genossen Leo, er solle nun das Wort ergreifen und so eine Art Selbsteinschätzung geben, er verstehe doch?

Racholl runzelte die Stirn und nickte bedächtig mit dem Kopf.

Es war wie in der Schule. Den ersten Teil der Aufgabe hatte er offenbar zur Zufriedenheit der Prüfenden hinter sich gebracht, nun galt es, die erworbenen Sympathien nicht durch übertrieben zur Schau gestellte Selbstgefälligkeit zu verlieren. Andererseits kam es darauf an, durch ein sicheres Auftreten gar nicht erst den Eindruck zu erwecken, der Prüfling habe möglicherweise Schwächen – ein Widerspruch, der aller Erfahrung nach am wirkungsvollsten zu lösen war, wenn es ihm gelang, die Prüfenden heiter zu stimmen.

So gab er seinem Gesicht einen offenen Ausdruck, zog die Schultern bedauernd in die Höhe und sagte, er könne über sich nur wenig berichten, habe sich selbst nie als besonders wichtige Person empfunden, wenn er auch alle ihm übertragenen Aufgaben mit dem nötigen Ernst und Einsatz zu erfüllen sich bemüht habe, ob mit Erfolg, entziehe sich seiner Beurteilung – von einem Fall abgesehen, er habe sich vor sechs Jahren das Rauchen abgewöhnt und sei, trotz vieler Versuchungen, nie rückfällig geworden ...

Tatsächlich hörte Racholl einige der Umstehenden lachen, und als auch in die kühlen Augen seines Vorgesetzten ein Schein von Heiterkeit trat, sprach er weiter.

Was seinen körperlichen Zustand betreffe, so lasse dieser nichts zu wünschen übrig. Der allgemeinen Tendenz zur Übergewichtigkeit begegne er durch strenge Kontrolle des Kaloriengehalts seiner Mahlzeiten, er besuche einmal in der Woche die Sauna des Städtischen Schwimmbades und achte darauf, daß er wenigstens sieben Stunden täglich schlafe. Jetzt lächelte der Genosse Leo.

Er sei, sprach Racholl weiter, Vater von zwei Kindern in schulpflichtigem Alter, die er zu bewußten und leistungsfähigen Bürgern zu erziehen versuche, wodurch ihn seine ruhige und – gemessen an den Verhältnissen der näheren Umwelt – sogar glückliche Ehe befähige.

Nun lachte der größte Teil der Versammelten. Racholl hörte einige Bravo Rufe und lächelte in sich hinein. Befriedigt und voller Erwartung des Folgenden, trat er einen winzigen Schritt zurück und bemerkte im gleichen Moment eine merkwürdige Diskrepanz: als befände sich alles, was er über sich gesagt hatte, nicht in gleicher Harmonie mit seinen Gedanken, ja, die feine Kluft, die er in seinem Bewußtsein nachträglich registrierte, äußerte sich in gleichem Maße auch körperlich. Er spürte ein schwaches, ihm fremdes Unbehagen, als wäre in seine Glieder eine Art Bewegung gekommen, als verändere er sich körperlich und spüre unbekannte Gefühle, die sich gegen seine Selbstcharakterisierung aufstellten als Warnzeichen, ohne daß er hätte sagen können, wovor er sich in acht nehmen sollte, außer vor ihnen, den fremden Gedanken selbst.

Vorsichtig! rief er sich zu und war derart beschäftigt, dem Wesen dieses Unbehagens, dieser Widerstände auf den Grund zu kommen, daß er die Stimme des Genossen Leo wie aus weiter Ferne hörte: daß man nun beim Persönlichen angekommen sei und Racholls familiäre Verhältnisse zur Debatte stünden, bitte sehr!

Racholl, noch immer abwesend, referierte in groben Zügen seine verwandtschaftlichen Bindungen, er konnte es fast automatisch tun, denn worauf es dem Genossen Leo ankam, traf in seinem Fall nicht zu, das war mehrfach festgestellt worden: kein neuralgischer Punkt in Racholls Familie, weder ersten noch zweiten Grades, niemand wohnhaft in feindlichem Land.

– Niemand?

Immer noch hörte Racholl die Stimme des Genossen Leo wie aus weiter Ferne, er registrierte nicht den forschenden Unterton, so sehr war er mit sich beschäftigt, er schüttelte heftig den Kopf, sagte betont deutlich, das habe er doch in sämtlichen Fragebogen angegeben!, war von beinahe ärgerlicher Ratlosigkeit befallen, als der Genosse Leo ihn noch einmal, diesmal eindringlich und ernst, mahnte, er möge, bevor er sich endgültig festlege, genau überlegen: Es sei von eminenter Bedeutung! – da stampfte Racholl mit dem Fuß auf den Boden und rief: Wenn man schon seinen Angaben mißtraue, sei das *eine* Sache, doch er habe Grund zu der Annahme, daß jene schon bei seinem Eintritt in die Dienststelle einer genauen Überprüfung unterzogen worden seien. Da sich seither in seinem Leben nichts verändert habe, könne er guten Gewissens wiederholen: Niemand!

Ein heftiges Raunen ging nach Racholls letzten Worten durch den Raum. Die Augen des Genossen Leo blickten kühler denn je, sogar die Musik im Hintergrund schien Tempo und Takt zu verändern und von einem rhythmischen Stampfen zu einem melodischen, fanfarenähnlichen Thema überzugehen, das Racholl an die Melodie eines in seinem Lande populären Schlagersängers erinnerte, so daß er – derart sicher war er seiner Aussage – in Gedanken mitzusingen begann: Wie ein Traum in einer Sommernacht ist die Liebe, wenn sie strahlend erwacht, sang Racholl und spürte, wie das Lied die Gedanken auf seltsam angenehme Weise zudeckte und die vertraute Harmonie zwischen Körper und Bewußtsein wiederherstellte, so lange jedenfalls, bis die Musik im Hintergrund durch ein dissonantes Fauchen zerrissen wurde und der Genosse Leo sich im gleichen Moment mit aufgestützten Armen über den Tisch beugte und ihm mit scharfer Stimme die Frage stellte, wie er, Racholl, es erklären könne, daß er sich plötzlich in einem Teil der Stadt befinde, dessen Betreten ihm, als Bürger, als Angehörigem der Dienststelle dazu!, bekanntermaßen verboten sei!

Und ob er ihnen, fuhr der Genosse Leo mit beinahe sarkastischer Stimme fort, weismachen wolle, sein illegaler Übertritt sei rein zufällig und ohne seinen, Racholls, Willen erfolgt, sozusagen einem Zwang folgend, der außerhalb Rachollscher Kontrolle liege? Und ob er ihnen weiterhin die Behauptung zumute, er habe keine blasse Ahnung, was er hier suche …

Langsam und von der heftigen Rede tief atmend, ließ sich der Genosse Leo auf seinen Stuhl zurückfallen. Racholl hatte die Hände auf seinem Rücken zu Fäusten geballt.

Schweiß trat ihm auf die Stirn und rann in Bächen über sein Gesicht. Trotz der grellen Musik lag eine tödliche Stille zwischen ihm und dem Genossen Leo.

Verzweifelt suchte Racholl nach einem Weg, auf dem er seinem Gegenüber klarmachen konnte, daß es tatsächlich so war, wie er, Racholl, es gesagt hatte. Doch im gleichen Maße, in dem die erklärenden Sätze in seinem Kopf an Form gewannen, erfaßte ihn wieder Unbehagen über die Worte, die er fand, und als der Genosse Leo ein weiteres Mal, jedoch entschieden ruhiger und auf Verständnis bedachter, so schien es Racholl, die Frage stellte, er müsse doch, als er die Grenze übertreten habe, etwas Bestimmtes gesucht haben, antwortete Racholl, der sich eben noch über den Grad der Verzweiflung klargeworden war, mit dem er sein Nein! auf die glaubwürdigste und überzeugendste Weise in den Raum schleudern mußte, trotzig und gegen seinen Willen:

– Und wenn es so wäre?

Erschrocken und als wollte er die Worte zurücknehmen, schlug er, wie es seine Gewohnheit war, die Hand auf den Mund und dachte: Warum hast du das gesagt! Was hast du nur angerichtet! Es stimmt doch nicht!, aber dieses verdammte, fremde Unbehagen, dessen Wesen er nicht bestimmen konnte, schien ihm aus tiefster Tiefe zuzurufen: Na und?

Racholl erschrak.

War er nicht mehr er selbst?

6

Racholl stand da, schwitzend und erschrocken und seiner selbst nicht mehr sicher. Er wußte genau, er hätte jetzt einer Pause bedurft, um dieser entscheidenden Vermutung nachzuspüren, allein weder der rasche Fortgang des Geschehens ließ ihm Zeit, seine Frage vorzubringen, noch fand er Gelegegenheit, seine aufsässige Bemerkung mit einem entschuldigenden Satz zu korrigieren.

Schnell und scharf schoß der Genosse Leo seine Fragen heraus, und der einzige Gedanke, zu dem Racholl fähig blieb, war der, daß er sich sagte: Was immer man dir nachsagen will, man muß es erst einmal beweisen.

– Nicht wahr! rief der Genosse Leo. Es ist doch nicht das erste Mal, daß Sie an diesem Ort sind! Racholl schüttelte den Kopf.

– Dann sagen Sie uns, wann es war!

Racholl machte eine unbestimmte Handbewegung.

– So dreizehn, vierzehn Jahre. Ungefähr.

– Das ist sehr interessant! rief der Genosse Leo.

Die Umstehenden runzelten ihre Stirn und warfen Racholl mißbilligende Blicke zu.

Ob er allein hier gewesen sei, fragte der Genosse Leo.

Racholl hob die Schultern. Das sei so lange her. Das wisse er nicht mehr so genau.

Das wisse er nicht mehr so genau? fragte der Genosse Leo höhnisch. Da müsse man seinem Gedächtnis wohl ein wenig nachhelfen.

Er hob die Hand, und aus der Gruppe der Umstehenden löste sich eine kleine, dickliche Gestalt, trat vor den Tisch des Genossen Leo und warf Racholl, bevor sie zu reden begann, aus knopfartigen Augen einen bedauernden Blick zu.

Erwin Adler! wollte Racholl rufen, bezwang sich aber, als ihm einfiel, daß Adler hier offenbar Silbermann hieß und er nicht wußte, ob er dem kleinen Mann durch die Nennung des Namens Unannehmlichkeiten bereiten konnte.

Ohne die Frage des Genossen Leo abzuwarten, sagte der kleine Mann mit einer eigentümlichen Stimmfärbung: Er könne nicht umhin zu bestätigen, daß ihn der junge Racholl seinerzeit nicht allein aufgesucht habe. Er möchte aber betonen …

Der Genosse Leo ließ ihn nicht ausreden.

– Danke! sagte er. Er bedanke sich für die Aussage. Der Herr Zeuge möge Verständnis dafür haben, daß er ihn unterbreche, aber dem Gegenstand dürfe nicht vorgegriffen werden.

Der kleine Mann hob bedauernd die Schultern und trat in den Kreis zurück.

– Nun? sagte der Genosse Leo und wandte sich Racholl zu.

Racholl griff nach seinem Taschentuch, wischte den Schweiß von der Stirn und sagte, er habe nicht ausschließen wollen, daß ihn jemand begleitet hätte, es sei eben nur so lange her …

Dann würde ihn sehr interessieren, mit wem Racholl diese Gaststätte besucht habe, sagte der Genosse Leo.

– Mit wem? fragte Racholl, um Zeit zu gewinnen.

– Jawohl. Ganz konkret mit wem?

Er sei dann wohl sicherlich mit einem Freund dagewesen, sagte Racholl so beiläufig wie möglich.

– Soso! Mit einem Freund! rief der Genosse Leo, Racholls Tonfall ironisch nachahmend.

Einige der Umstehenden lachten böse.

Sicher wisse er auch nicht, wer dieser Freund gewesen sei?

Racholl stand da und antwortete nicht. Er spürte, daß der Zeitpunkt, zu dem sich alles, was er an diesem merkwürdigen Tag erlebt hatte, in einen Zusammenhang stellen würde, ganz nahe war, und im gleichen Maße, wie er zu ahnen begann, worum es dem Genossen Leo ging, wehrte er sich dagegen und sagte sich: Das kann doch nicht sein! Das ist doch so lange her! Das ist doch schon nicht mehr wahr!

– Wenn Sie darauf keine Antwort finden, fuhr der Genosse Leo fort, werden wir die Frage einmal anders stellen!

Er änderte, bevor er weitersprach, seine Haltung, lehnte sich auf seinem Stuhl zurück und verschränkte die Arme über der Brust.

– Erzählen Sie uns doch, sagte er dann, zu welchem Zweck Sie diese Gaststätte damals aufgesucht haben.

Es ging um ein Wort, antwortete Racholl. Ich habe damals an einer Ballade gearbeitet, und mir fehlte ein Wort.

Ein Raunen ging durch die Umstehenden.

– Eine Ballade? sagte der Genosse Leo erstaunt. Sie schreiben also Gedichte? Davon war uns nichts bekannt.

– Das ist ein Mißverständnis, antwortete Racholl. Ich habe keine Gedichte geschrieben. Ich habe sie übersetzt.

– Übersetzt? sagte der Genosse Leo, neigte den Kopf und betrachtete Racholl interessiert.

– Ja, sagte Racholl, froh, den Gegenstand der Erörterung wechseln zu können. Es sei um eine längere Ballade gegangen, bei der ihm der Sinngehalt eines Wortes nicht klargeworden sei, und deshalb, lediglich deshalb, habe er den Besitzer dieser Gaststätte aufgesucht, von dem er wußte, daß er ihm helfen konnte.

Der Genosse Leo machte ein Zeichen, daß Racholl schweigen solle, notierte sich etwas und fragte, noch während er schrieb, ob dies seinerzeit der einzige Grund seines Besuches in diesem Teil der Stadt gewesen sei?

Soweit er sich erinnern könne, ja, antwortete Racholl.

Wieder hob der Genosse Leo die Hand. In die Masse der Versammelten kam Bewegung. Ein ärmlich gekleideter Mann, aus dessen Manteltasche der Hals einer Schnapsflasche ragte, schob sich in devoter Haltung vor den Tisch des Genossen Leo, der ihn mit einem beiläufigen Kopfnicken zum Reden aufforderte.

– Sprechen Sie, sagte der Genosse Leo.

Ob er eine Bitte äußern dürfe, fragte der Mann. Er möchte sich, bevor er seine Aussage mache, dieser – wie er finde – unwürdigen Kleidung entledigen.

Der Genosse Leo nickte. Der Mann zog den Mantel vom Körper und warf ihn hinter sich. Er trug einen dieser vollsynthetischen Anzüge.

– Sind Sie nun bereit? fragte der Genosse Leo.

– Jawohl! rief der Mann, räusperte sich und begann zu reden. Die betreffende Person habe zur vorgesehenen Zeit die Grenze überschritten. Nach Absprache mit den zuständigen Sicherungsbehörden sei eine Kontrolle der Personaldokumente unterblieben. Die Person sei nach einem kurzen Aufenthalt in der Gegend des Zielbahnhofes geradenwegs zu dem Ort gegangen, an dem das betreffende Haus gestanden habe. Dort habe sie, offenbar aus Unkenntnis der örtlichen Veränderungen in den letzten Jahren, ihn, den Observierenden, angesprochen und sich nach dem Verbleib der in den Akten erwähnten weiblichen Person erkundigt. Danach sei der zu Observierende, wiederum auf dem kürzesten Weg, hierher, an diesen Ort, gegangen, so daß, wenn er sich die Bemerkung erlauben dürfe, auszuschließen sei, es handele sich um einen Zufall.

– Sie meinen, es ist planvoll geschehen? fragte der Genosse Leo.

– Jawohl, antwortete der Mann. Das stehe für ihn außerhalb jeden Zweifels.

– Nun sagen Sie uns, rief der Genosse Leo, ob die betreffende Person in diesem Raum anwesend ist.

Der Mann drehte sich um und deutete nach kurzer Fixierung mit dem Finger auf Racholl.

Racholl erkannte den Nachtpförtner seiner Dienststelle; nur schien der zwanzig Jahre jünger zu sein.

– Danke, das genügt, sagte der Genosse Leo und wandte sich seinen Notizen zu.

Doch der Mann blieb stehen, räusperte sich abermals und sagte, als der Genosse Leo mit gerunzelter Stirn aufblickte: Er habe sich die Freiheit genommen, die betreffende weibliche Person zwecks eventueller Zeugenaussage dem Genossen Leo zuzuführen. Sie warte bereits seit einiger Zeit.

– Das war nicht notwendig! rief der Genosse Leo ärgerlich. Er verbitte sich für die Zukunft solche Eigenmächtigkeiten.

Er habe geglaubt, fuhr der Mann fort, aber der Genosse Leo schnitt ihm mit einer Handbewegung das Wort ab, so daß er schwieg und sich, das Gesicht seinem Vorgesetzten zugewandt, unter Verbeugungen zurückzog.

Der Genosse Leo richtete sich auf, daß er über die Köpfe der Versammelten hinwegblicken konnte. Sein Gesicht glättete sich merkbar, und er sagte zu einer Person, die Racholl nicht sehen konnte, es tue ihm leid, daß sie solche Ungelegenheiten gehabt habe, aber es habe sich dabei um die Eigenmächtigkeit eines Subalternen gehandelt. Sie sei natürlich von der weiteren Teilnahme an der Verhandlung entbunden.

Sie bedanke sich, antwortete die Frauenstimme, aber wenn es gestattet sei, möchte sie dennoch hierbleiben. Der Fall interessiere sie persönlich.

– Selbstverständlich, sagte der Genosse Leo.

Alle hatten sich umgedreht und die Köpfe gereckt, auch Racholl, aber er mußte sich erst auf die Zehenspitzen stellen, um über die Mauer schwankender Köpfe hinweg einen Blick auf die Frau zu werfen zu können. Sie saß allein am Tisch, das Gesicht mit einem durchsichtigen schwarzen Schleier verhüllt, die Augen zu Boden gerichtet. Racholl wußte sofort, daß es die Mutter war, und er rief ihr in der ersten Aufwallung des Gefühls zu:

– Wie geht es ihm denn!?

Racholl erhielt keine Antwort, zog nur die Blicke der

Umstehenden auf sich, in deren Augen er eine Mischung aus Erstaunen und Triumph las.

– Sie geben also zu, daß Sie ihn kennen, rief der Genosse Leo.

Jetzt wußte er, daß es keinen Zweck hatte, irgend etwas zu leugnen oder zu verschweigen.

– Ja, ich kenne ihn, sagte er mit leiser Stimme. Der Genosse Leo atmete tief und, wie es Racholl schien, erleichtert auf. Durch die Menge ging wieder ein Raunen.

– Dann sagen Sie uns, in welchem Verhältnis Sie zueinander standen.

– Johannes war mein Freund, sagte Racholl. Mein bester Freund.

– Dann können Sie uns auch sagen, weshalb Sie diese Angabe seinerzeit verschwiegen haben.

– Es war nie danach gefragt, sagte Racholl. Es war nach dem ersten und zweiten Grad gefragt, sonst nichts.

– Sie konnten sich nicht denken, sagte der Genosse Leo, und in seiner Stimme schwang Enttäuschung mit, Sie konnten sich nicht denken, um wieviel mehr uns interessiert hätte, wer Ihr bester Freund war, wenn wir sogar schon nach den Verwandten ersten und zweiten Grades gefragt haben?

– Es stand nirgends verzeichnet, sagte Racholl beharrlich. Auf keinem Fragebogen stand es verzeichnet.

Der Genosse Leo schüttelte den Kopf und seufzte verständnislos.

– Junge, Junge! rief eine grobe Stimme hinter Racholl. Der hat Nerven! Racholl wischte sich mit dem Taschentuch über die Stirn.

– Können Sie uns dann bestätigen, daß Ihr bester Freund Johannes bis zum neunundzwanzigsten März 1961 Bürger war? fragte der Genosse Leo.

Racholl nickte.

Johannes, lang und schmal und mit ernsten Augen.

– Können Sie uns weiterhin bestätigen, daß Ihr Freund Johannes am Abend des 29. März 1961 die Staatsgrenze illegal überschritten hat, um die Republik zu verlassen?

Racholl nickte wieder.

Johannes in der S-Bahn. Die prüfenden Augen der Kontrolleure.

– Und können Sie uns schließlich bestätigen, daß Sie von diesem Vorhaben gewußt haben?

Johannes' Mutter, wie sie erleichtert ausatmete. Wie er, Racholl, eine der beiden Taschen auf den Sessel neben das Vertiko stellte.

Jeder hatte nur *eine* Tasche getragen, damit es nicht so auffällig war.

Und *Sie*, hatte Johannes' Mutter gefragt, bleiben Sie auch?

Er hatte den Kopf geschüttelt.

– Bitte, sagte der Genosse Leo eindringlich. Sagen Sie uns, ob Sie es gewußt haben.

– Ja, sagte Racholl kaum hörbar. Ich habe ihm sogar dabei geholfen.

In diesem Moment breitete der Genosse Leo beide Arme aus und erhob sich. Die Versammelten atmeten hörbar aus. Der Kreis um Racholl öffnete sich.

– Pause! rief jemand hinter ihm. Es ist Pause!

Das ist gut, daß Pause ist, dachte Racholl, fiel vor Erschöpfung auf den nächststehenden Stuhl und schloß die Augen.

7

Wie lange Racholl geschlafen hatte, wußte er nicht. Er wachte auf, als eine Hand seine Schulter berührte und ihn leicht schüttelte. Er hörte eine Frauenstimme, die ihn flüsternd und eindringlich bat, er möge aufwachen.

– Bitte wachen Sie auf, Herr Racholl. Ich muß Sie unbedingt sprechen!

Racholl öffnete unter Mühen die Augen und blickte auf einen dünnen schwarzen Schleier, hinter dem sich ein maskenhaftes, in unendlicher Trauer erstarrtes Gesicht verbarg.

– Frau Merten! rief Racholl. Wie spät ist es denn!

– Sprechen Sie nicht so laut, Herr Racholl, flüsterte die Frau. Wenn man uns hört!

– Wer soll uns denn hören bei dem Lärm? sagte Racholl.

Frau Merten sah sich vorsichtig nach allen Seiten um. Noch immer standen die Leute in kleinen Gruppen und sprachen miteinander. Noch immer lärmte im Hintergrund die Musik. Der Tisch des Genossen Leo war leer.

– Ich bitte Sie, Herr Racholl, sagte die Frau. Sie müssen mir unbedingt helfen. Wollen Sie das tun?

– Ja, natürlich, sagte Racholl, aber wie soll ich Ihnen denn helfen?

– Sie müssen mit ihm sprechen! Unbedingt! flüsterte die Frau.

– Mit Johannes? fragte Racholl.

Die Frau nickte.

Racholl hörte sein Herz klopfen.

– Wie geht es ihm denn, fragte er leise. Geht es ihm schlecht?

Die Frau schlug die Hände vors Gesicht und begann zu schluchzen.

– Bitte fragen Sie nicht!

Racholl erhob sich mühsam, nahm die Frau am Arm und schob sie zu dem Stuhl.

– Kommen Sie, setzen Sie sich!

Die Frau ließ sich nur schwer beruhigen. Schluchzend saß sie auf dem Stuhl und stieß verworrene Sätze hervor.

– Was soll ich nur machen, flüsterte sie. Durch den Schleier sah Racholl Tränen über ihre Wangen rinnen.

– Mein ganzes Leben habe ich gepredigt ... Er sollte doch was Ordentliches lernen ... Ich habe doch nur ihn.

– Aber Frau Merten, sagte Racholl und legte ihr die Hand auf das graue, streng gescheitelte Haar. Beruhigen Sie sich doch.

Die Frau weinte.

– Ich habe ihm gesagt, denk an dein Alter. Du mußt auch an dein Alter denken, flüsterte sie schluchzend. Mehr kann man doch als Mutter nicht tun ... Oder kann man mehr tun ...

– Nein, nein, sagte Racholl. Bestimmt nicht.

– Aber er hört ja nicht auf mich! flüsterte die Frau erregt.

– Lassen Sie mal, Frau Merten! sagte Racholl und strich ihr übers Haar. Er wird schon noch hören. Er kommt noch dahinter.

– Ich wußte ja, sagte die Frau, und in ihre Stimme kam Ruhe, Sie würden mich verstehen.

– Natürlich, sagte Racholl. Ich verstehe Sie.

– Sie sind der einzige, der Einfluß auf ihn hat, sagte die Frau. Sie müssen mit ihm reden. Auf Sie hört er.

– Ich weiß nicht, sagte Racholl unsicher.

– Aber ich weiß es! Auf seinen Vater hätte er auch gehört. Als er noch klein war, hat er immer auf seinen Vater gehört. Ach, dieses Schwein. Wissen Sie, wo er jetzt ist? Im Taunus. Er hat eine Fabrik in Düsseldorf und lebt im Taunus mit diesem Flittchen. Kennen Sie das Flittchen?

Racholl schüttelte den Kopf.

Die Frau hatte sich gefangen.

– Sie ist zwanzig Jahre jünger, rief sie flüsternd. Was soll dabei herauskommen, frage ich Sie! Die betrügt ihn nach Strich und Faden, aber das ist seine Strafe!

– War er nicht bei der SS? fragte Racholl.

– Der war immer oben, damals und heute, flüsterte die

Frau bitter. Der hat sich genommen, was er brauchte. Und was er nicht brauchte, hat er weggeworfen. Achtzehn Jahre monatlich 100 Mark à conto – das war der Preis für seine Freiheit, ach, Freiheit! Für sein Flittchen! – Und nie mehr einen Blick für den eigenen Sohn! Können Sie das verstehen?

– Nein, sagte Racholl und dachte an seine Kinder.

– Er ist so allein, sagte die Frau. Sie sind der einzige, auf den er hört.

– Ich weiß wirklich nicht, sagte Racholl. Johannes war ja mein Vorbild.

– Aber Sie sind doch jetzt was! sagte die Frau. Sie haben doch was geschafft! Ihre Mutter braucht sich bestimmt nicht zu schämen!

– Meine Mutter ist tot. Krebs! sagte Racholl. Wieder begann die Frau zu weinen.

– Man hat nur eine Mutter, sagte sie unter Tränen. Racholl schwieg.

– Sehen Sie, sagte die Frau und wischte sich mit dem Schleier die Augen trocken. Gerade deshalb müssen Sie mit ihm reden.

– Ist er denn hier, fragte Racholl und sah sich um.

– Pst! rief die Frau und senkte die Stimme wieder. Wo denken Sie hin. Er darf sich doch nicht sehen lassen.

– Was ist denn passiert, fragte Racholl.

– Pst! sagte die Frau, ohne auf seine Frage zu antworten. Wir werden ihn suchen. Wir beide!

Sie streckte die Hand aus und berührte Racholls Schenkel. Im ersten Moment wollte er die Frau abwehren, er dachte: Sie ist doch seine Mutter!, aber als Wärme an seinen Beinen aufstieg, wurde er rot und sagte stotternd:

– Aber Frau Merten! Wissen Sie denn nicht, in welcher Lage ich mich befinde! Wie soll ich denn hier herauskommen?

– Halten Sie sich an mich! sagte sie und fuhr mit der Hand über seine Beine. Wenn Sie mit mir gehen, wird man Sie nicht aufhalten.

Racholl glühte. Sein Atem ging hastig. Merkwürdigerweise erregte ihn die Vorstellung über alle Maßen, daß etwas mit ihm in aller Öffentlichkeit geschehe, was in seinen persönlichsten Bereich gehörte.

– Frau Merten! Frau Merten! flüsterte Racholl.

– Entschließen Sie sich! sagte die Frau.

– Aber was ist denn passiert, fragte schwer atmend Racholl, der die Augen wieder geschlossen hatte. Was macht er denn jetzt?

Schnell! flüsterte die Frau beschwörend, aber bevor Racholl antworten konnte, sagte die Stimme des Mannes, den Racholl als einen der Nachtpförtner seiner Dienststelle erkannt hatte:

– Der junge Mann ist extremistisch tätig! Wußten Sie das nicht?

– Mein Gott! rief Frau Merten, sprang von ihrem Stuhl auf und verschwand in der Menge.

– Frau Merten! rief Racholl. So warten Sie doch!

– Ein schönes Früchtchen, der Herr Sohn! sagte der Nachtpförtner.

Er stand direkt neben Racholl und grinste auf eine verletzende Weise.

– Reden Sie nicht! rief Racholl und lief in die Richtung, in die Frau Merten verschwunden war, zwängte sich durch die diskutierenden Grüppchen, umging die beladenen Tische, doch er stieß weder auf eine Tür noch auf eine Wand; der Raum schien endlos geworden zu sein.

Suchend blickte Racholl sich um. In seiner Nähe tanzten spärlich bekleidete Paare, aber auch einzelne Männer und Frauen drehten sich selbstvergessen und mit eigentümlichen Hüftschwüngen im Takt der dissonanten Musik.

– Frau Merten! rief Racholl, schlängelte sich durch die Tanzenden, wurde angezogen von den rhythmisch zuckenden Schultern einer jungen Frau, die mit dem Rücken zu ihm stand, sich aber im nächsten Moment herumdrehte und Racholl ins Gesicht sah, als hätte sie nur auf ihn gewartet.

– Helgarth! rief Racholl. Um Gottes willen! Was machst du hier!

Seine Frau war nur spärlich bekleidet, ihr Gesicht erhitzt und von einer Art Gelöstheit, wie es Racholl nur aus den intimsten Augenblicken mit ihr kannte.

– Glaube nicht, daß du mir Vorschriften machen kannst! antwortete sie.

Ihre Augen blickten herausfordernd und erinnerten Racholl an jene Zeit der Auseinandersetzungen, die etwa zwei, drei Jahre nach ihrer Heirat begonnen hatten und deren Anlaß in Helgarths Vorstellungen von der Unabhängigkeit in ehelichen Verhältnissen lag. So hatte sie ihm eines Tages vorgeschlagen, ob man nicht auch mal allein weggehen sollte, jeder für sich, mit der Brigade oder mit Freunden, was sei denn Schlimmes dabei?, aber Racholl hatte in zähen nächtlichen Diskussionen das Bedürfnis nach unabhängig verlebten Vergnügungen als eine Art unbewußter Sehnsucht nach Befreiung aus ehelichen Bindungen denunziert, was Helgarth wiederum weit von sich wies: Wie er so etwas von ihr denken könne! Also Ehrenwort! – An diesem Punkt beließ es Racholl bei der Feststellung, ihm genüge als Beweis schon die Äußerung ihrer Bedürfnisse, und tatsächlich war sie seit jener Zeit nie mehr auf diese Frage zurückgekommen, noch hatte sie Racholl Anlaß zu grundsätzlichem Mißtrauen gegeben. Helgarth wurde das zweite Mal schwanger, Racholl lebte neun Monate in einer Sicherheit, wie er sie seit seiner Kindheit nicht mehr gefühlt hatte, nur konnte er jene Zeit der Auseinandersetzungen nie so vollständig vergessen, wie er es sich gewünscht hätte.

– Was starrst du mich denn so an! rief Helgarth und warf die Arme hoch und bewegte sich in den Hüften.

– Die Kinder! sagte er. Ich denke nur an die Kinder!

– Als ob das deine einzige Sorge wäre, rief Helgarth herablassend und lachte.

Speichel lief in seinem Mund zusammen und machte ihm das Sprechen schwer.

– Und überhaupt, sagte er dann und deutete auf ihre Kleidung, meinst du nicht, du übertreibst ein bißchen – so vor allen Leuten?

Helgarth lachte und entfernte sich tanzend von Racholl, den ein Gefühl von Trotz und Furcht abhielt, ihr zu folgen.

Jemand zog ihn am Arm.

– Kommen Sie! flüsterte Frau Mertens Stimme.

– Ich kann nicht, sagte Racholl. Meine Frau ist hier. Er sah sie im Hintergrund tanzen.

– Sie können mich doch nicht allein lassen, flüsterte Frau Merten. Denken Sie doch an Johannes!

Er sah, wie Helgarth ihren Arm um einen der tanzenden Männer legte. Sie hatte die Augen geschlossen.

– Sie tut, als wäre ich nicht anwesend, sagte Racholl zu Frau Merten.

– So sind sie alle, flüsterte Frau Merten. Ich kenne die Frauen!

– Meinen Sie etwa, ich habe das nötig, sagte Racholl und stampfte mit dem Fuß auf den Boden.

– Natürlich nicht! antwortete Frau Merten und zog ihn durch einen Spalt in der Wand. Den schwarzen Schleier trug die Frau jetzt als Stirnband, in der Hand hielt sie eine schwarzrote Fahne.

– Dann erkennt man uns besser, flüsterte sie Racholl zu.

Er folgte ihr ohne Widerstreben.

Der Gang, durch den die Frau ihn führte, war schmal und troff vor Nässe. Racholl hatte das Gefühl, es ginge abwärts. Nach einer Weile verbreiterte sich der Gang zu einem hohen, grottenähnlichen Gewölbe. Schemenhafte Gestalten, mit Knüppeln und stumpf blinkenden Metallgegenständen bewaffnet, hockten auf dem Boden und starrten blicklos in das Dämmerlicht. Racholl fühlte sich an ein mittelalterliches Heerlager erinnert.

Frau Merten schwenkte die Fahne und rief:

– Habt ihr Johannes gesehen! Ich suche Johannes!

Jemand mit schulterlangem flachshellem Haar und Vollbart stellte sich ihnen in den Weg, nahm Frau Mertens Hand und küßte sie.

– Ich suche Johannes, sagte Frau Merten.

– Sie können stolz auf ihn sein, sagte die Gestalt. Er steht immer in vorderster Reihe.

– Es ist sehr wichtig, sagte Frau Merten und schwenkte die Fahne. Ich muß ihn unbedingt sprechen.

Der Flachsbärtige nickte und führte sie in den Hintergrund des Gewölbes, in dem – in unregelmäßigen Abständen – punktförmige, von glockenhellem Klingeln begleitete Lichter aufblitzten.

Als sie näher kamen, entdeckte Racholl eine Reihe Spielautomaten, die von abenteuerlich aussehenden jungen Leuten umlagert waren. Gespannt verfolgten sie den Lauf der silbernen Kugeln, die über buntgemusterte Felder schossen und, wenn sie an die bizarren Drahtpyramiden prallten, ein helles Klingeln auslösten. Auf dem vertikalen Aufbau der Apparate sah Racholl leuchtende, götzenähnliche Figuren mit breitgewölbten Bäuchen und grinsenden Fratzen, die immer dann, wenn es einer Kugel gelang, in eine kraterförmige Versenkung inmitten der buntgemusterten Felder zu verschwinden, von einem erheblichen Zittern befallen wurden: Die Augen funkelten zornrot, die Gesichter verzogen sich zu entsetzten Grimassen, und die Glocken des Apparates schlugen schrill und triumphierend an. Die jungen Leute rissen die Arme hoch und schlugen sich begeistert auf die Schultern.

– Der Bourgeoisie mitten ins Herz! rief der Flachsbärtige und zeigte mit dem Finger auf die götzenähnliche Figur. Frau Merten nickte und schwenkte die Fahne.

– Wo ist denn Johannes, fragte sie.

Der Flachsbärtige legte seine Hände trichterförmig an den Mund und rief einen Namen in die Weite des Gewölbes.

Racholl hörte hinter seinem Rücken das Geräusch trampelnder Füße und drehte sich um.

Ein Trupp junger Leute, die Arme kettenförmig ineinander verkeilt, den Kopf vornüber und die Augen starr auf ein fernes, Racholl nicht sichtbares Ziel gerichtet, stürmte an ihnen vorüber und rief im Takt der trampelnden Füße eine Parole, von deren Echo Racholl nur winzige Bruchstücke verstand.

Aus dem Schatten im Hintergrund löste sich eine Gestalt und kam auf sie zu. Racholl sah ein schmales Gesicht mit spärlichem Bartwuchs und stechendem Blick.

– Wie ist die Lage? sagte die Gestalt zu dem Flachsbärtigen, der die Faust zum Gruß hob.

– Das ist der Schlimmste, flüsterte Frau Merten Racholl ins Ohr. Sein Vater hat sieben Warenhäuser.

– Die Lage ist ausgezeichnet! antwortete der Flachsbärtige in einem Ton, als erstatte er eine Meldung.

– Ist er der Anführer, fragte Racholl leise, aber Frau Merten schwenkte ihre Fahne und sagte zu der Gestalt:

– Ich suche Johannes. Es ist wichtig.

Der Schmalgesichtige musterte Frau Merten.

– Es ist seine Mutter, sagte der Flachsbärtige. Ich kenne sie.

– Wissen Sie, wo er ist? fragte Frau Merten. Der Schmalgesichtige machte eine unbestimmte Bewegung in Richtung der schemenhaften Gestalten.

– Er ist hier, sagte er dann.

– Ich weiß nicht, sagte Racholl und trat einen Schritt vor. Mir kommt das alles sehr merkwürdig vor. Johannes war immer ein Einzelgänger.

Wer ist denn das! sagte der Schmalgesichtige.

– Seine Mutter hat ihn mitgebracht, sagte der Flachsbärtige. Frau Merten nickte und schwenkte heftig die Fahne.

– Es wird gegen ihn verhandelt, sagte sie. Er ist geflohen.

– Bist du ein Sympathisant? fragte der Schmalgesichtige.

Racholl spürte den stechenden Blick des jungen Mannes körperlich. Sein Gefühl war zwiespältig; einerseits glaubte er sich diesen Leuten, die alle jünger waren als er, natürlicherweise überlegen, andererseits machte ihn ihre Entschlossenheit unsicher, ja, es war etwas an ihnen, das ihn anzog.

– Ich bin Genosse, antwortete er, nicht ohne seiner Stimme einen ähnlich scharfen Klang zu geben wie der Schmalgesichtige.

– Ich kenne dich nicht, sagte der andere. Wo bist du organisiert?

– Ich komme von drüben, sagte Racholl und reckte sich.

– Geht das jetzt so einfach? fragte der Flachsbärtige.

– Wenn man die Tricks kennt, antwortete Racholl ausweichend.

– Er ist der beste Freund von Johannes, sagte Frau Merten und schwenkte die Fahne.

– Das ändert die Lage, sagte der Schmalgesichtige, den Racholl für den Anführer hielt, und streckte ihm die Hand hin.

– Ich heiße Fritz! sagte er.

– Ich heiße Erwin, sagte Racholl. Sie gingen hinüber zu den schemenhaften Gestalten, die an der zerklüfteten Wand des Gewölbes lagerten.

– Das ist Erwin, rief der Schmalgesichtige. Er ist Genosse und Johannes' bester Freund. Er kommt von drüben.

Racholl sah, daß einige ihre Fäuste reckten. Er ließ sich, gleich den anderen, auf dem Boden nieder. Kaum daß er sich gesetzt hatte, fragte jemand neben ihm:

– Was ist deine Meinung zu der einseitigen materiellen Orientierung im Produktionsprozeß bei euch drüben?

Racholl war einen Moment verwirrt.

– Du meinst die materiellen Hebel, fragte er, und als der andere nickte, sagte er: Die Leute wollen es doch so. Jedem sein Hühnchen im Topf, was ist daran Schlechtes?

– Ich meine, sagte der, der neben Racholl saß, du reproduzierst doch damit das bürgerliche Bewußtsein ständig neu …

– Wieso bürgerlich? fragte Racholl erstaunt und hörte Lachen.

– Aber Genosse Erwin, sagte der, der neben Racholl saß, mit belehrendem Unterton. Du mußt doch wohl einsehen, daß das, was du mit der Revolution abschaffen willst, nämlich das bürgerliche Eigentumsbewußtsein, das immer nur auf seine eigene Befriedigung sieht, lediglich durch eine konsequente, gesellschaftsorientierte Produktionsweise erreicht werden kann, in der die Verhältnisse das neue Bewußtsein gleichsam mitproduzieren. Oder willst du das bezweifeln?

– Die Motivation! rief eine andere Stimme. Frag doch nach der Motivation …

– Natürlich, sagte der neben Racholl. Nur wenn das Volk tatsächlich regiert, unmittelbar, verstehst du, also unmittelbare Verfügungsgewalt über die Produktionsmittel hat …

– Moment mal! rief Racholl. Der plötzliche Wechsel

von der alltäglichen zur politischen Sprache fiel ihm merkwürdigerweise hier schwerer als in seiner täglichen Umwelt; vielleicht lag es an der Fragestellung.

– Moment mal, rief Racholl abermals, kam aber nicht zu Wort.

– Die Idee wird zur materiellen Gewalt, wenn sie die Massen ergreift! schrie eine Stimme aus dem Hintergrund.

– Natürlich, sagte der neben Racholl. Die Massen … Darauf kommt es an … Gewalt durch die Massen.

– Aber ich bitte euch, rief Racholl, denkt doch an den Zustand der Leute fünfundvierzig, nach einem verlorenen Krieg, nach Faschismus und so weiter … Da muß man eben ganz andere Wege gehen, da geht es darum, daß man *für* die Massen regiert …

– Nein! schrien die anderen. Nein!

– So kommt ihr nie weiter, sagte der im Hintergrund. Mit eurem scheißökonomischen Wettlauf. Kennst du das Märchen vom Hasen und Igel? … So geht's euch, wenn ihr endlich was erreicht habt, schreien die Kapitalisten: Wir sind schon da!

– Der Staat! rief der neben Racholl. Ihr baut den Staat nicht ab. Lies mal bei Lenin nach …

– Mann! rief Racholl. Ihr wißt das wieder ganz genau! Lenkt doch erst mal einen Staat in so einer komplizierten Situation …

– Sachlichkeit, Genossen! rief der, den Racholl für den Anführer hielt. Redet nicht alle durcheinander!

– Und ihr! schrie Racholl. Ihr spielt … Ihr spielt doch nur rum!

– Wo bleibt denn Johannes, rief Frau Merten und schwenkte die Fahne. Racholl sah, daß sie einen Arm um den Flachsbärtigen gelegt hatte.

– Unsere Stunde kommt, sagte der neben Racholl. Wir sind gerüstet.

– Ach, sagte Racholl, noch immer aufgebracht, und er wies auf die Knüppel und Eisenstangen. Das wird ein ziemlich ungleicher Kampf!

Der neben Racholl lachte, zog etwas Eisernes, Rundes aus der Tasche und reichte es Racholl.

– Sei aber vorsichtig, sonst sprengst du uns in die Luft, sagte er lachend.

– Laß man, sagte Racholl abwehrend und legte das schwarze Metallei, von dem er annahm, daß es eine Handgranate war, schnell neben sich.

– Habt ihr das selbst gemacht?

– Was denkst du, sagte der neben Racholl. Meinst du, wir warten, bis man uns sagt, nun dürft ihr?

– Was soll das, rief Racholl, wenn ihr nur alles zerstört. Ihr müßt doch auch das Positive sehen ...

– Wenn dir die Scheiße bis zum Hals steht, rief der aus dem Hintergrund, fragst du nicht mehr nach dem Scheißpositiven.

– Sein Vater ist Regierender, flüsterte Frau Merten Racholl ins Ohr.

Racholl schüttelte verständnislos den Kopf.

– Das verstehe ich nicht, sagte er. Gerade ihr hier ... Ihr habt doch alles, was fehlt euch denn ...

Eine schlanke, mädchenhafte Gestalt löste sich aus dem Schatten und schob sich zu Racholl hinüber.

– Genosse, sagte sie eindringlich, läßt du dich so einfach kaputtmachen?

– Wieso denn kaputtmachen, fragte Racholl und hob die Schultern verständnislos.

Die anderen schwiegen und sahen Racholl an.

– Zeig's ihm! sagte dann der, der sich Fritz nannte.

Der Flachsbärtige stand auf, zog das Hemd über den Kopf und warf es hinter sich. Er holte tief Luft, hielt den Atem an, kreuzte die Arme über dem Brustkorb und zog ihn mit eigentümlich kreisenden Bewegungen auseinander, bis er sich zu öffnen begann.

Racholl sah etwas Rosarotes oder Bläuliches, das über und über von frischen, eiternden Wunden bedeckt war.

– Siehst du es? fragte der schmalgesichtige Fritz. Racholl nickte.

– Verstehst du nun?

Racholl begann zu ahnen, was das Mädchen gemeint hatte, und er sagte leise:

– Ja.

Der Flachsbärtige stöhnte und ballte die Fäuste. Dann begann er zu schluchzen und fiel Frau Merten in die Arme.

– Ihr meint also, sagte Racholl stockend, ihr meint das Innerliche?

Das Mädchen und der Schmalgesichtige nickten mit dem Kopf.

– Aber, sagte Racholl, aber ist das nicht ... Ich meine, ist die Seele nicht zweitrangig, ich meine, jetzt noch – in dieser Übergangsperiode ...

– Sag nicht Seele, sagte das Mädchen, sag Persönlichkeitsstruktur.

– Darauf kommt's doch nicht an, sagte Racholl, ob man nun Seele sagt oder ...

– Diese metaphysische Scheiße gehört ins neunzehnte Jahrhundert, rief der, dessen Vater Regierender war.

Der Flachsbärtige stöhnte noch immer. Frau Merten strich ihm übers Haar.

– Johannes, flüsterte sie. Mein Johannes ...

Der Schmalgesichtige sah Racholl an. Racholl fragte sich, wie es in seinem eigenen Innern aussah, vielleicht genauso oder noch schlimmer oder möglicherweise gar nicht so schlimm, vielleicht waren seine Wunden erst im Anfangsstadium, so daß er sie noch nicht wahrnehmen konnte, aber wenn es so war, wie sollte er es erkennen, und was würde sich dagegen tun lassen?

– Glaubt ihr denn, sagte er langsam und ernst und deutete auf das Metallei, glaubt ihr, daß ihr durch solche Dinge geheilt werdet? Glaubt ihr ernsthaft, daß Gewalt der richtige Weg ist?

– Gegengewalt! rief der Schmalgesichtige. Wir praktizieren nur Gegengewalt.

– Gewalt gegen Sachen! rief der neben Racholl.

– Quatsch! schrie der, dessen Vater Regierender war. Wenn sich Gewalt nicht gegen die Träger der repressiven Gewalt richtet, seid ihr nur die Clowns der Herrschenden …

– Damit verschreckst du die Massen, sagte der neben Racholl und sprang auf.

– Heilt es denn wirklich, rief Racholl, konnte sich aber in dem sofort einsetzenden Gebrüll kein Gehör verschaffen, sah noch, wie kleine Grüppchen heftig aufeinander einredeten, und hörte dann eine Stimme dicht neben seinem Ohr.

– Ich bin die rote Gesine, sagte das schlanke Mädchen. Ich bin die Tochter aus gutem Hause. Mit fünfzehn hat mich der Milchmann hinter der Scheune gebumst. Mit fünfzehneinhalb mein Onkel Erich. Aber daheim war ich die Tochter aus gutem Hause, die auf eine gute Partie wartet. Mit siebzehn hatte ich schon dreißig Männer, alle so ein- oder zweimal … Was sagst du dazu?

Racholl schwieg. Sie hatte schulterlange dunkle Haare und war schön.

– Diese Verlogenheit! sagte das Mädchen. Ich hasse die Rolle! Die ehrbare Tochter! Fräulein Dr. phil. zeigt ihre Verlobung mit Herrn Dipl. Ing. Soundso an … und mit 21 die Hälfte des Erbes ausgezahlt … Objekte, Objekte, Mensch, wenn du wüßtest … Racholl sah sie an.

– Aber ich schlafe mit keinem mehr, den ich nicht kenne, sagte das Mädchen. Ich schlafe mit jedem, aber mit keinem mehr, den ich nicht genau kenne, wer bist du?

– Ich bin Johannes' bester Freund, sagte Racholl.

– Wer bist du da drinnen, sagte das Mädchen und deutete auf Racholls Brust.

– Ich weiß nicht, sagte Racholl. Ich hab's noch nie gesehen. Aber ist denn das jetzt wichtig? Er sah Helgarth und wie sie sich tanzend bewegte.

– Doch, sagte das Mädchen und begann sich auszuziehen. Ich habe nichts davon, wenn ich einen nicht kenne. Ich habe nie was davon gehabt.

Er sah Helgarth sich drehen und sah den gelösten Ausdruck in ihrem Gesicht.

– Ich habe sie nie gefragt, ob sie etwas davon hat, sagte er leise. Wir haben einfach nie darüber gesprochen.

– Wen meinst du? fragte das Mädchen, das jetzt nackt war.

– Meine Frau, sagte Racholl und dachte an Helgarth und was sie jetzt vielleicht tun würde und fragte sich, mit wem sie es tun würde, und dachte an Johannes und dann an den Genossen Leo und erschrak bei dem Gedanken, was geschehen würde, wenn sie es ihm sagte, und fragte sich auch, ob er sie je wieder anfassen könnte, und dachte dann daran, daß man seine Abwesenheit sicher bemerkt hatte und daß jetzt endgültig alles verloren war, kein Rückweg mehr, kein mildernder Umstand, ergab sich im gleichen Moment aber diesem Gefühl und sagte sarkastisch:

– Sie haben mich erwischt.

– Mach dir nichts draus, sagte das Mädchen. Ich war dreizehn Monate im Knast. Man kann's auch mit Frauen machen. Die Hauptsache ist das Emotionale …

Sie schob ihre Hand zu Racholl hinüber und begann sein Hemd aufzuknöpfen.

– Ich habe alles für sie getan, sagte Racholl und dachte an Helgarth und die Kinder. Mein Leben habe ich auf sie eingerichtet, und jetzt ist es zu Ende.

– Du darfst nicht aufgeben, sagte das Mädchen und zog ihm das Hemd über den Kopf. Ich hab's ja auch geschafft.

– Sie lassen nicht locker, sagte Racholl leise. Sie dringen in dich und holen Sachen aus dir heraus, die du lange vergessen hast …

– Das macht nichts, sagte das Mädchen. Wie lange es auch her ist, du mußt mir alles sagen, alles!

Racholl spürte ihren Atem an seinem Ohr. Er sah Helgarth, wie sie den Kopf an die Brust eines Mannes legte, den er nicht erkennen konnte. Er sah die kühlen Augen des Genossen Leo und spürte den Körper des Mädchens und ihre Hände, die seinen Brustkorb streichelten.

Neben sich hörte er ein Stöhnen. Für Momente tauchte Frau Mertens entrücktes Gesicht aus der Dunkelheit auf.

– Komm doch, flüsterte das Mädchen und legte sich auf ihn. Sag doch etwas! Du mußt mir alles von dir sagen!

Racholl spürte sein Unvermögen. Er erschrak und dachte: Aus! Aus! und dachte, wenn sie weiter so auf deiner Brust herumreibt, wirst du dich gleich sehen können, ganz und wahrhaftig, und indem ihn der Körper des Mädchens niederdrückte, spürte er in seinem Rücken etwas Hartes, Ovales, und er nahm es in die Hand und dachte: Ein kurzer Druck, und du hast es hinter dir, und er umklammerte es und seufzte laut und drückte mit aller Kraft.

Er wurde hochgeschleudert, ohne die Detonation zu hören, höher und höher, und fiel dann schnell und schneller und schlug mit einem schrecklichen Zucken seines Körpers irgendwo auf.

Racholl war hellwach. Wieder spürte er sein Herz klopfen; seine Sinne waren auf das äußerste gespannt. Hinter dem Tisch saß der Genosse Leo und musterte Racholl mit seinem kühlen Blick. Von irgendwoher vernahm Racholl die Stimme seiner Frau, dann die des kleinen Adler, der hier Silbermann hieß.

Offenbar hatte man Racholls Abwesenheit gar nicht zur Kenntnis genommen. Racholl sah zu dem Stuhl, auf dem Frau Merten gesessen hatte, aber sie war weder dort noch anderswo im Raum.

Vielleicht hast du geträumt, dachte Racholl. Du bist eingeschlafen und hast geträumt.

Jemand, dessen Stimme Racholl zum ersten Mal vernahm, sprach mit verweisendem Ton von den Pflichten, die einem Mitglied der Partei obliegen, und ob man es in seinem, Racholls, Fall nicht mit einer besonders verwerflichen Haltung zu tun habe – gerade wegen dessen parteimäßiger Bindung.

Offenbar lief die Verhandlung seit geraumer Zeit weiter, ohne daß Racholl ihr hatte folgen können. Er dachte an das Mädchen Gesine. Er dachte an Fritz und den Flachsbärtigen. Natürlich hast du geträumt, sagte er zu sich. Es muß ein Traum gewesen sein!

Racholl schüttelte sich.

Und der Genosse Leo begann wieder zu reden. Man solle sich klar darüber sein, sagte er, daß der entscheidende Bruch im Leben des Kollegen Racholl vor zehn, zwölf Jahren stattgefunden haben müsse. Dies sei eine für die Persönlichkeit des Beklagten offenbar entscheidende Zeit gewesen, die näher zu untersuchen sich verlohne, ja für die endgültige Beurteilung des Falles von besonderer Wichtigkeit sei. Man wolle schließlich keine Fehler begehen.

Die Umstehenden murmelten Zustimmung.

Racholl hörte Helgarths spitzes Lachen und biß die Zähne aufeinander.

– Das stimmt, sagte sie laut. Wie ist er denn rumgelaufen damals. Der wußte ja nicht, wo er hingehörte. Der ist ja immer nur rumgelaufen. Jeden Abend war er weg, und ich stand da mit dem Kind, und außerdem war ich schon wieder schwanger, im zweiten Monat!

Die Umstehenden raunten.

– Das war es doch! rief Helgarth, und Racholl hörte ihre Empörung, ich hab gesagt: Du mußt doch wissen, wo du hingehörst, läufst rum und jammerst, und ich sitz allein zu Haus mit dem Kind und in dem Zustand! So ein Mann! ... So hat er sich nicht mal aufgeführt, als seine Mutter gestorben ist. Nicht eine Träne! Bei der eigenen Mutter!

– Keine Träne bei seiner Mutter? riefen die Umstehenden verwundert.

– Aber in die Partei rein! rief die grobe Stimme.

– Und dann Beihilfe! riefen die anderen.

– Disziplin! rief der Genosse Leo. Disziplin!

Aber es dauerte Minuten, bis die empörten Rufe der Umstehenden in ein leises, vom Lärm der Musik deutlich abgesetztes Gemurmel übergingen.

– Das geht heute rund! sagte jemand hinter Racholl, und die grobe Stimme antwortete:

– Warte mal ab, das kommt noch besser!

Racholl schüttelte sich wieder.

Er war sich jetzt sicher, daß er geträumt haben mußte, und je größeren Raum diese Überzeugung in ihm gewann, desto stärker wurde seine Vermutung, daß vielleicht alles – der merkwürdige Grenzübertritt, sein Irrgang durch den anderen Teil der Stadt, ja auch diese sonderbare Verhandlung –, daß dies alles nicht wirklich sei, daß er einfach nur träume. Dieser Gedanke hielt ihn aufrecht. Er sah jetzt den kleinen, gedrungenen Mann vor den Tisch des Genossen Leo treten, und als er die singende, eigentümlich vokalreiche Stimme vernahm, gewann Racholl sogar etwas Sicherheit.

Er könne, begann der Mann, nur wenig sagen, eigentlich erschreckend wenig. Es ließe sich, was er vorzubringen habe, sogar in einen Satz fassen: Er bitte die Herrschaften um ein wenig Mitgefühl mit diesem jungen Menschen!

Genosse Leo runzelte interessiert die Stirn. Jene, die in den hinteren Reihen standen, reckten die Hälse.

Was habe denn dieser junge Mensch getan? fuhr der kleine Mann fort. Nichts anderes als viele andere junge Menschen auch. Und verurteilen wir sie deshalb? Und bedenken wir, eine wie lange Zeit seither vergangen ist? Er, Silbermann, könne nur sagen, er habe von ihm einen ausgezeichneten Eindruck gehabt. Ein netter, bescheidener junger Mensch. Einer, der Balladen dichtet …

– Herr Silbermann, sagte Genosse Leo betont höflich, Sie wissen, wir schätzen Sie wegen Ihrer Verdienste als Verfolgter außerordentlich. Aber gestatten Sie bitte, daß ich Sie für eine Zwischenfrage unterbreche.

– Fragen Sie, bitte schön! sagte der kleine Mann und machte eine leichte Verbeugung in Richtung des Genossen Leo.

Ihn interessiere besonders die Frage, wann und bei welcher Gelegenheit Silbermann den jungen Racholl kennengelernt und in welcher Weise sich ihre Bekanntschaft entwickelt habe.

– Nun, sagte der kleine Adler, der hier Silbermann hieß, da kann ich Ihnen einiges erzählen.

Er spannte seinen Körper, warf einen aufmerksamen Blick auf Racholl und fuhr in seiner Rede fort.

Er habe Racholl in seiner Tätigkeit als Exporthändler kennengelernt vor mehr als fünfzehn Jahren. Man werde sich vielleicht erinnern, daß er in Hohenschönhausen eine kleine Handelsfirma für Kaffee, Zigaretten, Feinwirkstrümpfe und exquisite Alkoholika besessen habe. Man exportierte seinerzeit nach Charlottenburg und habe, das sei kein Geheimnis, auch Leute gebraucht, die die Ware an ihren Bestimmungsort brachten.

– Ein Schieber! rief der Mann mit der groben Stimme. Das war Schieberei über die Grenze!

– Ich bitte Sie, sagte der kleine Mann mit leichtem Unwillen in der Stimme. Ich dachte, ich könnte hier offen reden.

Der Genosse Leo nickte.

Dann möchte er betonen, daß die Sache staatlicherseits durchaus koscher gewesen sei, zwar inoffiziellen Charakters, aber wegen der angespannten Devisenlage durchaus koscher …

– Bitte, unterbrach ihn der Genosse Leo ein zweites Mal, aber immer noch mit betonter Höflichkeit, ich glaube, die Modalitäten dieser damals sicher notwendigen Geschäfte stehen hier nicht zur Debatte. Ich hatte mit meiner Frage eher auf das persönliche Verhältnis gezielt.

– Bitte schön, sagte der kleine Mann, davon wollte ich ja erzählen.

– Ich wollte Sie nicht unterbrechen, sagte der Genosse Leo mit einer entschuldigenden Handbewegung und lehnte sich zurück.

Er habe also, fuhr der kleine Mann fort, diesen jungen Mann namens Racholl beschäftigt, als nebenberufliche Kraft. Mal zwei, drei Stangen Zigaretten und ein paar Pfund Kaffee in der Woche, nicht mehr. Und alles nach Feierabend. Der Junge sei doch noch Lehrling gewesen seinerzeit …

– Dann waren Ihre Beziehungen lediglich geschäftlicher Art?

Das wolle er damit nicht gesagt haben. Der junge Mann sei ihm von Anfang an aufgefallen. Er habe immer, wenn er Ware holte, etwas in der Tasche gehabt, immer ein Buch in der Tasche, habe viel gelesen, der junge Mann, das sei ihm angenehm aufgefallen. Einmal habe er so ein gelbes Buch mitgehabt, er, Silbermann, hätte auf dem Titel gelesen, es war von dem Tucholsky …

– Ich frag ihn, sagte der kleine Mann, du liest Tucholsky? – Ja, hat er gesagt. – Ich sag: Gefällt er dir? – Ja, hat er wieder gesagt, sehr! – Ich sag darauf: Weißt du, was der Tucholsky für einer gewesen ist? – Er hat mich so angeguckt, wie wenn er mich nicht versteht, aber ich hab gesehen, daß er mich verstanden hat, aber er war zu stolz zu sagen: Ja, ich weiß, dieser Tucholsky war auch ein Jude. – Denn das hab ich gemeint, schon wegen dem Namen hätte er's wissen müssen, und er hat's auch gewußt. Aber er war zu stolz. Und das hat mir gefallen, sehen Sie!

Racholl versuchte sich dieser Begebenheit zu erinnern, aber vergeblich.

Der Genosse Leo machte eine auffordernde Handbewegung, und Adler sprach weiter.

Sechsundfünfzig habe er sein Geschäft auflösen müssen, wie alle seine Kollegen. Es habe Verwicklungen gegeben mit den Alliierten, wenn er recht informiert sei, da seien wohl die Amis bei den Sowjets vorstellig geworden und hätten gesagt, *eure* Deutschen da, die untergraben mit der Freihandelsware die ganze Wirtschaft von *unseren* Deutschen, und wenn ihr nicht, dann … Naja, man hätt' sich wohl geeinigt und das Geschäft abgeblasen …

Der Genosse Leo räusperte sich.

Der kleine Mann winkte beschwichtigend ab.

Danach habe er jedenfalls die Verbindung zu seinen Mitarbeitern, auch zu Racholl, verloren. Er habe dann diese Gaststätte eröffnet, und nach ein paar Jahren habe plötzlich einer in der Tür gestanden, ein bißchen verlegen und ratlos, er, Silbermann, habe gedacht, den kenne er doch, und tatsächlich, es sei dieser junge Racholl gewesen. Sei da angekommen mit einem Freund, habe ein Papier aus der Tasche gezogen und gesagt, er, Silbermann, müsse ihm helfen. Nun, er habe die beiden erst mal an den Stammtisch geholt, ein Bier für jeden kommen lassen, man habe sich ein wenig über die alten Zeiten unterhalten, aber dieser Junge sei ganz unruhig gewesen und hätt' es dann nicht mehr ausgehalten, er sei da mit einem Gedichtchen beschäftigt und verstehe ein Wort nicht und ob ihm Silbermann nicht helfen könne, er spreche doch diese Sprache.

Der Genosse Leo hob die Hand.

Ob Silbermann sich erinnern könne, um welches Wort es sich gehandelt habe?

– Natürlich, sagte der kleine Mann, ich weiß es noch wie heut. Es war das Wort *gliwern*.

– Hm! sagte der Genosse Leo und schritt nicht ein, als die Umstehenden ein Geraune des Unverständnisses hören ließen.

– Und weiter? sagte er dann.

– Nichts weiter! rief der kleine Mann. Es sei tatsächlich nur um das eine Wort gegangen. Das könne er beschwören!

– Das ist doch merkwürdig, rief der Mann mit der groben Stimme, und ein anderer pflichtete ihm lauthals bei und sagte:

Gliwern ...! Was soll das! Da steckt doch etwas dahinter!

– Natürlich! rief der Mann mit der groben Stimme. Vielleicht ein Geheimcode! Es sind doch sicher Verabredungen getroffen worden, die Flucht dieses Freundes betreffend! Das muß doch geklärt werden!

Der kleine Mann schüttelte resigniert den Kopf.

– Alles zu seiner Zeit, sagte Genosse Leo und beruhigte die Umstehenden mit einer Handbewegung.

Eine zaghafte Frauenstimme begann hinter Racholl zu reden.

– Bitte sprechen Sie deutlicher, sagte der Genosse Leo und hielt die Hand an sein Ohr.

Sie habe, sagte die Frau, noch immer zaghaft, aber um genauen Ausdruck bemüht, sie habe mit Interesse gehört, daß der Genosse Racholl an einer Ballade gearbeitet habe. Sie selbst sei ebenfalls kulturell interessiert und habe sich, wenn sie das bemerken dürfe, im Zirkel schon selbst an kleinen Geschichten versucht, auch an Gedichten, nichts Großes, Bedeutendes, aber sie hätte zur besseren Beurteilung des Falles doch gern gewußt, um was es sich bei dieser Ballade konkret gehandelt habe.

– Ja, die Ballade! rief eine andere Stimme.

Der Genosse Leo hob die Hände.

Er schlage vor, daß man der Reihe nach vorgehe. Es müsse doch noch eine entscheidende Sache vorab geklärt werden. Er meine den Eintritt Racholls in die Partei, der ja, wie den Akten zu entnehmen sei, ebenfalls in jene Zeit vor zehn, zwölf Jahren falle, die sie hier so ausgiebig beschäftige.

– Besteht Einverständnis? rief der Genosse Leo, und als sich kein Widerspruch erhob, richtete er seinen kühlen Blick auf Racholl und sagte:

– Sie bestätigen doch, daß Sie Mitglied sind? Racholl nickte.

– Und ich nehme an, Sie halten sich für ein gutes Mitglied? Racholl hob die Schultern.

– So wie viele andere auch, nicht besser, nicht schlechter …

– Oho! riefen einige hinter Racholl, aber die Äußerung berührte ihn kaum. Noch immer war sein Kopf hellwach, nur in seinen Gliedern spürte er eine bleierne Schwere.

Vermerkt sei tatsächlich nichts Negatives, keine Rüge, keine Strafe, kein Verfahren, sagte der Genosse Leo nach einem flüchtigen Blick in die Akten. Aber ihn interessiere jetzt auch mehr die Frage, aus welchem Grund Racholl seinerzeit den Entschluß gefaßt habe, um Aufnahme zu bitten.

Racholl dachte nach. Er möchte sich nicht so genau festlegen, sagte er dann, es sei alles schon so lange her, aber soweit ihm erinnerlich sei, habe man ihn in seinem vorherigen Betrieb mehrmals agitiert, die Aufnahme zu beantragen. Er habe es sich lange und reiflich überlegt und schließlich zugestimmt. An einen besonderen Anlaß könne er sich nicht besinnen. Höchstens an einen innerlichen …

– Einen innerlichen Anlaß? fragte der Genosse Leo. Erzählen Sie. Nun, er habe sich reif gefühlt.

– Wie denn: reif … Ideologisch? Auch ideologisch, aber eigentlich überhaupt, auch – wenn er die Formulierung gebrauchen dürfe: – seelisch.

– Seelisch? fragte der Genosse Leo.

Er habe nach Ruhe gesucht, damals, nach innerer Ruhe! Er habe etwas gebraucht, woran er sich halten konnte. Etwas Höheres … mit höheren Werten … ein lohnendes Ziel.

Racholl hatte langsam gesprochen, fast bedächtig, mit längeren Pausen zwischen den Wörtern, als suche er nach einem Begriff, der dem wirklichen Vorgang am nächsten kam. Tatsächlich glaubte er sich auf einer Fährte, die zu verfolgen sich für ihn lohnen konnte, und er nahm alle Kraft zusammen und begann diesen Weg durch zehn, zwölf Jahre tägliche Arbeit, Ehealltag und Kindersorgen zurückzuverfolgen bis zu dem Punkt, der hier zur Debatte stand – ein wichtiger Punkt, auch für ihn, Racholl. Wie war das noch gleich? fragte er sich und dachte die Worte höhere Werte und lohnendes Ziel, aber je näher er jenem

Punkt kam, desto mehr verfing er sich im Gestrüpp seiner Erinnerungen; er hätte jetzt Hilfe gebraucht, irgend jemanden, der ihm den Weg weisen konnte, der Ordnung in seinen Kopf brachte, vielleicht mußte er nur reden, mußte anfangen zu erzählen, alles, auch das Unwesentliche, einfach nur erzählen.

Racholls Worte waren nicht ohne Eindruck geblieben. Der Genosse Leo hatte nachdenklich den Kopf aufgestützt, die Umstehenden schwiegen oder hielten nur flüsternd Zwiesprache. Der kleine Adler, der hier Silbermann hieß, nickte Racholl aufmunternd zu, aber der bemerkte das nicht, so sehr war er mit sich beschäftigt. Erst als der Mann mit der groben Stimme sich zu Worte meldete und vor den Tisch des Genossen Leo trat, hob Racholl den Kopf und erkannte seinen Kollegen aus dem Zimmer 3082.

– Helmut! rief Racholl, aber der Kollege Richter würdigte ihn keines Blickes.

Was er vorzubringen habe, fragte der Genosse Leo. Er möchte warnen, sagte Richter.

– Warnen? Wovor?

Er möchte vor sentimentalen Gefühlen warnen in bezug auf die Person des Kollegen Racholl!

Er glaube nicht, daß das nötig sei, antwortete der Genosse Leo unwillig.

Er fürchte doch, sagte Richter. Zumindest habe er bei einigen Anwesenden sentimentale Gefühlsaufwallungen bemerkt.

– Sie sollten nicht Anteilnahme mit Sentimentalität verwechseln, sagte der Genosse Leo. Oder wollen Sie bestreiten, daß Ihr Kollege Racholl, mit dem gerade Sie, wie ich mir habe sagen lassen, von allen Mitarbeitern der Dienststelle den engsten und persönlichsten Kontakt hatten, keine Anteilnahme verdient?

– Eben deshalb, sagte Richter. Eben weil ich ihn besser

kenne als die anderen, ist es meine Pflicht, vor falscher Anteilnahme zu warnen.

So eine grobe Stimme, dachte Racholl. Ihm war nie aufgefallen, daß der Kollege Richter eine so grobe Stimme hatte,

– Gerede! rief jemand aus dem Kreis der Umstehenden.

– Ja, Gerede! riefen die anderen. Er bitte, ein paar Fragen stellen zu dürfen, sagte Richter. Er glaube, die Antworten dürften die Zweifel zerstreuen.

– Wenn sie zur Klärung des Sachverhaltes dienlich sind – bitte sehr, sagte der Genosse Leo.

Richter holte tief Luft und sagte, ohne den Blick vom Genossen Leo zu nehmen:

– Der Beschuldigte verweist auf seine angebliche seelische Lage bei dem Entschluß, seine Aufnahme in unsere Partei zu beantragen. Ich möchte ihn an dieser Stelle fragen, ob ihm bekannt war, daß für eine Anstellung in der Dienststelle Parteimitgliedschaft Voraussetzung ist.

Weder Racholl noch der Genosse Leo wußten, worauf Richter hinauswollte.

– Was soll diese Frage, sagte der Genosse Leo. Das ist doch allgemein bekannt!

Racholl nickte.

Er möchte doch darum bitten, daß der Beschuldigte die Antwort mit seinen eigenen Worten gäbe. Es sei wichtig! sagte Richter.

– Also antworten Sie, sagte der Genosse Leo.

– Das weiß doch jeder, sagte Racholl kopfschüttelnd. Ich verstehe gar nicht, wie du darauf kommst, Helmut.

Ein heftiges Gemurmel setzte ein, das Racholl als eine Art Sympathieerklärung für sich deutete, und er faßte Mut und sagte:

– Gerade du, Helmut! Das verstehe ich nicht! Wo wir jeden Nachmittag zusammen Kaffee getrunken haben! Ich weiß gar nicht, was du willst!

Das Gemurmel wurde heftiger, und Richter mußte seine Stimme heben, um sich verständlich zu machen.

Er möchte sich diese Vertraulichkeit verbitten, rief er, ohne Racholl anzusehen. Der Beschuldigte möge ihm lieber sagen, ob er zu dem Zeitpunkt, an dem er um Aufnahme gebeten habe, bereits den Entschluß gefaßt hatte, sich in der Dienststelle zu bewerben.

Es wurde still im Raum. Der Genosse Leo hob die Augen und sah Racholl an.

Jetzt war auch Racholl klar, was Richter wollte.

– Ich ... ich weiß nicht, sagte er. Wie soll ich das wissen, nach so langer Zeit.

Der Kollege Richter zog ein kalenderartiges Buch aus der Tasche. Er könne dem Gedächtnis des Beschuldigten nachhelfen, sagte er und blätterte mit angefeuchtetem Zeigefinger zwischen den Seiten.

– Darf ich etwas verlesen?

Der Genosse Leo nickte.

Richter las:

– Elfter November. Zufälliges Zusammentreffen zwischen Racholl und dem ehemaligen Schulfreund Sch. auf der Schönhauser Allee. Aufenthalt in Restaurant Nähe S-Bahnhof bis gegen 21.00 Uhr. Später Übersiedlung ins Café Nord, Ecke Wichertstraße. Gesprächsthemen: Jugenderinnerungen, Schülerstreiche, Arbeitskräftemangel, Beschwerden über Unhöflichkeit des Bedienungspersonals. Später intensives Gespräch über berufliches Fortkommen. Klagen Racholls über jetzige Tätigkeit. Zu einseitig, zu geringer Verdienst. Rat des Schulfreundes Sch. (seinerzeit tätig als persönlicher Referent), Racholl solle eine Tätigkeit im Staatsapparat aufnehmen. Wörtlich: Sonst versauerst du, Erwin. – Interesse von seiten Racholls, Zweifel lediglich an den Möglichkeiten. Wörtlich: Wie soll man da rankommen. Sch. bietet sich an, entsprechende Verbindungen herzustellen. Wörtlich: Aus alter Freundschaft.

Richter holte wieder tief Luft, hob seine Stimme und sagte:

– Ich bitte um Aufmerksamkeit. Jetzt folgt das Entscheidende! Er las:

– Sch. befragt Racholl über biografische Daten und äußert sich befriedigt von günstiger familiärer Konstellation. Dann wörtlich: Bist du eigentlich organisiert? – Racholl verneint. – Dann wird es aber Zeit! – Wörtlich!

Richter schlug das Buch zu, steckte es in die Tasche und warf sich in die Brust.

– Es ist kein Monat vergangen, sagte er dann, bis der Beschuldigte um Aufnahme bat. Ein Jahr später folgte auf Vermittlung des Schulfreundes die Bewerbung in unserer Dienststelle. Ich hoffe, verehrter Genosse Leo, mein kleiner Beitrag kann zur sachlichen Klärung beitragen.

– Stimmt das? fragte der Genosse Leo.

Racholls Knie zitterten, er wußte nicht, ob vor Wut, vor Verachtung oder vor Angst. Er konnte sich weder an den Ablauf dieses Gesprächs erinnern, noch wäre er in der Lage gewesen, ihn guten Gewissens zu bestreiten. Er wußte gar nichts mehr.

– Bitte sagen Sie uns, ob es stimmt, wiederholte der Genosse Leo die Frage.

Racholl hob die Schultern.

– Mag sein, sagte er leise und mutlos. Ich will es nicht bestreiten. Der Genosse Leo seufzte.

Richter trat aufrechten Ganges in den Kreis der Umstehenden zurück.

– Ich glaube, sagte der Genosse Leo, wir können diesen Punkt abschließen. Er ist eindeutig. Niederschmetternd eindeutig.

9

– Die Ballade, rief die Frau mit der zaghaften Stimme. Könnten wir jetzt auf die Ballade zu sprechen kommen?

– Ja, riefen die anderen, die Ballade!

– Einen Moment bitte! rief der kleine Adler und hob zum Zeichen, daß man ihn anhören möge, die Hand.

– Ich bitte um Ruhe! rief der Genosse Leo.

– Ich meine, sagte der kleine Adler, der Gerechtigkeit halber sollte man einen Lokaltermin beantragen.

– Warum? fragte der Genosse Leo. Es ist doch alles eindeutig.

– Ich meine nur, sagte der kleine Adler. Racholl glaubte wieder Helgarths spitzes Lachen zu hören, konnte sie aber nirgendwo entdecken.

Sicher irre ich mich, dachte er. Sicher war sie nie hier.

– Ich sehe keinen zwingenden Grund, sagte der Genosse Leo zu dem kleinen Adler. Denken Sie an den Aufwand.

– Ich meine ja nur, wiederholte der kleine Adler starrköpfig.

Der Genosse Leo rieb sich die Stirn.

Es ist alles nur in meinem Kopf, dachte Racholl. Es ist nicht wirklich. Es ist nur in meinem Kopf.

– Also Lokaltermin, rief der Genosse Leo und schlug mit der Hand auf den Tisch. Ich beantrage in Anbetracht der Verdienste des Herrn Silbermann einen Lokaltermin!

– Jawohl! riefen die anderen.

– Der Antrag ist angenommen! rief der Genosse Leo. Die Umstehenden klatschten in die Hände. Der kleine Adler trat zu Racholl.

– Jetzt weiß ich nicht mehr, ob es gut ist, sagte er leise.

– Ich fühle mich beschissen, antwortete Racholl.

– Ich weiß es wirklich nicht mehr, sagte der kleine Adler. Johannes, dachte Racholl. Jetzt müßte Johannes hier sein.

– Man soll nie aufgeben, sagte der kleine Adler. Es finden sich immer wieder Möglichkeiten. Vielleicht brauche ich Mitleid, dachte Racholl.

– Worauf warten wir noch? rief der Genosse Leo.

Ich träume doch, dachte Racholl und wollte vortreten und sagen, daß er genau wisse, dies sei alles nicht wirklich, aber seine Knie zitterten derart stark, daß seine Beine zusammenknickten, als er den rechten Fuß vorsetzte, und er wäre gefallen, hätte ihn nicht ein kräftiger Arm von hinten gehalten.

– Können wir nun anfangen? fragte der Genosse Leo.

– Wir sind bereit! rief der Mann, der Racholl hielt. Racholl erkannte ihn an der Stimme; es war der Wirt.

– Dann los! rief der Genosse Leo, hob den Arm und ließ ihn blitzartig fallen, und Racholl sah im gleichen Moment ein weißes Schiff, das mit starr geblähten Segeln über das blaßblaue Meer eines Bilderbuches fuhr …

Das kenne ich doch, dachte er und rief laut:

– Das ist doch *Deutsche Märchen* aus dem Zigarettenalbum von Reemtsma. Das ist meins!

Ein Junge trat an ihn heran. Er war kleiner als Racholl, hatte engstehende Augen und kurzgeschnittene Haare mit einem Wirbel über der Stirn.

– Sohni Steckling! rief Racholl, und der Junge hob die Faust und schlug ihm ins Gesicht.

Racholl stöhnte vor Ohnmacht und Wut, aber er wehrte sich nicht.

Eine heftige Furcht vor körperlichem Schmerz erfaßte ihn.

– Du feige Sau! rief der Junge und schlug Racholl zum zweiten Mal. Wehr dich doch endlich!

– Ich habe meinen Stolz, sagte Racholl und verbiß sich die Tränen.

– Du schlapper Hund, schrie der Junge und fluchte unflätig. Er sagte, indem er sich entfernte, ratlos: Na, wenn der sich nicht wehrt …

Racholl biß sich auf die Lippen. Die Angst saß in jedem Winkel seines Körpers, und er dachte, es ist doch nicht möglich, daß du solch eine Scheißangst hast, aber im gleichen Maße, wie er diese Angst als ein neues, fremdes Gefühl empfand, erinnerte er sich, sie schon einmal gehabt zu haben, natürlich, er kannte sie, er hatte sie immer gehabt, wenn er als Kind durch einen dunklen Hausflur gehen mußte, nur als Beispiel, daran erinnerte sich Racholl jetzt genau.

Ja, sagte Racholl zu sich, und wenn es eine Angst ist, die du schon lange kennst, die du in dir hast, ganz tief in dir drin – dann ist es wahrscheinlich, daß dieses andere fremde Gefühl, dieses Unbehagen, das sich gegen deinen Willen aufstellt in dir und dich Dinge sagen läßt, die du gar nicht sagen willst – daß du auch dieses Gefühl schon kennst und in dir hast, und es war nur verborgen und gar nicht fremd!

Racholl schluckte vor Erregung und wollte den Gedankengang weiterverfolgen, aber da hob der Genosse Leo wieder die Hand und ließ sie fallen, und Racholl sah sich an der Hand seiner Mutter.

– Bitte! rief er, nicht so schnell!, er wollte sich ja erinnern, genau und schrittweise, wollte den Faden nicht verlieren, aber der Genosse Leo rief: Weiter!, und Racholl sah sich an der Hand seiner Mutter in einem Uhrmacherladen in der Pappelallee stehen. Seine Mutter hielt den Kopf gesenkt; der Uhrmacher hatte eine Lupe vor sein linkes Auge geklemmt und betrachtete den Prägestempel auf der Innenseite des Ringes.

– Es ist Neunhunderter, sagte die Mutter zaghaft. Es ist Dukatengold.

– Das ist ihr Trauring, sagte Racholl leise zu dem Genossen Leo, der jetzt neben ihm stand, und fühlte gleichzeitig, wie sich die Hand seiner Mutter fester um die seine preßte.

– Siebenhundert Mark, sagte der Uhrmacher. Mehr kann ich nicht geben.

– Das war vor der Währungsreform, sagte Racholl zu dem Genossen Leo. Seine Mutter nahm das Geld, sie gingen hinaus. Auf der Straße begann sie zu weinen. Sie ging aufrecht und wollte sich nichts anmerken lassen, aber über ihre Wangen rollten Tränen. – Das Geld war doch nichts wert, sagte Racholl. Jetzt spürte er den Arm des Wirtes kaum noch. Er dachte an den Jungen, der kleiner war als er.

– Wenn Johannes kommt, verdrischt er den, sagte Racholl voller Haß.

– Sie haben sich immer auf andere verlassen, sagte der Genosse Leo.

– Ich war der Jüngste, sagte Racholl. Aber ich durfte mit ihnen spielen. Sie haben mich gebraucht.

– Wie meinen Sie das? fragte der Genosse Leo.

– Ich war wohl der Intelligenteste, sagte Racholl und sah sich für einen Moment ganz klar.

– Das müssen Sie uns erklären, sagte der Genosse Leo.

– Na ja, sagte Racholl und suchte in seiner Erinnerung nach einem Beispiel. Da hatten mal zwei von uns, es waren Benno und Paczoska … Ja, die beiden hatten aus einem Schuppen im Hinterhaus von Nummer 6 zwei Fahrräder, na, ja – sie hatten sie gestohlen.

– Was hat das mit Ihnen tun?

– Na, ja, sagte Racholl, ich bin damals zufällig in den Zigarettenladen gekommen … ich mußte immer einkaufen für den Nachbarn … und da habe ich gehört, wie sie sich alle unterhalten haben über diese Sache und daß eigentlich für die Leute nur zwei in Verdacht waren, Benno und Paczoska, und daß die Polizei schon da war und die Leute jeden Moment mit einer Hausdurchsuchung bei Bennos und Paczoskas Eltern, also in der Wohnung, rechneten …

– Wo auch sonst? sagte der Genosse Leo ironisch. Aber erklären Sie uns, was dieser Diebstahl mit Ihnen zu tun hat.

– Ich bin doch gleich zu Benno auf den Hof gelaufen, sagte Racholl und korrigierte sich sofort: Nein, nicht auf den Hof, Benno war auf der Straße …

– Und Sie haben ihn von der drohenden Haussuchung informiert?

– Natürlich, sagte Racholl.

– Das ist doch gar nicht natürlich, sagte der Genosse Leo, und die Versammelten raunten empört. Das ist die Störung einer polizeilichen Maßnahme! Und weiter?

– Wir haben die Räder zerlegt und in einem Waschzuber über die Straße gebracht und in unserem Keller versteckt. Meine Mutter wußte natürlich nichts davon.

– Wieso in Ihrem Keller?

– Weil auf mich kein Verdacht fiel.

– Dann frage ich mich, was dieser Fall mit dem Grad Ihrer Intelligenz zu tun hat? Es war lediglich der Tatbestand der Hehlerei erfüllt.

– Vielleicht war es ein schlechtes Beispiel, sagte Racholl leise. Ich meine, ich war als gut erzogen bekannt, verstehen Sie, da fiel auf mich kein Verdacht …

– Überhaupt, sprach Racholl weiter, wenn mal irgendwo ein Ball reinfiel, beim Spielen oder so, dann bin *ich* immer zu den Leuten gegangen. Ich sehe noch die Gesichter! Ganz streng oder empört. Und ich habe ganz einfach gesagt: Guten Tag, Frau Soundso, ich bitte um Entschuldigung, aber uns ist der Ball versehentlich auf Ihren Balkon geflogen. Können Sie ihn uns bitte wiedergeben? … Verstehen

Sie, die Leute waren einfach entwaffnet, sie hatten etwas ganz anderes erwartet als Höflichkeit. Ich war auch als höflich bekannt …

– Auf den Zweck bezogen höflich, sagte der Genosse Leo.

– Ich habe es schaffen müssen, daß sie mich brauchten, sagte Racholl. Ich war jünger und schwächer.

– Sie haben kein Zutrauen zu sich gehabt, sagte der Genosse Leo.

– Ich war schwächer! sagte Racholl. Ich weiß das doch.

– Weiter! sagte der Genosse Leo und hob seinen Arm und senkte ihn.

Racholl sah sich auf einer Bank sitzen, irgendwo auf dem Nordmarkplatz, gegenüber einem gelben Backsteingebäude.

– Das war schon später, sagte er. In dem Gebäude saßen die Russen. Was meinen Sie, was man damals erzählte darüber. GPU, Folterkeller und so weiter … Und von dort nach Sibirien. Mein Vater hatte uns im Kriege eine Pistole dagelassen, damit meine Mutter uns erschießen kann, wenn die Russen kommen, erst meine Schwester und dann mich, und dann sich selbst …

– Eine Pistole?

– Eine schwarze Pistole Marke Sauer mit sieben Schuß, sagte Racholl.

– Und in der Wohnung?

– Im Kleiderschrank hinter der Wäsche.

Es war, als hielten die Versammelten den Atem an.

Racholl zuckte die Schultern:

– Das war damals so. Damals waren Waffen keine Seltenheit. Die lagen doch nach dem Zusammenbruch auf der Straße …

Der Genosse Leo wich einen Schritt zurück und rief, indem er jede Bewegung Racholls mit den Augen verfolgte:

– Wenn Sie eine Waffe bei sich führen, legen Sie sie unverzüglich auf den Tisch!

– Nicht doch, rief Racholl. Wir haben sie doch damals weggeworfen … Mein Großvater hatte sie in den Mülleimer geschmissen.

Ein hörbares Aufatmen ging durch die Versammelten. Der Genosse Leo trat erleichtert näher, hob die Hand und ließ sie sinken, und Racholl sah, daß der Junge, der neben ihm auf der Bank saß, in einem Heft blätterte.

– Was liest der denn da! fragte Richter aus dem Hintergrund.

– Er liest Stalin, sagte Racholl. Er heißt Manfred Scharbius und liest Stalin.

– Das ist doch der besagte Schulfreund, der …, rief die grobe Stimme Richters, doch der Genosse Leo fiel ihm ins Wort und fragte Racholl:

– Sie haben Stalin gelesen?

– Wir haben Stalin gelesen, sagte Racholl, und im nächsten Moment darüber gesprochen, wie wir die GPU in die Luft sprengen könnten. Da waren wir zwölf.

– Mit zwölf Stalin?

– Auch Engels, *Vom Anteil der Arbeit an der Menschwerdung des Affen,* und Marx, *Lohnarbeit und Kapital.* Wir sind damals immer zum Alex gefahren und haben uns in so einem Kiosk die Hefte gekauft. Ich weiß nicht, ob wir alles verstanden haben. Aber gelesen haben wir alles.

– Und wie wollten Sie das Gebäude in die Luft sprengen?

– Ich weiß nicht mehr, sagte Racholl. Ich weiß auch gar nicht, ob wir das so genau besprochen haben. Ich denke aber, ja. Ich erzähle es Ihnen deshalb, damit Sie sich ein Bild machen können, wie wahnsinnig das damals für uns war. Sehen Sie mal, ich bin hier aufgewachsen. Früher habe ich den Führer verehrt, ich meine, als Kind. Noch in der

Schule haben wir alles nachgespielt, was wir über die Kriegsverbrecherprozesse gelesen haben. Ich war immer Keitel. Racholl schwieg einen Moment.

– Aber gleichzeitig, sagte er dann, bin ich durch die Straßen gelaufen und war Russe! Ja, ich war in der Roten Armee und habe in der Danziger Straße gegen die Amerikaner gekämpft. Tatsächlich! Auch wenn mir das heute keiner glaubt.

– Wenn Sie es sagen, rief der Genosse Leo, aber Racholl hörte ihn nicht.

– Diese Stadt, sagte er. Das Leben hier! Wissen Sie denn, wie das damals war? Sie sind doch erst später aus der Sowjetunion gekommen und haben eine Bürgermeisterstelle in Sachsen gekriegt.

– Mein Leben steht hier nicht zur Debatte! sagte der Genosse Leo gereizt.

– Ich wollte Sie auch nicht kränken, sagte Racholl. Ich wollte nur auf die Situation in dieser Stadt zu sprechen kommen.

– Weiter! rief der Genosse Leo, und Racholl sagte: Bitte noch einen Moment!, aber der Genosse Leo schüttelte den Kopf und rief: Wir haben Zeitverzug!, und Racholl sah sich an einer Straßenecke stehen, an der ein verwittertes Holzschild auf den Anfang des französischen Sektors verwies, davor stand eine Menschengruppe, die einem Polizeiwagen hinterherschrie und hinterherpfiff, ein ohrenbetäubender Lärm um Racholl, der sich umringt sah von brüllenden, pfeifenden, johlenden Menschen, von denen einer ein Stück Asphalt, das aus einer zerbrochenen Bodenwelle stammte, in die Hand nahm, und nun griffen auch die anderen zu den Asphaltstücken und warfen sie hinter dem Polizeiwagen her und schrien und tobten.

– Die Bodenwellen waren auf unserer Seite, sagte Racholl und atmete schneller. Das war, damit die Autos nicht mehr rüberfahren konnten ... Man konnte nur noch über die Grenze laufen ... Aber dann haben sie den Asphalt zerbrochen.

– Interessant, sagte der Genosse Leo.

Racholl sah sich wieder inmitten der tobenden Menge, sah den Polizeiwagen mit hoher Geschwindigkeit um die Ecke fahren, konnte jetzt die Straßenschilder lesen, die in der einen Richtung die Aufschrift Bernauer Straße und in der anderen Schwedter Straße trugen, sah die Leute Asphaltstücke aufheben, sah sich selbst aber nur herumstehen, Hände in den Taschen und mit einem trotzigen Ausdruck im Gesicht.

– Sie haben nicht geworfen, fragte der Genosse Leo, und als Racholl den Kopf schüttelte, wandte er sich zu den Versammelten und sagte:

– Das soll registriert werden!

– Er stand aber dabei, rief Richters grobe Stimme. Er stand in einer Situation dabei, wo jeder wissen mußte, wohin er gehört!

– ... wo die richtige Seite ist! ergänzte eine andere Stimme.

– Die richtige Seite, sagte Racholl, wer wußte denn das damals schon?

– Hoho! riefen einige der Umstehenden.

– Es gab schon welche, sagte der Genosse Leo.

– Natürlich gab es welche, sagte Racholl. Ich meine nur, woher sollten Leute wie ich es wissen. Ich war damals Lehrling. Ich kann mich noch genau erinnern. Am siebzehnten Juni hatten wir Berufsschultag. Es regnete am Morgen. In der ersten Stunde hatten wir Gesellschaftswissenschaften. Das machte so ein junger Lehrer, vielleicht einundzwanzig, zweiundzwanzig. Ich habe auf einem Schulfest mal mit seiner Frau getanzt. Wir saßen in der Klasse und mußten den Unterricht bei geöffneten Türen machen. Der Lehrer sagte: Da wird ihre schöne Demonstration ja ins Wasser fallen! Da habe ich zum ersten Mal erfahren, daß etwas los war in der Stadt. Wirklich!

– Wirklich! wiederholte Richters grobe Stimme. Er sagt: Wirklich!

Alle sahen zu Richter hin, auch der Genosse Leo. Racholl sah den Ärger in seinen Augen und wunderte sich, daß der Genosse Leo Richter nicht zurechtwies.

Man sollte ihm den Mund verbieten, dachte Racholl, aber gleich darauf hörte er abermals Richters Stimme aus dem Hintergrund.

Das sei doch Theater, was dieser Racholl ihnen hier vorspiele! Man komme doch vom Thema ab. Man solle endlich persönliche Konsequenzen ziehen!

Einige zollten ihm lautstark Beifall.

– Meine Herren! rief der kleine Adler und hob beschwörend die Hände, es geht doch um die Wahrheit!

– Wahrheit! Wahrheit! echote Richters Stimme. Das ist Humanitätsduselei.

– Jawoll! rief einer hinter Racholl.

– Jawoll! riefen die anderen.

Noch immer schwieg der Genosse Leo.

Vorsicht! dachte Racholl und warf einen warnenden Blick in dessen Richtung.

Tatsächlich schien es ihm, als wäre dem Genossen Leo die Initiative für einen Moment aus der Hand geglitten.

– Fragen Sie ihn doch, rief Richter, was er getan hat an diesem Tag. Der Genosse Leo nickte Racholl zu.

– Wir sind nur rumgezogen, sagte Racholl schnell und dachte, wenn Richter jetzt den Fortgang der Verhandlung bestimmte, würde es für den Genossen Leo ein schlechtes Ende nehmen. Ja, sagte er weiter, wir sind nur rumgelaufen, und dann kamen ja auch die russischen Panzer, und am nächsten Tag war doch alles vorbei.

– Ja, rief Richter. Am nächsten Tag war der Spuk, Gott sei Dank, vorbei! Einige klatschten Beifall.

– Ich hab nur gemacht, was alle, jedenfalls die meisten, gemacht haben, sagte Racholl und dachte: Was weiß denn dieser Richter, das war doch noch ein grüner Junge damals, der hat doch beinah noch in die Windeln geschissen!

– Er hat doch immer nur das gemacht, was alle gemacht haben, rief Richter sarkastisch, jedenfalls die meisten!

Nein, nein, dachte Racholl, das stimmt doch nicht, da war doch noch etwas anderes!, und laut sagte er:

– Das muß einem doch zugute gehalten werden, diese Zeit damals, und daß man nicht genau wußte ... Richter begann laut zu lachen.

– Das muß man sich anhören! rief er. Das ist doch reiner Hohn!

Der Genosse Leo kaute auf seinen Lippen.

Warum sagt er nichts, dachte Racholl. Wenn er jetzt nicht einschreitet, ist er erledigt.

Verzweifelt versuchte er, den Genossen Leo durch unauffällige Gesten auf die gefährliche Situation aufmerksam zu machen, aber der kaute auf seinen Lippen und sah nicht zu ihm hin.

Keiner sah zu ihm hin. Alle starrten auf den Genossen Leo. Es schien, als habe die Verhandlung einen kritischen Punkt erreicht. Eine Wende schien in Sicht, die sich, überraschenderweise, gar nicht auf ihn, Racholl, bezog. Eben noch im Mittelpunkt allen Geschehens, war er plötzlich unwichtig geworden, reines Objekt eines Vorgangs, dessen Hauptakteure Leo und Richter waren. Akteure? Kontrahenten!

Noch ehe Racholl die Konsequenz dieser neuen Situation klarwerden konnte, räusperte sich der Genosse Leo und sagte, zu Richter gewandt, mit leiser Stimme:

– Was schlagen Sie vor, Genosse Richter?

Richter trat einen Schritt aus dem Kreis. Er meine, man sollte die Verhandlung an dieser Stelle abbrechen. Es gäbe genug bewiesene Tatsachen, die eine objektive Schlußfolgerung zuließen. Er meine, man sei schon entschieden zu weit gegangen, der Weg führe, wie man gesehen habe, eindeutig in Richtung eines bürgerlichen Rechtfertigungspsychologismus, den er, Richter, keineswegs billigen könne.

Richter hatte langsam gesprochen, als prüfte er jedes Wort, bevor er es aussprach, auf seine Gewichtigkeit hin. Dennoch schien es Racholl, als hätte Richter lange an dieser Formulierung gearbeitet und nur auf den Augenblick gewartet, in dem er sie aussprechen konnte.

Vielleicht bist du nur Mittel zum Zweck, dachte er, und im gleichen Maße, wie er Hoffnung schöpfte, er könnte völlig ungeschoren aus dieser Situation herauskommen, empörte sich etwas in ihm dagegen. Es war eine Empörung, die vielerlei Ursachen haben mochte. Vielleicht war es nur verletzte Eitelkeit, vielleicht ein langsam wachsendes Bedürfnis nach Klarheit über sich selbst, vielleicht auch ein keimendes Gefühl von Solidarität mit dem Genossen Leo, vielleicht auch ein leichtes Erschrecken bei der Vorstellung, Richter würde auf dem Stuhl des Genossen Leo sitzen – welche Gründe es auch immer waren, Racholl war sich jedenfalls sicher, daß man, wenn es überhaupt noch Zweck hatte, dem Genossen Leo helfen mußte … Sosehr er sich, was seinen Fall betraf, überfordert fühlte, so klar sah er die Lage, in der sich der Genosse Leo befand. Er wußte, jede Hilfe konnte, angesichts der schwerwiegenden Vorwürfe Richters, nur über eine Verfahrensfrage gereicht werden. Er nahm alle Kraft zusammen und spielte die Situation in seinem Kopf durch. Verschwommen nur hörte er Leos Stimme, die, wohl um Zeit zu gewinnen, die Frage stellte, ob Richter meine, ein Fortgang der Verhandlung im gegebenen Sinne würde sie nicht weiterbringen. Meine er das?

Nein, korrigierte Richter scharf. Er meine, man sei schon lange vom Wege abgewichen.

Er sprach das Wort *man* so betont, daß jeder wissen mußte, es war nur der Genosse Leo gemeint.

Richter kritisiere also seine Verhandlungsführung! konterte der Genosse Leo.

Racholl fand diese Wendung geschickt, wenn auch gefährlich.

Leo warf seine Person in die Waagschale, doch er konnte Richter nicht für derart unklug halten, daß er diese Herausforderung annahm. Tatsächlich schüttelte Richter sofort den Kopf und sagte, er habe seinen Einwand nicht persönlich gemeint, im Gegenteil, wie käme er dazu, einem Mann mit derart großen Verdiensten die Integrität absprechen zu wollen. Nein! Wenn er etwas kritisiere, dann sei es die Richtung, in die die Verhandlung gegangen sei, und nicht etwa den Verhandlungsführenden persönlich! Das möchte er festgestellt wissen.

Racholl sah Richter an. Er war groß und trug eine randlose Brille. Die trotz seiner Jugend leicht herabgezogenen Mundwinkel gaben seinem Gesicht einen unbeteiligten, überlegenen Ausdruck. So lässig, wie er sich im Umgang mit Racholl und den anderen Kollegen oftmals gab, so korrekt war seine Kleidung. Nie war ihm je ein Formfehler unterlaufen, weder auf offiziellen Empfängen noch bei den Dienstbesprechungen. Racholls Blick fixierte sich auf den spitzen Winkel, den Richters exakt gebundener Schlipsknoten zu dem weißen, scharf herabfallenden Kragen bildete, und da wußte er, wie Leo zu helfen war, wußte es so unvermittelt, daß er seinen Vorgesetzten, der blaß und gespannt vor ihm saß, anlächelte und dessen verwunderten Blick auffing. Racholl sah sich lächelnd um. Klar, daß er in seiner Lage die Hilfestellung nicht selbst geben konnte; sein Blick fiel auf den kleinen Adler; er zog ihn, von Leo verwundert beobachtet, am Ärmel zu sich heran und flüsterte ihm etwas ins Ohr. Adlers Miene hellte sich auf; er trat sofort einen Schritt aus dem Kreis und hob die Hand zum Zeichen, daß er sprechen wolle.

– Bitte, sagte der Genosse Leo und blickte auf Adler und Racholl. Racholl lächelte noch immer.

– Der Beschluß! sagte der kleine Adler in seinem vokalreichen Tonfall. Es gäbe einen Beschluß, den schließlich auch Richter mit herbeigeführt habe. Er könne sich jedenfalls nicht erinnern, daß Richter vor der Beschlußfassung eine gegenteilige Auffassung geäußert habe.

Der kleine Adler verschränkte die Arme über der Brust und sah Richter abwartend an. Das Gesicht des Genossen Leo hatte noch immer einen ernsten Ausdruck. Offenbar war er sich über den Ausgang des Adlerschen Einwandes nicht im klaren.

Richter, der während Adlers Rede einen halben Schritt zurückgetreten war, schüttelte nun den Kopf. Er sei noch immer nicht richtig verstanden worden, sagte er unbeirrt, es gehe ihm nicht um den Beschluß, sondern um dessen Ergebnis!

Einige der Umstehenden nickten Richter zustimmend, wenn auch reservierter als vor Minuten, zu.

Wartet ab, dachte Racholl und lächelte.

Der kleine Adler legte den Kopf auf die Seite und sagte, da habe Richter eine Kleinigkeit übersehen.

Richters Stirn zog sich zusammen.

Jetzt hatte Adler alle Aufmerksamkeit.

Da sei er gespannt, sagte Richter. Seine grobe Stimme klang belegt.

– Nun, sagte der kleine Adler, Sie behaupten, Sie kritisieren lediglich die Ergebnisse des Beschlusses, nicht den Beschluß selbst, übersehen dabei aber, daß es der Beschluß, an dem Sie selbst mitgewirkt haben, war, was dieses Ergebnis, das Sie nun kritisieren, hervorgebracht hat!

Richter schluckte irritiert.

– Ja, fuhr Adler mit erhobener Stimme fort. Das bedeutet doch nichts anderes, als daß Sie über einen Umweg den Beschluß selbst in Frage stellen.

Jetzt muß er aufgeben, dachte Racholl. Wenn er jetzt nicht aufgibt, hat er verloren!

Richter blickte sich hilfesuchend um, aber die um ihn standen, waren einen Schritt von ihm abgerückt und starrten mit neutralen, nichtsdestoweniger gespannten Gesichtern in die Gegend.

Richter atmete tief, stampfte mit dem Fuß auf und rief:

– Das ist doch ... so eine teuflische Dialektik ... das grenzt an Unverschämtheit!

– Ich bitte um Sachlichkeit! rief der Genosse Leo. Sein Gesicht war entspannt. Racholl lächelte vor Freude.

Adler stand mit verschränkten Armen.

– Dann war es eben ein Fehler! rief Richter zornig. Dann war der Beschluß eben ein Fehler ...

– Ich stelle fest, rief der kleine Adler mit erhobener Stimme, daß der Herr Genosse Richter auf eine Fehlerdiskussion hinauswill.

– Oho! riefen einige Stimmen empört.

– Und jetzt, fuhr Adler fort, sollte allen Anwesenden klargeworden sein, weshalb der Herr Genosse Richter, nachdem die Verhandlung so weit fortgeschritten ist, plötzlich und wie aus heiterem Himmel das Ergebnis eines Beschlusses in Frage stellt, den er selbst mit herbeigeführt hat! Ich glaube, wir haben es mit einem Fall äußerst grober Disziplinverletzung zu tun.

– Ausschluß! rief eine Stimme.

– Ja, Ausschluß!

Richter wischte sich, hochrot, den Schweiß von der Stirn.

– Es ist Ausschluß beantragt worden, sagte der Genosse Leo ruhig und überlegen. Ich bitte um Abstimmung.

Alle hoben die Hände.

Racholl lächelte. Der Genosse Leo vermied es, ihn anzusehen, aber Racholl glaubte Einverständnis in seinem Gesicht zu lesen.

Noch immer hochrot im Gesicht, verschwand Richter mit gesenktem Kopf aus Racholls Gesichtsfeld. Der Nachtpförtner führte ihn am Arm. Der kleine Adler zwinkerte Racholl zu und trat in den Kreis zurück.

– Wir haben Zeitverlust, rief der Genosse Leo. Fassen wir das bisherige Ergebnis zusammen.

Er hob die Hand, ließ sie niederfallen, und Racholl sah alles noch einmal vor sich ablaufen, nur schneller: Sohni Steckling's wütendes Gesicht, den prüfenden Blick des Uhrmachers, das gelbe Backsteingebäude am Nordmarkplatz und die Straßenecke am Anfang des französischen Sektors, Racholl inmitten einer tobenden Menschenmenge, Steine flogen, und Haß lag auf den Gesichtern.

– Halt! rief der Genosse Leo, und die Bilder erstarrten. Alles war wieder gegenwärtig, und Racholl atmete schwer und sagte:

– Ich hatte Sie gebeten, mir die Zeit zugute zu halten und daß man nichts genau wußte, damals …

– Was wir Ihnen zugute halten und was nicht, müssen Sie schon uns überlassen, sagte der Genosse Leo. Seine Stimme hatte nichts von der Festigkeit und Härte eingebüßt; es schien Racholl, als sei sie sogar um eine Spur schärfer; ja, sie mußte es sogar sein, sonst hätte Richter mit seinem Vorwurf nachträglich recht bekommen; das war Racholl vollkommen klar.

– Auch wenn es gewissen Leuten unverständlich erscheinen sollte, sagte der Genosse Leo, die genaue Rekonstruktion einiger Situationen aus Ihrem Leben dient einzig und allein dem Zweck, Ihre charakterliche Qualifikation zu umreißen ... Ich meine, wie Sie sich im Falle gewisser Zeitumstände verhalten haben ... Ich nehme nur Ihre – sagen wir: geschäftlichen Transaktionen.

– Charakterlich, fragte Racholl verwundert. Ich war Lehrling. Die anderen Kumpel hatten alle schon einen Beruf. Ich bekam damals 5 Mark Taschengeld in der Woche. Das ging schon fürs Rauchen drauf. Ich brauchte einfach Geld nebenher, sonst hätte ich nicht mithalten können, wenn wir tanzen gingen oder in die Kneipe. Mit Charakter hat das nichts zu tun.

– Glauben Sie! sagte der Genosse Leo und hob die Hand und rief:

– Weiter!

Und Racholl sah sich durch die Straßen gehen, den Blick auf das Pflaster gerichtet, auf der Stirn Falten, sah sich gehen und gehen, als suche er etwas, Schönhauser, Dimitroff, Bernauer, Alex und Kudamm, sah sich gehen und wartete vergeblich, daß etwas geschähe mit der Gestalt, die Racholl hieß und vielleicht zwanzig, einundzwanzig Jahre alt war, daß sie sich zum Beispiel bücken, einen Stein aufheben und ihn werfen würde, aber er sah sie nur durch die Straßen gehen, Hände in den Taschen, die Augen starr auf das Pflaster gerichtet.

Da war noch was! dachte Racholl. Da war doch noch was!

Johannes kam auf ihn zu. Er trug eine olivgrüne Jacke mit hochgeschlagenem Kragen und sah aus, als würde er frieren.

– Brüderliche Grüße, sagte Racholl, und sein Herz schlug heftig wie noch nie.

– Brüderliche Grüße, sagte Johannes und sah sich nach allen Seiten um.

Racholl dachte an ihr letztes Zusammentreffen. Es war an

der Haltestelle der Straßenbahnlinie 46 gewesen, gegenüber der Ruine des früheren Stettiner Bahnhofs, kurz vor Ostern. Ich habe die ganze Zeit auf dich gewartet, sagte Racholl, und sein Herz klopfte. Wie geht's dir denn so da drüben.

– Wie soll's gehen, sagte Johannes betont leicht und sah sich nach allen Seiten um. Man bleibt ja derselbe. Also weißt du Bescheid.

– Mist, sagte Racholl. Ich dachte, du würdest es besser treffen. Ich hab's gehofft für dich. Ich hab mir immer gesagt, das einzige, was es lohnen würde, daß du abgehauen bist – wenn's dir wirklich besser ginge.

– Die Kneipen sind schon besser, sagte Johannes mit einem Lächeln. Und wie geht's dir?

– So lala, sagte Racholl. Hauptsache, man ist gesund und die Frau hat Arbeit.

Er lachte gezwungen.

Johannes schwieg und sah sich um.

Mein Gott, dachte Racholl, was sollst du denn sagen. Sollst du sagen, ich hab dich gebraucht? Sollst du sagen, bleib hier, du bist der einzige, der mir helfen kann?

– Ich hoffe, sagte Racholl, du verstehst, daß ich nicht mehr geschrieben habe. Johannes winkte ab.

– Wir müßten mal reden, sagte Racholl, wie es dir so ergangen ist.

– Ich muß gleich weiter, sagte Johannes.

– Vielleicht verurteilst du mich, daß ich nicht mehr geschrieben habe, aber du weißt nicht, wie mir zumute war, als du plötzlich weg warst. Und einmal muß man sich entscheiden. Mit allen Konsequenzen!

– Ich muß weiter, sagte Johannes. Laß dir mal keine grauen Haare wachsen.

– Wenigstens habe ich dir helfen können, sagte Racholl. Und die restlichen Papiere hast du doch auch bekommen. Ich meine, dein Arbeitsbuch und das alles …

Das Geräusch der Sirene kam näher.

– Du, sagte Johannes, ich muß los.

– Sehn wir uns noch, rief Racholl, und ein Schmerz fuhr heftig und heiß durch seinen Körper.

– Wir müssen reden! rief er, aber Johannes war schon verschwunden. Alles in ihm war wieder da, wie wenn es keine Zeit gäbe, wie wenn zwölf Jahre gar nichts wären, alles: die Nähe, die Sicherheit, die Freude und der Schmerz.

– Johannes! rief er. Johannes!

– Er ist weg, sagte die Stimme des Genossen Leo. Sie brauchen nicht so zu schreien!

– Wissen Sie, wie das ist, wenn man seinen Freund verliert! rief Racholl heftig und erbittert.

– Mein Freund ist in Sachsenhausen erschossen worden, sagte der Genosse Leo hart.

– Ihr habt einem immer alles voraus, sagte Racholl bitter.

– Darin sind wir am Ende, sagte der Genosse Leo.

– Die Ballade, rief die Frauenstimme aus dem Hintergrund. Ich bitte um die Ballade.

– War das schon alles? dachte Racholl. Da war doch noch etwas, da muß doch noch etwas gewesen sein.

– Die Ballade ist gefordert, sagte der Genosse Leo. Ich fordere Sie auf, alles zu erzählen, was Sie über diese Ballade wissen.

– Da gibt es nicht viel zu erzählen, sagte Racholl müde. Ich habe einfach mal eine jidische Grammatik gefunden, in einem Antiquariat, ganz zufällig.

– Ich meine, was war Ihr Antrieb?

– Mein Antrieb … Na ja, es war die Zeit, damals … Das war so Ende der fünfziger Jahre. Sie wissen doch, die Antisemitismuswelle, drüben …

– Was hatte das mit Ihnen zu tun?

– Das kam von innen, sagte Racholl und dachte: Da war doch noch was, und laut sagte er: Da konnte man einfach nicht mehr ruhig in der Bahn sitzen, dagegen war man machtlos, da haßte man plötzlich alle anderen und sich selbst auch, weil man doch einer von denen war.

– Sie? sagte der Genosse Leo. Sie hatten doch keinen Grund. Sie waren doch damals viel zu jung.

– Fünfzig Millionen Tote, Genosse Leo, sagte Racholl. Lagen die nicht auch auf meinem Buckel?

Der Genosse Leo sah ihn aufmerksam an.

– Und das hat Sie dazu veranlaßt, die Ballade zu schreiben?

– Ich habe sie nicht geschrieben, sagte Racholl beschwichtigend. Ich habe sie nur übersetzt. Ich hatte doch die Grammatik mit dem Wörteranhang rein zufällig gefunden.

– Die Ballade! schrie jemand hinter ihm. Wir wollen jetzt die Ballade sehen!

– Ja, sagte der Genosse Leo. Zeigen Sie uns die Ballade.

– Jetzt? fragte Racholl.

– Auf der Stelle! rief der Genosse Leo.

– Woher soll ich sie nehmen, sagte Racholl. Ich weiß gar nicht mehr, ob ich sie noch habe.

– Er weiß nicht mehr, ob er sie noch hat, riefen die anderen.

– Das meinen Sie doch nicht im Ernst! rief der Genosse Leo.

– Das ist doch schon dreizehn Jahre her! rief Racholl verzweifelt.

– Ein so wichtiges Beweisstück, rief der Genosse Leo empört. Die anderen begannen zu toben. Racholl hielt sich die Ohren zu. Was soll denn das nur, dachte er. Wieso regen die sich so auf?

Der Genosse Leo schlug mit der Faust auf den Tisch.

– Ruhe! schrie er. Ich fordere die Anwesenden auf, unverzüglich Ruhe zu bewahren.

Und er wiederholte: Unverzüglich! und rief, als sich der Lärm etwas gelegt hatte, über Racholls Kopf hinweg:

– Ich stelle fest, daß der Genosse Racholl nicht in der Lage ist, diese Ballade vorzulegen!

Wieder begann ein ohrenbetäubendes Schreien und Rufen. Racholl spürte, wie sich der Arm des Wirtes fester um seinen Körper schloß, als hielte er ihn gefangen.

– Bitte, Herrschaften, rief die Stimme des kleinen Adler, der hier Silbermann hieß. Vielleicht kann er sich erinnern. Fragen wir ihn, ob er sich erinnern kann.

– Ja, fragen wir ihn, rief die Frauenstimme.

– Gut, rief der Genosse Leo. Fragen wir ihn.

– Den Titel weiß ich noch, sagte Racholl. Er hieß: Die Ballade vom ermordeten jüdischen Volk ...

– Weiter! rief der Genosse Leo.

– Weiter! schrien die anderen gellend.

Der Lärm schwoll wieder an und setzte sich in Racholls Kopf, und er versuchte sich zu erinnern, und tatsächlich kamen ihm die ersten Zeilen auf die Lippen, und er sagte: Sing, sing, nimm deine Harfe her und zwing ...

– Weiter! rief der Genosse Leo, reden Sie um Himmels willen weiter ...

– ... auf ihre dünnen Saiten deine Finger schwer, rief Racholl und hielt sich den Kopf. Wie Herzen schmerzgequält das Lied das letzte sing ...

– Weiter! rief der Genosse Leo drängend.

– Ich kann nicht! rief Racholl. Wer soll denn nachdenken bei diesem Lärm!

– Ruhe! rief der Genosse Leo, und als es ruhiger wurde und niemand mehr schrie und selbst der Lärm der Musik für einen Augenblick gedämpfter war, versuchte Racholl sich zu konzentrieren. Er schloß die Augen und entspannte seinen Körper und sprach die Sätze vor sich hin, leise und eindringlich, aber der Schmerz saß tief in seinem

Kopf, und er spürte Erschöpfung in allen Gliedern. Er schüttelte verzweifelt seinen Kopf und dachte: Da war doch noch was!, aber es war zwecklos, er konnte sich nicht erinnern und dachte: Vielleicht ist es besser, daß du dich nicht erinnern kannst, vielleicht ersparst du dir viel Ärger, und er seufzte laut und ergeben.

– Bitte, reden Sie doch weiter! rief der Genosse Leo mit beschwörender Stimme, aber Racholl schüttelte abermals den Kopf und sagte: Ich weiß es nicht mehr.

Vorsorglich legte er die Hände über die Ohren, aber wider Erwarten blieben die Schreie der Empörung aus. Ja, sogar die Musik war erstorben, es war ganz still im Raum, und Racholl spürte die Blicke aller Anwesenden auf sich gerichtet, und als er zur Seite sah, hob der kleine Adler ratlos die Schultern, als wollte er sagen, daß er mehr für ihn nicht tun konnte, und der Genosse Leo straffte sich und sah Racholl mit einem durchdringenden Blick an, und Racholl dachte: Jetzt spricht er das Urteil! und ließ sich fallen und fiel in den stützenden Arm des Wirtes und dachte: Wenn das alles nur bald ein Ende hätte.

10

Ja, er war erschöpft, unendlich erschöpft.

Er soll das Urteil sprechen und dich endlich schlafen lassen, dachte er ergeben. Du bist doch völlig kaputt.

Für einen Moment war es, als blickte er auf diese Szene, in der ein Mann hinter einem Tisch auf eine kreisförmig postierte Menschenansammlung starrte, in deren Mitte er, Racholl, in den Armen des Wirtes hing wie eine Holzpuppe im Fundus eines Marionettentheaters.

Racholl lachte bitter. Er dachte daran, daß nicht die geringste Chance für eine milde Beurteilung bestand, und er fühlte sich so schwach, daß er – so schmerzhaft ihn das Urteil auch treffen mochte – entschlossen war, es ohne Widerspruch hinzunehmen. Die Hauptsache war, es hatte alles bald ein Ende.

So einer bist du, dachte er erbittert. Du läßt dir eins in die Fresse hauen und wehrst dich nicht, aus Angst, du könntest noch mehr abbekommen!

So einer bist du, dachte er und sah sich im Tabakladen und hörte das schadenfrohe Lachen der Kunden: Die werden das Diebsgesindel schon auffliegen lassen!, sah sich über die Straße laufen und hörte sich zu Benno sagen: Ihr müßt das Zeug aus dem Haus schaffen! Benno war mißtrauisch und fragte ihn, warum er Angst haben sollte vor einer Haussuchung, aber Racholl sah die Unsicherheit in seinen Augen und spürte seine eigene Überlegenheit und sagte: Mir braucht ihr nischt vorzumachen! Benno sah ihn für einen Augenblick prüfend an und sagte dann: Biste ein Kumpel?, und Racholl sagte: Klar, Mensch! und tauschte guten Leumund gegen Schutz vor Sohni Steckling, und sie trugen die Teile der auseinandergebauten Räder in einer zugedeckten Badewanne über die Straße in Racholls Keller, dreimal mußten sie laufen, jeder sah sie, aber als die Hausdurchsuchung war und bei Benno und Paczoska nichts gefunden wurde, kam niemand zu Racholl, so sehr war er außer Verdacht, ein anständiger, gut erzogener Junge, Halbwaise dazu, seine Mutter hat es ja auch nicht leicht.

So einer bist du, dachte Racholl und sah sich an jenem regnerischen Vormittag auf dem Antonplatz in Weißensee, eine Straßenbahn kam herangefahren und hielt, Leute stiegen aus, und zwei Männer sprangen auf den Perron und zogen den Straßenbahnfahrer herunter, der sich heftig wehrte und: Hört auf, Leute! rief, er wolle die Bahn doch nur ins Depot fahren, das sei seine Pflicht, aber die anderen schrien: Generalstreik! und schlugen dem Fahrer ins Gesicht. Alle, auch Racholl, lachten und schrien: Runter! Holt den runter! Zeigt ihm, was Arbeiterfäuste sind!, und der Fahrer wischte sich das Blut aus dem Gesicht, winkte schimpfend ab und ging in die Kneipe, die gegenüber der Haltestelle lag.

Ganz klar sah Racholl die Handbewegung des Straßenbahnfahrers und sah ganz klar die Werkhalle, in der am nächsten Tag die Betriebsversammlung stattfand, Racholl in weißem Kittel an einer Drehbank, die nach Öl und Metall roch, und er hörte die beschwörende Stimme des Mannes, der den Vorsitz im Streikkomitee hatte, irgendein Dreher, an dessen Namen er sich nicht mehr erinnerte, und er hörte ihn rufen: Kollegen! Es ist Blut geflossen! Beendet den Streik! Es ist doch Blut geflossen!

Dann hoben sie die Hände und zählten die Stimmen; auch Racholl mußte seine Hand heben, und er sah, daß er sie zweimal hob, einmal *dafür* und einmal *dagegen*. Mein Gott, ist das lange her, so weit und doch so nahe, es läuft einem alles nach.

Verschwommen sah er das Bild seines Vaters, ein grauuniformierter Mann mit ernst blickenden Augen, und er dachte an das Gesicht seiner Mutter, als die Todesnachricht kam, diese Angst in ihrem Gesicht, die sich auf ihn übertrug, so daß er zu zittern begann und, von Weinkrämpfen geschüttelt, sich auf den Boden warf und seinen Kopf gegen den braunen, grobgewebten Teppich schlug, diese Angst, die seither immer da war, die ganz tief in ihm saß und die selbst dann nicht ganz verschwunden war, als Johannes in die Nummer 7 zog, Racholl und Johannes, Mensch, Junge, das war eine Zeit, aber auch da war sie nie ganz verschwunden, diese Angst, die in ihm gesessen hatte bis vor zehn, elf Jahren vielleicht, die Versammlung, das Mitgliedsbuch, das Händeschütteln, die ermunternden

Blicke – nun nicht mehr allein mit sich, endlich nicht mehr allein, endlich etwas Großes, Sicheres, das das Dunkle, Undurchschaubare in ihm und um ihn hell machte, in Bahnen brachte, wie wenn sich in einem steinigen Chaos plötzlich ein Weg auftut vor einem, und nun das hier und nun wieder zurück in die Unruhe, in den Zweifel, in die Angst, Racholl ein Hehler, ein Schwächling, Grenzübertreter, der Beihilfe geleistet hat, Beihilfe!

Racholl seufzte, und wiederholte das Wort in Gedanken, aber es verlor nichts von seinem bedrohlichen Klang.

Recht geschieht dir, sagte er in einem Anfall von Haß auf sich selbst, dir geschieht recht! Er dachte an den gestrigen Tag und an das Gefühl, das über ihn gekommen war, als ihm der Genosse Leo den Posten des Hauptreferenten übertragen hatte. Tränen liefen ihm plötzlich über die Wangen und tropften auf den muskulösen Arm des Wirtes, dessen verblassende Tätowierungen Racholl erst jetzt entdeckte, ein vielköpfiger Drache, der in Tränen verschwamm. Racholl spürte Mitleid mit sich und dachte: Warum bezieht man nicht alles ein? Man hat doch nicht alles mit einbezogen, die Zeit nicht, das Alter nicht, die Zustände! Was waren das für Zustände; das muß man sich doch einmal vorstellen, wie das damals war für ihn, einen Jungen – damals, als alles noch eine Stadt war, und dann gehst du auf einer Straße, auf der du schon immer gegangen bist, und auf einmal ist da eine Grenze, ohne daß sich auch im geringsten etwas verändert hätte: Du kommst aus dem Osten und gehst in den Westen, aber es ist immer noch die gleiche Straße, nur daß dort das eine, hier das andere Geld gilt, und hier ist dieses erlaubt, und dort ist jenes verboten oder umgekehrt, was weißt du, was geht dich das an, da ist eben ein Riß drin, gut, aber es läßt sich doch leben, leben doch alle, in der einen Tasche West, in der anderen Ost, aber: Für *Bürger* ist der Besitz verboten!, da geh mal über die Grenze und laß dir in die Taschen gucken, oder: Zeigen Sie mal Ihr Portemonnaie, Bürger!, und wehe, da war ein Fünfmarkstück drin von der anderen Währung, die Hand soll dir abfaulen, daß du so etwas überhaupt anfaßt, die Spaltermark, die Schieberwährung, Ost/West fünf zu eins. Der Betrag wird zugunsten der Staatskasse entschädigungslos eingezogen, Bürger!, aber dann siehst du, mitten im tiefsten Osten!, da gehst du über einen Hinterhof, da steht all das Zeugs, der Kaffee, die Amizigaretten, der Whisky und wer weiß noch was, und da siehst du nun ein Schild an der Wand: Hier wird nur Westgeld in Zahlung genommen!, mitten im tiefsten Osten, Mann, stell dir das vor, und dann sag dir: Diese Maßnahme hat ihre Ursache im verschärften Klassenkampf zwischen Kapitalismus und Sozialismus, ist also eine reine Defensivmaßnahme, um zu verhindern, daß der neue Staat ökonomisch ausblutet, sag dir das mal als Fünfzehn- oder Siebzehnjähriger, wenn du eine Tasche mit Schmuggelware gegen verbotene Währung von Niederschönhausen/Berkenbrücker Steig nach Charlottenburg/Kantstraße bringen darfst, aber ein Fünfmarkstück mit verbotener Währung darfst du nicht in deinem Portemonnaie haben, da merkst du doch, daß der Riß durch dich durch geht, durch dein Portemonnaie und durch deinen Kopf, da kann sich doch keiner mehr auskennen, und das muß einem doch zugute gehalten werden, wenn man sich nicht richtig auskennt!

Oder, sagte Racholl zu sich, wenn man in der U-Bahn sitzt, und da sagt einer, der dein bester Freund ist: Fünfzig Millionen, mein Lieber, haben wir auf dem Buckel und die perfektionierte Massenvernichtung von Menschen nach ausgebeuteter Arbeitskraft, eine historische Leistung! Was soll da nicht beim alten bleiben? sagt Johannes und sagt: Guck sie dir an, der Reihe nach, und stell sie dir in Uniformen vor, und mit Gewehren!, und du siehst in die stummen zeitungslesenden und gelangweilten Gesichter und stellst dir die Leute in Uniformen vor und siehst sie marschieren und schießen!, und Johannes sagt: Das sind die gleichen Leute, die gleichen normalen Gesichter!, da kannst du nicht mehr einfach so sitzen bleiben, kannst nicht mehr einfach alles hinnehmen, da packt dich die Unruhe, der Zweifel, und sie schütteln dich durch und durch, und dann kommst du dazu, daß du Balladen übersetzt, so kommst du dazu!

Verrückt, verrückt! sprach Racholl zu sich und spürte wieder etwas, das sich auflehnte gegen ihn, dieses fremde Gefühl, das gar nicht fremd war, nein, das kannte er doch: wie wenn du wund bist am ganzen Körper und dir jede Berührung weh tut, daß du schreien könntest, das war es!

Seine Augen tränten nicht mehr. Er spürte dieses Gefühl jetzt ganz deutlich in sich. Er sah sich an einem Tisch sitzen, auf dem ein Buch lag und eine Grammatik, und Racholl schlug das Buch auf und spürte Hoffnung und eine heiße Errregung, die seinen ganzen Körper erfaßte und in sein Hirn drang, er fieberte beinahe, als er das Buch aufschlug mit einer unbeschreiblichen Hoffnung auf etwas, das nicht genau bestimmbar war, das ihn aber wachsen ließ, groß machte und stark, so stark wie noch nie, und er schlug das Buch auf und wollte es erst nicht glauben, schlug jedes einzelne Blatt ungläubig nacheinander um, aber es war tatsächlich so, die Blätter waren leer, so leer wie er selbst in diesem Augenblick wurde, wie nach außen gekehrt, alles weg, nichts mehr drin, da ist nichts mehr zu holen, viel zu spät, mein Lieber, da ist nichts mehr drin!

Wieso zu spät? Wieso nichts mehr drin? Wo steht denn das, wer hat denn das gesagt! Das muß doch einer gesagt haben, daß es nie zu spät ist, daß man nie aufgeben soll, nie! Da ist doch noch was, da muß doch noch was sein! Also wer, also was! Denk nach! Nimm dich zusammen und denk nach, dachte Racholl und stöhnte vor Erschöpfung und sagte zu sich: Johannes, Johannes! Der ist weg, verständlich, du hast nicht mehr geschrieben, also verständlich, würde es aber akzeptieren, natürlich, auch wenn er nichts mehr gesagt hat dazu, würde es doch akzeptieren, als Freund, als bester Freund, auch wenn es zu Ende gegangen ist, auch wenn er jetzt weg ist, mußte ja weg, konnte nicht bleiben, war auch vielleicht nicht gut, wenn er geblieben wäre, für ihn nicht und auch für dich nicht: extremistisch tätig!, das sagt dir doch was, das kannst du nicht so einfach ignorieren, ist aber geblieben, was er war, eigentlich, war immer schon so, so zerrissen, so kaputt, so wund, wie der nur lebt?, wie der nur so leben kann?, so kann man doch gar nicht leben, nein, so kann man nicht, dachte Racholl und schüttelte den Kopf und dachte an Helgarth und daß er mit ihr nie gesprochen hatte darüber, du hast sie nie gefragt, ob es ihr Spaß macht, das ist aber wichtig für eine Frau, ja, dachte Racholl, mit Helgarth mußt du noch reden, mit ihr kann man doch eigentlich reden, und wenn man's nicht mehr kann, ist es auch noch nicht zu spät, dachte Racholl und sah den Genossen Leo und dachte: Mann mit kämpferischer Vergangenheit, wo findest du das noch, hat schon in Spanien gestanden, als du noch in die Windeln geschissen hast, der hat den richtigen Blick, der muß doch sehen, was auf der Habenseite steht, da sind doch wohl gute Ansätze dabei, die muß man doch entwickeln können, da hat man doch Hilfe nötig, die kann einem doch gegeben werden, das ist doch dein Vorbild gewesen, zehn Jahre lang hat der Mann dagestanden und war was für dich, und du warst was für ihn, du warst doch kein Nichts, nein, ein Nichts warst du nicht und bist du nicht, dachte Racholl, das wird er dir bestätigen können, und was soll das überhaupt, alles das hier, das ist doch ein Rummel, hier hast du doch nichts zu suchen, hier gehörst du doch gar nicht hin, hier gehört keiner hin, du nicht, Helgarth nicht, nicht der Genosse Leo!, das ist doch gar nicht wirklich, das ist doch alles nur in diesem Kopf, dachte Racholl, das weiß er doch!, wenn das überhaupt einer weiß, dann er, natürlich, dachte Racholl und rief:

– Das ist doch ein Traum, nicht wahr?

Und als niemand antwortete, reckte er den Kopf und sah dem Genossen Leo in die Augen und sagte, so laut er konnte:

– Bitte bestätigen Sie mir, daß ich träume!

Zuerst war da nur ein Schweigen, dann vernahm Racholl ein langes, vielstimmiges Seufzen. Jemand sagte: Der denkt tatsächlich, er träumt!, und eine andere Stimme antwortete: Das ist doch ein Täuschungsmanöver! Der ist doch ganz raffiniert!

Racholl war sich nicht sicher, ob tasächlich jemand gesprochen oder ob er das alles nur gedacht hatte, aber die Vorstellung, daß das Geschehen nicht wirklich sein könnte, befremdete ihn jetzt. Vieleicht wirst du verrückt, dachte er. Vielleicht ist es so, wenn man verrückt wird! Und er sah sich wieder im Arm des Wirtes hängen und spürte den Druck dieses muskulösen Armes über seiner Brust, und er fragte sich, wer er nun wäre: derjenige, der sich sah, oder derjenige, der sich spürte, und er dachte: Vielleicht bist du zwei Personen, vielleicht bist du ebenso Dieser, wie du Jener bist, aber wenn du Dieser *und* Jener bist, was hat dann Dieser zu erwarten und was Jener?

– Nichts, sagte die Stimme des Wirtes ganz dicht an seinem Ohr. Sie haben nichts mehr zu erwarten!

Aber Dieser ist ein anderer als Jener, dachte Racholl, ohne auf den Einwurf des Wirtes zu achten. Das Urteil über Diesen kann nicht mit dem Urteil über Jenen übereinstimmen, ja, es müßte direkt gegensätzlich sein.

– Dieser und Jener! sagte der Wirt ganz dicht an Racholls Ohr. Mann! Haben Sie eine Ahnung, worum es geht! Sie sind verloren!

Racholl antwortete nicht und dachte: Kann sein, daß es so ist, aber auch das hilft dir nicht weiter. Du mußt einfach wissen, wer Dieser ist und wer Jener, das mußt du zuallererst wissen, ja!

– Mann, o Mann! sagte der Wirt, wie kann man nur so schwer von Kapeh sein! Ich mein's gut mit Ihnen … Bei denen hier sind Sie erledigt, für die zählen Sie nicht mehr, sehen Sie das doch mal ein!

Was zählt und wer zählt, dachte Racholl und antwortete nicht. Dieser oder Jener, das ist das Wichtigste!

– Sie haben noch eine Chance, Mann! sagte der Wirt. Sie haben Glück im Unglück!

Hat Dieser nun Glück und Jener Unglück, dachte Racholl, oder Jener Glück und Dieser Unglück?

– Bei Ihren Fähigkeiten, Mann! sagte der Wirt. Sie kommen doch überall unter! Die warten doch bei uns geradezu auf solche wie Sie, Mann!

– Hören Sie auf! rief Racholl und hielt sich die Ohren zu.

– Vergessen Sie den ganzen Kram, Mann! sagte der Wirt mit gepreßter Stimme. Sie können bei uns jeden Chef machen … Sie haben doch Glück, Sie sind doch hier! … Sehen Sie sich doch die anderen an, die es versucht haben – völlig durchlöchert, die Jungs, die reinsten Siebe … Und Sie? Sie haben doch alles beisammen … Mensch, das ist doch Ihre Chance!

– Wen wollen Sie denn, schrie Racholl mit Hohn in der Stimme, wollen Sie Diesen oder Jenen?

– So, wie Sie sind, sagte der Wirt, so sind Sie zu gebrauchen, Mann. Genau so!

– Sie scheinen nicht zu verstehen! Sie haben zwei Personen vor sich, sagte Racholl, nahm die Hände von den Ohren und drehte sich um, aber er sah weder den Wirt, noch spürte er diesen Druck auf der Brust.

Er stand ganz allein in der Mitte des Raumes, der Stuhl, auf dem der Genosse Leo gesessen hatte, war leer. An den Tischen saßen Menschen und tranken oder redeten, und Racholl setzte vorsichtig ein Bein vor das andere. Tatsächlich, er konnte wieder laufen.

II

Eine kindliche Freude erfaßte Racholl. Er begann die paar Quadratmeter freien Raumes abzuschreiten, drehte sich, wenn er an einen der Stühle stieß, schwungvoll auf dem Absatz um, lief bis zu dem Podest, auf dem der Genosse Leo gesessen hatte, zählte die Schritte, es waren sechs, drehte sich wieder, lief bis zur Mitte, hüpfte erst auf einem, dann auf dem anderen Bein im Kreis herum, sprang in die Höhe, indem er die Arme auf alberne Weise bewegte, als wären sie Flügel, wollte sogar, in Erinnerung an die Turnstunden seiner Schulzeit, einen Salto vorwärts riskieren, maß schon mit den Augen den kurzen Anlauf, der ihm verblieb, als ihm der Gedanke kam, er könnte etwas Entscheidendes versäumt haben.

Natürlich, die Beurteilung! Du hast die Beurteilung verpaßt! Das leichte Gefühl der Freude wich einer kalten Betroffenheit, und er dachte: Nichts ist vorbei, du hast es einfach nur verpaßt, das Entscheidende steht dir noch bevor.

Racholl sah sich wieder so klar, wie er sich sehen konnte. In seinem Kopf war ein lange nicht gekannter Drang nach Konsequenz.

Letzte Klarheit! sagte er zu sich. Du mußt letzte Klarheit bekommen!

Er reckte den Hals und spähte von Tisch zu Tisch, bis er den Genossen Leo im Hintergrund des Raumes entdeckte. Racholl griff nach der nächststehenden Stuhllehne und schob sich durch die eng gestellten Tische und Stühle. Jemand neben ihm sagte:

– Er ist doch ein problematischer Charakter!

– Das wäre nicht so gefährlich, wenn wir es nicht mit einer Massenerscheinung zu tun hätten, antwortete ein spitzbärtiger Mann mit bedenklichem Gesichtsausdruck.

Letzte Klarheit! dachte Racholl, beugte sich über den Tisch und fragte die beiden Männer:

– Haben Sie die Beurteilung gehört? Ich glaube, ich habe sie verpaßt. Der bärtige Mann sah ihn herausfordernd an.

– Wer wird denn weinen, wenn man auseinandergeht, sagte er statt einer Antwort.

Sein Nachbar lachte hämisch.

Racholl wurde rot. Für einen Moment dachte er daran, den Bärtigen zurechtzuweisen, aber als er sah, daß er die Aufmerksamkeit der Umsitzenden auf sich gezogen hatte, die mit gespannten Gesichtern auf seine Reaktion warteten, verzichtete er auf eine Entgegnung.

– Ich dachte, es gibt 'ne Keilerei, sagte eine Stimme mit enttäuschtem Unterton.

Racholl drehte sich schroff um und dachte: Du wirst diese Menschen mit Verachtung strafen!

Andererseits, dachte er, als er den Tisch des Spitzbärtigen in großem Bogen umging, andererseits verdienst du es nicht besser.

Wieder empfand er diese Mischung aus Haß und Mitleid und hatte Mühe, die Tränen zurückzuhalten.

Er kämpfte sich durch die eng gestellten Tische, an denen sich niemand mehr um ihn kümmerte.

Der Genosse Leo hob, als Racholl endlich neben ihm stand, einladend die Hand, wie wenn er mit seinem Erscheinen gerechnet hätte.

– Bitte, setzen Sie sich doch, sagte er distanziert, aber nicht unfreundlich.

Racholl ließ sich auf der vorderen Kante eines freien Stuhles nieder. Jetzt, wo er dem Genossen Leo gegenüber saß, fühlte er sich wieder voller Hemmungen.

– Es war eine lange und anstrengende Nacht, sagte der Genosse Leo. Er schien erschöpft und mit den Gedanken abwesend. In Racholls Mundhöhle lief der Speichel zusammen, und er mußte mehrmals kräftig schlucken, ehe er wieder sprechen konnte.

– Ich möchte Ihre Zeit nicht über Gebühr in Anspruch nehmen, sagte er zögernd. Ich habe nur eine Bitte. Kann ich die Beurteilung schriftlich bekommen?

– Wie meinen Sie das? fragte der Genosse Leo erstaunt und abwesend.

– Ich meine, sagte Racholl, es wäre nützlich für mich. Ich wüßte, woran ich mich halten könnte. Der Genosse Leo hob müde die Schultern.

– Tut mir leid. Aber was immer Sie wollen, Sie wissen so gut wie ich, daß wir angewiesen sind, nichts Schriftliches herauszugeben. Sie kennen doch unsere Dienstordnung.

Racholl senkte den Blick.

– Und ich verstehe auch nicht, fuhr der Genosse Leo fort, wozu Sie etwas Schriftliches brauchen.

– Ich brauche Klarheit, sagte Racholl leise. Ich will es nicht auf sich beruhen lassen. Ich will letzte Klarheit. Mit allen Konsequenzen!

– Der Vorsatz ist lobenswert, sagte der Genosse Leo.

– Verstehen Sie, sagte Racholl. Ich sehe ja ein, daß ich bedeutende Fakten aus meinem Leben und somit notwendige Informationen für die Beurteilung meiner Qualifikation als Leitungskader verschwiegen habe.

Racholl mußte schlucken, bevor er weiterreden konnte.

– Ich bin mir auch darüber im klaren, sagte er dann, daß ich für eine derart bedeutende Stellung nach dem Ergebnis der Untersuchung nicht mehr in Frage komme. Aber gestatten Sie mir bitte einige Fragen, die mir für mein weiteres Leben wichtig erscheinen. Darf ich offen reden?

– Mein lieber Racholl, sagte der Genosse Leo müde, aber leutselig. Fragen Sie, was Sie zu fragen haben, wenn es auch spät ist und ich nicht weiß, was diese Fragen sollen.

– Es ist so, sagte Racholl und suchte nach einer präzisen Formulierung. Ich sehe mich nach dieser Untersuchung als zwei völlig verschiedene Personen, die ich beim besten Willen nicht in Übereinstimmung bringen kann, verstehen Sie?

Der Genosse Leo trommelte, leichte Ungeduld ausdrückend, mit den Fingern auf die Tischplatte.

– Wenn es so wäre, daß ich Dieser bin und Jener war, sagte Racholl, dann wäre alles einfacher. Aber das Komplizierte ist, daß ich glaube, ich bin Dieser *und* Jener, verstehen Sie?

Der Genosse Leo sah ihn an.

Racholl schluckte und suchte nach Worten.

– Ich frage mich auch, fuhr er dann fort, ob ich Jener werden mußte, um Dieser zu sein, oder ob ich Dieser geworden bin, weil ich Jener war.

Der Genosse Leo schwieg.

– Wenn Sie wüßten, was ich getan habe, um das alles zu vergessen, sagte Racholl, fuhr sich mit der Hand über die Augen und sagte:

– Es ist nie vorbei, nein, es ist nie vorbei!

Er starrte nachdenklich auf die Tischplatte.

Was ich mich immer frage: Was hätte ich tun sollen? Offen sein? Wäre das eine Lösung gewesen? … Was hätten Sie getan, hätten Sie alles … Ich meine, mein ganzes Vorleben – hätte ich es Ihnen damals erzählt …

Der Genosse Leo sah ihn an und lächelte müde.

– Mein lieber Racholl, sagte er. Das haben wir doch alles gewußt.

– Nein! rief Racholl. Das kann nicht sein!

– Doch, sagte der Genosse Leo.

– Alles? rief Racholl.

– Alles! sagte der Genosse Leo.

Das ist doch nicht möglich! dachte Racholl. Dann bist du in eine Falle gelaufen ... die Stellung ... die Aufnahme ... der Posten ... sie haben erwartet, daß du ablehnst ... natürlich ... es war eine Falle!

Er schlug sich mit der Faust gegen die Stirn.

– Racholl! rief der Genosse Leo erschrocken. Nehmen Sie sich zusammen! Racholl ließ die Hände sinken und biß sich auf die Lippen.

– Ich bitte Sie, wiederholte der Genosse Leo kopfschüttelnd. Bei Ihnen scheint ein Mißverständnis vorzuliegen.

Eine Falle, dachte Racholl. Und du Idiot läufst blindlings hinein ...

– Es will Ihnen doch niemand den Posten als Hauptreferent streitig machen, sagte der Genosse Leo und legte ihm beruhigend die Hand auf die Schultern.

Racholl brauchte einige Zeit, bis er den Sinn dieses Satzes verstand.

– Wie denn? sagte er und sah dem Genossen Leo in die Augen. Ich soll den Posten antreten?

– Aber natürlich, sagte der Genosse Leo sanft. Ich habe Sie doch selbst vorgeschlagen. Jetzt war Racholl ganz wach.

– Moment bitte! sagte er. Lassen Sie mich nachdenken! Der Genosse Leo nickte mit dem Kopf.

– Und das andere, sagte Racholl dann.

– Welches andere?

– Ich habe mich nicht gewehrt! sagte Racholl.

– Sie waren kleiner, sagte der Genosse Leo. Außerdem halte ich Schlägereien für einen Ausdruck geistiger Schwäche.

– Die Hehlerei! sagte Racholl.

– Das gleiche Problem.

– Der Handel ...

– Objektiv haben Sie genützt.

– Und die ..., Racholl zögerte, die Beihilfe ...?

– Lieber Mann, sagte Genosse Leo. Glauben Sie, ich erwarte von Ihnen, daß Sie Ihren besten Freund denunzieren?

– Aber als Mitglied, sagte Racholl. Der Genosse Leo seufzte.

– Wir müssen das Land mit den Leuten aufbauen, die wir haben. Und berücksichtigen Sie die komplizierte Zeit. Vorsicht, dachte Racholl und spannte all seine Sinne.

– Dann hätte ich nur noch eine Frage, sagte er laut. Was bedeutet diese Sache mit der Ballade? Diesmal zögerte der Genosse Leo mit der Antwort.

– Das war ein Problem, sagte er dann. Wir haben uns lange gefragt, wie wir das bewerten sollen.

Racholl spürte die Nähe eines Menschen, wendete den Kopf und traf den Blick des Mannes, den er als Adler kannte und der hier Silbermann hieß.

– Wer etwas aufgibt, das ihm ganz allein gehört, sagte der kleine Mann in seinem merkwürdigen Tonfall, sündigt der nicht gegen sich selbst?

– Ach, so meinen Sie das, sagte Racholl verwirrt.

– Was dachten Sie? fragte der kleine Mann.

– Ich dachte, sagte Racholl, beendete den Satz aber nicht und versank in Gedanken. Wieder hörte er die Stimmen wie von weit her.

– Das macht das Leben selbst, sagte der Genosse Leo und lächelte müde. Ich kann mich erinnern, ich habe die Schule gehaßt wie die Pest, die Lehrer waren für mich Feinde, das Schulgebäude ein Zuchthaus, noch heute kann ich kein Geschichtsbuch anfassen, ohne daß mich ein Ekel schüttelt ... Das Merkwürdige ist, ich habe zeit meines Lebens gern gelernt. Sie werden es nicht glauben: Das einzige, was mich davon abhielt, waren die Zensuren!

Der Genosse Leo stützte den Kopf in die linke Hand und zog mit dem Zeigefinger der rechten die Fugen der Tischplatte nach.

– Ich hatte mir vorgenommen, sagte er, wenn ich je einmal zu Einfluß kommen sollte, würde ich die Zensuren abschaffen.

– Ich verstehe, sagte der kleine Adler.

– In der Emigration habe ich nächtelang an einem System gesessen, das Zensuren unnötig macht. Das Prinzip beruhte auf der Beurteilung der ganzen Persönlichkeit. Ich glaube, es war einigermaßen praktikabel ... Und jetzt?

Der kleine Adler nickte.

– Die Illusionen! sagte er. Man glaubt, wenn man etwas ausgedacht hat, reicht es schon hin ... Aber es dauert und dauert.

– Vielleicht lag es daran, sagte der Genosse Leo, daß ich nie Erziehungsminister geworden bin. Sein Gesicht war grau und verfallen.

– Ach, sagte er dann und straffte seinen Oberkörper. Für Sentimentalitäten haben wir keine Zeit! – Und Ihnen, sagte er, zu Racholl gewandt, kann ich nur eines sagen: Auf die Dauer kann niemand seinem Aufstieg entweichen. Selbst wenn ich es wollte, glauben Sie, ich hätte die Macht, meinen Vorschlag rückgängig zu machen? Bei der Kadersituation? Ich bitte Sie!

Er legte wieder seine Hand auf Racholls Schulter.

Jemand hüstelte und sagte:

– Meine Herren, es ist angerichtet!

Racholl erkannte den Wirt, der in einem frackartigen Kleidungsstück steckte. Über dem linken, angewinkelten Arm hing eine Serviette.

Racholl sah ihm scharf in die Augen, aber der Wirt hielt seinem Blick stand.

– Na, bitte! rief der Genosse Leo. Jetzt kommen wir zum gemütlichen Teil.

Mit sanfter Gewalt zog er Racholl in die Höhe und führte ihn an die gardinenbehangene Fensterfront des Raumes, an der ein kaltes Büfett aufgebaut war, wie Racholl es von den Jahrestagsfeiern der Leitungskader her in Erinnerung hatte.

– Jetzt stoßen wir an, sagte der Genosse Leo und reichte Racholl ein Glas.

– Auf den Genossen Hauptreferenten Racholl! rief er.

Wieder stand Racholl inmitten der Menge. Hände streckten sich ihm entgegen, griffen nach seiner Rechten, seiner Linken, schüttelten sie, und Racholl erkannte jetzt alle Gesichter, es waren die Mitarbeiter der Abteilungen zwei, zwei a und drei, und sie schüttelten seine Hände und riefen:

– Hoch! Hoch der Genosse Racholl!, und er fühlte sich gepackt und in die Höhe gehoben, die Decke schwankte über ihm, er fürchtete, er werde stürzen, aber die Kollegen hielten ihn mit fester Hand.

– Eins! Zwei! Drei! riefen sie im Chor, und die Stimme des Wirtes, der die Rufe noch übertönte, schrie:

– Eine Rede! Er soll eine Rede halten!

– Eine Rede! riefen die anderen, und der Genosse Leo hob zum Zeichen des Schweigens die Hand und sagte:

– Sieben Jahre hat der Genosse Racholl für mich die Reden geschrieben, und ich kann nur bestätigen, es waren gute und zündende Reden, von denen zwei sogar die Aufmerksamkeit des Ministers gefunden haben …

– Hoch! riefen die Kollegen im Chor.

– Und ich glaube, rief der Genosse Leo, nun ist der Zeitpunkt gekommen, an dem der Genosse Racholl ein Rede für sich selbst halten soll!

– Vier! Fünf! Sechs! riefen die Kollegen im Chor.

Racholl schwankte über den Köpfen der Versammlung, versuchte verzweifelt, in seinem Kopf eine kurze Ansprache zu konzipieren, entschied sich, erst einmal mit der Begrüßung anzufangen, wollte rufen: Verehrter Genosse Leo! Werte Anwesende! Liebe Genossen, liebe Kollegen, liebe Freunde!, aber als er die Worte zu formen begann, spürte er, wie sie sich auf seinen Lippen veränderten, etwas bohrte in ihm und stach und tat ihm weh, ganz tief drinnen stach es und schmerzte, und er hörte sich sagen:

– Heb auf zum Himmel hoch und blind den Blick, als gab es einen Gott dort in den Himmeln!

– Sieben! Acht! schrie der Chor der Stimmen.

– Wo sind die Toten! schrie Racholl. Ich suche meine Toten, Gott, in jedem Mist, in jedem Häufchen Asche: Sag mir, wo sie sind!

– Neun! Zehn! Klasse! riefen die anderen jubelnd und warfen ihn in die Höhe, und mitten im Fall schrie Racholl:

– Wie Perlen gleich auf einer Schnur die Kinderseelen gliwern …

– Bravo! riefen die anderen und fingen ihn auf, und Racholl suchte die Gestalt des kleinen Adler und schrie ihm zu:

– Was heißt gliwern!

– Na, so wie Gelee, rief der kleine Adler, mühsam nach Worten suchend.

Wieder begann der Stimmenchor mit dem Gebrüll der Zahlen.

– Ruhe! schrie Racholl. Wer soll denn bei dem Lärm etwas verstehen!

– Oder wie Pudding! schrie der kleine Adler. Pudding gliwert …

– Das paßt nicht! Es muß noch was anderes sein! schrie Racholl zurück, aber der kleine Adler hob bedauernd die

Schultern, und die anderen warfen Racholl in die Höhe, und Racholl schrie:

– Ich will das nicht! Laßt mich runter!, und der Wirt rief:

– Damen und Herren, es ist angerichtet!, und Racholl landete sanft auf der Erde, taumelte noch ein wenig und stand dann sicher.

Der Wirt drückte ihm etwas Metallisches in die Hand schob ihn zum Tisch mit dem kalten Büfett, auf dessen Mitte ein rosarotes, üppig garniertes Ferkel hockte, nahm Racholls Arm, hob ihn in die Höhe, drückte ihn gegen das von Fett triefende Tier und sagte:

– Sie müssen es anschneiden.

Erst jetzt sah Racholl, daß er ein Messer in der Hand hielt. Erschrocken rief er: Nein! Ich will das nicht!, stemmte sich mit aller Kraft gegen den Wirt, der lachend ausrief:

– Sie müssen, mein Lieber! Ohne Sie können wir nicht anfangen!

Racholl spürte, wie der Wirt seinen Arm tiefer drückte. Er sah die funkelnde Spitze des Messers Zentimeter für Zentimeter gegen die dümmlich grinsende Schnauze des Tieres sich senken. Ekel schüttelte ihn, und er rief laut:

– Aber doch nicht mit Gewalt! Ich bitte mir Sorgfalt aus!

– Ja! riefen die anderen: Sorgfalt!, und der Wirt gab Racholls Arm zögernd frei.

Racholl legte das Messer griffbereit auf den Tisch, zog die Jacke aus und krempelte langsam die Hemdsärmel auf. Dann nahm er das Messer in die Rechte, streckte die Arme weit von sich und verbeugte sich vor den Umstehenden.

– Einen Tusch! Bitte, einen Tusch! rief der Wirt.

– Jawohl! schrien die anderen und starrten wie gebannt auf die Tafel.

Racholl suchte den Blick des Genossen Leo, der im Hintergrund stand und ihn ernst und aufmerksam beobachtete.

– Was immer Sie denken mögen, sagte Racholl ohne Stimme, ich weiß, was ich tue! Dann hob er das Messer, rief laut und entschlossen: Platz da! und lief los.

Lief, das Messer gestreckt, in die Menschenmauer hinein, die sich kreischend vor ihm auftat, lief durch die Gasse von Leibern, lief durch die Tür, die plötzlich dort war, wo er sie immer vermutet hatte, lief durch den Schankraum hinaus auf die Straße, hörte das Trampeln von Füßen hinter sich, hörte das Gebrüll der Stimmen, die Halt! riefen: Wir können nicht weiter!, Ohne dich können wir nicht weiter!, und Racholl rannte die Straße entlang, dachte: Weg! Weg! dachte: *Gliwern!* dachte: *Dieser* oder *Jener!*, hörte die trampelnden Schritte dicht hinter sich, spürte Hände ganz nahe an seinem Nacken und rannte, wie er noch nie in seinem Leben gerannt war, schweißtriefend und mit reißenden Lungen die Straße hinab, schrie: Aufhören! Aufhören!, aber das Trampeln der Schritte, die brüllenden Rufe wurden nicht schwächer, und er dachte nur einen Gedanken: Weg hier! Rüber!, sprang über Erdwälle, zwängte sich durch die schmalen Lücken parkender Autos, lief dann in der Mitte einer engen, von fensterlosen Häusern umgebenen Straße, wußte plötzlich, daß hier die Grenze verlief, dachte noch: Womöglich haben sie die Straße vergessen!, schöpfte Hoffnung bei dem Gedanken, daß er nur einen Sprung nach links zu machen brauchte, dann wäre er im anderen Teil der Stadt, und tatsächlich!, als er nach links sprang, genau im gleichen Moment, erstarben die Schritte, die brüllenden Rufe, und er wußte, jetzt war er drüben, oder war hier, je nach dem Standpunkt, und trotz seiner schmerzenden Lungen mußte er lachen und brach dann zusammen, atemlos und zu Tode erschöpft.

Irgendwann kam er zu Bewußtsein. Er stand am U-Bahnhof Pankow/Vinetastraße. Automatisch bewegte er die Beine, stieg die Bahnhofstreppe hinab und saß Punkt sieben Uhr dreißig im Zug, Richtung Thälmannplatz. Alles war wie sonst: Männer mit Aktentaschen und gepflegten Schuhen, Frauen mit plappernden Kindern auf dem Arm. Ihm gegenüber begrüßten sich zwei Männer mit Kopfnicken und flüchtigem Händedruck und versanken dann hinter ihren großformatigen Zeitungen. Racholl beugte sich vor und las, daß ein großes Stahlwerk den Planvorlauf um 20000 Tonnen vergrößern wolle.

Er war jetzt ganz wach, registrierte jede Station und sprach deren Namen vor sich hin. Je näher er seinem Ziel kam, desto aufmerksamer wurde er. Bahnhof Stadtmitte schlug sein Herz heftig, und als der Zug anfuhr, konnte er nicht mehr an sich halten. Er tippte seinem Gegenüber auf die Knie und fragte:

– Wissen Sie, wohin es geht?

Der Mann ließ die Zeitung sinken.

Racholl war nicht erstaunt, sich selbst zu sehen.

Neun

Da ist einer, der will fliegen. Er ist gerade neun geworden, an diesem Tag neun Jahre, und jetzt will er endlich fliegen. Er weiß noch genau, daß sein Vater sagte: Wenn du Geburtstag hast, machen wir einen RUNDFLUG. Er weiß es noch genau, auch wenn es schon lange her ist, unendlich lange, wie ihm scheint, lange vor der TRENNUNG, und was seither war, kommt ihm vor wie das Doppelte seines Lebens. Aber er weiß es noch ganz genau. Er weiß es morgens, wenn er in seinem Bett liegt und auf die Geräusche wartet, die andeuten, daß Mutters BESUCH gegangen ist. Er weiß es in der Schule, wenn er aus dem Fenster sieht und die Stimme des Lehrers verschwimmt und wie von ganz weit her kommt. Und er weiß es jetzt. Und er weiß auch, so eine Gelegenheit kommt nicht wieder: Die Schule fällt aus, Frau Weise ist krank, sagte der Direktor und: Ihr habt heut frei. Er müßte in den Hort gehen, er ist kein HAUSKIND, aber er *muß* ja nicht in den Hort gehen, und heute ist er neun geworden und will fliegen. Du bist oben am Himmel und schwebst, und alles ist ganz klein. Also weg, also raus. Da steht er im Flur der Schule, die Treppe rechts geht zu den Klassenräumen, die Treppe links zum Hort, es hat schon geklingelt, alle sind weg, und er steht allein. Also raus und weg. Aber er ist wie angewurzelt. Da ist das Tor, aber er kann nicht gehen. Hauskind oder Hortkind, fragt eine Stimme. Der steht vor ihm, der Mann, genau zwischen ihm und dem Tor, Herr Nüssing. Der läßt ihn nicht raus, und er will fliegen. Er macht die Augen zu und holt tief Luft. Gebt den Weg frei! sagt er und tritt einen Schritt zurück. Aber der Mann lacht und sagt: Nehmt ihn Euch doch! Und da schießt er, schießt zweimal, und der Mann reißt die Hände hoch und erstarrt und fällt vornüber. Hauskind oder Hortkind, fragt der Mann noch einmal, drängender nun, ungeduldiger, und er sagt: Hauskind, und ihm wird heiß, wie immer, wenn er lügen muß, und der Mann sagt: Na, dann ab zu Muttern! Also raus und weg. Nischt wie weg. Jetzt ist es zehn, und um vier kommt die Mutter, die nichts merken darf, nichts vom Schwänzen, nichts vom Fliegen, nichts vom Vater. Bis vier sind sechs Stunden. Da ist er wieder zurück. Das schafft er schon. Das merkt schon keiner. Und um vier steht er vor dem Hort, die Mappe um, und wartet, daß die Mutter ihn abholt. Aber zuerst muß er die Mappe loswerden, und dann braucht er Geld. Das ist in der Wohnung. Fünf Mark, die er mal beiseite gebracht hat, und die Sparbüchse. Er hat SCHLÜSSELENTZUG wegen Kater und wegen des Feuers, das sie einmal gelegt hatten. Die Augen der Mutter, der Vorwurf: Du hast mich so enttäuscht. Du hast mein Vertrauen mißbraucht. Und: Dieser Kater kommt mir nicht mehr in die Wohnung. Kater ist sein Freund. Noch von früher, noch aus der alten Wohnung. Aber Kater kann nun doch kommen. Samstag kann er kommen, zum Kindergeburtstag. Wir feiern Samstag, da habt ihr mehr Zeit für euch. Kater darf also wieder kommen, das hat ihm die Mutter heute früh gesagt. Er hat gefragt, wer denn alles kommen darf, und die Mutter hat gefragt, wen er denn einladen möchte, und er hat ganz vorsichtig auf Kater angespielt, und ganz überraschend hat die Mutter geantwortet: Na, gut, Kater kann kommen! Und Mutters Besuch soll kommen: Sieh mal, was Onkel Jochen für dich abgegeben hat, Onkel Jochen mußt du auch einladen. Und Papa, hat er gefragt, und er hat ihre Augen gesehen und hat gewußt, der Vater darf nicht kommen. Seit der Trennung darf Vater nicht kommen. Aber Vater hat vor einer Ewigkeit gesagt: Zu deinem Geburtstag machen wir einen Rundflug. Und nun darf er nicht kommen. Mutters Besuch darf kommen. Aber er will fliegen. Die Schulmappe versteckt er im Park hinter einer Bank. In die Wohnung, die Hochparterre liegt, kommt er, über den Müllkasten, durchs Fenster. Hoffentlich hat mich keiner gesehen. Fünf Mark und das Geld aus der Sparbüchse. Raus und weg. Die Straße, die Stadt. Die Stadt Berlin. Noch kalt, wolkig, manchmal Sonne. Straßenbahnen, Busse, Autos. Bei Grün darfst du gehn, bei Rot bleibst du stehn! Wo will er hin? Er will zu Kater; der darf Samstag kommen. Er will zum Vater; er will ja fliegen. Papa hat es versprochen. Zu Kater darf er, wenn Kater Samstag kommen darf. Zum Vater darf er nicht, seit der Trennung. Junge, das wirst du später einmal verstehen. Aber er ist dagewesen, zweimal ist er schon dagewesen, aber eigentlich darf er nicht, aber heute ist er neun geworden, und bis vier ist er schon wieder zurück. Er hat die Telefonnummer des Vaters, und an einer Ecke telefoniert er, aber keiner meldet sich. Vielleicht ist er gerade weg und kommt später wieder. Bestimmt kommt er später wieder. Bei Kater öffnet die Mutter, die dicke Frau Hinz: Kater ist doch in der Schule! Natürlich, bei Kater ist ja nichts ausgefallen. Also noch mal zum Vater. Der Vater macht Fotos. Die macht er im ATELIER. Das liegt gleich neben der Wohnung. Zweimal hat er ihn besucht nach der Trennung. Einmal hat es die Mutter herausgekriegt, und es hat ÄRGER gegeben. Versprich mir. Wenn du groß bist, wirst du alles verstehen. Aber versprich mir. Er hat es versprochen. Vater ist SCHÄDLICH für dich. Vater hat einen schlechten Umgang! Früher ist Vater nicht schädlich für ihn gewesen, erst seit der Trennung. Früher sind sie zum Kindergarten gegangen, der Vater und er, jeden Tag, früh und abends, und dann sind sie Eis essen gegangen, im Sommer, und im Winter Schlitten fahren oder AUF ABENTEUER in einer Ruine, Haus der Technik, oder sie haben die Mutter abgeholt, haben Blumen gekauft und die Mutter abgeholt, und alles war gut, alles so leicht. Jetzt hat die Mutter Besuch, der morgens, bevor sie frühstücken, aus der Wohnung geht, und wenn er am Tisch sitzt mit der Mutter, dann tut sie so, als wäre keiner dagewesen. Aber er weiß es, er hat Ohren. Er darf nicht zu Papa, und Papa darf nicht kommen. Wenn Mamas Besuch kommt, darf Papa nicht kommen. Papa hat Mama geliebt, und Mama hat Papa geliebt, aber dann ist die LIEBE weggegangen, und sie haben sich nur noch gestritten. Kater sagt: Wenn eine Frau da ist oder ein Mann, lassen sich die Eltern scheiden. Bei Katers Vater war auch mal eine Frau, da gab es KRACH, aber Katers Eltern haben sich nicht scheiden lassen. Bei Papa war auch mal eine Frau, und zu Mama kommt ihr Besuch. Seit Mamas Besuch kommt, ist sie anders. Früher hat sie immer dagesessen und in die Gegend gestarrt und war ABWESEND. Jetzt zieht sie sich immer etwas anderes an. Gleich wenn sie aus der Fabrik kommt und die Wohnung saubergemacht hat, zieht sie sich um und setzt sich vor den Toilettentisch. Sie ist wie Katers große Schwester, als die VERKNALLT war in den Griechen von DRÜBEN. Vielleicht hätte sie sich mit Papa nicht gestritten, wenn sie sich nicht verknallt hätte. Vielleicht auch nicht, wenn Papa nicht immer auf DIENSTREISE gegangen wäre. Aber früher haben sie sich auch gestritten und haben sich *nicht* scheiden lassen, und Katers Eltern streiten sich auch und lassen sich nicht scheiden, sogar noch mit einer Frau. Wenn Mama nicht mehr verknallt ist, geht Papa vielleicht nicht mehr auf Dienstreise. Kater sagt: Man kann auch zweimal heiraten, die gleiche Frau. Bis zu viermal kann man heiraten, sogar die gleiche Frau, sagt Kater. Aber wenn sie sich *nur noch* streiten? Mutter kriegt abends Besuch, und beim Vater ist manchmal DIE FRAU. Einmal, als er beim Vater war, saß auch die Frau da, und auf dem Tisch standen volle Aschenbecher und leere Flaschen, und der Vater hatte Ringe unter den Augen und *roch*, und die Frau wollte ihm übers Haar streichen, aber er hat seinen Kopf weggezogen, und der Vater ist laut geworden, so wie er ihn noch nie gehört hat, und hat geschrien: Hab dich doch nicht so! Aber das andere Mal war die Frau nicht dagewesen, und der Vater war wieder, wie er ihn kannte. Jetzt steht er vor der Tür und klingelt. Aber es öffnet keiner. Er ist sicher nur mal weg, nur mal einkaufen oder im Verlag. Sicher kommt er noch. Kater nicht da, Vater nicht da. Er wartet erst, läuft dann los, vertreibt sich die Zeit. Die Markthalle, die Mauer, die Kirche. Das kennt er alles, hier hat er gewohnt, vor der Trennung. Die Markthalle: Regale, Einkaufswagen, Menschen. Ein Mann, der eine Flasche in der Manteltasche verschwinden läßt. Wie er ihn beobachtet. Wie der Mann sieht, daß er ihn beobachtet. Die Mauer: das Weiße, das Hohe, Unüberwindliche, der Turm dahinter, schon DRÜBEN, manchmal Leute drauf, die herüberstarren. Mutter sagt: Die Staatsgrenze. Vater sagt: Hier und Drüben. Kater sagt: Die Mauer. – Die Kirche: Kater ist katholisch. Kater hat sechs Geschwister. Kater kriegt von der Kirche UNTERSTÜTZUNG. Dafür muß er beten. Einmal hat Kater ihn mitgenommen. Diese Kälte da. Sie mußten knien. Da tun einem ja die Knie weh in der Kirche, Mensch. Kater glaubt auch an GOTT. Er glaubt nicht an Gott. Kater eigentlich auch nicht richtig. Aber er sagt: Genau weiß es keiner. Kater ist auch bei den Pionieren. Katers Mutter sagt: Wenn alle bei den Pionieren sind, ist Kater auch bei den Pionieren. Mittwochs ist PIONIERNACHMITTAG. Einmal war sein Vater da, noch vor der Trennung, und hat von seiner Arbeit erzählt. Da war er DER GRÖSSTE in der Klasse. Er geht zurück, er klingelt, aber der Vater ist immer noch nicht da. Hat er es vergessen, einfach vergessen? Aber er kann es nicht vergessen haben, er hat's doch versprochen. Wenn du Geburtstag hast, machen wir einen Rundflug. Vielleicht ist der Vater zu Hause bei ihm. Vielleicht ist er auch im Hort. Aber in den Hort ist er noch nie gekommen und nach Hause auch nicht. Seit Mutters Besuch kommt, darf Papa nicht mehr kommen. Das ist SCHEIDUNG. Aber vielleicht ist er auf dem Flugplatz. Vielleicht ist er schon hingefahren und wartet da. Wartet, daß er kommt. Klar. Ich fahre nach SCHÖNEFELD. Der kann's doch nicht vergessen haben. Ich fahr hin. Er fährt, fährt mit der S-Bahn. Alex, Treptower Park, Adlershof, Schönefeld. Zum Flugplatz fährt ein Bus, aber man kann auch laufen. Diese Erregung. Die SILBERVÖGEL, alles groß, alles laut, alles weit. Früher ist er mit dem Vater schon einmal hier gewesen, aber das liegt schon lange zurück, und er kann sich nur verschwommen daran erinnern. Dann ist er noch einmal hier gewesen, beim FREUNDSCHAFTSBESUCH. Alle waren da, die Klasse, die Schule, und sie standen SPALIER vor der großen Halle und riefen und schwenkten Papierfahnen, und er hat sich schnell auf die Zehenspitzen gestellt, aber dann war alles ganz schnell vorbei, Motorradstafette, vier große schwarze Autos, zwei Tatras, zwei Tschaikas, und sie riefen und schwenkten, und dann war Schluß, und er hatte so gut wie nichts gesehen. Jetzt ist der Vorplatz leer, bis auf ein paar Busse, ein paar Menschen, Afrikaner oder Inder, die kommen aus Amerika und hießen früher Indianer. Da geht er näher, geht in die Halle hinein, da sind Glaswände, undurchsichtig, da sind Sperren, aber durch eine andere Tür kann man gehen, die ist offen, kommt in eine zweite Halle, die noch größer ist als die erste, und Männer in Uniformen stehen da, und dann das Tor und dahinter der Flugplatz. Aber kein Vater. Der ist nicht da.

Hat's aber versprochen. Was soll er machen? Soll er zurück? Soll er anrufen? Oder rein in die Bahn und weg? Es ist zwölf. Vielleicht ist Kater jetzt da. Kater kommt sicher mit. Vielleicht ist auch der Vater da und wartet auf ihn. Vielleicht nimmt Vater den Kater mit. Er will umkehren, will zurückfahren, aber da ist er auch schon durch das Tor, steht auf dem Platz, und vor ihm, so nah wie noch nie und riesig und hoch, die Flugzeuge, die Riesenvögel. Ganz nah. Das ist wie ein Zwang, das zieht ihn an, da will er rein. Ihm ist ganz weit im Kopf, so wie einmal, als er etwas erfinden wollte, sich unter den Küchentisch setzte und ganz genau wußte, jetzt würde er etwas erfinden, was noch nie jemand erfunden hatte, auch da war ihm so weit im Kopf, und das hörte nicht auf und war *unerträglich gut*, bis es dann langsam vorüberging, und er wurde ganz leer und klein. Aber so weit und so gut war ihm noch nie gewesen wie damals unter dem Tisch und wie jetzt, als er die Flugzeuge ganz nah sieht. Du mußt nur etwas ganz fest wollen, dann schaffst du es auch. Und er will fliegen. Er geht los. Er geht geradenwegs über das Feld, ganz fest und gar nicht hastig. Er geht auf das Flugzeug zu, hört nicht die Stimme aus dem Lautsprecher, sieht nicht den uniformierten Mann, der auf ihn zurennt, nimmt ihn erst wahr, als der ihn am Arm packt, Junge, Mensch, wo willst du denn hin! Sturz, Ernüchterung, Leere. Das Flughafengebäude, die Männer um ihn herum, die Fragen. Er sitzt steif und starr. Wie heißt du? Wo wohnst du? Was wolltest du hier? Er schweigt. Dann einer, der setzt sich zu ihm, redet ganz anders. Du brauchst mir nichts zu sagen, wenn du nicht willst. Komm, guck dir das hier mal an. Der führt ihn herum, zeigt ihm alles, und als einer meint, der Junge müsse doch nun mal ÜBERSTELLT werden, sagt er: Laß mich mal machen. Der Mann hat Dienstschluß, und er nimmt ihn mit in seinem Wagen, aber zur Polizei müssen sie doch, sind ja nur Formalitäten, und: Du brauchst wirklich keine Angst zu haben. Irgendwie hat er auch nicht solche Angst, wenn dieser Mann neben ihm sitzt, nur als sie schließlich im PRÄSIDIUM sind und er in einem Raum ganz allein sitzen muß, da ist ihm schlimm, Mensch, ist mir schlimm, und als der Mann aus dem Nebenzimmer kommt mit einem Zivilen und sie sich setzen und ihm sagen, er kann wieder weg, braucht nicht dazubleiben, braucht nur seinen Namen zu sagen und wo er wohnt und soll um HIMMELS WILLEN keine Angst haben, da wird ihm ganz heiß. Hort geschwänzt, beim Vater gewesen, rumgetrieben und AUFGEGRIFFEN. Da war mal einer in seiner Klasse, der ging nach der Schule immer zum Alex, Warenhaus und Hotel, und einmal haben sie ihn aufgegriffen, weil er geklaut hatte, und er war den ganzen Abend auf der Polizei, bis seine Mutter ihn holte, und am nächsten Tag war ein Polizist in der Schule, und der Junge mußte STELLUNG NEHMEN vor der Klasse. Also, wer bist du denn, wo wohnst du denn, und wo ist deine Schule. Ich heiße Hinz, Dieter Hinz, aber alle sagen Kater zu mir. Na also, Kater, dann gehen wir. Sie gehen, der Mann und er, und der Mann ist freundlich zu ihm und so anders, und er sagt: Bevor ich dich nach Hause bringe, gehen wir noch ein Eis essen. Der ist gut, der ist okeh, aber der will mich nach Hause bringen. Er wird an der Tür klingeln und zu der dicken Frau Hinz sagen: Hier ist Ihr Sohn, der kleine Ausreißer. Und Kater ist da, und Katers Geschwister sind da, und die dicke Frau Hinz wird sagen: Das ist nicht mein Sohn, das ist der Freund von meinem Sohn. Die Mutter, die Augen der Mutter, traurig und vorwurfsvoll: Wie soll ich denn nur Vertrauen zu dir haben! Alles aus, alles zu Ende. Der Mann geht neben ihm, redet von sich und von seinen Kindern, fragt: Was willst du denn mal werden? Pilot, sagt er, ich will Pilot werden. Früher wollte er Kosmonaut werden, aber Kosmonauten gibt's nur in der Sowjetunion. Na, sagt der Mann, wenn du Pilot werden willst, mußt du mich mal besuchen. Ich werde sehen, was sich machen läßt, damit du mal fliegen kannst. Die Sonne scheint, es ist halb drei, sie gehen über den Alex, Menschen in Strömen, und jetzt sind sie zwischen ihnen, und jetzt rennt er los. Rennt, schiebt, schlängelt sich vorwärts, rein in die Tür, Warenhaus, Lärm, Gewühl, und die Stimme des Mannes, schwach: Kater! Kater! Und er sieht ihn noch, wie er sich ebenfalls durch die Menschenmenge wühlt, sieht sein Gesicht für einen Moment, das ratlos ist und verzweifelt, und er muß beinahe weinen. Er macht die Augen zu und reitet mit dem Mann, der so anders ist, auf ein Haus zu, das frei liegt inmitten der Prärie, und die Sonne scheint, und sein Vater steht auf der Veranda und sagt: Kommt näher, Fremder, und setzt Euch, und die Mutter tritt aus der Tür und streckt ihm die Hand entgegen, aber da wird er gestoßen, muß weiter, schlüpft durch eine Seitentür, rennt durch Nebenstraßen und sieht den Mann nicht hinter sich und ist für einen Moment beruhigt. Geht weiter, langsamer, spürt Hunger, als er vor einem IMBISS steht, geht hinein. Sitzt und ißt und denkt nach. Um vier muß er vor dem Hort sein. Er hat Katers Namen gesagt. Vater wartet vielleicht. Den Mann hat er abgehängt, aber was wird der machen? Früher, wenn er irgend etwas hatte mit der Schule oder mit Mutter oder Vater, ist er zur Oma gegangen. Die Oma war krumm und weißhaarig und hatte ein dickes Album, da waren die AHNEN drin. Männer mit schwarzen Bärten, Frauen in langen Röcken. Vaters Vater, Vaters Großvater, der dicke Opa und Oma Lene. Er hat nie etwas erzählt dort, aber er fühlte sich immer sicher und irgendwie *ganz*. Auch einmal, kurz nach der Trennung, wollte er zu ihr gehen. Erst auf dem Weg ist ihm eingefallen, daß dort keiner mehr war, daß die Oma gestorben war. Einfach weg und nicht mehr da. So wie der Vater eigentlich auch einfach weg war und nicht mehr da, wenn er ihn auch zweimal besucht hat. Jedenfalls war er nicht da am Morgen, wenn er aufwachte, oder am Abend, wenn er einschlief. Sicher wartet der Vater jetzt. Er sitzt zu Hause und wartet auf ihn. Und der Mann, der so anders war, ist weg. Aber wenn der nun hingeht zu Kater, zur dicken Frau Hinz, und die dicke Frau Hinz sagt: Das ist nicht mein Sohn, den sie da meinen, das kann nur der Freund von meinem Sohn sein. Und der geht hin zur Mutter! Du mußt zu Kater. Du mußt wissen, ob der Mann, der so anders war, mit Katers Mutter gesprochen hat. Also los. An der Ecke bleibt er stehen. Keiner vor Katers Haustür. Am Straßenrand Autos. Der Mann hatte einen weißen POLSKI FIAT. Vor dem Haus steht keiner, aber weiter hinten steht einer. Er kann nicht erkennen, ob es ein POLSKI ist oder ein SHIGULI, und als er vorsichtig vorbeigeht und feststellt, daß es tatsächlich ein Polski ist, weiß er dennoch nicht genau, ob es der Wagen des Mannes ist. Kann sein, kann nicht sein. Sieht alles so gleich aus. Aber hinaufgehen zu Kater kann er nicht. Er wartet. Paar Kinder kommen, zwei kennt er. Mann, was machst denn du hier! Mensch, paß auf, haste Kater gesehen, ich brauch den. Kater, ach der, nee, nich gesehn. Mensch, geh mal rauf, ich brauch den unbedingt. Einer geht also hinauf, braucht lange. Er steht mit den anderen und schwitzt, trotz der Kälte. Aber Kater ist nicht da. Kater mußte erst in die Kirche und dann zu seinem Onkel Walter. Kater kommt erst später wieder. Hat sie was gesagt wegen mir? Wieso wegen dir? Na, war sie sauer, hat sie gefragt nach mir? Nee, gefragt hat sie nich, aber irgendwie komisch war sie schon. Also komisch war sie. Die weiß was. Der war da, der Mann. Bestimmt war der da. Kommste mit in die Halle, ich hab Geld?! Nee, ich kann nich, ich muß los! Und geht. Papa wartet. Bestimmt.

Bis vier ist noch Zeit. Ich bin neun geworden. Ich will fliegen. Er hat's versprochen. Vielleicht geht er auch morgen mit mir. Aber dasein muß er. Frau Hinz geht sicher zur Mutter. Mutters Augen: Warum hast du mich so enttäuscht? Einmal hat sie geweint. Sie hatten ein Feuer gemacht, Kater und er, auf dem Blech vor dem Ofen. Es hat eigentlich gar nichts passieren können, aber dann sind doch die Dielen angebrannt. Sie haben es erst gar nicht gemerkt. Sie haben alle Spuren beseitigt, aber der Geruch war nicht aus dem Zimmer zu bekommen, und als die Mutter von der Arbeit kam, hat sie es gemerkt und geweint. Und am Abend ist Mutters Besuch gekommen, und am Morgen hat sie ihm die Schlüssel weggenommen: Junge, du zwingst mich doch dazu. Wie soll ich denn Vertrauen zu dir haben. Die Treppe hinauf rennt er schon, steht vor der Tür, klingelt. Nichts. Der *kann* doch nicht weg sein. War doch versprochen. *Muß* doch kommen. Wenn er auch heute nicht fliegt mit ihm, muß er doch wenigstens zu Hause sein. Er steht vor der Haustür, wartet. Menschen, die aus den Bürohäusern kommen, Autoschlangen, Frauen mit Taschen: ist das nicht Frau Hinz da drüben? Frau Hinz mit Tasche und ernstem Gesicht, die über den Damm kommt. Er stürzt in den Hausflur, späht um die Ecke. In der Straßenmitte bleibt sie stehen, muß erst die Autos vorbeilassen und geht dann weiter, direkt auf ihn zu. Er läuft die Treppen hinauf, Mensch, die geht zu Papa. Wartet, außer Atem, auf dem Podest. Stille. Jetzt muß sie an der Haustür sein. Nichts. Er will schon wieder hinunter, da knarren die Türangeln. Er drückt verzweifelt auf die Klingel, aber nichts rührt sich drinnen. Im Treppenhaus Schritte. Er duckt sich, rennt, zwei Stufen mit einemmal, die Treppe hinauf, so leise wie möglich. Immer noch Schritte. Er drückt auf die Klinke der Bodentür, sie öffnet sich. Er schiebt sich in die hinterste Ecke, gleich unter dem Bodenfenster. Mensch, wenn die hochkommt. Wenn die mich gesehen hat. Er lauscht, atemlos vor Angst, aber es kommt keiner. Wenn sie merkt, daß der Vater nicht da ist, geht sie zur Mutter. Vielleicht wartet sie auch vor der Tür, bis der Vater kommt. Bestimmt wartet sie. Vielleicht ist auch der Mann dabei. Er öffnet vorsichtig das Bodenfenster, sieht hinaus. Autos, Straßenbahnen, Menschen. Alles ganz klein, ganz weit. Mein Gott, wie spät! Vielleicht schon halb vier. Bis vier hat er Zeit, dann kommt die Mutter, und er muß vor dem Hort stehen. Aber er kann jetzt nicht raus. Die steht bestimmt vor der Tür. Die wartet. Das kommt alles raus. Hort geschwänzt, rumgetrieben, aufgegriffen. DU HAST MEIN VERTRAUEN MISSBRAUCHT! Warum ist Papa nicht da. Er hat's doch versprochen. Wenn du Geburtstag hast. Er kann es nicht vergessen haben. Papa nicht, nein, Papa wird mir helfen. Ich bin neun geworden. Heute. Aber Papa ist nicht da. Der ist weg, einfach weg, so wie Oma eines Tages einfach weg war und nicht mehr da. Das letzte von ihr: ein dunkler Sarg in einem kalten Raum, ein fahles Gesicht, viel kleiner, als er es in Erinnerung hatte. Er weint leise und beißt sich auf die Lippen. Bald ist es vier, vielleicht jetzt schon. Vielleicht steht die Mutter schon vor dem Hort: Nein, Ihr Junge war heute gar nicht hier. Nee, ich will nich mehr. Ich geh nich mehr zurück. Soll sie sehn, was sie macht, wenn ich *gar nicht* mehr komme. Wenn ich gar nicht mehr bin. Er weint wieder. Fühlt sich elend und ungeheuer leer. Wie damals, als er etwas erfinden wollte und das große, weite Gefühl langsam vorbeiging. Er macht die Augen zu und sieht einen Sarg, dahinter die Mutter, der Vater, der Mann, der so anders war, alle mit Blumen und mit ernsten Gesichtern und Musik wie in Katers Kirche. Er wischt sich die Augen. Draußen ist wieder Sonne. Er sieht die Dächer vor sich, die Stadt, die Menschen. Dann hört er Schritte, die näher kommen. Aber er ist ganz ruhig. Heute ist er neun geworden. Er sieht die Stadt unter sich, weit und groß, die Straße, die Fenster der Häuser, die Dächer, den Himmel. Er macht die Augen zu und fliegt. Alles sanft, alles weich, alles klein und so weit. Und ruhig. Er ist an der Hand des Vaters, sie stehen an einer Haltestelle, und der Bus kommt und die Großmutter, und die Ahnen mit weißen Gesichtern und schwarzen Bärten, und Vater gibt Mutter einen Blumenstrauß, und sie fassen ihn an, und er geht in der Mitte und läßt sich hängen und schwebt und fühlt sich frei.

Der Niedergang des Kleinhandels

I

Herr Tosch stand auf der Leiter, hielt das Messingschild gegen den Rahmen der Ladentür und fragte:

– Wanda, willst du es hierhin haben oder etwas höher?

Frau Wolzka kniff die Augen zusammen und hob den Kopf. Toschs gespreizte Finger lagen V-förmig auf dem Schild. Er gab sich Mühe, keinen Buchstaben zu verdecken. Seine Beine zitterten ein wenig.

– Ist schon richtig da, sagte Frau Wolzka. Mach das mal da an.

– Das geht aber nicht, Herrschaften, sagte einer der Möbelträger. Wie soll ich denn hier durchkommen.

– Ach Gott! Ich denke, wir haben schon alles drin, sagte Frau Wolzka. Rück mal ein Stück zur Seite, Tosch. Der Herr kann sonst nicht durch.

– Ich will ja nur noch anreißen, sagte Herr Tosch. Wenn ich das jetzt nicht anreiße, kann ich alles noch einmal machen.

– Bitte schön, sagte der Möbelträger, dann stelle ich Ihnen das eben auf die Straße. Aber ich bitte, sich nicht zu beschweren, wir hätten unsere Arbeit nicht gemacht.

– Tosch, sagte Frau Wolzka, warum machst du das nicht zum Schluß. Laß doch erst mal alles rein.

– Bitte! sagte Herr Tosch. Bitte!

Er steckte das Namensschild in die Jackentasche, stieg vorsichtig die Leiter hinab und schob sie zusammen. Dann rückte er sie ein Stück über das Pflaster, lehnte sie gegen die Fassade und sah über die Straße.

– Mein Gott, sagte Frau Wolzka, bist du wieder schwierig.

Herr Tosch wandte seinen Kopf und sah zur Ecke. Frau Wolzka folgte seinem Blick, konnte aber nichts Auffälliges entdecken, nur daß die Straßenbahn hielt und nach einem kurzen Augenblick, in dem niemand aus- oder einstieg, wieder anfuhr. Die Rolladen zur Schönen Donau waren noch heruntergelassen; es war also noch nicht zehn.

– Nun komm, Tosch, sagte Frau Wolzka. Komm schon.

– Du hättest drauf bestehen sollen, sagte Herr Tosch, ohne den Kopf zu wenden.

– Worauf, fragte Frau Wolzka, hätte ich bestehen sollen?

– Auf der Hauptstraße, sagte Herr Tosch. Du hättest darauf bestehen sollen, daß sie dir einen Laden in der Hauptstraße geben. Du warst doch in einer Hauptstraße. Da hast du ein Recht darauf, in einer Hauptstraße zu bleiben. Wenn ich mal eine andere Arbeit machen mußte, hatte ich auch Anspruch auf dasselbe Geld.

– Es sind doch nur 50 Meter, sagte Frau Wolzka. Das ist nichts. Und ich spare 40 Mark im Monat, also 480 im Jahr.

– Sparen, sagte Herr Tosch und lachte gezwungen. Ich will ja nichts sagen.

– Was willst du nicht sagen? fragte Frau Wolzka.

– Ich misch mich nicht rein, sagte Herr Tosch.

– Tosch, sagte Frau Wolzka, mach nicht immer solche Andeutungen. Du weißt, ich kann das nicht leiden.

– Deine Rechnungen, sagte Herr Tosch. Das geht doch sowieso alles für deinem Herrn Sohn seinen Funkkram drauf.

– Laß den Jungen aus dem Spiel, sagte Frau Wolzka.

– Ist noch nicht achtzehn, sagte Herr Tosch und sah zur Schönen Donau.

– Tosch, ich habe dich nicht gebeten, mir zu helfen, sagte Frau Wolzka bestimmt.

– Weiß ich, sagte Herr Tosch. Weiß ich ja.

Die Möbelmänner standen in der Ladentür. Es waren drei; zwei jüngere und ein älterer. Der ältere hielt einen Block in der Hand und sagte:

– Das war's dann!

– Ach Gott, sagte Frau Wolzka. Dann werden wir mal abrechnen.

– Ganz schön trocken hier, sagte einer der Möbelträger und massierte seine Kehle.

– In der Küche habe ich doch Bier hingestellt, sagte Frau Wolzka. Haben Sie denn das Bier nicht gesehen?

– Ich mach jetzt das Schild an, sagte Herr Tosch.

– Für jeden zwei Flaschen, sagte Frau Wolzka und ging mit den Möbelmännern in den Laden.

– Wie spät ist es denn, rief Herr Tosch ihr hinterher und rückte die Leiter vor die Ladentür.

– Viertel vor zehn, rief einer der Möbelmänner und drückte die Ladentür von innen zu.

Herr Tosch stieg die Leiter hinauf bis zur drittletzten Sprosse, prüfte mit einem kurzen Rucken des Körpers, ob sie sicher stand, preßte das Schild gegen den Türrahmen und markierte mit einem Eisendorn die Schraubenlöcher. Durch das obere Fenster konnte er in den Laden sehen. Die Regale, die bis unter die Decke reichten, waren noch leer. Auf den Ladentischen standen die Kartons mit der Ware. Die Tür zur Wohnung war halb offen. Frau Wolzka rückte die beiden Korbsessel um den runden Tisch, auf dem früher das Telefon gestanden hatte, griff in die Schürzentasche nach dem Portemonnaie und zählte dem älteren Möbelträger Geld auf den Ladentisch. Herr Tosch beugte sich vor und sah, daß es zwei Fünfzigmarkscheine und ein Zwanzigmarkschein waren. Der Möbelmann machte eine Verbeugung und gab Frau Wolzka ein Formular. Frau Wolzka lachte und legte das Formular unter die Registrierkasse.

Herr Tosch griff mit der linken Hand an den Vorsprung über der Schaufensterscheibe, zog mit der anderen Hand einen Bohrer aus der Tasche und drehte ihn in das Holz. Es war morsch und verwittert. Feine Späne rieselten vor seinen Augen in die Tiefe. Unter ihm ging die Ladentür auf, und Herr Tosch sah auf die Köpfe der Möbelträger. Er arbeitete weiter. Die Möbelträger bückten sich und krochen unter der Leiter hindurch.

– Laß dich nicht stören, Opa, sagte der eine.

– Scheißer! murmelte Herr Tosch und zog die Schrauben fest. Er hauchte gegen das Messingschild, wischte es mit dem Jackettärmel blank und betrachtete es.

– Wanda! rief er, indem er die Leiter hinabstieg. Guck mal, jetzt ist es dran!

– Komm erst mal, sagte Frau Wolzka von drinnen. Die Ware muß eingeräumt werden.

Herr Tosch lehnte die Leiter gegen die Fassade.

– Andreas, rief Frau Wolzka gegen die halboffene Tür der Wohnung, hilf uns mal einräumen!

Herr Tosch ging in den Laden, nahm die Zigarettenschachteln aus den Pappkartons und legte sie stapelweise auf den Ladentisch. Frau Wolzka griff sie so, wie er sie hingelegt hatte, und schob sie in die Fächer, die 8-Pfenniger und 10-Pfenniger zuunterst, darüber die 16-Pfenniger und darüber wieder die Importen. Obgleich es im Laden noch kühl war, begann Herr Tosch zu schwitzen.

– Wenn wir uns beeilen, sagte Frau Wolzka, kann ich noch am Vormittag aufmachen. Herr Tosch schnaufte leise.

– Andreas! rief Frau Wolzka. Wann sollen wir denn fertig werden!

Andreas kam aus der Wohnung in den Laden, in der Hand hielt er ein Butterbrot.

– Faß doch mal mit an, sagte Frau Wolzka. Du siehst doch, daß wir sonst nicht fertig werden.

– Viel Zeit habe ich sowieso nicht mehr, sagte Andreas kauend, wenn ich um eins dasein muß.

– Junge, wie siehst du denn aus, sagte Frau Wolzka. Hast du dich denn heute schon gekämmt? Andreas verzog das Gesicht und verschwand wieder.

– Das meine ich! sagte Herr Tosch und griff nach dem Karton mit den amerikanischen Zigaretten. Jetzt siehst du ihn nicht wieder!

– Soll ich ihn so rumlaufen lassen? fragte Frau Wolzka.

– Ich will mich ja nicht reinmischen, sagte Herr Tosch, aber der Junge macht mit dir, was er will. Er zeigt nicht ein bißchen Interesse.

– Er hat doch wirklich den Kopf voll, sagte Frau Wolzka. Die Prüfungen jetzt und heute die Musterung.

– Musterung, sagte Herr Tosch herablassend. Was meinst du, wie oft ich gemustert worden bin! Was der Junge braucht, ist eine starke Hand. Sieh dir doch an, wie er rumläuft. Er braucht einfach eine starke Hand.

– Und die willst du sein, was? fragte Frau Wolzka ironisch.

Herr Tosch zog ein Taschentuch heraus und wischte sich den Schweiß von der Stirn.

– Wanda, sagte er ernst, du bist auch nicht mehr die Jüngste. Du solltest auch einmal an dich denken. Im Herbst geht der Junge zur Armee. Dann nimmt er sich ein Mädchen, und du stehst allein da.

– Tosch! sagte Frau Wolzka, aber Herr Tosch ließ sich nicht unterbrechen.

– Wanda, sagte er. Bisher warst du nicht allein. Du hattest immer jemanden um dich herum. Du weißt nicht, wie das ist, wenn man ganz allein ist. Ich weiß, was ich sage …

– Tosch, sagte Frau Wolzka, und ihre Stimme bekam einen mitleidigen Klang. Im Sommer macht der Junge seine Prüfung. Dann ist er Fachverkäufer. Und die anderthalb Jahre Armee werde ich auch noch durchhalten.

– Glaubst du wirklich, fragte Herr Tosch, daß er den Laden übernimmt?

– Ja, sagte Frau Wolzka, das ist abgemacht.

– Wanda, sagte Herr Tosch und seufzte, du wirst auch nicht klüger. Das gleiche hast du von den beiden anderen auch gesagt. Zuerst sollte Manfred den Laden kriegen, und als er weg war, sollte Anneliese ran. Und wo ist Anneliese?

– Das ist was anderes, sagte Frau Wolzka. Manfred hat seine Schwedin. Da kann man nichts gegen machen, wenn einen das trifft. Das hat der Junge von mir. Als ich aus Schlesien kam, hatte ich die 2000 Mark vom Hof und nichts anderes im Kopf als einen Laden. Dann habe ich Willy getroffen, damals in Schusters Kasino, und glaub mir, es war mir egal, was mit mir wird! Wäre Willy nicht so ein starker Charakter gewesen, ich weiß nicht, ob ich den Laden je gekriegt hätte.

– Dein Willy, sagte Herr Tosch bitter.

– Hör auf, Tosch, sagte Frau Wolzka, das steht dir nicht zu.

– Melde gehorsamst, Soldat Wolzka zur Stelle! rief Andreas.

– Und das nennst du kämmen, sagte Frau Wolzka.

– Komm, faß mal mit an.

– Bei Preußens schneiden sie dir erst mal die Loden, sagte Herr Tosch.

– Die wachsen auch wieder, sagte Andreas.

– Vielleicht nehmen sie dich gar nicht, sagte Frau Wolzka. Von der zweiten Kraft aus dem Konsum der Sohn, den haben sie schon das zweite Mal zurückgestellt. Der hat was am Rücken.

– Der spinnt doch, sagte Andreas, hob einen Karton auf den Ladentisch und räumte die Schachteln in das Regal. Der Harry spielt doch im Verein.

– So ohne weiteres werden sie ihn nicht zurückgestellt haben, sagte Frau Wolzka. Irgendwas muß schon dran sein.

– Kommiß hat noch keinem geschadet, sagte Herr Tosch. Da zeigen sie euch mal, was eine Harke ist. Das ist uns auch nicht anders gegangen.

– Ach Gottchen, sagte Andreas. Er warf den leeren Karton über den Ladentisch und stieß gegen die Vitrine.

– Junge, paß doch auf! sagte Frau Wolzka.

– Mann, ist das jetzt eng hier! sagte Andreas. Wer soll sich denn da bewegen können.

– Da ist schon Platz genug, sagte Frau Wolzka. Für dich ist schon Platz genug.

– Darf man? fragte eine Frauenstimme von der Tür her.

– Ach, Frau Wein, sagte Frau Wolzka. Eigentlich haben wir noch gar nicht auf, aber kommen Sie mal. Dann sind Sie der erste Kunde.

– Ich will auch bloß eine Schachtel Gute, sagte die Frau und schlängelte sich durch die leeren Kartons, die auf dem Boden lagen.

– Da sei vorsichtig, Wanda, sagte Herr Tosch. Wenn man früher beim Juden der erste Kunde war, der ließ einen nicht raus, bis man was gekauft hatte, und wenn's um den halben Preis war. Der ließ einen nicht raus, wenn man der erste Kunde war, sonst gab's Pech fürs Geschäft.

– Wir sind nicht beim Juden, sagte Frau Wolzka und griff aus dem Regal eine Schachtel Stuyvesant.

– Ein bißchen kleiner ist es ja geworden, sagte Frau Wein und legte einen Fünfmarkschein und ein Zweimarkstück auf den Ladentisch. Es ging ja auch alles so plötzlich.

– Nein, nein, sagte Frau Wolzka. Das wußten wir schon lange. Wir haben uns ja auch diesen Laden ausgesucht. Wissen Sie, es wird ja in so einer Hauptstraße immer lauter durch den vielen Verkehr. Man kann ja im Sommer nicht mal die Tür auflassen. Da versteht man sein eigenes Wort nicht mehr.

– Ja, die Autos, sagte Frau Wein. Mein Mann sagt immer, bis wir uns mal ein Auto leisten können, macht das Fahren keinen Spaß mehr.

– Sparen, Frau Wein, sparen! sagte Herr Tosch und deutete auf die Zigarettenschachtel.

– Hören Sie auf, sagte die Frau. Ich habe einmal gespart, aber nie wieder. Mein Vater hat mir mal 2400 Mark vermacht von dem Geld, was er auf der Rennbahn gewonnen hat. Er hat ja nur einmal richtig gewonnen. Ich glaube, unterm Strich hat er in seinem Leben mehr verspielt als gewonnen. Aber dieses eine Mal, ich weiß das noch ganz genau. Da war er glücklich! Ich habe ihn schon aus dem Fenster gesehen. Er kam immer von rechts, vom Bahnhof, ich wollte einfach sehen, ob er was getrunken hatte, weil, er wohnte ja die letzten Jahre bei uns. Ist ja nichts, so ein alter Mensch und ein ganzes Leben mit einer Frau zusammen, und dann ist sie plötzlich weg. Nee, ich hab ihn zu mir genommen. Mein Mann hat ja gemeckert, aber ich hab mich durchgesetzt. Jedenfalls sehe ich ihn schon von der Ecke. Da kann doch was nicht stimmen, denke ich, mit dem ist doch was los. Ich denke, na, er hat vielleicht was getrunken, er ist ja so lustig, da kann doch was nicht stimmen, denke ich, na, und als er oben ist, setzt er sich hin und strahlt übers ganze Gesicht. Trudchen, sagt er, hol mal 'ne Flasche Bier, ich hab eine Überraschung! Ich geh raus und sag noch: Vater, mach keinen Quatsch, und als ich reinkomme, liegen 2400 Mark auf dem Tisch. Ich war ja sprachlos. Ich sage: Woher hast du das! Er sagt: Das hab ich gewonnen, Trudchen, Rheingold auf Sieg. Das weiß ich noch so wie heute: Rheingold auf Sieg! hat er gesagt. Du sollst auch was haben, wegen der Mühe, die du mit mir hast. Ich sage: Ist das alles, oder hast du noch mehr gewonnen, Vater. Aber er ist nicht raus mit der Sprache, er hat's mir nie gesagt, meinem Mann sowieso nicht.

Aber ich könnte schwören, er hat noch mehr gewonnen. Wenn er mir schon 2400 gibt, hat er bestimmt 5000 gewonnen. Na, ich will Sie nicht aufhalten.

– Nein, nein, sagte Frau Wolzka. Ist doch interessant.

– Und das Geld? fragte Herr Tosch.

– Währungsreform, na, das kennen Sie ja auch, sagte die Frau, die schon an der Tür stand und einer anderen Kundin Platz machte.

– Das ging ja schnell, sagte die zweite Frau. Gestern noch an der Ecke und heute schon hier.

– Ja, es kam ganz plötzlich, sagte Frau Wolzka. Wir haben eigentlich noch gar nicht auf.

– Ich wollte auch nur mal schauen, sagte die Frau. Ich hab ja noch was zu Hause. – Bißchen kleiner ist es ja.

– Ach, es reicht schon, sagte Frau Wolzka.

– Aber so weg von der Hauptstraße ... Ist das denn gut? fragte die zweite Frau.

– Die alten Kunden kommen schon wieder, sagte Frau Wolzka. Sie kommen ja auch.

– Natürlich, sagte die Frau. Ich finde es auch besser beim Privaten, wirklich. Die Selbstbedienung und das alles, ich weiß nicht. Es ist praktisch, sicher, man hat alles auf einem Haufen, aber in der Halle von meinem Schwiegersohn, die haben sie ganz neu eingerichtet, oben in der Invalidenstraße, da muß man sich jetzt drei-, viermal anstellen, für Käse extra, für Flaschenabgeben, für Zigaretten und für Gemüse. Da kann ich ja gleich beim Privaten kaufen, und da, finde ich, ist es auch irgendwie persönlicher. Man kennt sich ja doch über die Jahre.

– Ja, sagte Frau Wolzka, persönlicher ist es.

– Was ich fragen wollte, sagte die Frau und zog ein in

braunes Papier gewickeltes Paket aus der Tasche. Ich hab da wieder etwas.

Sie trat an den Ladentisch, zog einen schmalen Stoffballen hervor und schlug ihn, so weit der Platz es zuließ, auseinander.

– Das ist ein Gemisch, sagte die Frau, absolut knitterfrei.

Frau Wolzka beugte sich über den Ladentisch, als wollte sie den Stoff Zentimeter für Zentimeter prüfen, und fragte:

– Wie breit liegt er denn?

– Neunzig, sagte die Frau.

Herr Tosch kam näher und beugte sich ebenfalls über den Stoff, nur der Junge baute weiter schmale Reihen von Schachteln in die Regale.

– Fehler, sagte Frau Wolzka, sind wohl nicht drin?

– Absolut fehlerfrei, sagte die Frau, da können Sie ganz sicher sein.

– Tja, sagte Frau Wolzka und blickte nachdenklich auf den Stoff, der über die ganze Länge des Ladentisches gebreitet war.

– Ich dachte so an neunzig, sagte die Frau.

– Nein, sagte Herr Tosch und schüttelte energisch den Kopf. Für neunzig geht das nicht weg.

– Es ist Import, sagte die Frau.

Frau Wolzka fuhr prüfend mit der Hand über den Stoff und schwieg immer noch.

– Ich hatte nur gedacht, sagte die Frau nach einer Weile. Wenn Sie meinen, es ist zuviel …

Frau Wolzka legte den Stoff zusammen und wickelte ihn wieder in das Papier.

– Es ist nicht mehr so einfach heute, sagte sie dann, so etwas loszuschlagen. Aber wenn Sie mit achtzig zufrieden wären, würde ich es mal versuchen.

– Gut, sagte die Frau, aber achtzig müßten es dann schon sein.

Frau Wolzka zuckte die Schultern und legte das Paket unter den Ladentisch.

– Wir müssen's versuchen, sagte sie wieder.

– Gut, sagte die Frau im Hinausgehen, ich komm dann noch mal vorbei. Ich wollte ja eigentlich nur mal gukken.

– Wir sollten zuschließen, sagte Herr Tosch und rieb sich den Rücken.

– Laß mal, sagte Frau Wolzka, für die alten Kunden …

– Alte Kunden, sagte Herr Tosch. Die kommt doch nur, wenn sie was in Kommission geben will, die kauft doch im HO.

– Ich muß los, sagte Andreas und stieß einen leeren Karton vom Ladentisch.

– Willst du nicht noch was essen, fragte Frau Wolzka. Du mußt doch was Warmes im Magen haben.

– Nee! Ich hol Keule ab, und dann kaufen wir uns noch was, sagte Andreas und ging nach hinten.

– Ach Gott, die Glocke, sagte Frau Wolzka erschrocken. Hast du die Glocke eingepackt?

– Ja, sagte Herr Tosch, sie muß hinten liegen.

Er seufzte und ging die Leiter holen. Er stellte sie von innen gegen die Tür, stieg hinauf und ließ sich die Glocke hochreichen. Er schraubte sie so an die Holzeinfassung, daß die Tür, wenn sie geöffnet wurde, dagegenstieß.

– Probier mal, sagte er dann und schob die Leiter zur Seite.

Frau Wolzka zog die Tür ein paarmal auf und zu. Die Glocke hatte einen kurzen, trockenen Klang.

– Na, prima, sagte Frau Wolzka. Ohne Glocke ist ein Laden nur halb.

Herr Tosch schob die Kartons ineinander, trug sie nach hinten und stellte sie in die Korridorecke, neben den Gaszähler. Dann ging er wieder in den Laden, stellte die Leiter schräg, schob seine Schulter zwischen die mittleren Sprossen und balancierte sie durch den Laden, Frau Wolzka fegte den Fußboden.

– Tosch, bleibst du zum Mittagessen? fragte Frau Wolzka, während sie die Hausgeräte nach hinten trug.

– Ich will noch mal auf einen Sprung in die Donau, sagte Herr Tosch, der jetzt allein im Laden stand. Er zog den Zettel unter der Registrierkasse hervor, las die Zahl 102 und schob ihn wieder zurück.

– Aber du kannst doch zum Mittagessen kommen, rief Frau Wolzka und fügte hinzu:

– Nicht daß ich mich aufdrängen will …

– Was gibt's denn Schönes? fragte Herr Tosch.

– Eintopf, rief Frau Wolzka. In dem Durcheinander kann ich ja nichts Richtiges machen.

Herr Tosch stellte sich in die Mitte des Ladens und musterte die Regale.

– Wie Kraut und Rüben, sagte er laut.

– Was ist? rief Frau Wolzka aus der Küche.

– Dein Herr Sohn! Nur alles schnell hinter sich bringen, aber nichts richtig machen, sagte Herr Tosch und fuhr mit der Hand an den Schachtelreihen entlang, so daß sie kantengleich in den Fächern standen.

Frau Wolzka antwortete nicht. Sie trat in den Laden, wischte sich die Hände an der Schürze trocken und blickte ebenfalls auf die Regale.

– Na, ist doch gut, sagte sie.

– Ja, jetzt, sagte Herr Tosch und ging zur Tür.

– Warte doch, sagte Frau Wolzka, nahm aus dem Regal zwei Schachteln Zehnpfenniger und reichte sie Herrn Tosch.

– Ich weiß nicht, ob wir ohne dich so schnell fertig geworden wären, sagte sie. Die Möbelleute haben aber auch gespurt.

– Was hat's denn gekostet, fragte Herr Tosch und nahm die Zigaretten.

– Hundertzehn, sagte sie, aber ich hab hundertzwanzig gegeben. Es waren ja drei Mann.

– Na dann, Wanda, sagte Herr Tosch bitter und ging hinaus.

– Vergiß nicht! Um zwölf, rief ihm Frau Wolzka hinterher: Spätestens zwölf. Ich mach heut mittag nicht zu, weil schon der Vormittag ausgefallen ist.

Sie trat ans Schaufenster und sah ihm nach. Die Aufbauten der Auslage reichten ihr fast bis ans Kinn. Herr Tosch ging über die Straße und schlug die Richtung zur Schönen Donau ein. Er ging langsam und schleppend. Sein Anzug hing ihm am Körper herunter.

Als Frau Wolzka die Postfrau sah, trat sie vor die Ladentür und winkte ihr. Die Postfrau kam über den Damm.

– So ein Pech, sagte sie, da steck ich die Post in den Kasten und sehe dann erst, daß Sie schon weg sind. Daß das aber auch so schnell ging.

– Was war's denn? fragte Frau Wolzka erwartungsvoll.

– Nichts Wichtiges, sagte die Postfrau, von der Versicherung.

– Ach so, sagte Frau Wolzka.

– Rechnen Sie nicht mit den Kindern, sagte die Postfrau. Da ersparen Sie sich eine Enttäuschung.

– Ach wissen Sie, sagte Frau Wolzka, wenn man glaubt, einer hat sein Glück gemacht, dann ist man als Mutter schon zufrieden.

– Manfred heißt er doch? fragte die Postfrau, wartete aber nicht die Antwort ab, sondern fuhr fort: Er wollte doch gleich heiraten?

– Verheiratet ist er schon lange, sagte Frau Tosch. Das war Liebe auf den ersten Blick. Da kommt er nach mir. Bei mir war das auch so. Ich hätte ihn eben nicht in den

Außenhandel lassen sollen. Eigentlich sollte er ja Fachverkäufer werden. Er sollte ja mal den Laden übernehmen. Aber dann war keine Lehrstelle frei, und er hätte ein Jahr warten müssen. Und da hat ein Bekannter uns was im Außenhandel vermittelt. Ich hab mir gesagt, soll er erst mal was Vernünftiges lernen, und dann können wir immer noch weitersehen. Aber als er fertig war, ist er dageblieben, eigentlich nur als Übergang, aber ich glaube, ihn hat das Reisen sehr gelockt.

– Ist ja auch kein Wunder bei den jungen Menschen, wenn die mal die Welt sehen wollen. Anders können sie ja nicht, sagte die Postfrau. Früher ist man gewandert. Ich weiß noch, daß mein Vater und sein Bruder drei Jahre gewandert sind als Gesellen, bevor sie sich richtig niedergelassen haben.

– Ja, das Reisen war's wohl, aber er wäre sicher zurückgekommen, wenn er nicht die Schwedin getroffen hätte. Ein hübsches Mädchen, er hat mir ja Bilder geschickt. Da stehen sie beide vor so einem neuen Auto, sagte Frau Wolzka. Ich glaub, er hat sein Glück gemacht.

– Das ist die Hauptsache, sagte die Postfrau und zog die pralle Tasche mit den Briefen über die Schulter.

– Kommen Sie doch rein, sagte Frau Wolzka, setzen Sie sich doch einen Moment.

– Na ja, sagte die Postfrau, wenn man in unserm Alter ist, verdient man sich eine Pause.

Sie trat in den Laden, stellte die schwarze Tasche neben den Tisch, auf dem früher das Telefon gestanden hatte, und ließ sich in einen der Korbsessel fallen. Frau Wolzka ging hinter den Ladentisch und lehnte sich auf ihn.

– Ich hab mir oft überlegt, sagte die Postfrau, ob ich rübergeh, wenn ich Rente kriege. Aber was man so hört, nein … Ein junger Mensch findet sich da vielleicht noch zurecht. Meine Tochter, die wohnt jetzt da im Neubau,

Märkisches Viertel, vier Zimmer, 600 Mark und noch mit Sozialzuschuß. Soll ja eine schöne Wohnung sein, was sie so schreibt, mit Eßdiele und Müllschlucker und sehr geräumig, aber wie soll man so viel Geld aufbringen jeden Monat? Meine Enkelin, die hat jetzt auch geheiratet, der Mann ist Filialleiter, aber wenn die erzählt, daß sie sich abends, wenn sie mal später nach Hause kommt, daß sie sich nicht traut, allein da durchzugehen, sondern immer ein Taxi nimmt bis vors Haus, nein, was da alles passiert, da finden wir uns nicht mehr zurecht.

– Für mich kommt das sowieso nicht in Frage, sagte Frau Wolzka, ich habe ja den Laden.

– Aber jetzt nach dem Abkommen könnte Ihr Manfred doch mal rüberkommen, sagte die Postfrau. Von meiner Nachbarin der Sohn, der ist auch nach 61 abgegangen, und jetzt zu Ostern ist er zu Besuch gekommen, zwei Wochen.

– Nein, sagte Frau Wolzka, und dämpfte unwillkürlich ihre Stimme, das will ich nicht. Er war doch Geheimnisträger.

– Das glaube ich nicht, daß ihm etwas passiert, sagte die Postfrau bestimmt. Es gibt Abmachungen. Und der Sohn von meiner Nachbarin war auch mal ein hohes Tier bei der Universität.

– Nein, nein, sagte Frau Wolzka, das Risiko ist zu groß.

Die Postfrau stützte sich auf die Armlehne des Sessels, als sie sich erhob, stand dann aber noch einen Moment unschlüssig im Raum.

– Und den anderen geht's gut? fragte sie.

– Der Kleine ist heute zur Musterung, sagte Frau Wolzka, im Sommer macht er die Prüfung, und nach der Armee nehme ich ihn in den Laden.

– Das ist ja ein Lichtblick, sagte die Postfrau und schulterte ihre Tasche. Morgen komm ich dann gleich hierher.

– Ja, sagte Frau Wolzka, mit dem Kleinen habe ich's

ganz gut getroffen. Sie lehnte noch immer auf dem Ladentisch, nickte der Postfrau zu und sah sie über den Damm gehen, mit schiefen Schultern, wegen der Last.

Frau Wolzka zog ein Schubfach auf, nahm Papier und einen Kugelschreiber heraus, tastete die Schürze nach ihrer Brille ab, fand sie dann hinter sich im Regal, zog die Oberlippe nach innen, wie immer, wenn sie nachdachte, und begann zu schreiben.

Mein lieber Junge! Nun will ich Dir wieder einmal schreiben. Mir geht es gut. Ich hoffe von Dir das gleiche. Heute sind wir umgezogen. Es ist der Laden, den früher Hildebrandts hatten. Von dem hinteren Ladentisch mußten wir leider die Hälfte absägen. Nun paßt er aber. Albert Tosch hat mir dabei geholfen. Meinen Achtundfünfzigsten haben wir gut gefeiert. Es war ganz schön was los. Onkel Franz ist gekommen, Albert Tosch und Walter Fritzen, der Freund von Deinem Papa. Onkel Franz hat einen Azaleentopf und eine Bonbonniere geschenkt, Walter Fritzen ein Teeservice aus Jenaglas. Albert Tosch hat einen Gutschein geschrieben über 10 Mark, wenn er Rente kriegt. Nachmittags zum Kaffee sind auch Frau Sömmerda und der Mann von nebenan gekommen. Sie hat einen wunderschönen Nelkenstrauß und eine Geflügelschere geschenkt, die ich mir schon so lange gewünscht habe. Deine Schwester Anneliese war auf Dienstreise und hat ein Schmuckblattelegramm geschickt. Sie hat immer noch keinen Nachwuchs. Aber sie ist jetzt im Fernstudium für Ingenieure. In drei Jahren ist sie fertig. In der Partei ist sie jetzt auch. Die größte Überraschung kam aber noch. Was denkst du? Plötzlich stehen die Gottleubaer vor der Tür. Tante Gretchen hat sich gar nicht verändert. Sie hat zum zweiten Mal geheiratet. Der Mann hat ein steifes Bein, ist aber nett. Er ist Invalidenrentner und hat ein Einfamilienhaus. Sie stehen sich gut. Nächsten Sommer sollen wir sie besuchen kommen. Die beiden Mädchen sind herangewachsen. Du würdest staunen. Petra ist schon eine richtige junge Frau. Sie haben einen herrlichen Besteckkasten mitgebracht. Ich hatte gar nicht damit gerechnet, daß so viele kommen. Wir haben bis 11 Uhr abends gefeiert. Onkel Franz hat auf seiner Quetschkommode gespielt. Ich habe auch Wein getrunken und getanzt, aber es ist mir nicht gut bekommen. Trotzdem war es sehr schön.

Lieber Manfred, jetzt habe ich mich erkundigt. Du kannst kommen. Ein Bekannter von mir ist auch rübergegangen nach dem 13. August, aber er kommt jetzt auch. Es gibt eine Abmachung! Ich würde mich sehr freuen. Andreas auch.

Ich weiß ja, Du hast viel um die Ohren. Ich lege Dir deshalb noch einmal einen Zettel hinein mit Fragen. Du brauchst nur alles dahinterzuschreiben und abzuschicken. Es kostet doch nicht viel Mühe. Laß Dich nicht mit Studenten ein. Was man im Fernsehn sieht, ist haarsträubend. Grüße Deine kleine Frau von mir. Grüße auch von Andreas und Anneliese. 1000 Küsse von Deiner Dich liebenden Mutti.

Frau Wolzka faltete den Brief zusammen und zog aus dem Schubfach ein zweites Blatt Papier. Ein Kunde kam, den sie nicht kannte. Es war ein junger Mann mit stark abstehenden Ohren. Er kaufte eine Schachtel Zehnpfenniger und Streichhölzer. Er ging ohne Gruß hinaus.

Frau Wolzka nahm das zweite Blatt Papier und begann zu schreiben.

Bitte Fragen gleich zurückschicken!

1. Hast Du schon eine Wohnung gefunden?

2. Ist das Päckchen mit den Strümpfen angekommen?

3. Warst Du schon ...

Jemand klopfte gegen die Scheibe. Frau Wolzka fuhr zusammen und sah zum Fenster. Sie kannte die Frau, die draußen stand, konnte sich aber nicht auf ihren Namen besinnen. Frau Wolzka grüßte zurück und winkte sie herein. Die Frau schüttelte den Kopf und zeigte mit einer bedauernden Geste auf ihr linkes Handgelenk und ging weiter. Frau Wolzka sah zur Uhr. Es war zehn Minuten nach zwölf.

– Ach Gott, rief sie, lief in die Küche und setzte einen Topf auf den Gasherd, stellte die Flamme auf die geringste Höhe und ging wieder in den Laden.

Sie nahm das Blatt mit den Fragen, las es noch einmal, wollte erst weiterschreiben, legte dann aber beide Blätter in das Schubfach, ging zum Schaufenster und sah auf die Straße, die menschenleer war. Sie stand fast unbeweglich, die Augen in Richtung zur Schönen Donau. Dann ging sie in die Küche, füllte sich Suppe auf einen Teller, schob die noch ungeordnet auf dem Tisch liegenden Küchengeräte beiseite und begann zu essen, den Kopf seitlich geneigt, als wartete sie auf ein Geräusch der Ladenglocke. Sie aß den Teller halb leer, stellte ihn auf die Kochmaschine neben einen Berg leerer Töpfe, ging langsam zur Ladentür, sah noch einmal in Richtung der Schönen Donau und drehte dann den Schlüssel, der von innen im Schloß steckte, herum. Sie ging ins Wohnzimmer, mußte über einen Wäschekorb steigen, bevor sie das Bett erreichte, auf das sie sich fallen ließ. Sie sah zur Decke, die einen schlangenförmig gewundenen Stuckbehang hatte, dachte noch, daß sie den Wecker zu halb drei stellen müßte, und schlief ein.

Sie hatte einen ihrer üblichen Träume. Sie stand mitten auf einer Straße, die sie nicht kannte. Es war ein Licht wie vor einem Gewitter. Obgleich sich der Himmel verdunkelte, strahlten die Fassaden in hellem Grau. In der Luft lag ein Brummen, das ständig wuchs. Über den schwarzen Himmel wanderten gelbe Punkte, von denen sie wußte, daß es die Feuerstreifen von Raketen waren. Als das Brummen stärker wurde, sah sie Flugzeuge. Obgleich diese hoch am Himmel flogen, konnte sie in einer erleuchteten Kanzel das Gesicht des Piloten sehen, das bleich und von einer übermäßig großen Schutzbrille bedeckt war.

Jetzt brannten die Häuser. Menschen rannten in Richtung eines dunklen, kraterförmigen Eingangs. Wanda! rief die Stimme ihres Mannes, aber sie konnte ihn nicht sehen. Plötzlich fiel ihr ein, daß die Kinder nicht bei ihr waren. Sie schrie die Namen ihrer Kinder, aber sie wußte, daß sie nur dachte, daß sie sie schrie. Das brummende Geräusch steigerte sich zu einem ohrenbetäubenden Dröhnen. Angst legte sich über ihren ganzen Körper und drückte sie zu Boden. Das Dröhnen wurde unerträglich, und sie zwängte sich, ohne daß sie es wollte, in den Rinnstein.

Als sie aufwachte, fühlte sie, wie ihr Herz schlug. Sie hörte, daß jemand die Klinke zur Ladentür herunterdrückte, aber sie konnte sich nicht bewegen. Sie sah auf die Uhr; es war schon Viertel nach drei. Sie atmete mehrmals tief durch und zwang sich, aus dem Bett zu steigen. Als sie stand, war ihr besser. Draußen drückte wieder jemand auf die Klinke. Sie ging in den Laden und schloß die Tür auf.

– Ach Gott, Herr Kolbe, sagte sie. Ich habe glatt die Zeit verschwitzt. Ich denke immer, es ist doch erst Viertel drei, wer will denn da schon rein …

– Aber ich bitte Sie, gnädige Frau, sagte der Buchhalter und kam durch die Tür. Mit nichts ist man in meinem Alter so gesegnet wie mit Zeit.

Er sah sich um und nickte wohlwollend mit dem Kopf.

– Meine Bewunderung! sagte er. In so kurzer Zeit …

– Ach Gott, sagte Frau Wolzka. Drinnen dürfen Sie sich nicht umsehen. Aber ich habe mir gesagt, mach erst den Laden in Ordnung, damit die Kunden sehen, es geht weiter.

Herr Kolbe ließ sich langsam auf einen der Korbsessel nieder.

– Hilfe hatte ich ja, sagte Frau Wolzka. Der Kleine ist zu Hause geblieben, und Herr Tosch hat auch mit angefaßt.

– Ach, der Herr Tosch, sagte Herr Kolbe. Ist er immer noch auf Freiersfüßen?

– Schon möglich, sagte Frau Wolzka ausweichend.

– Und immer noch ohne Erfolg? sagte Herr Kolbe.

– Ich bitte Sie! sagte Frau Wolzka. Sie glauben doch nicht, daß ich mit dem Tosch ... Sie schüttelte heftig den Kopf.

– Ich habe einen Laden und einen Sohn, sagte sie. Das reicht mir.

– Na, wenn ich ein paar Jährchen jünger wäre, sagte Herr Kolbe und blinzelte ihr zu. Frau Wolzka lachte.

– Und außerdem, sagte Herr Kolbe, wenn man sein ganzes Leben jemanden um sich gehabt hat, braucht man einen Menschen. Das ist die Macht der Gewohnheit. Die meisten Menschen haben keine Ahnung, wie sehr ihr Leben von Gewohnheiten bestimmt wird.

– Ja, sagte Frau Wolzka, Gewöhnung macht viel aus.

– Sehen Sie, sagte Herr Kolbe, mir sind drei Frauen weggestorben. Aber ich habe es immer wieder versucht.

– So viel Mut hat nicht jeder, sagte Frau Wolzka.

– Und das Wirtschaftliche darf man auch nicht vergessen, sagte Herr Kolbe. Viele Menschen vergessen heutzutage das Wirtschaftliche bei der Ehe.

– Na, Herr Kolbe, sagte Frau Wolzka. Da stehen Sie sich doch nicht viel aus. Sie haben doch drüben Verwandte.

– Ich will nicht klagen, sagte Herr Kolbe, zog ein ledernes Etui aus der Rocktasche und nahm sich eine Zigarre heraus.

– Wie geht's denn der werten Frau Gemahlin, fragte Frau Wolzka.

Herr Kolbe zündete ein Streichholz an und brachte die Zigarre zum Brennen.

– Ohne Ihnen zu nahe zu treten, sagte er dann, aber Frauen sind ein Kapitel für sich. Sie wollen nie so, wie man selbst will. Ich habe das immer wieder erlebt. Es ist ein Dressurakt. Lachen Sie nicht! Wie wenn Sie so ein kleines Raubtier haben; dem müssen sie auch Ihren Willen aufzwingen. Gehst du zum Weib, vergiß die Peitsche nicht! Und hin und wieder dann ein Stück Zucker.

Frau Wolzka lachte.

– Ich hab da was für Sie, sagte sie dann. Einen guten Kleiderstoff. Import! Wenn Sie Interesse haben …

Frau Wolzka legte das Paket auf den Ladentisch und zog ein Stück des Stoffes hervor.

– Absolut knitterfrei, sagte sie. Das ist was ganz Gutes. Fühlen Sie mal.

– Davon verstehe ich nichts, sagte Herr Kolbe und blieb sitzen.

– Für hundertzehn haben Sie ihn weg, sagte Frau Wolzka. Denken Sie an das Stück Zucker!

– Oh! rief Herr Kolbe. Hundertzehn für ein Stück Stoff! Da müssen Sie ja noch den Macherlohn zurechnen. Wissen Sie, ich habe die Frau aus einer Laube geholt. Sie hat in Pankow in so einer Laube fürs Wochenende gewohnt. Ganz schön da, aber zum Leben …

Herr Kolbe schüttelte den Kopf.

Die Ladenglocke schlug an.

Ich mußte erst zur Polizei, sagte die Frau, auf deren Namen Frau Wolzka sich nicht besinnen konnte. Deshalb bin ich nicht gleich reingekommen. – Nein, ist das hübsch hier!

– Lassen Sie doch die Tür bitte auf, sagte Frau Wolzka. Die Sonne ist ja gleich hier.

– War das voll! sagte die Frau. Ich hab ja so lange gestanden. Meine Große heiratet doch jetzt wieder. Da will ich doch rüber. Aber was man da stehen muß auf dem Revier! Und dann weiß man noch nicht mal, ob's klappt.

– Aber es ist doch ersten Grades, sagte Frau Wolzka. Wenn es ersten Grades ist, dann kriegen Sie doch einen Paß.

– Sie sind noch nicht Rentnerin? fragte Herr Kolbe.

– Na, na, sagte die Frau und lachte gezwungen. Das hat noch ein bißchen Zeit. – Nein, aber ich habe doch die ganzen Jahre in der Post gearbeitet, und das ist staatliches Ministerium. Da gibt es eine Verfügung, wenn man beim Staat gearbeitet hat. Und ich bin ja erst zweieinhalb Jahre raus, aber auf dem Revier haben sie gesagt, man muß drei Jahre raus sein.

– Auf was die alles kommen, sagte Herr Kolbe und schüttelte den Kopf.

– Was haben Sie denn Schönes, fragte die Frau und deutete auf das Stoffpaket.

Frau Wolzka schlug das Papier zurück, und die Frau rieb den Stoff zwischen Daumen und Zeigefinger.

– Import! sagte Frau Wolzka.

– Kostenpunkt? fragte die Frau.

– Hundertzehn, sagte Frau Wolzka zögernd. Es sind dreieinhalb Meter.

– Nee, sagte die Frau. Leider. Aber ein schöner Stoff ist es schon.

Sie legte zwei Mark auf den Tisch, Frau Wolzka griff in das Regal mit den Zehnpfennigern und nahm eine Schachtel heraus.

– Es ist Kommissionsware, sagte Frau Wolzka. Da kann ich von mir aus am Preis nichts machen. Aber ich kann noch mal rückfragen, wenn Sie Interesse haben.

Die Frau dachte einen Moment nach.

– Nee, lassen Sie man, sagte sie dann. Das kostet ja alles

ein Geld, wenn ich noch rüberfahre. Man kann ja nicht mit leeren Händen ankommen.

Frau Wolzka nickte mit dem Kopf und legte das Stoffpaket wieder unter den Ladentisch. Während die Frau sich an den Buchhalter wandte, nahm sie einen Zettel aus dem Schubfach und begann mit großen Buchstaben zu schreiben:

ERSTKL. IMPORTSTOFF F. WINTERKLEID
(ROSÉ)
ABZUGEBEN. INT. IM LADEN MELDEN.

Frau Wolzka schnitt einen Streifen Leukoplast von einer Rolle, klebte ihn mit der einen Hälfte an das Papier und mit der anderen – indem sie auf einen Stuhl stieg und sich weit über die Aufbauten der Auslage beugte – gegen das Schaufenster. Als sie hinunterstieg, wurde ihr schwindlig. Sie hielt sich mit beiden Händen an der Holzwand der Auslage fest und schloß die Augen.

– Frau Wolzka! rief die Frau erschrocken. Was ist Ihnen denn!

Frau Wolzka konnte nicht antworten. Eine Hitzewelle stieg ihr in den Kopf, und sie gab sich Mühe, tief durchzuatmen. Sie hörte die Stimme des Buchhalters nur verschwommen.

– Sie ist ja ganz blaß, sagte er.

Dann wurde ihr besser. Sie tastete sich zum Ladentisch und stützte sich mit beiden Armen darauf.

– Soll ich einen Arzt holen? fragte die Frau. Frau Wolzka gelang es, den Kopf zu schütteln.

– Lassen Sie, sagte sie unter Anstrengung. Es ist gleich vorbei.

Die Frau stand ihr gegenüber und starrte sie an. Herr Kolbe saß auf dem Korbsessel und wagte nicht, an seiner Zigarre zu ziehen.

Frau Wolzka richtete sich langsam auf. Jetzt stand sie wieder sicherer, nur ihr Kopf war ganz leer.

– Es ist schon vorbei, sagte sie.

– Vielleicht war es der Rauch, sagte Herr Kolbe und deutete auf sein Zigarre. Meine Jetzige kann das auch nicht vertragen. Das ist so in einem gewissen Alter. Ich geh nun immer aufs Klosett.

– Setzen Sie sich doch wenigstens einen Moment, sagte die Frau.

– Nein! nein! sagte Frau Wolzka. Ich habe mein ganzes Leben gestanden. Es ist der Kreislauf. Ab und zu spielt er mir einen Streich.

– Sind Sie in ärztlicher Behandlung? fragte die Frau. Sie hatte graue Haare und einen stark überschminkten Mund. Jetzt fiel Frau Wolzka ihr Name ein.

– Ach Gott, Frau Fackeldey, sagte sie, wenn man sich erst mit der Medizin einläßt …

– Das kann ich nur bestätigen, sagte Herr Kolbe, von dessen Zigarre ein dünner blaßblauer Rauch zur Decke stieg. Hätte ich auf die Ärzte gehört, dann wäre ich schon längst unter der Erde. Von meiner Zweiten die Schwester haben sie auf Nieren behandelt, dabei hatte sie einen vereiterten Blinddarm. Hier, dieses Bein! sagte er und schlug mit der Hand auf sein rechtes Knie. Dieses Bein wollten sie mir amputieren, weil es nicht mehr zu retten war! Dieses Bein!

Er versuchte sein Bein in die Waagerechte zu bringen, was ihm nur mit Mühe gelang.

– Den Kleinen von Wölkes haben sie ja wiedergeholt, sagte Frau Fackeldey. Ihre Stimme war tonlos geworden, als spräche sie zu sich selbst.

– Keiner weiß ja eigentlich, warum er das gemacht hat, sagte Frau Fackeldey. Mit achtzehn Jahren den Gashahn aufdrehen!

– Na, ich weiß nicht, sagte Herr Kolbe. Man hört ja so einiges.

– Was hört man, fragte eine dunkle Frauenstimme von der Tür her.

– Die Volkssolidarität! rief Herr Kolbe fröhlich. Jetzt gibt's Kinokarten.

– Nichts ist! sagte die Frau mit der dunklen Stimme und drohte Herrn Kolbe scherzhaft mit dem Finger. Wo waren Sie das letzte Mal? Sie bekommen bald gar nichts mehr von mir.

– Die flimmern einem nur was vor, sagte Herr Kolbe. Das habe ich zu Hause auch. Da ist es auch wie im Film.

Frau Wolzka griff automatisch nach der Reihe mit den Sechzehnpfennigern und legte der Frau von der Volkssolidarität eine Schachtel auf den Ladentisch.

– Immer mit dem Mund vorneweg! sagte die Frau. In Ihrem Alter, Herr Kolbe … Herr Kolbe lachte und zog wieder an seiner Zigarre.

– Und was war nun mit dem jungen Wölke? fragte die Frau von der Volkssolidarität.

– Ich will nichts gesagt haben, sagte Herr Kolbe.

– Jetzt will er nichts gesagt haben, sagte die Frau.

– Sie kennen ihn doch selbst, sagte Herr Kolbe. Sie wissen doch, was der zu leiden hatte unter dem Alten. Der hat ihn doch noch mit sechzehn geprügelt.

– Der Junge ist zu empfindlich, sagte Frau Fackeldey, die noch immer wie abwesend war.

Natürlich, sagte Herr Kolbe. Für den Alten ist er zu empfindlich. Der hat ja nicht nur den Jungen verprügelt. Haben Sie mal die Frau gesehen, wenn er von einer Tour kommt? Ich kenne doch die Fernfahrer! Die sind einfach zuviel unterwegs, und wenn sie zurückkommen, ist der einzige Gedanke, hat die Frau oder hat sie nicht. Und dann wird getrunken, und dann ist der Teufel los. Ich hab's doch gehört im Sommer, als die Fenster offen waren. Die Frau hat mir leid getan, das kann ich Ihnen sagen. – Zuerst hat sie noch immer geschimpft, wenn er losgezogen ist. Aber dann hat er sich meist so ein Flittchen gegriffen und ist nicht nach Hause gekommen. Und da ist sie dann immer mitgegangen.

– Die war doch geschieden, sagte Frau Wolzka.

– Das ist es ja, sagte Herr Kolbe. Den Jungen hat sie doch mitgebracht in die Ehe. Dann hat sie den Wölke geheiratet. Der war ja auch geschieden von der Kleinen von Brussart, der früher Blockwart war. Er hat den Jungen ja auch adoptiert, aber gesagt haben sie ihm davon die ganze Zeit über nichts. Gesagt haben sie es ihm erst an seinem achtzehnten Geburtstag. Und da ist der Junge durchgedreht.

– Na, ich weiß nicht, sagte die Frau von der Volkssolidarität skeptisch.

– Er ist sehr empfindlich, sagte Frau Fackeldey noch einmal. Er hat mal ein halbes Jahr in der Nervenheilanstalt gelegen. Das war, als er mit der Sylvia weggelaufen ist. Als sie sie aufgegriffen haben, oben bei Stralsund, da mußte er in die Anstalt.

– Das war doch die Tochter vom Lebensmittelladen? fragte die Frau von der Volkssolidarität.

– Natürlich, sagte Frau Wolzka, die sich wieder in der Gewalt hatte. Das haben die Eltern auf dem Gewissen. Der Junge war ihnen nicht fein genug für ihre Sylvia. Als Ladenbesitzer! Ich weiß noch, wie sie immer ankam, die Mutter: Mein Großvater hat den Laden über die schweren Zeiten gebracht, mein Vater auch, und ich werde ihn wohl auch über die schweren Zeiten bringen. Und jetzt ist sie im Büro!

– Sie steht sich aber nichts aus, sagte die Frau von der Volkssolidarität. Sie wohnen jetzt im Neubau.

– Ja, sagte Frau Wolzka bitter. Die sind immer zurechtgekommen.

– Sie werden die letzte sein, Frau Wolzka, sagte Herr Kolbe. Ich habe mir mal den Spaß gemacht und abgezählt, wieviel Läden auf dem kurzen Stück von der Ecke bis zum kleinen Park gewesen sind. Nur auf dieser Seite. Was glauben Sie? – Vierzehn Stück. Vierzehn Läden auf hundertfünfzig Meter! Und jetzt sind es noch drei – mit dem Sargladen.

– Gestorben wird immer, sagte Frau Fackeldey.

– Wie lange wohnen Sie denn schon hier? fragte die Frau von der Volkssolidarität.

– Bald vierzig Jahre, sagte Frau Wolzka. Sechsunddreißig bin ich hergekommen. Da haben wir den Laden an der Ecke gekauft. Ich war damals noch ein junges Mädchen, gerade verheiratet. Ach, es war eine schöne Zeit, wenn der Krieg nicht gekommen wäre und mein Mann noch länger gelebt hätte. Sie kennen ihn ja nicht mehr. Er war eine ganz ruhige Natur. Man hat ihm nicht angesehen, daß er ein so schwaches Herz hatte.

– Ich bin auch Witwe, sagte die Frau von der Volkssolidarität. Ich bin erst einundsechzig hergezogen. Wir haben in der Allee gewohnt, aber als mein Mann dann starb, war es mir doch zu groß, und ich hab mit meinem Ältesten getauscht. Der hatte hier anderthalb Zimmer.

– Die Jungen gehen alle weg, sagte Herr Kolbe. Das wird eine richtige Veteranenstraße.

– Sagen Sie das nicht, sagte die Frau von der Volkssolidarität. Nebenan bei uns ist jetzt ein Student eingezogen. Und unten ein junges Ehepaar mit Kind.

– Das ist nur ein Übergang, sagte Herr Kolbe. Solange sie nichts Besseres haben. Die sind nicht so dumm wie wir. Wir können hier versauern.

– Reden Sie doch nicht so schlecht, Herr Kolbe, sagte die Frau nachsichtig. Wir kümmern uns doch um jeden.

– Ich sage nichts gegen Sie, sagte Herr Kolbe. Sie sind eine Ausnahme. Wonach richtet sich denn heute alles? Nach dem Materiellen. Wo gibt's denn noch Idealisten bei den jungen Menschen? Mit sechs zu den Pionieren, mit vierzehn in die FDJ, mit achtzehn in die Partei und mit zwanzig in den Neubau.

– Ums Geld ging's schon immer, sagte Frau Fackeldey, die lange geschwiegen hatte.

– Die sind bloß zu faul, um Kohlen aus dem Keller zu holen, sagte Herr Kolbe.

– Es geht um mehr als ums Geld, sagte die Frau von der Volkssolidarität. Gerade bei vielen jungen Menschen. Sehen Sie nur, was heutzutage an Bildung vermittelt wird. Jeder hat ein Recht auf Bildung und Ausbildung. Und gerade Sie, Herr Kolbe, wissen doch, was es heißt, arbeitslos zu sein. Sie waren doch neunundzwanzig drei Jahre ohne Arbeit. Das gibt es doch heute nicht mehr. Oder Frau Wolzka. Sehen Sie sich ihre Kinder an. Jeder hat einen anständigen Beruf lernen können. Was das den Staat gekostet hat!

– Das sagt doch auch keiner, sagte Herr Kolbe, daß nichts für die Jugend getan wird. Im Gegenteil, zuviel wird getan! Die kommen doch gar nicht mehr dazu, sich die Hörner richtig abzustoßen. Was haben wir denn alles durchmachen müssen. Und heute? Sehen Sie sich doch um.

– Wünschen Sie unseren jungen Menschen einen Krieg, fragte die Frau, damit sie es so haben wie wir?

– Da hat sie recht, sagte Frau Fackeldey zu Herrn Kolbe. Sie können doch nicht erst einen Krieg durchmachen.

– Aufgaben gibt es genug, sagte die Frau von der Volkssolidarität. Dafür sorgt unser Staat, daß jeder die Möglichkeit eines sinnvollen Lebens hat. Daß es sone und solche gibt, streitet ja keiner ab.

– Ein Schrotthaufen bist du, wenn du alt bist, sagte

Herr Kolbe heftig. Du taugst zu nichts mehr. Und zu allem, was du kriegst, mußt du noch Dankeschön sagen. Wo soll denn da der Sinn sein! Nee, meine Damen!

Die Frau von der Volksolidarität hob abwehrend die Hände.

– Bei mir ist das anders, sagte Frau Wolzka, die bis dahin geschwiegen hatte. Ich habe auch mein Leben lang gearbeitet. Erst auf dem Hof von meinem Vater, und dann habe ich im Laden gestanden. Aber ich habe immer gewußt, wofür ich das tue …

– Und ist der Laden noch so klein, so bringt er mehr als Arbeit ein, sagte Herr Kolbe.

– Ich meine das so, sagte Frau Wolzka unbeirrt. Als mein Andreas noch jünger war, da wollte er unbedingt Funker werden. Er hatte nur das Funken im Kopf. Vom Laden keine Spur. Da habe ich ihm gesagt: Junge, ich weiß, daß es dir Spaß macht. Aber wenn du es immer machen mußt, wird es dir keinen Spaß mehr machen. Nur was man freiwillig tun darf, macht einem auf die Dauer Spaß. Aber weil es wichtig ist, daß man sich das erhält, was einem im Leben Spaß macht, brauchst du eine Sicherheit. Lerne Verkäufer, übernimm den Laden, und du hast alles, was du brauchst für deinen Spaß. Er hat gemault, natürlich, er wollte nicht, aber ich habe ihm versprochen, daß ich für alle seine Sachen aufkomme in der Lehre, für seinen ganzen Funkkram, Sie können es sich ansehen, sein ganzes Zimmer ist voll davon. Im Sommer macht er seine Prüfung, im Herbst rückt er ein, und in zwei Jahren, wenn ich sechzig bin, kann er den Laden übernehmen.

Sie schwieg, ein bißchen atemlos von der langen Rede. Herr Kolbe zerdrückte den Zigarrenstummel im Aschenbecher. Es schien, als rüste er sich zum Aufbruch.

– Ja, sagte Frau Fackeldey nachdenklich, einen Sinn braucht man schon.

Die Frau von der Volkssolidarität stimmte ihr zu. Dann wandte sie sich an Herrn Kolbe:

– Mittwoch ist wieder Farblichtbildervortrag. Wollen Sie kommen?

– Was gibt's denn, fragte Herr Kolbe.

– Das Zittauer Gebirge, sagte die Frau von der Volkssolidarität und wandte den Kopf zur Tür.

Der Schatten einer Gestalt fiel in den Laden. Sie war klein, trug, trotz der Wärme, einen Lodenmantel, der ihr bis über die Knie reichte, und auf dem Kopf eine Schirmmütze.

– Ach, der Robert, sagte Herr Kolbe.

– Mahlzeit, sagte der Mann, der Robert hieß, und trat mit einem eigenartig schlurfenden Gang in den Laden.

– Mahlzeit, sagten die Frauen.

– Zeitung gefällig? fragte der Mann und hielt einen schmalen Packen Abendzeitungen in die Luft. Wenn er sprach, sah man, daß er keine Zähne hatte.

Frau Fackeldey und die Frau von der Volkssolidarität suchten nach einem Zehnpfennigstück. Frau Wolzka drückte einen Knopf der Registrierkasse, die mit einem Ruck aufsprang.

– Gib mir mal auch eine, Robert, sagte Herr Kolbe.

Der Mann streckte ihm die Zeitung entgegen, die er mit Daumen und Zeigefinger festhielt, während Herr Kolbe in die zu einer Höhlung geöffnete Innenseite der Hand das Zehnpfennigstück legte.

– Man dankt, sagte der Mann und schlurfte, ohne jemanden angesehen zu haben, hinaus.

Einen Moment herrschte Schweigen im Laden. Alle sahen dem Mann nach, der Robert genannt wurde.

– Ein armer Mensch, sagte Herr Kolbe nach einer Weile und seufzte.

– Es ist zum Verzweifeln, sagte die Frau von der Volkssolidarität, wir haben alles versucht bei ihm. Es ist einfach kein Rankommen.

– Tja, der läßt keinen an sich ran, sagte Herr Kolbe.

– Ich weiß noch, sagte Frau Wolzka, wie er immer mit dem Bauchladen rumzog, früher, als seine pommersche Lisbeth noch da war. Ein fröhlicher Mensch eigentlich …

– Die beiden hatten ein sehr inniges Verhältnis, sagte Herr Kolbe.

– Seine Frau kenne ich gar nicht, sagte die Frau von der Volkssolidarität.

– Können Sie auch nicht, sagte Herr Kolbe, das war ja gleich nach dem Zusammenbruch. Schuld war ja eigentlich die Ines, das war eine kleine, rothaarige Hexe, die wohnte gegenüber, und am Tage, wenn die Lisbeth auf Arbeit war, ging sie immer rüber zum Robert und hat da Mittag gegessen, weil die Eltern von ihr auch arbeiten waren. Na, und eines Tages ist es passiert. Wenn sie wenigstens noch den Mund gehalten hätte. Aber sie hat's ihrem Bruder erzählt, und der hat's seinem Vater erzählt, und der hat Anzeige erstattet. Wegen Minderjährigkeit. Das hat die Lisbeth nicht verwunden. Sie hat nie mehr mit ihm gesprochen, und als er rauskam, war sie weg. Wie lange hat er eigentlich gesessen?

– So um zwei Jahre, sagte Frau Wolzka.

– Ich glaub ja, sagte Herr Kolbe, die Kleine hat ihn verführt. Das war ein ganz raffiniertes Luder. Rote Haare, Sommersprossen sind des Teufels Volksgenossen, hat man doch mal gesagt.

– Herr Kolbe! sagte die Frau von der Volkssolidarität verweisend und fügte nach einer Pause hinzu:

– Ich hatte ihm sogar einen Platz in dem neuen Altersheim besorgt. Was meinen Sie, was ich geredet habe! Aber er guckt Sie ja nicht mal an, wenn Sie mit ihm reden. Und er sagt auch nichts. Ich hab ihm gesagt: Robert, es ist zu

Ihrem Besten, wenn Sie unter Menschen sind, wenn Sie jemand haben, der für Sie sorgt. Er hätte sogar seine Möbel mitnehmen können, obgleich er so gut wie nichts in der Wohnung hat. Aber er hat nur immer auf die Erde gestarrt und nichts gesagt, weder ja noch nein.

– Das könnte ich nicht, sagte Frau Fackeldey, einfach aufhören, mit jemandem zu reden. So unverzeihlich sein. Das könnt ich nicht.

– Die Lisbeth kam aus Pommern, sagte Herr Kolbe. Die Pommern sind stur. Neulich, beim Renteholen, habe ich einen alten Kollegen getroffen, der hat mir erzählt, in seinem Haus ist neulich eine Frau gestorben, die ist auch als Flüchtling hergekommen. Die war so etwas wie erste Magd auf einem Gut, so eine ganz treue Seele. Die Besitzer sind natürlich rübergemacht und kriegten dort bald einen neuen Hof. Die Frau hat nun immer gewartet, daß der Gutsherr sie wieder holt. Doch für den war sie wohl zu alt. Aber gesorgt hat er für sie. Sie hat immer große Pakete gekriegt, zu jedem Fest. Das war schon bekannt bei der Post, daß die Frau immer die größten Westpakete bekam. Und als sie gestorben ist, da mußte man nun in die Wohnung rein. Da war die Wohnung voller Pakete, das müssen Sie sich vorstellen, alles voller Pakete! Nicht eins hat sie aufgemacht. Aus Stolz. Das sind die Pommern.

Die Frau von der Volkssolidarität atmete hörbar aus, nahm ihre Tasche und verabschiedete sich.

– Ich schau dann noch einmal bei Ihnen vorbei, sagte sie zu Herrn Kolbe.

Als sie den Laden verlassen hatte, sagte Frau Wolzka:

– Die ist den ganzen Tag auf den Beinen, von morgens bis abends, und alles für nichts.

– Was denn, sagte Frau Fackeldey, sie kriegt nichts dafür?

– Das ist es ja, sagte Frau Wolzka.

– Sie kriegt doch Parteirente, sagte Herr Kolbe. Da muß sie auch was für tun.

Ein Kunde kam herein, den Frau Wolzka nicht kannte, und kaufte eine Schachtel Sechzehnpfenniger. Kurz darauf kam ein zweiter und verlangte ein Pfeifenbesteck, das sie nicht vorrätig hatte.

– Fragen Sie doch nächsten Mittwoch noch einmal, sagte Frau Wolzka. Da ist Lieferung. Vielleicht ist was dabei.

Als der Kunde hinausging, stieß er fast mit Herrn Tosch zusammen.

Herr Tosch trat kerzengerade in den Laden, sein Gesicht war blaß. Er sah aus, als hielte er die Luft an. Er ging langsam zu dem zweiten Korbsessel und ließ sich wortlos darauf nieder. Frau Wolzka tat, als hätte sie ihn nicht bemerkt. Herr Kolbe räusperte sich verlegen, schob sich aus dem Sessel und sagte:

– Dann werden wir mal.

– Ich komm gleich mit, sagte Frau Fackeldey.

– Schönen Tag noch, sagte Frau Wolzka.

– Atschö, sagte Herr Kolbe.

Herr Tosch saß steif im Sessel und atmete schwer. Der kleine Laden füllte sich schnell mit einem Geruch nach Bier.

– Dein Essen steht noch auf dem Herd, sagte Frau Wolzka und vermied es, ihn anzusehen.

Herr Tosch verzog das Gesicht, konnte aber nicht antworten.

Eine junge Frau betrat den Laden. Sie war frisch frisiert.

– Ich komme wegen dem Stoff, sagte sie.

– Ach, sagte Frau Wolzka anscheinend erschrocken, der Zettel ist ja noch dran.

– Er ist wohl schon weg, fragte die Frau.

– Na ja, sagte Frau Wolzka zögernd, eigentlich schon, aber …

Sie holte das Paket unterm Ladentisch hervor und schlug das Papier zurück.

– Eigentlich, sagte sie und schob der jungen Frau das Paket entgegen, wollte eine Kundin ...

Sie redete nicht zu Ende und blickte hinter sich auf die Uhr. Die Frau beugte sich über den Stoff und rieb ihn mit den Fingern.

– Es sind dreieinhalb Meter, sagte Frau Wolzka, neunzig breit.

– Ein schöner Stoff, sagte die junge Frau und nickte anerkennend. Und da ist nichts mehr zu machen? Frau Wolzka blickte noch einmal zur Uhr.

– Die Kundin wollte eigentlich schon hier sein, sagte sie.

– Schade, sagte die junge Frau, blieb aber stehen.

– Er gefällt Ihnen wohl? fragte Frau Wolzka. Die junge Frau griff noch einmal nach dem Stoff.

– Ich brauch was fürs Theater. Das wäre schon das Passende, sagte sie dann.

– Tosch, sagte Frau Wolzka, was meinst du?

Herr Tosch ließ ein unverständliches Brummen hören.

– Sie wollte bis fünf hier sein, sagte Frau Wolzka. Ich habe gleich gesagt, ich mach das nicht gerne. Man läßt etwas liegen, die Interessenten kommen, und man muß ihnen absagen. Und dann ist sie nicht mal pünktlich. Wissen Sie was, sagte sie entschlossen, ich gebe Ihnen den Stoff. Sie hat je gesagt, bis spätestens fünf ist sie hier.

Sie packte den Stoff zusammen.

– Hundertzehn, sagte sie, bevor die junge Frau etwas fragen konnte, und sie reichte ihr das Paket hinüber.

Die Frau legte drei Fünfzigmarkscheine auf den Tisch, und Frau Wolzka gab ihr den Rest heraus.

– Da habe ich noch mal Glück gehabt, sagte die junge Frau, bevor sie hinausging.

– Ich halte mich ja sonst bloß damit auf, sagte Frau Wolzka. Ich tu's ja nur jemandem zu Gefallen.

Frau Wolzka nahm achtzig Mark aus der Kasse und steckte sie in ein Kuvert, das sie in das Schubfach legte.

Es war halb sechs. Zwischen vier und fünf, wenn die Leute Feierabend hatten, war sonst der größte Andrang.

– Man müßte die Ladenfront streichen, sagte Frau Wolzka mehr zu sich selbst als zu Herrn Tosch.

Die Sonne war verschwunden. Frau Wolzka ging zur Tür, um sie zu schließen. Sie sah Andreas über den Damm kommen.

Er hatte beide Hände in den Taschen und nahm sie nicht heraus, als er Frau Wolzka sah.

Sie winkte ihm zu, und er machte eine Bewegung mit dem Kopf.

– Nimm dich zusammen, Tosch, rief Frau Wolzka hinter sich. Der Junge kommt.

Sie empfing ihn an der Tür. Er faßte sie unter den Arm und zog sie in den Laden.

– Na? sagte sie. Mach's nicht so spannend.

– Alles in Ordnung, sagte er. KV!

Sein Lächeln kam ihr gezwungen vor.

– Laß doch das, sagte sie. Was haben sie denn gesagt?

– Nichts, sagte er. Untersucht haben sie. So mit Raufgucken auf Farben und auf so Tafeln und so. In'n Hintern haben sie auch geguckt.

– Andreas! sagte Frau Wolzka.

– Na ja, sagte der Junge. Dann haben wir warten müssen, und dann haben sie uns reingeholt, ganz feierlich. So ein großer Tisch war da, da waren mindestens zehn, zwölf Leute dran, paar hatten unheimlich viel Lametta. Und dann haben sie gesagt: Sie sind für tauglich befunden für den Ehrendienst, oder so ähnlich, und dann haben sie gefragt, ob ich wo besonders hin will.

– Ach, das kannst du dir aussuchen? fragte Frau Wolzka. Das ist ja schön.

– Na ja, manchmal kann man sich das schon aussuchen, sagte er.

– Na, und du? fragte sie. Was hast du gesagt!?

– Ich will zur Nachrichteneinheit, hab ich gesagt, sagte der Junge.

– Dir muß man auch alles einzeln aus der Nase ziehen, sagte Frau Wolzka. Haben sie dich genommen?

Herr Tosch ließ ein leises Seufzen vernehmen, aber niemand achtete darauf.

– Eigentlich wollte ich ja dann nicht, sagte der Junge, aber sie haben so lange geredet.

– Also jetzt versteh ich gar nichts mehr, sagte Frau Wolzka. Erst sagst du, du hast zur Nachrichteneinheit gewollt, und dann aber wieder nicht. – Guck mich mal an.

Der Junge sah sie an. Er sah ganz ernst aus.

– Es ist wegen der drei Jahre, sagte er dann.

– Anderthalb, sagte sie.

– Ich hab mich, sagte er und sah sie an, für drei Jahre verpflichtet.

– Nein, sagte sie.

– Doch, sagte er.

Für einen Moment fürchtete sie, Tosch könnte lachen.

– Sieh mal, sagte Andreas, was soll ich bei den Mot-Schützen oder bei dem andern Fußvolk. Wozu hab ich denn GST gemacht? Das kann ich doch alles verwenden. Und obendrein kann ich mich noch qualifizieren.

Sie ging hinter den Ladentisch.

– Sieh mal, sagte Andreas, bei anderthalb Jahren hätte ich monatlich achtzig Mark Sold gekriegt. So aber kriege ich dreihundertfünf schon im ersten Jahr. Keule und ich, wir haben uns das doch vorher genau ausgerechnet. Wir verdienen rund 3000 in der Zeit.

Sie schwieg.

– 3000 Mark Reinverdienst! sagte Andreas, und als sie nicht antwortete: Du, ich hab vielleicht einen Kohldampf …

– In der Küche, sagte sie leise. Mach dir den Topf warm.

– Okeh! sagte er und schob sich an ihr vorbei, um nach hinten zu gehen.

– Nachher kommst du mal, rief sie ihm hinterher, und hilfst mir, den Ladentisch vorzurücken. Wer soll sich denn hier hinter bewegen können!

Im Laden war es still. Frau Wolzka hörte das Ticken der Uhr und die gedämpften Geräusche aus der Küche, Herr Tosch saß im Korbsessel und atmete schwer.

Sie trat hinter das Schaufenster und sah hinaus. Gestern noch hatte sie genau auf die Schöne Donau sehen können und auf die Straßenbahnhaltestelle. Sie hatte jeden Nachmittag den Weg der Leute verfolgt, die aus der Bahn stiegen. Jetzt lag die Schöne Donau an der Ecke links von ihr und rechts herunter, etwa in der gleichen Entfernung, der kleine Park und der Zeitungskiosk. Früher hatte dort ein Fotograf gestanden mit einer großen Kamera und einem schwarzen Tuch, unter das er seinen Kopf steckte.

Schräg gegenüber dem Laden war ein Gerüst aufgebaut. Die ersten drei Häuser in Richtung zur Schönen Donau waren graubraun und glatt verputzt worden. Bei den anderen hatte man schon begonnen, die Balkons und den Stuck abzuschlagen. Nur rechts herunter, in Richtung des kleinen Parks, hingen sie noch an den verschlissenen Fassaden, grün und bauchig.

Über der Tür des Hauses, das ihrem Laden genau gegenüber lag, war die Jahreszahl 1904 zu lesen und daneben, in blau verblaßten Buchstaben, die Aufschrift Kolonialwaren. Die Ladentür darunter war bis in Fensterhöhe vermauert. Hinter der Glasscheibe hingen Gardinen.

Eine junge Frau schob einen Kinderwagen in Richtung des kleinen Parks und überholte den Mann mit dem Lodenmantel und dem schlurfenden Gang.

– Hör mal, Wanda, sagte Herr Tosch mit überraschend klarer Stimme. Ich glaube, wir sollten uns zusammenschmeißen.

Frau Wolzka zog die Schultern hoch, als friere sie, aber sie sagte nichts. Der Mann mit dem Lodenmantel schlurfte über die Straße und blieb vor dem Zeitungskiosk stehen, dessen Fenster geschlossen war.

Der gelbe Kasten, der noch zur Hälfte mit Abendzeitungen gefüllt war, stand daneben. Der Mann machte eine flüchtige Bewegung mit der Hand, als wollte er Geld in den Schlitz über der Aufschrift Selbstbedienung stecken, nahm dann einen schmalen Stoß Zeitungen heraus, faltete sie zusammen und steckte sie unter den Mantel.

Er ging wieder über den Damm, die Augen auf die Erde gerichtet, und lief die Straße hinunter bis zur Schönen Donau. Er trat durch die Tür in das Stimmengewirr und den dichten Rauch.

– Tach, Robert! sagte der Wirt.

– Tach, Robert! sagte jemand an einem Tisch.

– Mahlzeit! sagte Robert und zog das Papierbündel unter dem Mantel hervor:

– Zeitung gefällig?

Der Tod meiner Tante

Meine Tante starb, als ich vierzehn war. Sie hinterließ zwei gleichlautende Abschiedsbriefe. »Bitte, verzeiht mir!« schrieb sie. »Ich kann nicht mehr weiter. Eure Euch liebende Hedwig.«

Der erste Brief war an meine Mutter gerichtet und trug als Nachsatz die Worte: »Ich kann nicht, kann nicht, kann nicht.«

Der zweite war für ihren Sohn und hatte die fast unleserliche, im Schriftbild stark nach unten abfallende Beifügung: »Gott wird mir verzeihen.«

Ihr Tod kam für uns überraschend. Wir kannten sie als eine energische und lebenslustige Frau. Sie war die jüngste Schwester meines Vaters und mit dem Elektriker Kurt P. verheiratet, dessen Spuren sich, wie die meines Vaters, in den letzten Monaten des Krieges verloren hatten. Damals hofften wir, mein Vater und mein Onkel wären in die Gefangenschaft geraten und würden eines Tages überraschend vor der Tür stehen.

Meine Tante hatte sich, wie meine Mutter, zu Lebzeiten ihres Ehemannes um den Haushalt und die Kindererziehung gekümmert. In den ersten Jahren nach dem Krieg arbeiteten beide als Trümmerfrauen, später in der Fabrik Elektroapparatewerke J. W. Stalin, Berlin-Treptow; meine Mutter als Skalenzeichnerin, meine Tante als Bohrerin.

Meine Tante fand sich mit den veränderten Bedingungen des Nachkriegs besser ab als meine Mutter. Sie fuhr am Wochenende oft mit dem Rucksack über Land, tauschte die kleinen Wertsachen der Städter gegen Nahrungsmittel und teilte sie mit uns. Öfter sprach sie meiner Mutter, die zur Skepsis neigte, Mut zu. »Trudchen«, sagte sie, »man darf nie die Hoffnung verlieren«, ließ sich das Rommméspiel geben und begann Karten zu legen. Immer stand dann Herzkönig ins Haus.

Meine Tante war zeit ihres Lebens bemüht gewesen, als rechtschaffene, in geordneten Verhältnissen lebende Frau zu gelten. Von ihrer Umwelt wollte sie sich, wie sie sagte, vorteilhaft abheben. Nachlässigkeiten duldete sie nicht. Selbst in den chaotischen Wochen nach dem Kriegsende ließ sie mich – wenn ich bei ihr wohnen durfte – nicht zum Spielen gehen, bevor ich mir nicht die Schuhe geputzt und die Haare gekämmt hatte. »Du willst doch kein Straßenkind werden«, sagte sie warnend.

An eine hervorstechende Eigenart meiner Tante erinnere ich mich noch genau. Mitten im Zimmer stehend, begann sie plötzlich die Hände aneinanderzureiben, wobei sie ihr Gesicht auf unbeschreiblich komische Weise verzog. Diese Geste war Ausdruck ihres höchsten Wohlbefindens. Noch heute habe ich das eigentümlich flirrende Geräusch ihrer aneinanderreibenden Hände im Ohr.

Meine Tante hatte einen Sohn, der sich nach einer unerwiderten Liebe zu einer bekannten Filmschauspielerin kurz vor Abschluß des Abiturs freiwillig an die Front gemeldet hatte. Als Fähnrich der deutschen Wehrmacht geriet er im Januar 1945 in amerikanische Gefangenschaft, aus der er zweieinhalb Jahre später entlassen wurde. In Bayern hatte er ein Mädchen kennengelernt, das er im Frühjahr 1949, nachdem er auf Wunsch seiner Braut zum Katholizismus konvertiert war, heiratete. Es war der größte Wunsch meiner Tante, daß ihr Sohn mit seiner Frau nach Berlin ziehen möge, aber er schrieb in einem Brief, dies sei ihm unmöglich, solange die Russen noch dort stünden. Vorläufig wolle er sich hier, in Freising/Obb., dem Wohnort seiner Frau, eine neue Existenz aufbauen.

Daraufhin entschloß sich meine Tante, persönlich mit ihm zu sprechen. Sie wollte über die grüne Grenze gehen, von der sowjetischen zur amerikanischen Besatzungszone. Meine Mutter riet ihr heftig davon ab. Nach allem, was man hörte, war eine solche Reise für eine Frau Anfang Vierzig kein ungefährliches Unternehmen, aber meine Tante war von ihrem Vorhaben nicht abzubringen, und sie rieb sich, in Vorfreude auf das erste Wiedersehen mit ihrem einzigen Sohn nach fünf Jahren, die Hände.

Der Grenzübertritt vollzog sich reibungslos. Bei ihrer Rückkehr schien meine Tante durchaus zufrieden und berichtete, ihr Sohn leide zwar unter beruflichen und finanziellen Schwierigkeiten, »er hat doch nichts gelernt!«, habe aber eine nette und gute Frau gefunden und wolle es sich mit der Rückkehr nach Berlin noch einmal überlegen.

Tatsächlich erschien er im folgenden Sommer mit seiner Frau in Berlin. Er war bewundernswert groß, spielte, wie er mir erzählte, bei München 1860 als Torwart in der 2. Männermannschaft und war, was seinen sportlichen Aufstieg betraf, zuversichtlich.

»Warte ab«, sagte er zu mir, »in der nächsten Saison stehe ich in der Ersten.«

Die Frau meines Cousins hieß Toni, trug ein Dirndlkleid und konnte auf zwei Fingern pfeifen.

Mein Cousin wollte zwei Wochen bleiben, fuhr aber – für uns alle, auch für meine Tante überraschend – nach drei Tagen wieder zurück. Er habe sich hier, bei den Russen, nicht sicher gefühlt. Die Angst habe ihm immer im Nacken gesessen, berichtete meine Tante und fügte mit besorgtem Gesicht hinzu: »Wer weiß, was er im Krieg erlebt hat.«

Anscheinend begann mein Cousin auch seine beruflichen Chancen zuversichtlicher zu werten, denn meine Tante freundete sich mehr und mehr mit dem Gedanken an, daß er sich endgültig in Freising/Obb. niederlassen wollte. »Er hat da als Katholischer auch mehr Möglichkeiten«, sagte sie einmal, »und die Gegend ist ja wie ein Traum.«

Im Winter 1950 beantragte meine Tante die Genehmigung für eine vierwöchige Reise in die amerikanische Zone, die ihr für das kommende Frühjahr zugebilligt wurde. Selten habe ich meine Tante in größerer Zufriedenheit gesehen. Zu meinem vierzehnten Geburtstag im Januar schenkte sie mir die Jahrgänge 1948 und 1949 der Zeitschrift »Natur und Technik«, die sie nach längerem Bemühen in einem Antiquariat erstanden hatte, und dazu zwei Bücher aus der kleinen Bibliothek meines Cousins, »Jörg Jenatsch« von Conrad Ferdinand Meyer und eine Nettelbeck-Biographie. Außerdem stellte sie mir fürs nächste Osterfest das Luftdruckgewehr meines Cousins in Aussicht. Ich wurde rot vor Freude. Meine Tante verzog das Gesicht, rieb ihre Hände und lächelte dann.

Als ich ihr vierzehn Tage vor ihrer Abreise die Wohnungstür öffnete, erkannte ich sie nicht wieder. Sie war totenblaß, ging wie abwesend an mir vorbei und setzte sich wortlos auf einen Sessel. Meine Mutter lief erschrocken im Zimmer umher, beschwor sie, um Gottes willen zu erzählen, was denn passiert sei, »mein Gott, Hete, nun sag doch schon was!«, aber meine Tante brach in Tränen aus und war erst nach einer Viertelstunde fähig, einen Satz zu sprechen. »Ich wollte Manfred doch keine unnötigen Kosten machen«, sagte sie unter Tränen.

Geschehen war folgendes: Meine Tante hatte, die Reise in die Westzone vor Augen, sich alter, auf dem Hängeboden lagernder Materialbestände ihres Mannes erinnert. Einem Hinweis der Nachbarin folgend, hatte sie ein paar Kilogramm des Buntmetalls in den Westsektor der Stadt gebracht und dort bei einem Altwarenhändler für einen überraschend hohen Westmarkpreis verkaufen können. Heute hatte sie nun den größeren Teil, siebeneinhalb Kilogramm Bleirohr, über die Grenze bringen wollen. Sie hatte das Metall über dem Gasherd zu kleinen Barren verschmolzen, in der Einkaufstasche verstaut und sich in die Straßenbahnlinie 4 gesetzt, die damals noch durch die Bernauer Straße fuhr, deren eine Seite zum französischen und deren andere zum sowjetischen Sektor gehörte.

An der Eberswalder Straße, kurz vor der Sektorengrenze, waren die erst seit kurzer Zeit tätigen Kontrolleure durch den Wagen gegangen. Wie beim ersten Mal hatte meine Tante die Tasche unauffällig neben sich gestellt, und – sagte sie unter Tränen – es hätte auch diesmal nichts passieren können, wäre nicht einer der Kontrolleure mit dem Fuß zufällig gegen die Tasche gestoßen. Er habe dann gefragt, sein Gesicht unter Schmerzen verziehend, ob ihr diese Tasche gehöre, und meine Tante habe nicht gewagt zu verneinen.

Sie habe aussteigen und sich in einem Raum der nahe gelegenen Post einer Kontrolle der Tasche und einer Leibesvisitation unterziehen müssen. Dann habe man sie mit dem Polizeiauto zum Präsidium in die Neue Königsstraße gefahren, wo sie von einem Kriminalpolizisten verhört worden sei. Sie habe gleich alles zugegeben. Man habe ihr allerdings nicht geglaubt, daß sie es erst zum zweiten Mal getan habe. Dann seien ihr – und an dieser Stelle ihrer Erzählung begann sie wieder hemmungslos zu weinen, so daß meine Mutter lange und beruhigend auf sie einreden mußte, ehe meine Tante in der Lage war weiterzuerzählen –, dann seien ihr Fingerabdrücke abgenommen worden, und anschließend sei sie in einen Raum gebracht worden, in dem man sie von allen Seiten fotografiert habe. »Von allen Seiten«, wiederholte sie ungläubig und schluchzend, »wie ein Verbrecher.«

Sie schwieg und starrte an meiner Mutter vorbei aus

dem Fenster. Ich erinnere mich nicht, meine Tante je fassungsloser gesehen zu haben als in jenem Moment.

In den folgenden zwei Wochen kam sie jeden Abend zu uns. Sie saß auf einem der beiden Sessel, gegenüber meiner Mutter, redete kaum, und wenn doch, dann nur über ein Thema: was nun, um Gottes willen, geschehen würde, sie hätte ihr ganzes Leben nie etwas mit der Polizei zu tun gehabt: »Wie soll ich denn dem Jungen unter die Augen treten?«

»Aber Hete«, sagte meine Mutter dann und gab ihrer Stimme einen möglichst sorglosen Klang, »du bist doch kein Schieber. Es war doch dein persönliches Eigentum. Laß dir mal keine grauen Haare wachsen.«

Meine Tante schwieg dann meist und schien beruhigt. Doch je öfter meine Mutter die sorgenvollen Bedenken meiner Tante zerstreuen wollte, desto verschlossener wurde sie. Die Veränderung, die in ihr vorging, war widersprüchlich. Einerseits trieb sie die Vorbereitungen für die Reise zu ihrem Sohn voran. Sie kaufte sich einen neuen Mantel und erschien zwei Tage vor ihrem Reisetermin mit einer neuen Frisur. Andererseits trug sie die wenigen Äußerungen über ihre – wie sie sich ausdrückte – Angelegenheit weitaus gefaßter und – wie mir heute scheint – der möglichen Konsequenzen bewußter vor. Was mir schon damals auffiel: Sie sah mir nicht mehr in die Augen, wenn sie mit mir sprach.

Einmal, sie saß bei uns am Abendbrottisch, ohne etwas zu essen, hob sie den Kopf und sagte: »Trudchen, ich werde beobachtet.«

»Aber Hete!« sagte meine Mutter.

»Doch«, sagte meine Tante, und sie schien sich ihrer Sache vollkommen sicher zu sein. »Gestern abend stand im Hausflur gegenüber ein Mann. Er hat dauernd hochgesehen.«

Meine Mutter schüttelte ungläubig den Kopf.

»Doch«, sagte meine Tante beharrlich, »ich habe ihn auch in der S-Bahn getroffen. Er hat mich beobachtet.«

»Hete, du täuschst dich bestimmt«, sagte meine Mutter beschwörend.

»Nein«, sagte meine Tante, »so kann man sich nicht täuschen.«

»Du redest dir etwas ein«, sagte meine Mutter. »Bestimmt grübelst du zuviel.«

»Trudchen«, sagte meine Tante, »sie werden mich ins Gefängnis stecken.« Sie schlug die Hände vor ihr Gesicht, offenbar erschrocken über ihren Mut, etwas auszusprechen, was man in unseren Kreisen – auf sich selbst bezogen – nicht einmal zu denken wagte. Ich weiß noch, daß dieses Wort ein ähnlich befremdliches Gefühl in mir auslöste wie das Wort Pest, wenn ich es in einem Buch las. Ich erinnere mich auch noch an den entsetzten Ausdruck, der in das Gesicht meiner Mutter trat, wie wenn jemand ins Zimmer gekommen wäre und den Tod meines als vermißt geltenden Vaters bekanntgegeben hätte. Aber selbst das, scheint mir heute, wäre für sie begreifbarer gewesen als dieses Wort, das für sie, wie für meine Tante, der Beginn einer unauslöschlichen Schande, eines untilgbaren Fluchs zu sein schien.

»Aber Hete!« rief meine Mutter, als sie sich wieder in der Gewalt hatte, »du mußt doch nicht mit dem Schlimmsten rechnen. Fahr erst mal zu Manfred, und laß alles andere auf dich zukommen.«

Als meine Tante an jenem Tag nach Hause ging, sahen wir ihr, wie jedesmal, aus dem Fenster hinterher und winkten, wenn sie sich umdrehte, so lange, bis sie um die Ecke gebogen war.

Meine Tante wohnte im vierten Stockwerk des Hauses Nr. 38 in der früheren Weißenburger Straße. Am nächsten Vormittag, ihrem Reisetag, habe sie, erzählte man uns, die Aufmerksamkeit einiger Passanten erregt, indem sie, auf dem Fensterbrett stehend, Anstalten machte herunterzuspringen. Es habe sich schnell eine Menschenmenge angesammelt, und man habe ihr durch Gesten und durch lautes Rufen bedeutet, sie solle zurücktreten. Tatsächlich sei sie vom Fensterbrett heruntergestiegen und habe das Fenster geschlossen.

Eine Nachbarin, durch den Lärm auf der Straße aufmerksam geworden und schon im Besitz des zweiten Wohnungsschlüssels, den meine Tante ihr für die Dauer ihrer Reise wegen der fälligen Ablesung des Gaszählers überlassen hatte, klingelte an der Tür und betrat dann, da niemand öffnete, die Wohnung. Im Zimmer, das zur Straße hinausging, sei niemand gewesen, erzählte sie uns später. Als sie aber die Tür der zum Hof liegenden Küche öffnete, habe sie meine Tante auf dem Fensterbrett sitzen gesehen, mit dem Rücken zu ihr, die Beine in der Luft baumelnd. Noch bevor sie, die Nachbarin, ein Wort über die Lippen gebracht habe, sei meine Tante hinuntergesprungen.

Die Ärzte stellten am Leichnam meiner Tante einen doppelten Schädelbasisbruch, Frakturen beider Oberschenkel und Verletzungen der wichtigsten inneren Organe fest.

Zwei Wochen später bekam meine Mutter Post aus Freising/Obb. Sie enthielt detaillierte Angaben über die Art und Weise, in der die Beerdigung stattfinden solle, und legte die Gründe dar, weshalb es meinem Cousin unmöglich sei, an der Feierlichkeit teilzunehmen, wollte er nicht seine berufliche Existenz gefährden.

Der Brief schloß mit den Sätzen: »Alle meine Gedanken sind bei Euch. Wenn ich auch den Freitod meiner geliebten Mutter aus Gründen des Glaubens niemals werde billigen können, so ehre ich doch ihr Motiv, sich und mir das Schlimmste ersparen zu wollen.«

Am Ende der Jugend

I

Kurz bevor ich aufwachte, hatte ich einen Traum. Ich sah mich im Zimmer meiner Eltern, auf dem Bett sitzend, jemand hämmerte gegen die Wohnungstür, und eine Stimme, die mir bekannt vorkam, rief meinen Namen. Ich wollte zur Tür, war aber wie gelähmt. Angst befiel mich, ganz plötzlich, ohne daß ich hätte sagen können, worauf sie sich bezog. Das Pochen wurde stärker, ich wendete unter unendlicher Mühsal den Kopf, und mir wurde klar, daß die Geräusche nicht von der Wohnungstür kamen, sondern aus der Standuhr, aus dem Innern der Standuhr, deren Verkleidung plötzlich aufsprang, und heraus trat eine kleine muskulöse Gestalt, die mich mit einem froschähnlichen Satz ansprang und meinen Hals zu würgen begann. Ich hatte Mühe, Luft zu holen, fiel irgendwann durch eine lilaschwarze Leere und stand in einem Raum, der mir wie ein Schulzimmer vorkam. Er war voller Menschen; die meisten von ihnen kannte ich, ohne daß ich hätte sagen können, wer sie waren. Ich saß auf einer Bank, flankiert von zwei Wächtern. Hinter dem Katheder stand eine Frau in schwarzem Kostüm, sah mit ernstem, fast strengem Blick zu mir herüber und fragte mich, wer ich sei.

– Ich heiße Gottfried, sagte ich, indem ich aufstand, bin vierundzwanzig Jahre alt und technischer Assistent am Institut für Serologie.

– Setzen Sie sich, sagte die Frau, in der ich nun meine frühere Englischlehrerin erkannte.

Dann entdeckte ich Martin. Er stand im Gespräch mit

ein paar Leuten und tat sehr entschlossen. Als er sah, daß ich ihn beobachtete, senkte er seine Stimme und kam zu mir herüber. Er beugte sich über die unbeteiligt ins Leere blickenden Wächter und sagte, daß jeder im Raum es hören konnte: Mach dir keine Sorgen! Ich werde auf jeden Fall bezeugen, daß du in der fraglichen Zeit bei mir warst! – Alle sahen auf Martin, der nun, über die Wächter hinweg, die Hand nach mir ausstreckte und sie auf meine linke Schulter legte. Im ersten Moment spürte ich Erleichterung, die aber sofort einer Bestürzung wich, wie wenn etwas verletzt wäre in mir, ein sehr großes, ehrliches Gefühl, aber da war wieder das Klopfen, und ich wachte auf, wußte, daß ich geträumt hatte, wollte aufstehen und die Tür öffnen, fiel für einen Augenblick wieder zurück, stand abermals in dem Klassenzimmer, sah Martin in die Augen, wußte nun auch, weshalb ich bestürzt war, lehnte mich auf, redete etwas in den Raum hinein, ganz laut und gut artikuliert, wachte dann wieder auf durch das Klopfen, rollte mich seitwärts aus dem Bett und stand taumelnd im Zimmer. Marie schlief noch. Wenn ich sie je um etwas beneidet hatte, dann um ihren Schlaf.

Ich schleppte mich zur Wohnungstür, sah durch die Vorhänge, daß heller Tag war, dachte, daß draußen eigentlich nur Martin stehen konnte, war aber nicht überrascht, als es Rosenberg war.

– Sei bitte still, sagte ich, Marie schläft noch.

– Was denn, flüsterte er, es ist gleich Mittag, ihr versäumt ja das Wichtigste, oder wißt ihr noch gar nichts?

– Komm rein, sagte ich, aber sieh dich nicht um.

In meinem Kopf war ein dumpfer Druck, ich kam mir wie ausgelaugt vor, nur dieser Traum war da, verschwommen zwar, aber wie auf der Lauer, bereit, mich jederzeit anzuspringen. Rosenberg stand da und wechselte periodisch das Standbein. In seiner massigen Gestalt steckte eine Unruhe, die ich sonst nur an ihm bemerkt hatte, wenn er an einem neuen Arbeitsthema saß.

– Willst du einen Kaffee, fragte ich.

– Nein, danke, sagte er, ich bin nur auf einen Sprung hier. Ich habe Bereitschaft im Institut.

– Wieso Bereitschaft, fragte ich und zog die Vorhänge vom Fenster zurück.

Draußen zog eine Wolkenfront über den Himmel und färbte die Hauswand gegenüber grau. Wir wohnten damals im vierten Stock, Hinterhaus, Klosett auf dem Hof, eine hundskalte Wohnung im Winter, aber jetzt war es August. Es war unsere erste Wohnung nach der Heirat, ein Zimmer, Küche und drei Außenwände, aber wir waren froh, daß wir überhaupt etwas Eigenes hatten. Im nächsten Winter, als das Kind da war, mußten wir allerdings ausziehen: Es war nicht mehr zu ertragen vor Kälte. Rosenberg selber hatte das in die Hand genommen, wir waren bei zwei Kommissionen, die uns alles andere als Hoffnung machten, zwei, drei Jahre würde es mindestens dauern, Kollegen, bei *der* Wohnungssituation! Wenn ihr wüßtet, was wir für Fälle haben, sagte der Vorsitzende seufzend und sah mich derart strafend an, daß mir mein Fall wie eine Bagatelle vorkam. Ich wollte schon aufstehen, aber Rosenberg drückte mich wieder auf den Stuhl und begann noch einmal alles zu erklären: die Kälte, das Kind, drei Außenwände, unverputzt. Und als das Gesicht des Mannes unbewegt blieb, sagte Rosenberg Genosse zu ihm, Genosse Vorsitzender, und dann noch etwas, das mir gar nicht so bedeutend erschien, aber als wir hinausgingen, hatten wir die Adressen zweier Wohnungen.

– Wieso Bereitschaft, fragte ich Rosenberg.

– Du weißt also noch nichts?

– Nein, sagte ich, was ist denn nur los?

– Die Grenzen sind zu. Heut früh ging's los. Um eins.

Ich ging an Maries Bett und schüttelte sie. Sie setzte sich auf und war sofort wach.

– Hallo, sagte sie und nickte Rosenberg ohne Verwunderung zu.

– Ich wollte eigentlich nur sehen, ob ihr noch da seid, sagte Rosenberg, nicht ohne Ironie.

– Ach Gott, sagte ich, ich dachte, wir kennen uns besser.

– Ich hab schon Pferde kotzen sehn, sagte er.

– Was ist denn los, fragte Marie endlich.

– Halten Sie sich fest, sagte Rosenberg, die Grenzen sind zu.

Marie sah mich an, und ich hatte das Gefühl, sie war erleichtert. Der Teekessel begann zu pfeifen, ich ging in die Küche und goß Wasser auf den Kaffee, räumte Tassen und Gebäck auf das Tablett und trug es ins Zimmer. Seit Marie schwanger war, machte ich das Frühstück. Ich deckte den Tisch, bekam plötzlich einen starken Widerwillen, etwas zu essen, und goß Kaffee in die Tassen. Rosenberg sagte:

– Nur einen Schluck, ich muß wirklich weiter.

Ich sagte: Wir kommen auch gleich mit!

Marie stöhnte und sagte: Du, ich fühl mich nicht so, ich hör's mir im Radio an.

Wir tranken die Tassen leer, ich küßte Marie auf die Wange, dann gingen wir hinunter. Die Treppen zitterten unter Rosenbergs schwerem Körper. Er lief vor mir, und ich sah den spärlichen Haarwuchs auf seinem Hinterkopf. Rosenberg war im Mai vierunddreißig geworden. Wir hatten im Institut gefeiert, und jemand hatte mir seine Geschichte erzählt: Halbjude, die letzten zwei Jahre unter Hitler illegal gelebt, dann Polizeidienst, ABF, Biologiestudium und mit zweiunddreißig das Diplom. Rosenberg war eigentlich der erste, zu dem ich – Martin natürlich ausgenommen – Kontakt bekam im Institut. Es war etwas in seinem Wesen, das diese Distanz, wie sie Doktor Weiß oder der Professor hatten, als unnatürlich empfand. In gewissen Momenten hatte er sogar etwas Brüderliches.

Auf dem letzten Treppenabsatz blieb Rosenberg stehen, wandte sich um und sagte: Und dein Freund Martin?

Ich sagte: Der wird zu Hause sein.

– Na, sagte Rosenberg, hoffentlich! Im Hausflur verabschiedeten wir uns.

– Sehen wir uns noch, fragte er.

– Vielleicht, sagte ich und gab ihm die Hand.

Er lief durch die Tür, ich nahm die Zeitung aus dem Briefkasten, warf einen Blick auf die Titelseite, las BESCHLUSS DES MINISTERRATES DER DEUTSCHEN DEMOKRATISCHEN REPUBLIK in großen schwarzen Buchstaben, schlug die nächste Seite auf, DEM FEIND KEINEN FUSSBREIT BODEN, faltete die Zeitung zusammen und steckte sie wieder in den Kasten. Dann trat ich auf die Straße.

2

Ich weiß nicht, ob ich die Stadt jemals wieder so gesehen habe wie an diesem Tag. Dabei hätte ich nicht sagen können, woran es lag; es war alles unverändert, diese graue, lange Straße, die stummen, mächtigen Häuser mit ihren bröckligen Fassaden – alles unverändert und doch auf eine schwer faßbare Weise anders, nicht nur weil ich, außer an Staatsfeiertagen, noch nie so viele Menschen auf den Straßen gesehen habe, die eilig und meist in Gruppen in Richtung der Grenze liefen: Ehepaare, fest untergehakt, als könnten sie sich verlieren, ganze Familien, Großeltern, Eltern, Kinder, in den Gesichtern – ob sie nun Zorn oder Triumph zeigten – etwas Einendes, allen Gemeinsames, ja es war die gleiche Ungläubigkeit in den Gesichtern der Menschen, die an mir vorbei zur Grenze zogen.

Mein Herz klopfte, und obgleich ich mir sagte, daß ich im Grunde mit der ganzen Sache nichts zu tun hätte, war in mir ein ähnliches Gefühl wie damals, vor drei, vier Jahren, als ich von zu Hause, aus Neustrelitz, hier ankam, mit zwei Koffern in der Hand auf dem Bahnhofsvorplatz stand, vergeblich nach Martin Ausschau hielt, der versprochen hatte, mich abzuholen, und immer wieder den Brief des Professors las, daß meine Bewerbung akzeptiert sei, mir Arbeitsplatz und Wohngenehmigung zur Verfügung stünden und daß er sich persönlich sehr auf meine Mitarbeit freue.

Auch ich freute mich, schon wegen Martin, der ein halbes Jahr vor mir nach Berlin gegangen war und auf dessen Empfehlung sich der Brief des Professors bezog, fühlte mich aber dennoch fremd und unbehaglich, als ich auf dem Bahnhofsvorplatz stand, vor diesen Straßen, vor diesen Häusern, die grau und bedrückend auf mich wirkten, fast feindlich, und dann die Autos, die Straßenbahnen, die Menschen, einfach alles, ein unbehagliches Gefühl, das erst verschwand, als Martin auftauchte, verspätet, wie immer, und mit einem Taxi, aber er stieg so ruhig aus, als käme er lange vor der Zeit.

Ich stieg an der Ecke in die Straßenbahn, fuhr bis Pankow und ging durch baumbestandene Straßen mit Vorgärten und kleinen Häusern, die mich in dieser Stadt noch am ehesten an Neustrelitz erinnerten. Eine halbe Stunde später stand ich vor Martins Wohnungstür. Ich klingelte, aber niemand öffnete, dann entdeckte ich den kleinen Zettel, der hinter das Namensschild gesteckt war. Mit Mühe konnte ich entziffern, daß Martin in der HÜTTE war.

Ich lief hinunter, traf im Hausflur Frau Erlwein, Martins Nachbarin, eine freundliche alte Frau, die uns manchmal mit Tee oder Zucker aushalf.

– Guten Tag, Frau Erlwein! rief ich, haben Sie meinen

Freund gesehen? Sie blickte mich an, als würde sie mich nicht kennen.

– Meinen Freund Martin, wiederholte ich.

– Soldaten, sagte sie flüsternd, überall Soldaten.

– Ich bin Martins Freund, Frau Erlwein, sagte ich.

– 's kommt Krieg, flüsterte sie drohend, zog die verschlissene Tasche an ihren Körper und ging hinauf.

Ich fuhr zurück, stieg am Bahnhof Schönhauser aus und lief die paar Schritte bis zur HÜTTE, die nachmittags Kaffeebetrieb und abends Tanz hatte, aber die Jalousien waren herabgelassen, und mir fiel ein, daß sonntags ja Ruhetag war und Martins Zettel sich auf den gestrigen Abend bezogen haben mußte.

Gegenüber stand eine Telefonzelle. Ich fragte ein älteres Ehepaar, das an mir vorüberging, ob es ein 50-Pfennig-Stück in Groschen wechseln könne, aber der Mann schüttelte wortlos den Kopf. Ich suchte noch einmal in meinen Taschen, fand doch noch zwei Zehn-Pfennig-Stücke, ging in die Zelle und wählte die Nummer von Gerhard Schwager.

Schwager war Filmschauspieler, ich kannte ihn aus der HÜTTE, wo er manchmal auftauchte, meist nach den Dreharbeiten und immer mit ein paar Mädchen am Arm. Zwei- oder dreimal waren Martin und ich nachts mit zu ihm nach Hause gegangen.

– Hallo, sagte eine matte Stimme.

– Frau Schwager, sagte ich, hier ist Gottfried …

– Herr Gottfried, sagte Frau Schwager schnell, gut, daß Sie anrufen. Haben Sie eine Ahnung, wo mein Mann ist?

– Ihr Mann? sagte ich verwirrt.

– Ja, sagte sie, er wollte noch nachts zurückkommen vom Drehen, aber bis jetzt hat er sich nicht gemeldet.

– Keine Ahnung, sagte ich, ich bin auch gerade raus aus dem Haus.

– Herr Gottfried, sagte Frau Schwager, ich bitte Sie um

eins! Gehen Sie bei Kauffeld vorbei, und sehen Sie nach, ob er dort ist.

– Frau Schwager, sagte ich, ich kenne ja keinen Kauffeld.

– Der Regisseur, sagte sie ungläubig, der Regisseur Kauffeld!

– Nein, sagte ich, kenne ich nicht. Ihre Stimme wurde ganz hoffnungslos.

– Was soll ich denn machen, sagte sie. Ich trau mich ja gar nicht vom Telefon weg.

– Er wird sich schon melden, sagte ich, bestimmt!

Durch den Hörer drang ein merkwürdig fauchendes Geräusch, und ich rief erschrocken: Frau Schwager! und merkte erst an ihrer erstickten Stimme, daß sie weinte.

– Wenn ihm was passiert ist, sagte sie und schluchzte, mein Gott, die Kinder!

Es war klar, was sie befürchtete, und ich war mir nicht sicher, ob sie nicht recht hatte, aber wir irrten uns beide. Ein halbes Jahr später spielte Schwager einen Kampfgruppenmann, der seine Freundin hindert, über die Grenze zu gehen.

– Was soll ihm denn passieren, sagte ich ins Telefon und gab meiner Stimme einen möglichst unbesorgten Klang, vielleicht versucht er gerade jetzt anzurufen.

– Meinen Sie, fragte sie unsicher.

– Bestimmt, sagte ich, aber sie hatte schon aufgelegt.

Ich ging die Schönhauser hinunter, ließ mich, ohne festes Ziel, durch das Menschengewühl treiben, sah in Schaufenster, aber ich sah eigentlich nichts, jemand stieß mich an, ohne Absicht vermutlich, aber auch ohne Entschuldigung. Ich wechselte unter den Trakt der Hochbahn, der sich grau und fest über die Straße wölbte, eine Art stählerner Schutzschirm, Straßenbahnen fuhren vorbei, olivgrüne Militärlastwagen, auf denen Uniformierte saßen mit eisernen Mienen. An der Dimitroff sprang mir ein Transparent ins Auge, das weiß auf rot ALLE KRAFT ZUR LÖSUNG DER ÖKONOMISCHEN HAUPTAUFGABE forderte, und ich bog rechts ab, die Eberswalder hinunter, vorbei an der Post und am Stadion. Überall dasselbe Bild, Sperrketten bewaffneter Kampfgruppen und auf beiden Seiten Menschen.

Ich spürte eine körperliche Sehnsucht nach Marie, schlug die Richtung nach Hause ein, lief instinktiv die Straßen in Grenznähe entlang, Kremmener, Rheinsberger, Anklamer, überall Menschen vor bröckelnden Fassaden, Kopfschütteln und heftige Armbewegungen. An einer Ecke standen Frauen und sahen hinüber auf die andere Seite. Eine rief: Verwandte ersten Grades dürfen immer, Verwandte zweiten Grades nur auf Genehmigung!, während eine andere wölfische Blicke um sich warf und gezwungen zu lachen begann.

– Nee, nee, sagte eine dritte, im Radio habe ich gehört …

Sie dämpfte ihre Stimme, als ich vorüberging.

Ich spürte Müdigkeit in den Beinen, wollte schnell zu Marie, lief zur nächsten Straßenbahnhaltestelle und fuhr drei Stationen bis nach Hause. Als ich um die Ecke ging, griff jemand nach meinem Arm und hielt mich fest. Ich riß ihn aus der Umklammerung, sprang instinktiv zur Seite, als ich sah, daß es Martin war, der neben mir stand.

3

Wir gingen in eine Kneipe gegenüber. Der Raum war überfüllt, es war laut und heiß, Rauch stand über den Köpfen. Wir zwängten uns an einen Tisch, an dem gerade zwei Plätze frei wurden, versuchten lange Zeit vergeblich die Aufmerksamkeit des Kellners auf uns zu ziehen, hatten dann endlich Bier vor uns stehen und tranken uns zu.

Es war merkwürdig, aber seit ich Martin getroffen hatte, war meine Spannung gleich Null, das Bedürfnis zu reden verschwunden, wie wenn es nichts mehr gäbe, was problematisch sein konnte, sogar der dumpfe Druck in meinem Kopf hatte nachgelassen.

– Du warst in der Hütte, fragte ich Martin.

– Gestern abend. Aber wir sind noch weitergezogen. Ich hab woanders geschlafen, aber frag mich nicht, wo.

– Und Grit, fragte ich.

– Schluß, sagte er, seit gestern. Es ging ein halbes Jahr gut, aber jetzt ist es einfach zu Ende.

Er schien eher bedrückt als erleichtert, trank sein Bier aus und winkte abermals dem Kellner. Mein Glas war noch halb voll.

– Wir haben bis mittags geschlafen. Rosenberg kam und hat es uns gesagt.

– Hör auf, sagte er und winkte ab, ich hab's im Radio gehört. Ein beschissener Tag!

Er rief wieder nach dem Kellner, und ich lehnte mich für einen Moment zurück, wischte mir den Schweiß von der Stirn, als mir jemand die Hand auf die Schulter legte. Neben mir stand ein älterer, hagerer Mann und sah mit Augen, wie sie Betrunkene haben, auf mich herab. Sein Hemd war durchgeschwitzt und hing an seinem Körper herunter.

– Die machen was mit uns, wa? sagte er mit einer schleppenden, aber kräftigen Stimme.

Mir war nach allem anderen zumute als nach einem Gespräch, schon gar nicht in einer Kneipe und mit einem Angetrunkenen. Ich zog meine Schulter weg, brummte so etwas wie jaja, du hast schon recht, und drehte mich ein wenig herum. Der Mann zögerte einen Augenblick, lief dann aber weiter, und ich dachte schon, wir wären ihn los, als er Martin erblickte und leicht schwankend auf ihn zuging.

– Dreiundzwanzig Jahre, sagte der Mann zu ihm, dreiundzwanzig Jahre war ich da. Fritz Lenk, Bauunternehmen, Charlottenburg, kennste sicher.

Martin schüttelte den Kopf. Ich dachte noch, das war ein Fehler!

– Nein, sagte Martin, kenn ich nicht.

– Polier war ich, sagte der Mann. Stunde viersiebzig. Martin blieb stumm, sah dem Mann aber in die Augen.

– Kongreßhalle, kennste doch, ja? Hab ich gebaut, sagte der Mann und stieß seinen Zeigefinger auf das schweißnasse Hemd.

Martin nickte.

– Ach, sagte der Mann und ließ seinen hageren, sonnengebräunten Arm abwehrend durch die Luft sausen: Ich sag dir, alles Verbrecher …

– Wen meinen Sie denn? fragte Martin.

Ich verstand ihn nicht. Was hatte es für einen Zweck, in einer Kneipe ein Gespräch anzufangen und dann noch mit einem Angetrunkenen?

– Na, du machst mir Spaß, sagte der Mann und schüttelte verständnislos den Kopf.

– Hör auf! sagte ich zu Martin, das hat doch keinen Zweck. Du kannst doch jetzt keine Diskussion anfangen.

Martin hörte nicht. Er sah aufmerksam auf den Mann. Ich hatte das Gefühl, er nahm ihn ernst.

– Polier war ich, hörst du. Dreiundzwanzig Jahre. Und jetzt zerhaun die die Stadt.

– Hören Sie, sagte Martin, so können Sie das nicht sehen …

Der Mann fiel ihm ins Wort.

– Wo kommste denn her, Mann, wo biste denn her. Bist du denn überhaupt Berliner, du, bist du Berliner!

– Das hat doch nichts mit der Sache zu tun, sagte Martin geduldig, ob ich Berliner bin.

– Doch, schrie der Mann, doch!

– Aber diese Stadt, sagte Martin eindringlich und ernst, ist schon seit fünfzehn Jahren geteilt, seit wir diesen beschissenen Krieg verloren haben und …

– Hör mir auf mit dem Krieg! sagte der Mann laut. Ich hab dich gefragt, ob du Berliner bist.

– Nein, sagte Martin, wenn Sie es genau wissen wollen, ich bin kein Berliner.

– Dann halt die Fresse, sagte der Mann trocken. Die haben die Stadt zerhaun, die Verbrecher, und wenn du wissen willst, wen ich meine, dann kann ich's dir auch sagen. Das sag ich ganz laut, hörst du, das ist mir scheißegal. Dreiundzwanzig Jahre war ich bei Lenk, hörst du, mir kannst du nischt weismachen.

– Hör uff, Kalle, sagte eine Stimme am Nebentisch. Du redst dir um Kopp und Kragen!

– Quatsch, sagte der Mann, der Kalle hieß, das kann jeder hören. Den Spitzbart meine ich, den Spitzbart!

In der Kneipe war es ganz still. Alle sahen zu uns herüber. Der Mann stand jetzt kerzengerade vor Martin, und ich fand, er sah gar nicht mehr betrunken aus. Schweiß schoß mir ins Gesicht. Ich wünschte, wir kämen so schnell wie möglich aus dieser Kneipe hinaus, aber Martin schien nichts von allem zu bemerken.

– So können Sie die Sache nicht sehen, sagte er. Aber wenn wir uns unterhalten wollen, dann müssen wir schon sachlich bleiben.

Er sagte das ohne die geringste Spur von Erregung, ja mit beinahe freundlichem Ton, und der Mann schien zu stutzen, seine Schultern senkten sich unmerklich, und sein Gesicht, das eben noch verkrampft und wie von Haß erfüllt war, nahm einen interessierten Ausdruck an. Wahrscheinlich wäre alles noch gut gegangen, hätte nicht die Stimme am Nebentisch gesagt: Paß uff, Kalle, das is'n

Hundertfuffzichprozentiger! und der Mann, irritiert durch den Einwurf, plötzlich abgewinkt und: Ach, leck mir die Bollen! geschrien und ein anderer, ich weiß nicht wer, Martin, der gerade zum Glas griff, angestoßen, so daß das Bier sich breit und gelb über den Tisch ergoß und das Glas herabfiel und mit klirrendem Geräusch zersprang. Wir standen auf, sahen uns im gleichen Moment umringt, wütende, haßerfüllte Gesichter, die bedrohlich näher rückten, jemand stieß mich von hinten, ich fiel gegen Martin, der sich nur mit Mühe halten konnte, aber dann rief eine Stimme: Hört auf, verdammt! Es war der Wirt, der nun vor uns stand und raus hier! sagte, wenn ihr Streit anfangen wollt, dann nicht in meinem Lokal, und jetzt wird gezahlt und dann ab! Ich zog Geld aus der Tasche, reichte es dem Wirt und schob Martin, der nur widerstrebend ging, zur Tür. Ich wußte, es hatte keinen Zweck, und war im Grunde froh, daß es so glimpflich verlaufen war, und erst auf der Straße sah ich, daß Martin verletzt war.

– Mensch, du blutest ja! sagte ich erschrocken, aber als ich ihm mein Taschentuch hinhielt, lachte er, erstickte fast vor Lachen, aber es war ein unnatürliches, gezwungenes Lachen, so daß ich manchmal nicht wußte, ob er weinte, wenngleich ich mir einen weinenden Martin einfach nicht vorstellen konnte. Schließlich nahm er das Taschentuch, das ich noch immer in der Hand hielt, lehnte sich gegen eine Hauswand, seine Schultern zuckten leicht und arhythmisch, und dann drehte er sich herum und war wieder ganz normal.

4

Gegen vier Uhr waren wir am Institut. Das Klinikgelände war von Kampfgruppenleuten bewacht, aber ich kannte einen von der Gewerkschaft, und wir kamen unbeanstandet durch das Tor. Auf der Treppe begegnete uns Grombal. Er habe es eilig, müsse zur Anleitung, aber wir sollten unbedingt bei ihm vorbeischauen, unbedingt! rief er uns zu. Grombal war mit Martin ganz gut bekannt.

Oben stand Rosenberg; man sah ihm an, er freute sich, daß wir gekommen waren. Es seien außer uns noch drei Kollegen gekommen, spontan, sagte er bedeutungsvoll, sah Martin dabei an, entdeckte die Wunde: Was ist denn mit Ihnen los? Martin winkte ab und ging zum Apothekenkasten. Doktor Schnabel kam aus dem Assistentenzimmer, hinter ihm einer der Doktoranden und Messemer, ein blasser, aufgeschossener Laborant, der nebenher Gedichte schrieb.

– Was ist denn passiert, fragte Rosenberg noch einmal, und ich erzählte ganz kurz unser Erlebnis und bemerkte dabei Martins verzogenes Gesicht, als Doktor Schnabel die Wunde auswusch.

– Es ist nur ein Hautriß, sagte er.

Ich ging ins Labor. Alles stand so, wie ich es gestern verlassen hatte. Ich weiß noch, daß ich dabei so etwas wie Befriedigung empfand, wie wenn man etwas entdeckt, das sich als unverrückbarer, absolut sicherer Wert herausstellt. Ich sah aus dem Fenster. Unter mir lag der Park zwischen der Chirurgie und der Neurologie. Der Rasen wirkte verstaubt, die Blätter der Bäume waren gelb an den Spitzen. Auf dem Weg stapfte eine Kolonne Grenzsoldaten in Richtung des S-Bahn-Traktes, der das Klinikgelände westlich abschloß und auch Grenzlinie war. Die Soldaten hatten Marschgepäck, Maschinenpistolen hingen über ihre Schultern. Bei jedem ihrer Schritte wirbelte eine Staubwolke über den Weg.

Ich wischte ein Fädchen vom Dach der Analysenwaage und ging wieder zu den anderen. Messemer hatte Tee gekocht, auch ich nahm mir ein Glas und goß es voll. Rosenberg, der eine Vorliebe für bedeutungsvolle Sätze hatte, hob sein Glas und sagte: Ich glaube, dieser Tag ist der wichtigste, seit dieser Staat gegründet wurde, ja, vielleicht ist er sogar die wirkliche Geburtsstunde des deutschen sozialistischen Staates.

Niemand widersprach. Wir schwiegen eine Weile, pusteten auf die Gläser, um den Tee abzukühlen. Dann begann Doktor Schnabel zu reden. Er war, wie wir, durch die Stadt gelaufen, seit dem frühen Morgen schon, war die ganze Grenze abgelaufen, von Wilhelmsruh bis zum Potsdamer Platz. In Pankow hatte er gesehen, daß man vergessen hatte, ein Eckhaus zu besetzen, und die Leute eine ganze Stunde lang durch die Tür auf unserer Seite hinein- und durch die andere Tür drüben wieder hinausgegangen waren.

Der Doktorand hatte gehört, daß in der Bernauer, in der die Häuserfront der einen Straßenseite noch zu uns, der Gehsteig davor aber schon zum Westen gehörte, Leute aus dem Fenster gesprungen waren, auf Matratzen und Federbetten, einer sogar aus dem vierten Stock, allerdings daneben.

– Mein Gott, sagte Doktor Schnabel und griff sich an die Stirn, er hat fünfzehn Jahre Zeit gehabt, über die Straße zu gehen, und hat es nicht getan, und dann springt er aus dem vierten Stock!

– Es ist einfach Panik, sagte ich, sicher ist es Panik.

– Dabei hat man sich an den fünf Fingern abzählen können, daß über kurz oder lang dichtgemacht wird, sagte Rosenberg. Kein vernünftiger Mensch hat doch geglaubt, daß wir das noch lange mit ansehen.

– Die letzte Zeit waren es täglich dreitausend, sagte der Doktorand, und die Kurve stieg noch an.

– Ach, sagte Doktor Schnabel, trauen Sie nicht der Propaganda.

– Na, jetzt ist die Kurve jedenfalls auf Null, sagte Rosenberg trocken. Wir lachten, bis auf Martin und den Laboranten.

– Ich weiß nicht, sagte Messemer leise, wie Sie darüber lachen können. Verstehen Sie, ich bin ja nicht dagegen. Ich meine nur, hinter jedem Menschen, der weggeht oder sogar aus dem Fenster springt, da steckt doch ein Schicksal … Ich meine, jeder ist doch was und hat … naja … hat gewisse Rechte … ja … über sich und sein Leben, meine ich. Messemer kam ins Stocken.

– Kommen Sie mir nicht mit diesem bürgerlichen Kram, sagte Rosenberg bestimmt. Freizügigkeit und ähnliche Sachen, wenn ich das höre! Die haben uns systematisch kaputtmachen wollen! Das war Klassenkampf, und da hört der Spaß auf!

Messemer wurde rot und brachte kein Wort mehr heraus.

– Versteh doch, sagte Doktor Schnabel zu Rosenberg, er ist doch im Prinzip dafür, er meint doch nur das Individuelle und das Gesellschaftliche, und daß da ein Widerspruch …

Rosenberg ließ ihn nicht ausreden. Er sah auf Martin, der bisher geschwiegen hatte.

– Und was meinen Sie? fragte Rosenberg. Martin sah ihn an. Sein Gesicht hatte einen merkwürdig traurigen Ausdruck.

– Bitte, sagte Rosenberg, Ihre Meinung interessiert mich.

– Komm, hör doch auf, sagte Schnabel besänftigend, aber Rosenberg reagierte nicht, hielt seine blaßblauen runden Augen weiterhin auf Martin geheftet, als glaubte er, er müsse ihn zwingen zu sprechen, in diesem Moment und in keinem anderen. Ich hatte mich oft gefragt, ob Rosenberg Martin gern mochte. Daß er seine Arbeit schätzte, wußte ich von ihm selbst und konnte es aus der Tatsache schließen, daß weder er noch Doktor Weiß noch der Professor je etwas unternommen hatten, wenn Martin, was nicht selten vorkam, zu spät im Institut erschien oder gar nicht. Martin war die am meisten geschätzte technische Kraft, seine Fertigkeiten in der Elektrophorese wurden von keinem übertroffen, machten ihn in gewisser Weise unentbehrlich und schützten ihn vor allen lästigen Angriffen disziplinarischer Art.

Rosenberg und Martin musterten sich. Martin griff in die Tasche, zog eine Zigarette heraus und zündete sie sich in aller Ruhe an.

– Ich glaube, sagte er zwischen zwei Zügen, es gibt Alternativen, vor die ein Mensch nicht gestellt werden sollte.

Rosenberg zog seinen massigen Körper voll Luft und stieß sie, eher empört als befriedigt, wieder aus.

– Na, und weiter? sagte er.

– Nichts weiter, sagte Martin.

– Das ist ausgesprochen wenig, sagte Rosenberg.

Das Telefon im Gang klingelte. Doktor Schnabel ging hinaus und nahm den Hörer ab, kam wenige Momente später wieder und sagte zu Martin: Herr Grombal hat angerufen, er will jetzt gleich rübergehen.

– Danke, sagte Martin, wir gehen dann auch. Ich stand auf.

Wir gingen hinüber in die Radiologie, die im nordwestlichen Teil des Klinikgeländes lag, unmittelbar an der Grenze. Grombal hatte sein Zimmer im Erdgeschoß, war aber noch nicht dort, und so liefen wir im Flur auf und ab, er mußte ja gleich kommen.

Wir gingen langsam an den leeren elfenbeinfarbenen Bänken, auf denen an Sprechtagen die Patienten saßen, vorbei, rauchten und schnippten die Asche in die kastenförmigen Behälter, die an der Wand angebracht waren, standen dann im hinteren Teil des Ganges, genau vor der Tür, die auf die Straße führte. Ich drückte auf die Klinke, die hart war und kühl. Ich weiß bis heute nicht, was mich dazu veranlaßte. Jeder wußte doch, die Tür war versperrt. So wie jeder wußte, daß es von dort nur wenige Schritte bis zur Grenze waren. Heute frage ich mich oft, ob ich die Klinke heruntergedrückt hätte, wenn mir klar gewesen wäre, was dann folgte.

Ich drückte also auf die Klinke und öffnete die Tür. Sonnenlicht traf mich so überraschend, daß ich die Augen zusammenkniff. Ich spürte Martins Hand in meinem Rücken, die mich sanft nach vorne schob, trat hinaus, stockte aber schon nach wenigen Schritten, so daß Martin an meine Seite kam, mich überholte, die zwei Stufen, die auf das Straßenpflaster führten, hinabschritt und dort stehenblieb. Ich folgte ihm zögernd und begriff erst jetzt, in welcher Situation wir uns befanden. Ich sah rechts von uns, vielleicht sechs oder sieben Meter entfernt, die stahlgrauen Uniformen der Kampfgruppenleute, die geschulterten Maschinenpistolen, den Lkw, der mit dem schwarzen Schlund seiner Hinterfront uns zugewandt war und von dem einige Männer Gitterzäune abluden und sie quer über die Straße aufzustellen begannen, genau zwischen sich und der Menge schauender Menschen; ich sah links von uns die Brücke, die über den trüben, ölschlierigen Kanal führte, sah eine Gruppe grün uniformierter Polizisten, einen französischen Jeep und lässig herumstehende Reporter, denen Fotoapparate vor der Brust und an den Handgelenken baumelten, und vor uns, hoch und grau, die Seitenfront eines Amtsgebäudes und, gelbgrün und spärlich belaubt, die Bäume davor und die Menschen hinter dem Gitterzaun, der sich langsam komplettierte, ein frischgelackter Metallzaun, grasgrüner Strich auf steingrauer Straße, und der Geruch nach Staub, Kanalwasser und Spätsommer, der mich so plötzlich traf wie die Ahnung, ich stünde an einem Platz, den einzunehmen ich gar nicht in der Lage war, gezwungen, etwas zu tun, nach links zu gehen oder nach rechts, ein Zwang, der sich von selbst ergab und dem nachzukommen es nur ein paar Bewegungen des Körpers bedurfte, zehn oder zwölf Schritte vielleicht, nicht mehr. Wir standen dazwischen, standen genau zwischen den stahlgrauen Uniformen der Kampfgruppenleute auf dieser und den grasgrünen Uniformen der Polizisten auf der anderen Seite! Es war ein Platz oder besser: eine Situation, bei der ich instinktiv wußte, sie war so gewaltig für mich, daß ich ihr nicht in gleicher Größe gegenübertreten konnte, ja, ich empfand ein körperliches Gefühl der Kleinheit, und es traf mich mit einer solchen Heftigkeit, daß ich mich sekundenlang nicht bewegen konnte, als der uns nächststehende Kampfgruppenmann den Kopf drehte, uns bemerkte und eher erschrocken als drohend, aber nichtsdestoweniger mit scharfer Stimme rief: Treten Sie zurück, Bürger!, wodurch er sofort die Aufmerksamkeit der Menschengruppe links von uns erregte, und ich spürte die Blicke der Grünuniformierten, wache, gespannte, beinahe suggestive Blicke, während die Reporter ihre Kameras vor die Augen rissen, und auch rechterhand starrten drei, vier Dutzend Augenpaare auf uns, mit ebenso wachen, ebenso gespannten, ebenso suggestiven Blicken.

Ich weiß nicht, wie lange das alles dauerte, sicher nicht länger als ein paar Sekunden; ich war mir sicher, daß alles gleich zu Ende sein würde, meine Lähmung, dieses merkwürdige Gefühl der Nichtigkeit, sicher war das alles gleich vorbei, dachte ich und konnte schon meine Schultern bewegen, als Martin losging. Er ging einfach los! Erst langsam, als zögerte er, dann schneller und entschlossen. Ich stand und begann zu schrumpfen. Alles in mir zog sich zusammen. Etwas Unbekanntes, Fremdes legte sich über meine Haut, sog meinen Kopf leer, schlug auf meinen Magen, riß an den Därmen und zog die Hoden unerträglich schmerzhaft zusammen. Ich stand, schnappte nach Luft und sah Martins Rücken sich entfernen, hatte den Gedanken, daß ich jetzt meine Beine bewegen müßte, ganz mechanisch ihm folgen, wie ich es immer getan hatte, sah plötzlich Marie und ihren berghohen Bauch, hörte Rosenbergs polternden Triumph und das schnarrende Schnappen der Objektivverschlüsse wie hundertfach verstärktes Maschinengewehrhämmern; vor mir das Amtsgebäude wuchs mitsamt seinen spärlich belaubten Bäumen ins Riesenhafte, und tatsächlich schien mich niemand zu bemerken, alle standen und starrten auf Martin, die einen auf seinen Rücken, die anderen auf sein Gesicht, alle auf Martin, als wäre ich nicht vorhanden, so daß ich, meiner Glieder plötzlich wieder mächtig, langsam mich rückwärts zu bewegen begann, im Krebsgang schlich ich, hob vorsichtig, als ich den Widerstand der ersten Stufe an meinem Hacken spürte, erst das rechte, dann das linke Bein, und weiter zurück, zur zweiten Stufe, ließ meinen Kopf unbewegt, nur meine Augen schossen nach links und nach rechts, jetzt war ich ganz wach, und noch immer sah keiner zu mir hin, und als ich die Tür in meinem Rücken spürte, hinter mich griff und tastend die Klinke erreichte, wagte ich meinen Kopf nach links zu drehen, sah Martin die Brücke überqueren und sich umdrehen, suchte seine Augen, aber da war er schon umringt von Reportern und Polizisten und versank in einem Gewühl heftig gestikulierender Menschen, während ich mich unbemerkt durch die Tür schob, im langen Gang der Klinik stand und wie betäubt und ohne etwas zu bemerken hinauslief.

Marco mit c. Wie Marco Polo

Skizze

Für C. S.

I

1

Fragt ihn Güneys großer Bruder, ob er manchmal Angst habe, zieht er die Mundwinkel nach unten und pustet Luft durch die Lippen: Ph! Er und Angst? Er doch nicht!

Stimmt, daß er im November vierzehn wird. Na und? Seit zwei Jahren hat er alles im Griff, die Schule, den Haushalt, sogar die Clique vom Sozialknast gegenüber, und Kajott ist trocken. Das ist vorbei. Gottseidank.

Die Clique hat er ganz allein geschafft, mit einem Trick, bei der Sache mit der Schule hat er Glück gehabt, und daß Kajott trocken ist, hat sicher auch mit ihm zu tun und mit Sickert & Hauer, vor allem aber mit Vera.

Aus Kajott und Vera hätte was werden können. Schade. Aber Vera braucht ihre Freiheit, Vera erstickt sonst, und wer sagt, daß später nicht doch noch was werden kann aus Kajott und Vera. Ihm wärs recht.

Am Anfang wärs ihm nicht recht gewesen, auch wegen Mama nicht, vor allem nicht wegen Mama. Er hatte anfangs geglaubt, es wäre Mama nicht recht gewesen, wenn aus Kajott und Vera was geworden wäre. Wenn überhaupt irgendeine Sache mit irgendeiner Frau und Kajott was geworden wäre. Aber seit Kajott trocken ist, wärs ihm schon recht. Und Mama wärs auch recht, bestimmt, wenn sie wüßte, daß Kajott trocken ist. Vielleicht weiß sie es auch, vielleicht guckt sie zu, irgendwie. Nicht auf die Weise wie Martha meint: daß Mama auf einer Wolke sitzt und von oben auf sie herunterguckt. Kindisch! Nein, eher so, wie er es einmal in einem Spätfilm gesehen hat: daß sie alle zusammen sind, die Lebenden und die Toten, nur daß die Lebenden die Toten nicht sehen können, aber die Toten die Lebenden. Vielleicht sieht sie ihm zu, jetzt, wo er das Essen macht für sich und Kajott, der um fünf nach Hause kommt, genau: zehn Minuten nach fünf, seit er trocken ist, wer weiß? Das Fleisch braucht eine Stunde, Kartoffeln hat er schon geschält, und Aufdecken tut er, wenn Kajott die Treppen hochkommt, Kinderspiel. Kann er noch lesen zwischendurch oder Karten studieren, Dinarische Alpen und Dalmatien, Maßstab eins zu fünfzigtausend. Im Sommer, wenn Kajott ein Jahr trocken ist, gehts ab. Wenn er sich auf eins freut, dann auf Kajotts Augen, wenn der ein Jahr trocken ist. Mann, wird Kajott Augen machen.

Er wußte, daß ers schaffen wird, irgendwie hatte ers im Gefühl, auch wenn es nicht hundertprozentig sicher gewesen war, er hätte zum Beispiel erwischt werden können, Mann! Aber nun hat er einsdrei im Regal hinter den Büchern, genau unter Mamas Foto, und bis Juli hat er noch Zeit. Natürlich kann er bis Juli auch noch erwischt werden, aber wenn er es bis jetzt geschafft hat, schafft er es auch bis Juli. Einssieben braucht er, zweihundert gibt Vera, und dann das Urlaubsgeld von Kajott, reicht dicke. Stimmt, er hat ein hartes Programm vorgelegt, von den hundertzehn in der Woche manchmal fünfzehn, manchmal zwanzig auf die hohe Kante gelegt, ohne daß weniger auf dem Tisch war oder Kajott sein Perrier nicht hatte. War alles eine Frage von Weg. Je mehr Weg, desto billiger. Manchmal dreißig Prozent, puppig. Aber mehr hätte er nicht auf die hohe Kante legen können, ohne daß Kajott was merkte, klar. Da ist ihm doch gar nichts weiter übriggeblieben, auch klar. Fünf Minuten Schweiß, Mann, das war drin. Aber Angst?

2

Am Anfang war er einmal fast erwischt worden. Die stand vor ihm, die Frau: Zeig mal, was du in der Tasche hast!

– Ich doch nicht!

– Lüg nicht. Ich habs doch gesehen!

Er stand an der Kasse. Die Frau hatte sich vor ihm aufgebaut und sah zu ihm hinunter. Gottseidank war der Laden so gut wie leer.

– Das ist doch der Kleine von dem Maler, sagte die Kassiererin zu der Frau, die sich vor ihm aufgebaut hatte.

– Der Hinkefuß? sagte die Frau und schlug sich im gleichen Moment auf den Mund.

– Er geht aber doch schon viel besser, nicht wahr? sagte die Kassiererin zu ihm.

– Komm, sei vernünftig, sagt die Frau, die sich wieder gefaßt hatte. Gibs raus.

– Ich hab nichts, sagte er und spürte sein nasses Hemd.

– Laß ihn doch, sagte die Kassiererin.

– Ich habs gesehen, sagte die Frau.

– Ehrenwort? sagte die Kassiererin und hielt ihm die Hand hin. Er nickte und schlug ein.

– Wie heißt du eigentlich, fragte sie ihn.

– Marco, sagte er. Mit c. Wie Marco Polo.

– Aha, sagte sie. Ein Fußballer?

– Ein Reisender, sagte er. Vierzehntes Jahrhundert.

– Aha, sagte die Kassiererin wieder, und zu der Frau vor ihm sagte sie: Du hast es doch gehört. Ehrenwort.

Draußen vor der Tür mußte er bis zwanzig zählen, ehe er weiterlaufen konnte. Fünf Minuten Schweiß, das war drin. Aber Angst? Ph!

3

Wirklich, Angst kennt er nicht. Eher Grauen. Grauen ja. Ganz früher hat er gedacht, daß Grauen so war wie in den Filmen, die er gesehen hat. Zum Beispiel wenn eine Frau vor dem Spiegel steht und sich anmalt und plötzlich die Schranktür hinter ihr aufgeht und eine Hand aus den Kleidungsstücken kommt, und sie sieht es im Spiegel und reißt die Augen auf und will schreien, aber die Hand ist schneller. Das, dachte er früher, sei das Grauen, aber es war nichts, höchstens Horror, aber nicht Grauen, denn dieses Gefühl, das er beim Zuschauen hat, dieses Herzklopfen, war nichts gegen das Gefühl beim wirklichen Grauen. Er hat noch nie drüber geredet oder nur ganz selten und nur andeutungsweise, zu Güney zum Beispiel, höchstens zu Güney. Zu Vera nicht, nicht mal andeutungsweise. Vielleicht, weil Vera beteiligt gewesen war. Vielleicht auch, weil er nicht wollte, daß alles noch einmal hochkam bei Vera. Schluß, aus, war erledigt, gottseidank.

Wenn er zu einem darüber reden konnte, dann zu Güney. Güney war sein Freund, auch wenn er ihn nur selten sah, nur in den Schulpausen und hin und wieder, wenn er bei ihm eingeladen war. Güney muß immer gleich nach Hause. Güneys Vater will nicht, daß Güney auf die schiefe Bahn kommt, deshalb muß er immer gleich nach Hause. Vielleicht will er nicht, daß Güney so wird wie sein großer Bruder, wenn es auch gar nicht sicher ist, daß Güneys Vater weiß, wie Güneys großer Bruder ist.

Manchmal ist er bei Güney eingeladen, dann sitzen sie alle um den Tisch im Wohnzimmer, auf dem große Schüsseln und Teller stehen mit Fleckensuppe und gefüllten Eierfrüchten, mit Hammelbraten und gelbem Reis, und danach gibt es süße Brocken, die im Mund zerfallen wie feuchter Sand. Güneys Vater sitzt auf einem Stuhl mit hoher Lehne am Ende des Tisches und sieht ganz streng aus mit seinem schwarzen Bart, aber er ist gar nicht streng, eher lustig, und die ganze Zeit über ist ein Gerede, ein Gefuchtel, ein Lachen und ein Singsang in der fremden Sprache. Er sitzt meist stumm, antwortet nur, wenn er gefragt wird, und schielt nach Güneys Schwester, die neben der Oma sitzt und so dunkle Augen hat wie Mama, und wenn sie es bemerkt und zu ihm hinübersieht und lächelt, fährt ihm etwas so Heißes durch die Brust, daß er weggucken muß und so tut, als war nichts gewesen.

Wenn er bei Güney sitzt, ist ihm zumute wie Samstag mit Kajott beim Spätfilm oder wenn er ihm zusieht beim Malen. Wenn ihm so zumute ist und er dasitzt zwischen den ganzen Leuten von Güneys Familie, kann er sich nicht vorstellen, daß einer von denen, die um den Tisch sitzen, so etwas wie Grauen schon einmal erlebt hat. Vielleicht kann er deshalb zu Güney darüber reden, andeutungsweise, oder vielleicht auch nur, weil er Güney so selten sieht.

4

Zu spät kommen kann jeder mal, klar. Kajott kann einen treffen auf der Straße, oder es gibt noch was zu tun bei Sickert & Hauer, Bauplanung und Ausführung. Vielleicht Vera. Vielleicht hat er Vera getroffen, ganz zufällig. Wär schön. Die paar Minuten. Was macht das schon. Das Fleisch kann er warm machen, die Kartoffeln stellt er ins Bett. Da müssen sie nachgedämpft werden, na und? Wie oft er selbst schon zu spät gekommen ist, Mann! Von der Schule mal abgesehen, aber schon wenn er seine Runde macht, jeden Tag, irgendwas ist immer. Die Potsdamer runter bis zu MEYER, dann die Bülow links, an der Hochbahn lang, die stillgelegt ist, oder auf den Bahnhof rauf, wo der Basar ist und er, wenn Güneys Schwager kassiert, umsonst mit der alten Straßenbahn bis zum Nollendorfplatz fahren kann, runter die Treppen, zu KAISER'S, und weiter, hoch bis zum Winterfeldtplatz.

Noch vor zwei Jahren, als Kajott aus dem Krankenhaus kam und er wieder nach Haus konnte von Tante Martha respektive aus dem Heim, war hier, um die Kirche herum, der Teufel los gewesen, die Häuser mit Fahnen und ollen Lappen aus den Fenstern, und jeden Tag LALÜ, und Container auf die Straße rauf und angesteckt, und das Pflaster aufgerissen, und die Steine lagen herum, konntest du dir einen nehmen und feuern, wenn die Grünen anrückten mit ihren dicken Wannen und den Wasserwerfern, und ein Gebrüll war dann und ein Gewerfe und Gerenne, Mann, da war noch was los hier. Jetzt liegt alles still und grau, die alten Häuser mit den Fahnen und den Lappen aus den Fenstern sind abgerissen worden, alles Neubau jetzt oder renoviert, und die Seite gegenüber ist gesperrt, da gehts auch bald los mit Bauen, also linksrum in die Pallas, da liegt hinten der alte Bunker aus dem Krieg und der Sozialknast, da hat die Clique immer gelauert, bevor er sie ausgetrickst hat, jetzt grüßen sie ihn mit einem Kopfnicken, wenn er vorbeigeht mit seiner Einkaufstasche, und er sagt: Hej!

Die Potsdamer Richtung Fluß geht er nur, wenn er muß. Das war Kajotts Meile gewesen, früher, bevor er trocken war, Charlies Bar, die Tussis mit den dicken Titten, oder im Bierhimmel, Tabakqualm und Gekreisch, nee Mann, nur nicht dran denken, das war vorbei, gottseidank. Da lieber Richtung Yorck, durch die zehn Brücken, wo alle was ranmalen, wenn sie Lust haben, und wo er lang muß zum Heimwerkermarkt, Rolltreppe rauf, Einkaufswagen, bißchen Klebeband rein oder einen Zollstock für zweizwanzig, den Rest unter die Jacke oder in die Einkaufstasche, und dann in die Werkstatt zu Güneys großem Bruder, der alles gebrauchen kann und nie fragt, woher was kommt.

Richtung Yorck geht er nur, wenn er Form hat. Form kriegt man nicht, Form hat man. Er spürt, wenn er Form hat. Dann läuft früh alles schon, läuft in der Penne alles, dann ist es in seinem Kopf ganz hell, und sein Körper ist ganz leicht, Rolltreppe raus, Einkaufswagen, fünf Minuten Schweiß, und ab zu Güneys großem Bruder. Seine beste Form hatte er gehabt bei der Sache mit dem Winkelschleifer, so eine Form hatte er nie wieder gehabt, vor aller Augen das Ding rein in die Einkaufstasche, Milchtüten drüber und an der Kasse vorbei als wär gar nichts, Güneys großer Bruder gab ihm neunzig dafür, und er hatte nullacht zu Haus hinterm Regal unter Mamas Foto, Seitenflügel, dritter Stock, Küche, große Stube und sein Zimmer, dreihundertzehn pro Monat, Ofenheizung.

Am liebsten sitzt er auf dem Hochbett, das Kajott ihm gebaut hat von dem Holz von Sickert & Hauer, und guckt aus dem Oberlicht in die Höfe, nicht wegen der Aussicht, die so öd ist, daß er sie längst satt hat, sondern weil sich urplötzlich alles verändern kann, er braucht bloß lange genug hinauszustarren, die Häuser wie Berge, rostbraun und zerklüftet, er fährt dran vorbei wie im Film, hinten der Himmel blutrot und darüber knallblau, und unten der Fluß, Schaumkronen und Wasserfälle, die rijeka una ist ein wildromantischer, nicht mehr schiffbarer Bergfluß, der sich quer durch Dalmatien zieht und dem Reisenden malerische Blicke über das Massiv der Dinarischen Alpen undsoweiter, er sitzt mit Kajott in einem Kanu, die Gischt spritzt ihnen ins Gesicht, Kajott lacht und trinkt sein Perrier, und plötzlich das Meer, ganz ruhig gleiten sie über das Wasser, die Insel kommt näher, hinter ihnen die Kreidefelsen, vor ihnen die alte Stadt, in der Mama geboren ist und der Turm von Marco Polo steht, noch drei Monate, dann ist Kajott ein Jahr trocken, und er legt einssieben auf den Tisch, und Kajotts Augen, wenn der sich freut, Mann!, und zu spät kommen kann jeder mal, klar, aber wozu gibts Telefon.

5

Das Telefon steht auf dem Korridor, neben der Flurgarderobe. Vielleicht ist es leise gestellt, und er hat es nicht gehört. Er geht hinaus, dreht es herum, ganz normal.

Natürlich, treffen kann man immer jemanden, obgleich er jetzt ausschließt, daß es Vera ist, die Kajott getroffen haben könnte, auch wenn es ihm am liebsten wäre, aber Vera hätte als erstes daran gedacht, ihn anzurufen, bestimmt.

Wenn er einem Menschen was verdankt auf dieser Welt, dann Vera, auch wenn sie vom Amt ist. Ohne Vera wäre er heute im Heim oder bei Martha, oder er wär schon wieder im Heim oder bei Martha. Zu Martha kriegen ihn keine zehn Pferde mehr hin. Ins Heim auch nicht. Eher haut er ab. Er kann auch allein los mit einszwei in der Tasche. Mit Geld kann man alles. Aber zu Martha nie mehr. Wenn er einen Menschen haßt auf dieser Welt, dann Martha, Tante Martha. Brust raus, Bauch rein! Was er die gehaßt hat, wenn sie ihn durch die Stube scheuchte, den Besenstiel im Rücken, damit er lernt, gerade zu gehen. Wasch ab, räum auf, geh gerade! Wenn er schon an die Stimme denkt – nee! Lieber Heim als Martha, und das will was heißen.

Beim kleinsten Geräusch im Treppenhaus hebt er den Kopf. Der muß doch gleich da sein. Kajotts Schritt erkennt er zehn Meilen gegen den Wind. Auch früher schon, als er das Bein noch nicht hinterherzog, vor der Reise mit Mama. Kajott sein Bein, Mama ihr Leben. Es hätte auch umgekehrt sein können. Kajott spricht nicht darüber, aber wenn er darüber spricht, sagt er: Schicksal. Vera sagt nicht

Schicksal, Vera sagt: Zufall. Martha sagt: Mord. Halber Mord. Sie hätt sich nicht reingesetzt in das Auto. Martha sagt: Frau am Steuer Ungeheuer. Und: Jetzt kann er sein halbes Leben lang zahlen! –

Martha haßt er, und nicht nur, weil Martha Mama gehaßt hat und ihn haßt, weil sie ihn aufnehmen mußte nach der Reise. Martha haßt auch Vera, obgleich sie ihr dankbar sein müßte, denn ohne Vera hätte Kajott nicht das Sorgerecht behalten, und er säß heut noch bei ihr oder im Heim. Martha haßt alle, außer Kajott. Mama hat sie schon früher gehaßt, vor der Reise, weil sie anders gesprochen und schwarze Haare gehabt und ihn Marco genannt hat mit c wie Marco Polo. So wie Marco Polo möchte er einmal leben, als Reisender, allerdings nicht in den genuesischen Kerkern, Mann. Am schlimmsten war es bei Martha vor dem Einschlafen. Er sah immer nur Mama, und da zog es durch seinen Körper vom Bauch herauf bis zur Brust, ganz schlimm, aber er sah immer nur Mama, selbst wenn er die Augen zumachte, und es zog und zog und war nicht zum Aushalten, und manchmal war es so stark, daß er sich in den Arm biß. Fast jede Nacht. Auch im Heim.

Noch jetzt zieht es manchmal durch seinen Körper, und er sieht Mama, wenn auch nicht jeden Abend, besonders nicht, seit Kajott trocken ist, aber wenn es mal durch seinen Körper zieht, ist es besonders schlimm, so schlimm, daß er anfängt zu wimmern und daß Kajott aus der großen Stube ruft, was ihm sei, oder, wenn er nicht antwortet, hereingehumpelt kommt und ihm die Hand auf die Stirn legt, und dann denkt er an Kajotts Augen, wenn er die einssieben auf den Tisch legt, und wird gleich ruhiger, so ruhig wie samstags, wenn sie den Spätfilm sehen, oder wie bei Güney, wenn sie um den Tisch sitzen, oder wie damals, wenn Kajott abends malte und er ihm vorlas, was er geschrieben hatte.

Früher hat er geschrieben. Einfach so. Geschichten oder

Filme oder was er erlebt oder was er sich ausgedacht hat. Wenn er Vera vorlas, konnte sie sich manchmal gar nicht halten vor Lachen, und sie sagte meistens: Wunderschön. – Oder: Mach weiter. – Wenn er Kajott vorlas, mußte er lange warten, bis der was sagte, und er sagte meistens: Hm, oder: Naja, oder: Paß mal auf, aber er sagte es nicht so, daß er mutlos darüber geworden wäre, es machte ihn eher neugierig, als wüßte Kajott etwas und würde es nicht sagen, aber nicht *nie*, sondern nur *noch* nicht. Einmal hatte er über das Grauen geschrieben, allerdings so, daß Kajott nicht merkte, worauf er hinauswollte, aber er hat es ihm vorgelesen und war ganz gespannt darauf, was Kajott sagen würde, und wie immer gab es eine lange Pause, er hörte das Scharren des Stiftes auf dem Papier, und dann fragte Kajott: was er meine mit Grauen? – Er zögerte und wollte schon sagen, worauf er hinauswollte, aber dann ging es plötzlich nicht mehr, und er sagte: Na, Grauen, ich habs doch geschrieben. – Kajott strich mit dem Stift über das Papier und sagte: Du mußt nicht Grauen schreiben. Du mußt schreiben, daß man Grauen hat, verstehst du? – Tagelang hatte er probiert, wie er schreiben müßte, daß man das Grauen hat, aber es war nie das geworden, was er eigentlich sagen wollte. Einmal hat er alles zerrissen. Nee, schreiben nicht. Dann lieber Schlagzeug.

6

Von der großen Stube in die Küche, von der Küche in sein Zimmer, von seinem Zimmer in die große Stube. Stillsitzen kann er jetzt nicht. Er tigert durch die Wohnung wie Kajott früher, bevor er einen durchziehen ging. Es hat lange gedauert, bis er merkte, daß Kajott, wenn er anfing, durch die Wohnung zu tigern, einen durchziehen ging.

Zur Uhr guckt er nicht. Ganz bewußt nicht. Vielleicht

sechs, vielleicht halb sieben. Egal. Das macht einen nur verrückt. Aber er hört die Uhr. Sonst hört er sie nie, aber heut hört er sie. Was die laut sein kann! Wie im Film, wenn sie Spannung machen wollen. Nicht, daß er an das Schlimmste denkt. Quatsch! Das ist vorbei, gottseidank. Daran darf er gar nicht denken. Wird ihm gleich schlecht, Mann. Aber man macht sich doch Gedanken. Es ist doch ganz natürlich, daß man sich Gedanken macht. Kann doch was passiert sein. Passiert doch so viel. Er braucht ja bloß in die Zeitung zu gucken. Was da alles passiert! Vielleicht ist es auch was ganz Harmloses. Vielleicht ist Streik, und Kajott muß laufen. Oder es hat sich wieder einer vor die U-Bahn geworfen, und sie müssen ihn erst von den Schienen kratzen. Den Tag vor Bußtag hat er auch eine Stunde auf Kajott gewartet; dabei war nur Streik.

Bei Sickert & Hauer hat er schon angerufen. Da ist keiner mehr, nur der Automat. Bei Vera hat er noch nicht angerufen, ist ja auch kein Notfall. Im Notfall kann er Vera immer anrufen. Dann ist sie zur Stelle, garantiert. Aber es ist ja kein Notfall, und außerdem hat Kajott keinen Pfennig in der Tasche. Das ist Abmachung. Seit er alles im Griff hat, kriegt er immer das Geld. Früher ist Vera gekommen und hat es ihm einmal die Woche zugeteilt. Jetzt hat er über alles Verfügung und teilt es ein. Daß Kajott sein Perrier, seine Farben und sein Päckchen Tabak hat. Kajott darf kein Geld in die Hände kriegen, das verlangt er selbst. Halt mir das Geld vom Leib, hat er zu Vera gesagt. Ich will kein Geld sehen. – Das war, nachdem er das letzte Mal einen durchgezogen hatte, vor einem Dreivierteljahr, nachdem die Polizei da war und der Vormundschaftsrichter.

Nein, an das Schlimmste will er nicht denken. Er weiß, was auf dem Spiel steht. Kajott weiß auch, was auf dem Spiel steht. Auch wenn Kajott nicht weiß, daß er weiß, was auf dem Spiel steht. Nicht mal Vera weiß, daß er es weiß.

Martha sagt: Der Lauscher an der Wand hört seine eigne Schand. – Was kann er dafür, daß die Wände so dünn sind. Oder daß Vera so gebrüllt hat.

Er hat auf dem Hochbett gelegen, kaputt von der Nacht, in der er mit Vera Kajotts Meile abgelaufen war. Da hatte er noch nicht gewußt, was auf dem Spiel steht, auch wenn er etwas ahnte, als Vera in der Tür stand, völlig aufgelöst und außer Puste: Wo ist dein Papa!

Er hatte die Schultern hochgezogen, irgendwo war er schon und irgendwann würde er wiederkommen oder gebracht werden von der Polizei, einer links, einer rechts, da wärn wir, Meister!, er würde einen Tag daliegen und gegen die Decke starren, Sickert & Hauer würden anrufen, Vera würde kommen, es würde aufgeregtes Geflüster geben, und irgendwann würde Kajott wieder aufstehen, würde morgens aus dem Haus gehen und abends wiederkommen. Vera in der Tür, aufgelöst und außer Puste: Dann muß sie los, ihn suchen, sofort!

Er hatte sich die Jacke angezogen, ganz automatisch, als ob er gespürt hätte, was auf dem Spiel steht, Vera hatte ihn abgewehrt, du doch nicht!, doch nicht um die Zeit!, aber für ihn hatte es festgestanden, daß er mitgeht, und schließlich hatte Vera nachgegeben, und sie waren losgegangen, die Potsdamer runter, Richtung Fluß.

Er hat einiges gesehen seit Kajotts Reise mit Mama, hat sich von Martha in Mannheim-Schwenningen durch die Stube scheuchen lassen mit einem Besenstiel im Rücken, ist von Martha weggelaufen und gekriegt worden hinter Alsfeld, er war drei Monate im Heim, und dann ist Vera gekommen und hat ihn zu Kajott gebracht, der wieder da war aus der Klinik, ganz dünn und ohne Bart und mit kaputtem Bein, er hat Kajott als Mädchen für alles zu Sickert & Hauer gehen und abends nach Hause kommen, hat ihn ruhig sitzen, hat ihn lächeln, hat ihn malen gesehen, bis er plötzlich anfing, durch die Wohnung zu tigern, den ganzen Abend über, bis spät in die Nacht hinein, und dann war er weg, blieb zwei, drei Tage, je nachdem, kam bestenfalls irgendwann wieder mit einer Tussi am Arm oder schlimmstenfalls mit der Polizei, einer rechts, einer links, da wärn wir, Meister.

Wirklich, er hat einiges gesehen seit Kajotts Reise mit Mama, aber das war nichts im Vergleich zu dem, was er in dieser Nacht gesehen hat, Mann. Wie in einem Menschen noch ein anderer Mensch steckt! Das war schlimmer als dieses Gefühl, das manchmal durch seinen Körper zieht. Das war Grauen.

Dabei hatte er in jener Nacht nicht mal gewußt, was auf dem Spiel steht. Das hat er erst am nächsten Morgen erfahren, auf dem Hochbett, als Vera doch noch einmal gekommen war und in der großen Stube stand und zu brüllen anfing, was für ein mieser Typ Kajott sei, weil er doch wisse, daß es die letzte Chance sei, und daß sie gerade noch hat was machen können beim Gericht, und daß es aus sei, wenn es noch einmal passiere, das wisse er doch alles und setze doch alles aufs Spiel, ein Scheißtyp sei er, der nicht einen Funken Verantwortung hat, und ob er wirklich nicht an den Jungen denke, ob er ihn tatsächlich ins Heim treiben wolle, das solle er sich überlegen, jetzt, auf der Stelle!

Er hat auf dem Hochbett gelegen und die Luft angehalten. Er hat auf Kajotts Stimme gewartet, hat aber nichts gehört, entweder sprach er zu leise oder gar nicht. Er hörte nur Vera Schritte, dann nichts mehr, dann ihr Weinen.

Da ist er runter vom Hochbett und rein in die große Stube. Kajott hat im Safaristuhl gesessen und ihn angeguckt wie der kleine Bruder von Güney, wenn der was ausgefressen hatte. Was brüllt ihr denn so, hat er gerufen, weil er wollte, daß Kajott aufhörte, so zu gucken wie der kleine Bruder von Güney, und Vera hat gesagt: Du hast mir noch gefehlt! Mach lieber deine Aufgaben!, und er hat gesagt, wie er denn bei dieser Brüllerei seine Aufgaben machen solle, und dann hat Kajott gesagt: Schluß. Es ist Schluß!, und Vera ganz höhnisch: Ach, wirklich?, und Kajott: Wenn ichs dir sage!, und Vera: Auf mich kannst du jedenfalls nicht mehr setzen, nur noch auf dich, hast du verstanden?, und Kajott: Du sagst es ja laut genug.

Da hat er schon nicht mehr geguckt wie Güneys kleiner Bruder, und er ist aufgestanden und zu ihm gekommen und hat die Hand auf seine Schulter gelegt, und in diesem Moment schon hat er sich nicht mehr vorstellen können, daß in Kajott noch ein anderer steckte; da war es ihm, als wäre alles nicht wirklich gewesen, diese letzte Nacht mit Vera auf Kajotts Meile.

Lange nachdem Vera gegangen war, er lag schon wieder auf dem Hochbett, zog dieses Gefühl durch seinen Körper, so stark wie nie zuvor, und er mußte wimmern, und Kajott kam hereingehumpelt, stieg die Leiter hoch und legte ihm die Hand auf die Stirn, und er fragte ihn, ob es möglich sei, daß jemand, wenn er tot ist, im Raum sein könne. Kajott hatte nachgedacht und gesagt, daß es keiner genau wissen könne, vielleicht ja, vielleicht nein, und daß es auch möglich sei, daß die Seelen der Verstorbenen zurückkehren an den Ort, an dem sie geboren wurden, und da hatte er sich den Ort vorgestellt, an dem Mama geboren wurde, und ihm ist gleich gut geworden, und er hat gefragt, ob sie nicht hinfahren könnten zu der Insel, auf der Mama geboren wurde und wo der Turm steht von Marco Polo. Kajott hat geseufzt und den Kopf hin und her bewegt und dann genickt: Wenn wir aus dem Gröbsten heraus sind, ja? – Er mußte nicht fragen, was das Gröbste sei, er hatte nur keine Vorstellung davon, wie lange es dauern könne. Kajott hatte die Hand noch immer auf seiner Stirn: Nicht mehr lange. Vielleicht, wenn du fünfzehn bist oder sechzehn. – Er mußte sehr erschrocken ausgesehen haben, denn Kajott beruhigte ihn gleich, daß es früher sei, als er denke, daß er nur ein bißchen Geduld haben müsse und daß es ihm, Kajott, auch nicht leichtfalle, aber es sei nun mal so, wie es sei, und wenn sie es schaffen wollten, müßten sie einfach die Zähne zusammenbeißen und durchhalten. Nicht wahr, wir halten durch? – Er hatte genickt, und Kajott hatte ihn sanft ins Kissen gedrückt und war hinausgegangen, und in jener Nacht hatte er gewußt, daß er nicht so lange warten wollte. Weder er noch Kajott.

7

Auf die Uhr guckt er nicht, an das Schlimmste will er nicht denken, und außerdem hat Kajott keinen Pfennig in der Tasche. Eben hat er nachgesehen. Er hat die Tür zum Küchenschrank aufgemacht, die große Tasse von der toten Oma herausgeholt und nachgesehen, ob das Haushaltsgeld noch drin ist. Achtundachtzigvierzig. Einen Moment hat er sich geschämt dafür, daß er Kajott so etwas zutraute, aber er war auch erleichtert, im ersten Moment. Im nächsten schon nicht mehr. Wenn er nichts in der Tasche hat, muß was passiert sein. Hätte er einen getroffen, hätte er längst telefoniert. Also muß was passiert sein.

So rumsitzen und rumtigern kann er nicht mehr lange. Er könnte Vera anrufen, aber nur im Notfall. Auch wenn Vera Kajott gesagt hat, daß er nicht mehr auf sie setzen könne, ihm hat sie die Nummern gegeben, beide. Für den Notfall.

Wenn was passiert ist, muß es das Krankenhaus wissen. Aber welches. Also Polizei. Er holt das Telefon und die dicken Bücher aus dem Korridor in die Küche, schiebt die große Tasse mit den achtundachtzigvierzig an die Seite und sucht die Nummern heraus. Der Polizeipräsident von Berlin. Notruf, Kriminalmuseum, Verbrechensbekämpfung,

Verkehrsunfallbereitschaft. Wählt, spricht stotternd, muß den Namen wiederholen, wird verbunden, muß alles noch einmal erzählen, muß warten, tippt mit der Hand auf den Küchentisch, lauscht in die Stille der Leitung, hört endlich, daß nichts bekannt sei bei der Polizei, keine Meldung, soll sich mal keine Sorgen machen, wird schon kommen der Vati, macht vielleicht nur einen Strahl. Legt auf, wütend, die Penner! Sucht weiter in dem dicken Buch, H wie Hauer, Lothar. Kajotts alter Kumpel. Hat ihn angestellt nach der Reise mit Mama als Mädchen für alles. Aus alter Freundschaft. Zieht die Entschädigungsraten gleich vom Lohn ab, gibt ihm kein Geld mehr in die Hand, das ist Absprache. Eine Frau meldet sich. Nein, ihr Mann sei nicht da. Komme später. Ob sie wisse. Vielleicht mit Kajott. Nein, dienstlich.

Na, vielleicht ist Kajott dienstlich. Aber er hätte doch telefoniert. Aber vielleicht geht die Klingel nicht. Kommt ja vor, daß die Klingel nicht geht vom Telefon. Also Vera. Die Nummern sind im Tagebuch. Dreizwovier zwovier nullzwo. Tuten, fünfmal. Nichts. Achtfünfdrei einsneun vierneun. Tuten, fünfmal, nichts.

Manchmal löst sich alles ganz einfach auf. Vielleicht doch Vera. Vielleicht haben sie sich vertragen und sind auf dem Weg hierher. Vielleicht wird doch noch was aus Kajott und Vera. Dann würde er gut und gerne noch länger warten. Das würde ihm gar nichts ausmachen, nee.

8

Warten ist für ihn das Letzte, gewartet hat er in der Klinik, einen Tag und eine Nacht. Bis der Doktor in dem grünen Kittel gekommen ist, ihn so merkwürdig munter angeguckt und gesagt hat: Deinem Vater gehts gut. Er ist bald wieder zu Hause. – Er brauchte gar nicht zu fragen, er wußte alles.

Auch als der Doktor, nach einer Pause, gesagt hat, daß es mit seiner Mutter ernster aussähe, wußte er noch immer alles. Das Merkwürdige war, daß er nicht weinen mußte und daß er sogar ruhig wurde, ruhiger. Es war schlimm, aber schlimmer noch war das Warten gewesen. Jetzt war alles klar, Papa ja, Mama nein, und was kommen würde, war eine andere Sache, aber das Warten war vorbei. Wenn du nichts tun kannst als warten, das ist das Letzte. Fast so schlimm, wie wenn es durch seinen Körper zieht, oder wie Grauen.

Daß Vera noch nicht zu Hause ist, war abzusehen. Die hat ja noch mehr am Bein, nicht nur ihn. Hausbesuche, Kümmern, der politische Kram. Und außerdem braucht sie ihre Freiheit. Die kannst du nicht anbinden und alles läuft. Sonst wärs mit Kajott schon was geworden. Geliebt hat sie ihn jedenfalls, sonst hätte sie nicht so oft geweint. Wenn man liebt, weint man. Mama hat auch geweint. Mama hat auch gelacht. Sogar öfter als Vera. Vor der Reise hat sie fast nur gelacht, hat dauernd an Kajotts Hals gehangen und gelacht. Kajott lacht selten, Kajott lächelt höchstens. Kajott weint auch nicht, das heißt, er weint manchmal, aber erst, seit er trocken ist, und nur, wenn keiner dabei ist. Er hört es auf seinem Hochbett. Was er nicht versteht: warum Kajott erst zu weinen anfing, als er trocken war, und nicht vorher. Vorher hat er öfter geweint, aber seit Kajott trocken ist, kann er sich nicht erinnern, wieder geweint zu haben.

Manchmal löst sich alles ganz einfach auf. Eigentlich nicht nur manchmal, sondern meistens. Ob nun bei den fünf Minuten Schweiß im Heimwerkermarkt oder wenn Versetzung ansteht oder ob er den Tag vor Bußtag auf Kajott gewartet hat – alles hat sich immer ganz einfach aufgelöst. Nur in der Klinik nicht, und in der Zeit mit Martha.

Gegen Warten hilft nur Geduld. Geduld kann man lernen. Er hats auch gelernt. Jedenfalls fast. Früher, wenn er etwas haben wollte und hat es nicht gleich gekriegt, ist er hysterisch geworden. Seit er angefangen hat, etwas auf die hohe Kante zu legen, ist er nie mehr hysterisch geworden. Es war ja zu sehen, wie es mehr wurde, und wenn es auch anfangs zu langsam mehr wurde, wurde es doch mehr, und es war abzusehen, daß er es schaffen würde, wenn auch nur mit ein paarmal fünf Minuten Schweiß. Wichtig ist, daß man etwas absehen kann. Wenn er jetzt absehen könnte, daß es mit Kajott und Vera etwas wird, könnte er tagelang warten, bestimmt. Den Abend vor Bußtag hat es ihm geholfen, daß er sich vornahm, statt zehn Mark zwanzig Mark auf die hohe Kante zu legen. Einfach zehn Mark mehr, sofort war ihm besser. Achtundsiebzigvierzig sind knapp, aber zu schaffen wärs. Er könnte in der Schule aufs Trinken verzichten, nimmt er bei Hotta einen Schluck oder Ralf, der Rest wird sich finden.

Er kippt die Tasse um, das Kleingeld links, die Scheine rechts, zählt alles noch einmal durch und schiebt das Ganze, bis auf einen Zehnmarkschein, mit der Hand über die Tischkante in die große Tasse.

9

Die Klingel wie ein Schlag. Einen Moment sitzt er reglos, dann greift er zum Hörer, na endlich! Er hats doch gewußt. Meist löst sich alles ganz einfach. Papa! – Eine Stimme, fremd, leicht gequält. Du hast angerufen, was ist los? – Erst jetzt erkennt er die Stimme. Hauer, Lothar, aus alter Freundschaft. Na, wegen Kajott. Ob Hauer was wisse. – Eine Pause, ein Seufzer. Hauer weiß nichts. Kajott ist früher gegangen heute, zum Zahnarzt, hatte Schmerzen. – Dann ist er beim Arzt! – Junge, doch nicht mehr um diese Zeit. Weiß Vera nichts? – Vera ist nicht zu Hause. – Achso, heut ist ja Dienstag, da ist sie in Vogts Biergarten. Soll ich mal versuchen? – Gut. Hauer ruft dann zurück.

Er sitzt auf dem Stuhl neben dem Telefon. Zahnschmerzen. Wenigstens weiß er jetzt was. Son Zahn. Kann ja schlimm geworden sein, und sie mußten operieren. Vielleicht hat Kajott Narkose gekriegt und liegt dumm rum und kann gar nicht telefonieren. Biste doch ganz bematscht nach Narkose, Mann. Weißte nich mal, was fürn Tag ist. Als sie ihm den Blinddarm rausgenommen haben, hat er auch den ganzen Tag lang nicht gewußt, wo es langgeht.

Wie das Telefon anschlägt, hat er den Hörer schon in der Hand. Vera ist nicht in Vogts Biergarten. Und Kajott? – Nichts. – Versteht Hauer nicht. Versteht überhaupt nichts mehr. – Die Stimme noch um eine Spur gequälter. Also, wenn Kajott wieder durchdreht, na, er weiß nicht. Langsam reißt der Geduldsfaden. Lange genug hat er das mit angesehen. – Wieso durchdrehn! Kann doch was passiert sein oder sonstwas. Außerdem hat er kein Geld. – Das meinst du. – Woher denn. – Na, vielleicht hast du recht. Vielleicht kommt er bald. Aber sorg dafür, daß er früh wach wird, ja? Wenn das alles wieder anfängt – ich weiß nicht, lange kann ich ihn nicht mehr halten. – Ph! Durchdrehn! Der soll doch nicht spinnen. Jeder hat seine Schwäche. Warum soll Kajott nicht seine Schwäche haben. Was hat der denn durchgemacht. Er möchte mal sehn, wo Hauer heut wäre, hätte er durchgemacht, was Kajott durchgemacht hat. Jetzt kann er angeben mit seinem Büro und seinem dicken Rover und Kajott als Mädchen für alles. Kajott hier, Kajott da. Das soll der erst mal nachmachen mitm steifen Bein und dann noch acht Stunden Mädchen für alles. Kajott schmeißt doch da den Laden, Mann. Und alles für einsdrei.

Nee! Kajott weiß, was auf dem Spiel steht, und außerdem hat er keinen Pfennig. Der sitzt irgendwo rum, völlig bematscht, und weiß nicht, was fürn Tag ist. Er wird sich das Telefonbuch nehmen und eine Klinik nach der anderen anrufen, klar.

Auf dem Fußboden, zusammengekräuselt, der Zehnmarkschein. Er hebt ihn auf und geht in sein Zimmer. In drei Monaten ist Kajott ein Jahr trocken. Dann wird er auch in sein Zimmer gehen, die Bücher unter dem Foto von Mama beiseite schieben, den Geldpacken hervorholen, ihn vor Kajott auf den Tisch packen, und ab gehts. Kajotts Augen, wenn der sich freut, Mann!

Den Schein streicht er sorgfältig glatt. Tatsächlich ist ihm besser. Einmal, da hat er zugehört, wie Kajott Vera von früher erzählte und daß er, wenn er mal ganz unten war und nichts mehr lief zwischen ihm und Mama – daß Kajott dann losgegangen ist und etwas gekauft hat, einen neuen Fernseher oder Geschirr oder irgendein Möbel für die Wohnung, und dann lief wieder alles. Genau wie bei ihm, wenn er wieder was auf die hohe Kante legen kann. Er schiebt die Hand zwischen Die Reisen des Marco Polo und Die Chronik der Venezianischen Kriege. Noch drei Monate, dann hat er einssieben.

II

1

Oder Abhaun. Weg. Nach Dreilinden mit achtundachtzigvierzig in der Tasche und Kinderpaß. Wozu noch. Wofür denn. Bei Martha in Mannheim-Schwennigen ist er weg, und mit nichts in der Tasche. Wasch ab, räum auf, geh gerade. Ph! Bis Alsfeld ist er gekommen, na und? Jetzt hat er Geld, hat einen Paß und wird weiter kommen, bestimmt. Jetzt wird er kommen, wohin er will. Ph! Er zieht die Jacke höher. Eiskalt ist ihm, noch immer. Kreuzt die Bülow, unter der Brücke durch, läuft die Potsdamer runter, Richtung Fluß. Den Edelpuff hat er hinter sich, die Spielhallen auch, nichts. Kriegen wird ihn jedenfalls keiner, dann lieber Schluß. Bei Charly fällt Licht auf das Pflaster und vorm Bierhimmel auch. Einmal links, einmal über den Damm. Nichts. An der Ecke stehen sie und vor den Imbißbuden, Bierbüchsen in der Hand und poltern und grölen. Augen rechts, Augen links. Durch blanke Scheiben, durch Türspalten. Nichts. Eiskalt ist ihm geworden. Auf dem Foto über den Büchern hat Mama eine weiße Bluse an und die Haare ganz offen. Bei den Leuten Ecke Kurfürsten wandern kleine Tütchen von Hand zu Hand. Vor den Bullen Ecke Pohl muß er sich vorsehen um diese Zeit.

Diese Strecke ist er schon einmal gegangen, damals, vor neun Monaten, mit Vera, hat durch Scheiben geguckt und durch Türspalten. Damals hat er nicht gewußt, was auf dem Spiel steht. Blitzende Pfeile, rollende Kreise, die Straße taghell um Mitternacht. Vera nicht da, Hauer auf Automat. Bei Güney hat er vor der Tür gestanden und die Klingel nicht gedrückt. Wozu noch, wofür denn. Eiskalt ist ihm geworden.

Er wechselt die Straßenseite. Damals, vor neun Monaten, hat sich Kajott hier losgerissen, genau an dem Bauzaun, der immer noch dasteht mit den Plakaten und den braungebrannten Männern darauf, die Zigaretten rauchen. Damals hat er noch nichts gewußt. Nicht, was auf dem Spiel steht. Nicht, daß in Kajott noch ein anderer steckt. Damals ist er mit Vera rein in die Kaschemme, dumpfe Musik und Gekreisch, Kajott mit dem Rücken zu ihnen, und Vera sagte: Komm! – Kajott grinste, die anderen kicherten, aber Kajott stand auf, schwankend und grinsend und mit nassen Hosen. Sie haben ihn geschleppt, Vera links, er rechts, die ganze Straße runter, Kajott hat gestöhnt und gelallt, aber er ist mit ihnen gekommen, bis er sich plötzlich losgerissen hat und einfach nicht mehr weiter wollte. Vera herrisch. Vera sanft. Kajott nein. Vera beschwörend. Kajott nein. Papa, sagt er.

Papa! – Verpiß dich, sagt Papa. Ganz kleine Augen und eine Stimme, wie er sie nicht kannte. Verpißt euch!

Kajott, Vera, er. Vor dem Bauzaun. Vera bleibt stehen, er bleibt stehen. Kajott hebt die Hand. Vera: Das tu nur! – Kajott haut. Haut einmal, zweimal. Vera, die Arme über dem Kopf. Kajott haut. Er springt ihn an, hängt sich an den Arm, der haut, aber der Arm schüttelt ihn ab und haut. Und sinkt plötzlich runter. Ganz schlapp. Vera winselt. Vera schüttelt den Kopf. Vera dreht sich um. Vera läuft weg. Kajott brüllt: Vera!, aber Vera läuft weg, und Kajott sackt zusammen, genau am Bauzaun mit den Plakaten und den braungebrannten Männern darauf.

Er steht da, will hinter Vera her, kann aber nicht, sieht auf Kajott, der da hockt, die Hände schlaff über den Knien, die Hose naß. Er will weinen, kann aber nicht, will brüllen, kann aber nicht.

Ein Wagen stoppt. Langsam kraucht es ihm den Rücken hinauf, ganz langsam, bis ins Genick. Er stöhnt, drückt sein Kreuz ganz weit durch und macht sich ganz lang. Die drehen das Fenster runter, die Bullen. Er sieht auf Kajott, der vor dem Bauzaun hockt, und sagt das erste Mal in seinem Leben, wie die anderen, Kajott zu ihm: Kajott, reiß dich zusammen!

Kajott hebt den Kopf, die Augen ganz glasig, stützt die Hände auf die Erde, er greift ihm unter die Achseln, zieht ihn hoch. Eine Stimme ruft aus dem Wagenfenster: Ist was? – Kajott legt seinen Arm um ihn und macht einen Schritt und noch einen. Er legt sein ganzes Gewicht gegen Kajott und ruft: Alles paletti!

Der Wagen fährt an, er läuft mit Kajott, Schritt für Schritt, bis zum Haus, bis zur Treppe. Kajott röchelt, liegt halb auf seiner Schulter, dritter Stock, Küche, große Stube, sein Zimmer, die Knie sind ihm weich, er zieht sich hoch, die Hand am Geländer, Kajott auf dem Buckel, meingott, wenn ihm nur Mama nicht zusieht, Schweiß im Gesicht, Augen in Gucklöchern, ein Stockwerk, zwei Stockwerke, Stufe für Stufe, bis zur Tür, bis zum Bett, dann wird ihm schwarz vor Augen, im Hals ein Würgen, er schafft es gerade bis zum Klosett.

2

Er biegt in die Lützow, Rücken krumm, Hände in den Taschen. Die Straße eng und schwarz. Das gelbe Licht einer Tür unter dem Blaßrot einer Laterne. Er drückt die Stirn an das Glas der Tür und sieht den Mann, der aussieht wie Kajott und der lacht inmitten der Leute um ihn herum und den Arm schwenkt und auf den Tisch haut. Wackelnde Hintern, brüllende Fressen. Achtundachtzigvierzig und ein Paß. Wozu noch, wofür denn. Er kann kommen, wohin er will. Kriegen wird ihn keiner. Dann lieber Schluß.

Jetzt dreht der Mann, der aussieht wie Kajott, den Kopf. Er tritt einen Schritt zurück von der Tür. Steht da mit hängenden Schultern, die Augen naß. Kriegen wird ihn keiner. An der Ecke die Straße ganz hell.

Von irgendwoher Brüllen, Bremsengekreisch. Das Schlimmste sind die Treppen. Er wischt sich die Augen, drückt sein Kreuz ganz weit durch und öffnet die Tür. Lärm, Lachen, blauer Qualm. Mitten in einer Bewegung erstarrt der Mann, der aussieht wie Kajott, und blickt ihn an. Das Schlimmste sind die Treppen.

Damals, vor neun Monaten, als er es gerade noch bis zum Klosett schaffte, hat er gedacht, das sei das Grauen gewesen. Jetzt weiß er, es ist nicht das Grauen gewesen. Das Grauen ist eiskalt. So eiskalt, wie ihm wurde, als er die Hand zwischen die Bücher unter Mamas Foto schob, und da war nichts, nur das glatte, lackierte Holz.

»Deshalb ist Literatur immer eine Form der Freiheit ...«

Ein Gespräch mit Klaus Schlesinger

Ab 1963 arbeiteten Sie als freier Journalist, nachdem Sie den Berufsweg zum Chemiker – einer 1951 begonnenen Ausbildung zum Chemielaboranten folgte ein Fernstudium Chemieingenieur – abgebrochen hatten. Ihr erstes Buch »Michael« wurde 1971 veröffentlicht, also relativ spät. Wie kam es zu diesen mehrfachen Berufswechseln, zu diesen Ab- und Aufbrüchen?

Klaus Schlesinger: Nach meinem unfreiwilligen Schulabgang konnte ich kein Abi machen, also nicht studieren, und habe eine Lehrstelle suchen müssen. Als Junge wollte ich immer Forscher werden, Chemiker war was ganz Tolles – da habe ich dann in einem Kunststoffbetrieb Chemielaborant gelernt; später wollte ich auf dem zweiten Bildungsweg das nachholen, was ich auf normalem Weg nicht geschafft hatte. So kam es zu diesen zwei Versuchen mit der Ingenieurschule. Beide sind gescheitert. Das erste Mal war es ein Abendstudium in Westberlin. Da bin ich aber in Konflikt geraten, weil ich zu der Zeit Gütekontrolleiter bei einer Ostberliner Firma für kochfertige Suppen war. Dort sagte man mir, daß es nicht ginge, als »Leitungskader« in Westberlin zur Schule zu gehen. Da hab ich dann das Studium aufgegeben, weil ich zum einen zwei weitere Jahre nicht ausgehalten hätte, zum anderen wohl auch aus Opportunismus. Dann habe ich noch einmal den Versuch an dieser Ingenieurschule für Kunststofftechnik in Fürstenwalde gemacht, doch geriet ich auch dort in Konflikte und wurde wieder suspendiert, richtig rausgeschmissen. Ich hatte immer Probleme mit der Hierarchie, hatte immer Autoritätsprobleme.

Besonders dann, wenn die Spitze der Hierarchie inkompetent war, ihre Macht nur aufgrund der Funktion, die sie innehatte, ausübte. Damals habe ich im Institut für Virologie gearbeitet, und dort hatte ich einen wirklich guten Chef, einen Österreicher, der übers Pariser Pasteur-Institut in die DDR gekommen war. Mit dem hatte ich keine Probleme. Warum nicht? Weil das eine wirkliche Autorität war und weil er mich, meine Autorität, anerkannt hat, das war einfach ein ganz anderes Verhältnis. Zu dem Zeitpunkt, 1960, hatte ich gerade meine erste Erzählung geschrieben, die erschien in der »NDL«, im gleichen Heft mit einem Vorabdruck aus Heinrich Bölls Roman »Billard um halb zehn«. Da wußte ich, daß ich nicht mehr weiterstudieren wollte, daß ich was anderes machen wollte. Ich habe dann die Möglichkeit bekommen, an einem Reportagekurs teilzunehmen, es war die Zeit des *Neuen Ökonomischen Systems der Planung und Leitung der Volkswirtschaft*, abgekürzt NÖSPL genannt. Ein Ökonom namens Liebermann hatte in der Sowjetunion ein Konzept entwickelt und gesagt, daß man die Wirtschaft dezentralisieren müsse und die Betriebe mehr Eigenverantwortung bekommen und auch mit einem gewissen Risiko produzieren müssen. Es sollte also eine Art Marktprinzip eingeführt werden. Und das wurde, weil es aus der Sowjetunion kam, erst einmal von Teilen der Parteioberen begrüßt. Aber das bedeutete eben auch, daß die Partei nicht mehr die Kontrolle über die Wirtschaft hatte. Also hieß es, daß, wenn die Werkleiter eine größere Macht bekommen, man auch eine größere gesellschaftliche Kontrolle braucht, und eine Möglichkeit, diese auszuüben, wäre die Presse. So entstand das Projekt, ein sozialistisches Nachrichtenmagazin mit dem Titel »Profil« zu machen. Dafür brauchten sie auch Nachwuchsleute, und so wurde ich von der »Neuen Berliner Illustrierten«, in deren Haus dieses neue Nachrichtenmagazin vorgearbeitet wurde, eingestellt.

Unter welchen Umständen schrieben Sie Ihre ersten literarischen Texte? Was hat Sie dazu gebracht, sie zu schreiben?

Ich habe schon früh, als Junge, eine Broschüre über ein Konzentrationslager in die Hand bekommen, über Sachsenhausen oder Buchenwald. Dadurch bin ich das erste Mal auf diese Problematik gestoßen, die mich fortan nicht mehr losgelassen hat. Ich bin ja ein Jungnazi gewesen, wenn man so will. Als Siebenjähriger habe ich an Hitler geglaubt und daran, daß Deutschland den Krieg nie verlieren kann. Das Ende des Krieges war für mich ein Zusammenbruch, nicht nur, weil ich meinen Vater verloren habe, der noch eine Woche vor dem Kriegsende gelebt hatte – er galt jahrelang als vermißt, und ich habe immer gehofft, daß er wiederkäme. Also habe ich mich sehr stark mit dem, was man Faschismus oder Nationalsozialismus nennt, auseinandergesetzt, habe alles gelesen, was erschienen ist, und mir Bücher aus Polen, aus dem polnischen Kulturzentrum und auch aus dem Westen besorgt – »Der gelbe Stern« zum Beispiel. Ich las ganz viel, habe mich mit dem Warschauer Getto beschäftigt und in der Zeit sogar selbst versucht, jiddisch zu lernen. Ich konnte jiddische Zeitungen lesen, hatte auch eine jiddische Zeitung aus Warschau bezogen. Und dann habe ich eine Geschichte geschrieben, die vielleicht auch Geschichten aus dem Getto nachempfunden ist. Die hat ein Muster, das ich später öfter benutzt habe, das ist der Verrat der Erwachsenen gegenüber einem Kind. »David« hieß die Erzählung, so wie später auch mein erster Sohn: Während des Aufstandes im Warschauer Getto wurde über die Kanalisation Verbindung zum nicht eingeschlossenen Warschau, also zum Nicht-Getto, gehalten. Unter den Kurieren waren auch Kinder. So einer, David, fällt den Deutschen in die Hand, die nun von ihm wissen wollen, wo der Eingang zum Versteck der Aufständischen ist. Er will aber nichts sagen. Und nach einem Brutalen kommt ein ganz Weicher, Netter, und auf den fällt er rein. Eine Verratsgeschichte; ich weiß nicht, ob sie was taugt …

War es das politische Interesse, das Sie zum Journalisten werden ließ?

Nein, ich wollte nicht Journalist werden. »Die Reportahsche«, wie Tucholsky mal geschrieben hat, war nur ein Umweg. Obwohl ich Reportagen ganz gerne gelesen habe, zum Beispiel die von Jean Villain in der »Weltbühne«, weil das eine intelligentere Form des Journalismus war als das, was sonst in der Zeitung stand. Bei Villain lernten wir auch die – an Egon Erwin Kisch geschulte – literarische Reportage. Aber eigentlich wollte ich nicht Journalist werden. Ich habe jedoch in der Zeit viel gesehen und eine Menge Erfahrungen gemacht; zum Beispiel habe ich damals über das letzte Obdachlosenasyl in Berlin geschrieben oder über den jüdischen Friedhof in Berlin-Weißensee oder über die Pfandleihe in Ostberlin. Und das hat Spaß gemacht. Der Journalismus, der in den Jahren vierundsechzig, fünfundsechzig in der DDR gemacht wurde, hatte für die damalige Zeit ein hohes Niveau. Ich habe mir das später noch mal angeschaut, was wir damals so gemacht haben: nichts für die Ewigkeit, aber für die damalige Zeit wichtig und gut und teilweise auch tabubrechend. Aber das war wirklich nur ein Umweg.

Was haben Sie als Schriftsteller von Ihrem damaligen Mentor, dem in der DDR lebenden Schweizer Schriftsteller Jean Villain, konkret gelernt?

Denken, dialektisch denken. Wir haben viel gelesen bei ihm, sowohl Literatur als auch gesellschaftswissenschaftliche Sachen – »Das Kapital« in Form eines Kompendiums zum Beispiel. Wir machten auch Beobachtungsübungen, bei denen wir einfach nur beschrieben, was wir sahen. Die nächste Aufgabe war dann, zu analysieren, warum das so ist. Dann hieß es: Schreib den Text neu, bring das, was du an Erkenntnis hast, in das Sinnlich-Konkrete ein. Auch der

Verfremdungseffekt von Brecht – den wir auch viel gelesen haben – war eine wichtige Sache, und natürlich immer wieder Kisch. In jener Zeit habe ich ganz schön »gekischt«: Widersprüche darstellen, die, gegeneinandergestellt, zu so etwas wie einer Entwicklung führen.

Parallel zu diesem Reportagekurs wurde an der Nullnummer eines neuen Nachrichtenmagazins »Profil« gearbeitet. Nach dem 11. Plenum des ZK der SED im Dezember 1965 wurde diese Nullnummer zur geheimen Verschlußsache erklärt, und kurz darauf wurden Sie aufgrund »ironisch provozierender Bemerkungen zur Informationspolitik«, wie Sie selbst Ihre damalige Kritik bezüglich des Abwürgens dieses NBI-Projektes umschreiben, entlassen. Wenige Monate später wurde Ihnen ein Förderungsvertrag des Hinstorff Verlages angetragen. Wie kamen Sie damals zu Hinstorff?

Hinstorff kam zu mir. Ich hatte 1965 den Entwurf einer Erzählung, wie ich das nannte, mit dem Titel »Michael« in der »NDL« veröffentlicht, zu der der Literaturwissenschaftler Heinz Plavius einen absichernden Vortext geschrieben hat, denn daß in der Erzählung das Generationsproblem behandelt wurde, war damals ein Tabubruch. Aufgrund dieses Textes hat mich das Verlegerpaar Konrad Reich und Kurt Batt aufgesucht. Es gab damals eine »Verlagsprofilierung«, das hieß, daß jeder Verlag ein bestimmtes Profil haben sollte, die einen sollten fremdsprachige Literatur machen, die anderen neue deutsche Literatur und so weiter. Hinstorff hatte bereits sein Profil, als Heimatverlag und Verlag für maritime Literatur. Aber in dieser ganzen Profilierungsgeschichte schafften es die beiden, zu einem Verlag junger DDR-Literatur zu werden, was eigentlich gar nicht vorgesehen war, denn das hätte mit dem Mitteldeutschen Verlag geschehen sollen.

Uns fiel im Verhalten der staatlichen Seite ein gewisser Widerspruch gegenüber Ihrer literarischen Karriere auf: Einer-

seits der Rauswurf aus dem »Profil«-Projekt, andererseits der Förderungsvertrag von Hinstorff, das sind ja zwei entgegengesetzte kulturpolitische Maßnahmen.

Die schließen sich nur dann aus, wenn man die DDR als einen Einheitsstaat nimmt, der von vorn bis hinten kontrolliert war, aber das war er nicht. Die achtziger Jahre kann ich nicht beurteilen, weil ich da in Westberlin gelebt habe und nur hin und wieder im Osten war, in den sechziger und siebziger Jahren war das ein lebendiger Staat, ein ziemlich bunter Haufen. Selbst die Abteilung Kultur im ZK zum Beispiel war etwas ganz anderes als die Abteilung Agitation und Propaganda, die standen sogar in Konkurrenz, und die Kultur hat sich immer als etwas Besseres angesehen. Da gab's schon Unterschiede, auch in der Partei. Das war eine Einheitspartei, gut, aber darin gab es sowohl konservative als auch liberale Leute. Das läßt sich nicht alles über einen »Einheits«leisten scheren. Die DDR war eine große Talenteschmiede. Was dann hinterher passiert ist, ist eine andere Sache, aber Talente wurden immer gefördert. Man wurde auch nicht gleich fallengelassen, oder wenn, dann nur kurz und immer wieder aufgehoben. Ich habe in der DDR so viele Leute aus ihren Funktionen fallen gesehen – drei Jahre später tauchten sie wieder auf, an anderer Stelle, aber sie waren wieder da.

Gab es vor »David« und »Michael« Texte, die veröffentlicht worden sind?

Ja, und ich hoffe, die findet keiner! Meine ersten Schreibversuche waren Rezensionen. Ich weiß, ich habe einen tschechischen Fluchtroman besprochen, der hieß »Wenn du mich verläßt« und thematisierte die »Republikflucht«. Das war sicher kein gutes Buch: Die Leute, die nach Westdeutschland gingen, scheiterten darin natürlich alle. Aber damals war dieses Abhauen oder Dableiben auch so ein bißchen mein Problem – ich habe das Buch natürlich viel zu positiv besprochen. Das mußte ich aber nicht machen, das war kein Fall von Druck, sondern meine freie Entscheidung, ein schlechtes Buch gut zu finden. Aber ich war damals, glaube ich, gar nicht urteilsfähig. Bis ich meine Worte gefunden hatte, war eine quälend lange Zeit vergangen.

Meine erste Veröffentlichung und gleichzeitig meinen ersten Zensurfall hatte ich übrigens als Abendstudent im »Beuth-Spiegel«. Das war die Studentenzeitschrift der Westberliner »Beuth«-Schule, ich hatte einige Bücher rezensiert und am Ende Parallelen zur damaligen Situation in der Bundesrepublik hergestellt, zu den alten Nazis, die in den führenden Positionen saßen. Das wurde mir einfach rausgestrichen, ohne daß ich gefragt wurde.

Sie erzählten vorhin, daß Sie sich als Kind sehr für Chemie, also die Naturwissenschaft, interessiert hätten. Gab es auch schon Schreibversuche?

Ja, was man so macht als Junge ... Einmal habe ich über drei Schulheftseiten so eine triviale Dreißig-Pfennig-Geschichte geschrieben, etwas ganz Scheußliches, oder ich habe mal eine Fußballzeitung gemacht. Aber ich habe nie Pubertätsgedichte oder Liebesgedichte oder so geschrieben; so etwas hätte ich in dem Alter auch nicht lesen wollen, das habe ich abgelehnt.

Und wann wurde das Schreiben ernsthafter?

In der Zeit, als ich im »Institut für Virologie« arbeitete, Ende der Fünfziger. Das waren die wunderschönen Produktionsbedingungen im Sozialismus: Ich hatte meine Arbeit in drei, vier Stunden gemacht, dann ging ich Tee trinken und diskutieren. Da stand auch irgendwo eine Schreibmaschine, die habe ich mir in mein Labor geholt und eine Erzählung angefangen; nur wenn der Chef reinkam, dann mußte das so ein bißchen vertuscht werden. Irgendwann habe ich die Maschine mit nach Hause genommen und immer abends, wenn ich von der Arbeit kam, weitergeschrieben. Ja, an diesen zehn Seiten von »David« habe ich zwei Monate gearbeitet und dachte, das sei lange, das ist es aber nicht. Als die Geschichte gedruckt worden ist, bin ich sicherer geworden. Ich habe damals auch wahnsinnig viel und ganz durcheinander gelesen, und irgendwann dachte ich, die Dialektik vom Umschlag von Quantität in Qualität müßte ermöglichen, das auch auszudrücken, was man zu erzählen hat. Das erste übrigens, was ich richtig im Kopf hatte, war ein Hörspiel – wir haben damals viel Hörspiele gehört –, doch als ich mich hinsetzte und anfangen wollte, kam nichts. Es ging nicht, es kam vom Kopf nicht in die Hand. Das war eine Niederlage, und es hat eine Weile gedauert, bis ich mich wieder getraut habe.

Sie haben vorhin bereits Kurt Batt erwähnt, der im Hinstorff Verlag eine wichtige Bezugsfigur war, aber als Parteiloser seine Stelle verlor, bald darauf starb er an Herzversagen. Welche Bedeutung hatte er für Ihre literarische Entwicklung?

Wenn Ihnen jemand Respekt erweist, und das tat er, dann fühlen Sie sich aufgebaut, dann können Sie auch mehr. Es wurde eine richtige Freundschaft, wir haben viel miteinander besprochen. Sein Problem war vor allem, daß er in die Partei eintreten sollte, weil man keinen Parteilosen als Cheflektor haben wollte. Das Argument für einen Parteieintritt war immer, daß man nur etwas verändern kann, wenn man innerhalb der Partei ist, weil dort die Macht sitzt. Ich habe ihm heftig abgeraten: Die Partei wird dich verändern, nicht umgekehrt. Das war die Erfahrung, die ich bei einigen Freunden gemacht hatte. Und irgendwann hat er sich entschieden, nicht in die Partei zu gehen. Noch vierzehn Tage vor seinem Tod haben wir zusammen gesessen, haben die letzte Biermann-Platte gehört, mit ganz bösen Liedern, mit »Sindermann – blinder Mann« und so. Obgleich wir es beide manchmal überzeichnet fanden, und Kurt, der ein Ästhet war und bei manchen Bildern und Vergleichen zusammengezuckt ist, sagte: Ja, es stimmt, es ist richtig, daß er es gemacht hat und daß er es so radikal gemacht hat. Damals hätte sich vielleicht vieles verhindern lassen, wenn mehr Autoren hinter Kurt Batt gestanden hätten. Aber mir ist es nicht gelungen, eine Autoreninitiative zustande zu bringen.

Dann gab man ihm, um ihn zu beruhigen, eine Westreise, er bekam auch ganz tolle Beurteilungen, und er sollte als Außenlektor die Autoren Bernd Jentzsch, Franz Fühmann, Ulrich Plenzdorf, Klaus Schlesinger, Jurek Becker, Fritz Rudolf Fries und Rolf Schneider betreuen. Ich hatte ihn einmal gefragt, ob er wirklich weg wolle vom Verlag, und er antwortete: Ja, aber nicht unter diesen Umständen. Ich dachte damals, wenn wir Autoren uns zusammenschließen, an das ZK appellieren oder gleich an Honecker – dann könnten wir etwas erreichen für Batt. Aber da mir drei – wichtige – Leute die kalte Schulter gezeigt hatten, habe ich aufgehört. Ein Jahr später haben bei Biermann alle unterschrieben, geradezu erleichtert; sie waren damals wohl »noch nicht so weit«.

Und wie sah Batts Lektoren-, seine Textarbeit aus?

Er war ja der Cheflektor, er hat die lektorierten Bücher, in die er natürlich auch schon vorher mal reingeguckt hatte, zum Schluß noch einmal gelesen, und er war über alle Projekte informiert. Irgendwann fing ich dann an, ihm meine Texte nach Hause zu schicken. Und so kam unsere Freundschaft zustande. Er sagte: So weit kommt's noch, wenn mir alle Autoren die Texte nach Hause schicken! – Ich hab's übrigens gelesen, finde ich gut, die Erzählung. Und so kam das dann, daß ich alle Projekte mit ihm vorher besprochen habe … Zum Beispiel hatte ich diese stereotypen Berlin-Träume, Mauer-Träume, die ich ihm erzählte. Ich war mir nicht sicher, welche Form ich wählen müßte, und er riet mir, einen längeren Text daraus zu machen. Ich hab beides gemacht: erst mal die Träume in kurzer Fassung niedergeschrieben und dann die »Spaltung des Erwin Racholl«, so entstand der Band »Berliner Traum«. Aber auch eine andere Sache hat mir imponiert: Achtundsechzig war ich APO-begeistert, hatte auch Verbindungen zur Westberliner APO. Wissen Sie, sagte ich einmal zu ihm, ich hab da so 'ne Idee: Kleist, wahrscheinlich wäre er bei der APO ... Und indem ich so erzählte, sagte er, damals siezten wir uns noch: Ach, lassen Sie mal die Hände davon, so weit sind Sie noch nicht. Ich bin sicherlich rot geworden vor Scham und habe meinen Einfall in die hinterste Schublade meines Gedächtnisses verbannt. Ein paar Jahre später rief er mich an und sagte: Du hast doch mal so 'ne tolle Idee gehabt zum Kleist. Willst du dich da nicht mal ransetzen? Das fand ich gut, so hat er Autoren »geführt«. Das war seine Stärke. Nach seinem Tod war eine große Leere in mir ...

Für »Michael« brauchten Sie fünf Jahre, für keinen der nachfolgenden Texte benötigten Sie so viel Zeit. Womit hing das zusammen? Mit dem Schreibenlernen?

In dieser Zeit habe ich mich tatsächlich »freigeschrieben«. Es war sehr schwer, als ich die ersten Seiten zu Papier bringen wollte, ging es nicht, es war, als hätte ich einen Block im Kopf. Und diesen Block mußte ich durchbrechen. Aber das ging immer nur für zwanzig, dreißig Seiten, dann fiel alles wieder zusammen. Ich bin zwar vom Verlag finanziell sehr gut unterstützt worden – das vergesse ich den beiden Leuten nie, und sie haben übrigens alles wieder rausgekriegt, das Buch hat ja sieben, acht Auflagen bekommen –, aber das reichte dennoch nicht. Ich hab dazuverdienen müssen.

Roland Links, der damals bei Volk und Welt war, hat mich auch unterstützt. Er hat mir einen Stoß Bücher gegeben und gesagt: Die mußt du nur überfliegen, die können wir sowieso nicht bringen. Schreib Gutachten, du kriegst für die Seite fuffzig Pfennig bezahlt, da hast du bald wieder ein paar hundert Mark. Und ich Idiot habe das nicht geschafft, ich mußte die alle durchlesen, es ging nicht, ich konnte nicht einfach was hinschreiben. – Unfähig, marktwirtschaftsuntauglich … – Und das war eben eine große Kraftanstrengung, deshalb brauchte ich für den »Michael« so lange.

Sie gehörten 1974/75 mit Ulrich Plenzdorf und Martin Stade zu den Initiatoren einer Autorenanthologie »Berliner Geschichten«. Das Besondere dieses Projektes bestand darin, daß alle beteiligten Autorinnen und Autoren (u. a. Elke Erb, Fritz Rudolf Fries, Stefan Heym, Günter Kunert …) ihre Beiträge miteinander diskutieren und abstimmen und keinesfalls auf Änderungsforderungen von Verlagen eingehen wollten. Für die Sicherheitsorgane bedeutete das jedoch »Verbreitung staatsfeindlicher Propaganda« (O-Ton Stasi), es wurden Gegenmaßnahmen eingeleitet. Das Projekt scheiterte, die Stasi sprach zufrieden von einer »erfolgreichen Operation«. Davon erfuhren Sie aber erst bei Einsicht Ihrer Akten, lange Zeit später, nach der Wende.

Welche Gründe sehen Sie für das Scheitern Ihrer Anthologie? Immerhin hatte Fühmann von vornherein an diesem Projekt gezweifelt: die Koppelung von Literatur mit Abstimmungen und Beschlüssen sei ein Selbstmordmotiv. Aber es gab ja auch, wie Sie schrieben, die Ahnung, »daß das Ministerium für Staatssicherheit unsere Schritte verfolgte«.

Diese Anthologie nicht erscheinen zu lassen war auf höchster Parteiebene beschlossen worden, und die Stasi bekam den Auftrag, die Leute, die Schriftsteller, unter Kontrolle zu halten. Die einzelnen IMs sind zu den Beteiligten gegangen und haben angefangen zu diffamieren, zu zersetzen: Mensch, der Schlesinger und der Plenzdorf und diese Burschen da, die bringen euch in Teufels Küche. Und die Leute wurden unsicher, das ist doch klar.

Die Idee zu dieser Anthologie wurde Anfang 1974 geboren, das war eine sehr gute Zeit in der DDR – glaubten wir. Das war der Wechsel von Ulbricht zu Honecker, die völkerrechtliche Anerkennung der DDR war am Laufen und so erhofften wir uns einen Demokratisierungsschub. Und in solchen Zeiten entstehen dann solche Ideen. Was soll ich sagen: Sie wollten's nicht. So weit wollten sie nicht gehen. Damit hat man gesehen, daß die frühen Siebziger keine Demokratisierung, sondern allenfalls eine Liberalisierung gewesen waren. Zugleich hatte Franz Fühmann die Sache viel besser eingeschätzt als wir; wir sind da viel unbefangener rangegangen. Wir hatten gedacht, daß wir uns schon einigen werden – als wir uns dann trafen, mein Gott, da haben sich Gert Neumann und Günter Kunert so was von gefetzt ... Vielleicht wäre das auch ohne Stasi so gelaufen. Ich hatte die Animositäten, die einige Autoren untereinander hatten, unterschätzt.

Wie wichtig war diese Erfahrung mit der Anthologie für Ihr Verhältnis zur DDR? Welchen Stellenwert räumen Sie ihr bezüglich Ihrer späteren DDR-Ausreise ein?

Das war nur ein Punkt, es gab ja nicht nur die Anthologie, die war gar nicht so wichtig. Zum Beispiel hatten wir damals Veranstaltungen wie »Eintopp« und »Kramladen«, öffentliche Veranstaltungen, die haben wir zwei Jahre an zwei Orten in Berlin gemacht, ich war für die Literatur zuständig und meine damalige Frau Bettina Wegner für Kunst und Gesang.

Erst wurde die eine verboten, dann die andere. Das summierte sich alles, das waren, wenn Sie so wollen, Niederlagen. Wir versuchten immer, die Grenzen auszuweiten, und gingen immer weiter, als es erlaubt war. So stießen wir gegen die Grenze. Das waren Erfahrungen, die sich dann in dem Protest gegen die Ausbürgerung Biermanns niederschlugen. Mit der Ausreise hat die Anthologie also insofern zu tun, als sie ein Baustein auf diesem Weg war.

War dann der institutionelle Ausschluß aus dem Schriftstellerverband sozusagen der letzte Stein?

Ja, das hat mich tiefer verletzt, als ich damals glaubte. Wir sind ja da mit dem Wissen hingegangen, daß wir ausgeschlossen werden. Die Urteile standen ja fest, das war ein kleinstalinistischer Prozeß von kleinen Stalinisten. Wir waren nicht eigentlich gefährdet, wir wußten's nicht hundertprozentig, aber ich hatte damals sehr wenig Angst. Doch dann kam auch noch diese Verschärfung der Strafgesetze, diese »Verbindungsaufnahme mit feindlichen Organisationen«, dieses Devisengesetz; Stefan Heym wurde wegen Devisenvergehen verurteilt, als eine Art Devisenschieber, obgleich es um die Veröffentlichung von Büchern ging. Heym, Havemann, Hilbig wurden alle im gleichen Verfahren abgefertigt. Da haben wir gesagt: Jetzt sind sie bei »H«, gehen sie nach oben, oder gehen sie nach unten? Wann sind wir dran?

Haben Sie sich, nachdem das so boykottiert wurde, überlegt, die Anthologie auch im Selbstverlag zu machen, wie das dann die nachfolgende Generation tat?

Auf diese Idee bin ich damals gar nicht gekommen. Es wäre auch zu aufwendig gewesen: Kopierer besorgen, schmuggeln, binden, vervielfältigen und verteilen.

Haben Sie es überhaupt mal in Erwägung gezogen?

Nein, keiner von uns. Wir wollten damals auch die Veröffentlichung im Westen nicht, wie man uns unterstellt hatte, um uns zu diskreditieren. Wir wollten es wirklich im Osten machen. Wenn Sie wollen, war's auch eine taktische Naivität.

Selbstverlag wäre ja Osten gewesen.

Wir hatten damals die technischen Möglichkeiten nicht, wir hätten uns die technische Basis erst mal schaffen müssen. Es war schon schwierig, uns in Gruppen zusammenzufinden, ohne immer zu sagen, wir sind keine Gruppe, wir sind Freunde. Wir vermieden alles, was diesem Begriff Gruppenbildung gerecht werden konnte. Wir dementierten immer fleißig, waren natürlich doch 'ne Gruppe: Plenzdorf, Stade, ich.

In den Fühmann-Akten habe ich gefunden, daß er sich bereits 1974 überlegt hatte, eine eigene Zeitschrift zu machen – interessanterweise wurde auch die für eine »Druckgenehmigung« definierte Hunderterzahl genannt. Er wollte das auf Ormig abziehen – DDR-Technik also –, damit endlich das gedruckt werde, was sonst nicht gedruckt wird. So ganz fremd muß das Gedankengut also doch nicht gewesen sein.

Aber gemacht hat er's auch nicht. Wir hatten noch eine Aussprache beim Schriftstellerverband mit dem Parteisekretär und anderen Herren, Kant war auch dabei. Sie hatten uns vorgeschlagen, das einem Verlag in die Hand zu geben und dann eine richtige Verlagsveröffentlichung zu machen, also nicht mit kollektiver Herausgeberschaft, sondern daß das der Verlag redigiert. Aber das lehnten wir ab.

In einem an Sie gerichteten Brief von Franz Fühmann vom 6. September 1978 rät Ihnen jener: »Ich glaube, daß der nächste Schritt, den Du in der Literatur hast tun müssen, eben in dieser Richtung lag: Raus aus der letztlich doch ziemlich automatischen Schreibweise zur bewußten Gestaltung (natürlich ist das nur ganz grob gesagt), da geht natürlich viel Naivität des Schreibens flöten, auch viel Freude daran, viel Schwung, viel Unmittelbarkeit und was man dafür einhandelt, ist zunächst gar nicht so ersichtlich, und auf längere Zeit kann's sogar ein Rückschritt sein.« Bereits Ihr Debütroman »Michael« scheint mir aber sehr bewußt gestaltet – fanden Sie sich da gut beraten? Hat es für Sie eine solche poetologische Umorientierung gegeben?

So, wie das von Fühmann hier beschrieben wird, habe ich das nie gesehen. Für mich gab's einen ganz anderen Punkt. Ich las damals gerade etwas über die Expressionismusdebatte, die 1935 oder 36 in der Moskauer Exilzeitschrift »Das Wort« geführt wurde. Die begann mit einem Brief von Alfred Kurella, in dem die Autoren kritisiert wurden, daß sie nicht mehr den Überblick, also die großen Entwürfe, in ihren Romanen hätten. An dieser Debatte beteiligten sich fast alle wichtigen Schriftsteller dieser Zeit, sie lief schließlich auf zwei Standpunkte hinaus: einmal der Kurella-Lukács-Standpunkt, der in der Darstellung Totalität forderte. Die Autoren hingegen sagten, daß das nicht mehr gehe, daß diese Welt zersplittert vor unseren Füßen liege und man nur die einzelnen Splitter aufheben und zu Mosaiken zusammensetzen könne, und aus den vielen Büchern, aus vielen Mosaiken möge sich dann vielleicht eine Totalität ergeben. Als Schriftsteller stand ich auf der Seite der Schriftsteller, als Leser aber stand ich auf seiten von Lukács. Damals habe ich mir vorgenommen, einmal eine Geschichte zu erzählen, die von A nach B führt, ohne Rückblende. Also nicht aus einem Zentrum auf die Welt, wie bei »Michael«, sondern linear und ohne Rückblenden: »Alte Filme«; es sind nur zwei kurze Rückblenden darin.

»Erhellung, Aufhellung der realen Dunkelheit« formulierten Sie einmal als Aufgabe der Literatur, zugleich stellten Sie aber fest: »Vielleicht muß ich mich von der Vorstellung trennen, ich könnte einen geschlossenen Text schreiben, der länger als zwanzig Seiten ist. Mein Lebensgefühl wird von den Brüchen in meinem Leben bestimmt ..., also muß ich aufbrechen, die Form aufbrechen.« In »Die Sache mit Randow« brechen Sie die Form auf, aber nur im Detail. Sie springen in den Zeitebenen, um aus den einzelnen Mosaiksteinen ein Bild zusammenzusetzen, kreisförmig bildet sich ein Ganzes, eine Geschichte mit eben einem solchen letzten Satz, wie Sie ihn in »Letzte Sätze« beschreiben: Der konzentrische Schlußsatz, so heißt es da, sei Ihnen der liebste. Haben Sie in diesem Roman die Ihnen gemäße Form erprobt und gefunden?

Das erste Zitat ist ja aus dem »Fliegenden Wechsel«, einer Situation des Übergangs, in der ich unfähig war, einen langen Text zu machen, und eben diese Tagebuchform wählte. Aber jetzt geht es wieder, ich glaube, daß dieser »Randow«-Roman dem »Michael« sehr nahe ist. Da gibt es auch so eine Art Spirale, es geht breit los, wird dann auf der nächsten Stufe enger und enger. Bei »Michael« ist es mehr ein Gefühl, was da am Ende steht, bei »Randow« ein richtiger Punkt, eine Spitze, eine Pfeilspitze.

Beim Lesen Ihrer Bücher sind gewisse Parallelen unverkennbar. So erscheint zum Beispiel, die Person »Thea« wiederholt in Ihren Büchern, in »Michael« und »Leben im Winter«. Ebenso ist der »Junge, der von seinem Vater verlassen wird«, oft wiederzufinden oder aber gestörte Vater-Sohn-Beziehungen. Auch spielen alte Menschen immer wieder eine wesentliche Rolle, sei es in »Matulla und Busch« oder in »Leben im Winter«, auch die Beschreibung der Häuserviertel oder der Freund, der über die Grenze geht, und so weiter … Bei Peter Härtling sind solche Topoi ganz ähnlich festzustellen; er stellt diese aber auch aus, thematisiert die Variierungen als Versuch, der Erinnerung durch den Entwurf auf die Schliche zu kommen. Liegt Ihren Texten ein vergleichbares Motiv zugrunde?

Ich mache das nicht so bewußt, ich bin eigentlich kein kalkulierender Schreiber: Ich steh nicht da und hab mein Werk vor Augen, das, was ich geschrieben habe, und das, was ich noch schreiben werde. Bei mir kommt das aus dem Bauch heraus, oder woher auch immer, ich weiß nicht, wo das genau liegt … Auf alle Fälle bin ich kein kalkulierender Autor, keiner, der seine Geschichte von Anfang bis Ende schon gebaut hätte. Es würde mir beim Schreiben völlig der Spaß vergehen. Ich wußte zum Beispiel auf der Hälfte des »Randow«-Romans selbst nicht, wer der »Täter« ist. Im Grunde spiegelt der Roman meinen eigenen Erkenntnisprozeß wider. Irgendwann wußte ich's dann doch: Da, ja, genau da willst du hin. Natürlich fällt mir auf, daß da so einige Sachen parallel sind, aber das ist nicht bewußt.

Aber wenn Sie eine solche Grunderfahrung wie die Flucht des Freundes, sein Verlorengehen, jetzt immer wieder variieren: Wollen Sie da im Text Ihre eigene Erinnerung überprüfen, oder haben Sie einfach Spaß daran, das auch anders zu erzählen?

Es stimmt beides, das kommt beim Schreiben: Mir fällt ein, daß ich über eine Figur schon einmal geschrieben habe – und es dann eben mal auf eine andere Weise versuche. Zum Beispiel wollte ich immer mal die Familie aus »Leben im Winter« zehn Jahre nach der Wende beschreiben. Ich weiß nicht, ob ich das mache. Ich habe versucht, mir vorzustellen, was aus den einzelnen Leuten geworden ist: Was ist aus Robert geworden, der fast umgekommen wäre. Einige von den Alten sind tot, aber was ist aus dem Vater geworden. Am besten wäre natürlich, wenn sie in einer Spielshow aufträten, eine heile Familie, die die Wende geschafft hat …

»Melde Dich!«

Ich habe zu wenig von diesen Dingern gesehen, ich müßte sie mir mal angucken … um die zu parodieren. Aber da müßte man sich die eben *ansehen*, das ist es ja.

Ich schreibe gerade an einem Text, der mir 1984 eingefallen ist, eine Art Gespenster- und Doppelgängergeschichte, die spielt in einem Café, »Unter den Linden«. Da gefiel mir – beziehungsweise meiner damaligen Freundin – der Anfang nicht, also habe ich's liegenlassen. Mit der Wende dachte ich, Scheiße, jetzt ist die Geschichte verbrannt – sie spielte ja in Ost- und Westberlin, und nun gab es die Mauer nicht mehr. Und dann brachte auch noch das Fernsehen so eine Zwillingsbruder-Geschichte … Doch irgendwann dachte ich, ist doch egal, ob das im Fernsehen war oder nicht, meine Geschichte kann nur ich erzählen. Es interessiert mich eben immer noch, dieses Problem Ost und West.

Marcel Reich-Ranicki hat einmal die Existenz einer »DDR-Literatur« prinzipiell verneint. Der Verlag Faber & Faber gibt eine Reihe »Die DDR-Bibliothek« heraus, in der auch Ihre Erzählung »Alte Filme« erschien. Es gibt sie wohl also doch, die DDR-Literatur, und Texte von Ihnen gehören dazu. Was verstehen Sie unter DDR-Literatur, so Sie dem Begriff zustimmen: eher einen zeitlich abgegrenzten Bereich der deutschen Literatur oder Literatur besonderer thematischer Merkmale – oder wiederum Texte, die von in der DDR geborenen Autoren geschrieben worden sind?

Ich glaube, daß es Texte sind, die die DDR zum Gegenstand haben, die in der DDR spielen oder die mit der DDR in irgendeine Beziehung zu setzen sind. Die DDR-Literatur hatte schon etwas Spezifisches – zum Beispiel, daß sie das Erzählen bewahrt hat, das in der westdeutschen Literatur der endsechziger und siebziger Jahre stark angegriffen wurde: Einfach zu erzählen war eigentlich ein bißchen trivial, unanständig. Daß das in der DDR-Literatur wachgehalten wurde, war eine Leistung. Das hat auch mit bestimmten Szenerien, DDR-Szenerien, zu tun, die es eben nur in Ost- und nicht in Westberlin geben konnte, auch nicht in Paris. Die Geschichten können die Menschen allerdings überall lesen, und sie werden ihnen wahrscheinlich auch was geben. Wenn eine Geschichte gut erzählt ist, gibt sie ihnen was.

Und wenn man an die mythologischen Texte denkt, bei Franz Fühmann oder Christa Wolf …

Die haben alle was mit der DDR zu tun.

Ja, aber hätte zum Beispiel Fühmanns »Saiäns-Fiktschen« nicht auch ein Westautor schreiben können?

Das glaube ich nicht, meiner Meinung nach konnten die nur in der DDR entstehen. Und auch ein historischer Roman ist immer ein zeitgenössischer Roman. Ich weiß das von Martin Stades »Der König und sein Narr« – übrigens ein hervorragendes Buch. Das Buch ist durchtränkt von

DDR, obwohl die DDR überhaupt nicht vorkommt, aber es ist unsere Konstellation gewesen, die Frage Geist – Macht, die Vergewaltigung des Geistes durch die Macht, das Spielen der Macht mit dem Geist, aber auch die List des Geistes, seine Fluchten. Alles das spielte eigentlich in der DDR.

Ich habe die DDR immer mitgedacht, auch im übertragenen, im strukturellen Sinne. Aber da die Struktur der DDR gar nicht so prinzipiell unterschieden ist von der Struktur des Westens – beides sind Hierarchien –, so ist es möglich, daß diese Literatur, die da geschrieben wurde, auch woanders wirkt und auch verstanden wird.

Es ist ein Streit um des Kaisers Bart. Ich glaube, Reich-Ranicki meinte, es gibt nur gute und schlechte Literatur, mehr nicht. Er kann nicht meinen, daß es keine DDR-Literatur gäbe, er wollte provozieren. Ich habe das im Fernsehen mitverfolgt, da hat ja keiner mehr nachgefragt. Die Leute waren alle so schockiert und haben sich sicher gefragt, ob's denn die DDR überhaupt gegeben habe. Natürlich gibt es auch eine Art Literatur, die in der DDR geschrieben wurde, doch inwieweit dies Literatur ist, müßten Sie herausfinden: Viel Wortmüll ist darin, und dann auch diese Funktionärssprache, diese Begriffe, die mich abgestoßen haben. Wie Erik Neutschs »Spur der Steine«: Als Film eine tolle Geschichte, aber als Buch konnte ich's nicht lesen.

Die Situation in der DDR war ja nicht nur vom »Sozialismus« geprägt, sondern auch von der Nähe zur BRD, das war ein Faktor, den es so in den anderen Ost-Staaten nicht gab …

Selbstverständlich, die Mauer ging ja nicht bis in den Himmel. Wir haben auch vieles, was wir brauchten, rüberbringen lassen – nicht alles, aber vieles –, Enzensberger und Böll kannten wir alle. Die Bücher, die wir besaßen, hatten ja zehn, zwanzig Leser, weil man sie verborgte. Auch als ich nicht Schriftsteller war, gab's viele Möglichkeiten, an Westliteratur ranzukommen. Es wurde ja auch bei uns was gedruckt, es kamen sogar Sartre, Hemingway und Steinbeck. Wir waren nicht so isoliert, wie man uns heute weismachen will. Und manche Entwicklungen haben wir uns gespart: die ganze Postmoderne ... Das brilliert alles, läßt sich aber irgendwie nicht fassen; es sagt mir nicht viel oder nicht so viel, wie es eigentlich sagen sollte bei dem Aufwand, der getrieben wurde.

In »Macht, Literatur, Staatssicherheit« sprechen Sie davon, daß der politischen Macht der DDR Grenzen gesetzt werden konnten. So war es das Ziel der Autoren, durch jede neue Gedichtzeile, jede neue Novelle, jedes neue Drama diese Grenzen zu verschieben, die Freiräume zu vergrößern. Sie sehen die Literatur der DDR also als eine Art Gegenmacht zur politischen Macht. Können Sie diese Aussage erläutern: Welche Freiräume, welche Möglichkeiten schuf die Literatur? Und für wen?

Literatur ist immer Reproduktion, Vervielfältigung von Leben. So wie ich zum Beispiel – ich bin, glaube ich, mehrere Personen. Prosaautoren sind das meistens. So ist es auch mit der Literatur: Wenn Sie ein Buch lesen, betreten Sie eine andere Existenzform, Sie vervielfältigen Ihr Leben, indem Sie an einem anderen teilhaben, indem Sie vielleicht für zwei Tage ein anderes Leben leben, oder für zwei Wochen, je nachdem, wie dick das Buch ist oder wie schnell Sie lesen. Deshalb ist Literatur immer eine Form der Freiheit: Wenn man sich vervielfältigen kann, ist man doch ein freier Mensch. Indem Sie schreiben und indem Leser Ihre Welt zur Kenntnis nehmen und sich in Ihrer Welt reproduzieren, ist eine Grenze überschritten.

Das ist aber wohl nicht das, was Sie wissen wollen. – Konkret: Die Mauer war zum Beispiel in der Literatur und im Alltagsleben tabuisiert. Als ich zum ersten Mal den Bahnhof Friedrichstraße durchschritten hatte, war mir klar, daß ich jetzt über die Mauer schreiben konnte. Indem ich Geschichten geschrieben habe, in denen die Mauer überhaupt vorkam – also daß einer in der kleinen Kindergeschichte sagt: Papa sagt »die Mauer«, Mama sagt »der Schutzwall« –, indem das nur registriert wird, indem das benannt wird, war es enttabuisiert. Ab dem Moment konnte man von »Mauer« sprechen, mußte nicht mehr »antifaschistischer Schutzwall« sagen, wenn was gedruckt, offiziell war. So lief das; wir mußten unsere ganze absurde Situation erst einmal fassen. Die »Racholl«-Geschichte war also der Versuch, die absurde Situation der Teilung Berlins, die Existenz der Mauer zu fassen. Und obwohl die Geschichte erst nach elf Jahren eine zweite Auflage bekam, war sie doch da, sie war in den Bibliotheken, die Leute konnten sie weitergeben. Noch heute kommen Leute mit der Erstauflage und sagen mir, daß sie die oft verborgt hatten. In dem Moment, in dem Sie die Absurdität ausgedrückt finden, können Sie sie auch nachvollziehen. – Nein, nachvollziehen ist falsch … Ich schaffe es nicht, das auf irgendeinen Begriff zu bringen …

Wenn man Ihrer »persönlichen Chronik« glauben darf, so trafen Sie einmal mit dem Repräsentanten der DDR-Macht zusammen: Im »Fliegenden Wechsel« schildern Sie ein zufälliges Treffen mit Honecker. Diese Begebenheit liest sich heute überaus skurril, erscheint kaum nachvollziehbar. Sie schreiben, daß Sie sich über Ihre bevorstehende Ausreise unterhielten, Honecker habe sich erkundigt, ob denn für alle Kinder ein Visum erteilt worden wäre, und Ihnen viel Glück gewünscht. Wie erklären Sie sich das Einverständnis, das sich während des kurzen Fahrstuhlgespräches mit ihm einstellte und das Sie eigentlich sprengen wollten?

Naja, ich hab den Honecker – ich muß das bekennen – immer gemocht. Mir sind Leute, die bei den Nazis zehn Jahre im Zuchthaus gesessen haben, einfach sympathischer als zum Beispiel Leute, die Flak-Offiziere waren und später Bundeskanzler wurden. Ich kann das schwer erklären … Was ist das, wenn Sie in den Westen fahren, in die sogenannte Freiheit, und Sie kommen zurück, haben Bullen Ihr Leben lang gehaßt, und die blöden Fressen der Grenzer erst recht, und Sie kommen zurück nach einer anstrengenden Tour, sehen diese Grenzer da – und finden was Vertrautes. Sie lieben sie nicht unbedingt, aber Sie erkennen was wieder. Was ist das?

Heimat?

Heimat würde ich nicht sagen … Warum stand mir Honecker und die ganze Clique immer noch näher, selbst als ich wütend war auf sie und stänkerte und sagte, das sind meine Gegner und das auch wußte … – Warum stehen die mir näher als Schröder oder Kohl oder so? Warum spüre ich bei Kohl und Schröder Fremdheit? Das muß mir ein anderer erklären, ich kann es nur registrieren. Wir hatten den Paßantrag gestellt, und *die* wollten, weil wir so »feindlich negativ« waren, daß wir einen Ausreiseantrag stellen, daß wir auf die Staatsbürgerschaft verzichten. Herr Höpcke kriegte den Auftrag vom Büro Hager, mit uns so zu verhandeln, daß wir zum Schluß einen Ausreiseantrag wollten und keine Staatsbürgerschaft mehr. Habe ich alles in den Akten, schriftlich. Dahin sollte der uns führen, deshalb gab es immer neue Gespräche und neue Schwierigkeiten. Und als wir dann alles in Sack und Tüten hatten, kam wieder eine Schwierigkeit. Da habe ich an Honecker geschrieben, fünf Tage danach bekam ich einen Anruf: Kommen Sie her, Pässe sind da, für alle fünf. Da war ich dem Mann dankbar, so ein spontanes Gefühl von Dank. – Dieses »wenn man Ihrer Chronik glauben darf …« nehme ich Ihnen schwer übel, weil Sie jedes Wort darin glauben können, jedenfalls die subjektive Ehrlichkeit müssen Sie mir zugestehen.

Erzählen fiktionalisiert doch aber stets …

In diesem Fall ist es nah.

Also ist »Chronik« ernst gemeint?

Ja. Ich habe nur einmal, und zwar im »Westler ...«, eine erfundene Anekdote als tatsächlich ausgegeben.

Das hätte auch die Honecker-Szene sein können.

Nein, das kann man nicht machen. Dieses Honecker-Motiv verwende ich bei der neuen Geschichte, die ich gerade schreibe, auch. Da bekommt eine Figur von einer anderen den Tip: Geh an dem und dem Tag in die Leipziger Straße 55, da triffst du den ersten Mann, weil der nämlich zum Geburtstag seiner Tochter fährt.

Sie haben vorhin gesagt, daß Sie Honecker zwar mochten, aber daß Sie wußten, daß eine Gegnerschaft bestand. Uwe Kolbe – und nicht nur er – vertritt die These, daß es in der DDR keine Opposition gegeben habe, da die Systemkritiker immer auch prinzipielle Verfechter der sozialistischen Utopie gewesen seien. Würden Sie dieser Behauptung zustimmen?

So viele Leute haben am 18. März auch Rechtsparteien gewählt – da muß es diese Opposition doch gegeben haben, sie hat sich nur nicht artikuliert.

Uwe Kolbe sagte, Opposition bedeute, prinzipiell gegen das System zu sein.

Na, das ist lustig! Dann hätte ja der Parlamentarismus gar keine Opposition. Oder will jemand sagen, die Opposition im Bundestag sei prinzipiell gegen das System? – Ich habe mir immer vorgestellt, es gäbe eine Verfassung für die DDR, die schreibt bestimmte Dinge vor, wie die Verfassung in der Bundesrepublik zum Beispiel das Privateigentum tabuisiert und für unantastbar erklärt. So kann eine sozialistische Verfassung das gesellschaftliche Eigentum an den *großen* Produktionsmitteln oder an Grund und Boden festschreiben, und dazwischen ist alles möglich.

So habe ich mir eine Demokratisierung in der DDR vorstellen können. Das war meine – ich gebe zu: etwas begrenzte – Phantasie, die ich dazu hatte. Also wäre alles möglich, so wie im Westen auch alles möglich ist, nur eins nicht:

Kommunismus, dann würde geputscht werden, das ist ganz klar. Das haben wir 1933 gesehen, und das sehen Sie, wenn Sie die Tagebücher von Klemperer lesen. Die Verfassung schützt bestimmte Strukturen, ökonomische Strukturen und gesellschaftliche Herrschaftsverhältnisse, warum hätte das in der DDR nicht auch so sein sollen. Und deshalb glaube ich nicht, daß die Opposition, um Opposition zu sein, prinzipiell gegen die Gesellschaft sein muß.

Wie haben Sie sich selbst in der DDR gesehen: als Oppositioneller, Systemverbesserer, dann als Renegat nach dem Verlassen der DDR? Welches Selbstverständnis diesbezüglich herrschte in Ihrem Bekannten- und Freundeskreis?

Ich hatte immer Angst davor, Renegat zu sein, weil ich weiß, daß die Renegaten immer päpstlicher sind als der Papst, besonders eifrige Verfechter des Gegenteils. Es gibt eine Geschichte: Es kommt ein berühmter Liedermacher in Tegel ins Taxi, da dreht sich der Taxifahrer um und sagt: Sagen Sie mal, sind Sie nicht der Kommunist aus dem Osten? – Und da sagt der: Ich bin aus dem Osten gekommen, das stimmt, aber ich bin Anti-Kommunist geworden. – Da sagt der Taxifahrer: Ach wissen Sie, ist mir egal, was für ein Kommunist Sie sind. Hauptsache, Sie zahlen. – Das sind immer Spiegelbilder, und die bedingen sich so wie die Seiten einer Medaille. Deshalb wollte ich auch nie ein »ist« sein, ich wollte mich nicht festlegen lassen, weil ich immer die Gefahr gesehen habe, eine Rolle spielen zu müssen, zum Beispiel die Dissidentenrolle. Natürlich fand ich andere Dissidenten gut, wie György Konrád in Ungarn, aber mir war die Rolle unsympathisch, weil sie festgelegt war. Und das Rollenspiel gefiel mir überhaupt nicht: Erwartungen anderer Leute erfüllen zu müssen. Ich habe immer gesagt, ich bin kritischer Schriftsteller, ich nehme eine kritische Haltung ein oder eine zweiflerische, skeptische. Jetzt könnte man eigentlich Kommunist werden, wo es nichts mehr einbringt als Nachteile. Auch der Versuch, sich im Westen auf die Hausbesetzer einzulassen, war nicht nur spontane Sympathie, es war auch, um zu sehen: Wie ist es eigentlich, kommst du hier auch an eine Grenze, wo ist denn hier die Grenze? Kriegst du was auf den Kopf oder nicht? Ich habe das immer auch als Selbstversuch gesehen. Manchmal habe ich auch ein Spiel getrieben: In der Schriftstellerverbandssitzung aufstehen zum Beispiel, als Frau Steineckert fragt, ob es noch Vorschläge gäbe – ein Ritual. Ich stehe auf und sage ja – zwar spontan, aber auch als Spiel: Wollen doch mal sehen, was sie macht ...

Franz Fühmann hat mir übrigens am Anfang Vorwürfe gemacht, daß ich das zu unernst nehme, und hat mir empfohlen, Milan Kunderas »Der Scherz« zu lesen. Ein sehr gutes Buch, in dem einer auf einer Urlaubskarte den Namen Trotzki schreibt, einfach aus Spaß, und dann wird sein ganzes Leben radikal verändert und das seiner Bekannten auch. Es zeigt also, was für Konsequenzen kleine Handlungen haben können. Nur ist meine Generation viel naiver in den Literaturbetrieb der DDR reingekommen und viel naiver mit ihm umgegangen, als Fühmann es konnte, weil er eine andere Geschichte hatte. Er schleppte mehr hinterher, war also damals auch immer ein bißchen zurück. Wir hatten ein anderes Gefühl dazu.

In einem Interview mit Karl-Heinz Steiner (1990) sagten Sie, daß erneut Hoffnung auf demokratische und wirklich sozialistische Strukturen bestand, als 1985 Gorbatschow in der UdSSR an die Macht kam. Was konkret veranlaßte Sie zu dieser Erwartungshaltung? Sie waren da ja schon im Westen: Was erhofften Sie sich persönlich von einer Veränderung der Verhältnisse?

Ich wollte wieder zurück, in eine veränderte DDR. Ich habe eigentlich nur darauf gewartet, daß da was losgeht. Im Westen hatte sich auch mein Gefühl zur DDR verändert, weil sich auch das Gefühl der DDR zu mir geändert hat. Gegen Ende der DDR, spätestens ab sechsundachtzig, siebenundachtzig, bin ich an der Grenze ganz normal behandelt worden, ich wurde nicht mehr schikaniert. Sie waren ganz höflich, freundlich sogar, Hinstorff brachte auch wieder zwei verbotene Bücher von mir, »Leben im Winter« und »Berliner Traum«. Zum Schluß habe ich gedacht, die rollen bald einen roten Teppich aus, wenn ich zurückkomme. Ich wollte ja nie in den Westen, das ist ja nicht meine Idealgesellschaft. Ich habe vieles geschätzt, aber ich wollte doch mehr eine solidarische Gesellschaft als eine auf Konkurrenz beruhende. Verstehen Sie, das stand meinem Temperament, meinen Erfahrungen näher. Auch muß man sagen, daß die Herrschenden in der DDR nicht so mächtig waren wie die in der Bundesrepublik, und sie waren leichter zu durchschauen. Aber das hat jetzt nichts mit der Frage zu tun. Also Gorbatschow: Ich habe die ganze Zeit gehofft, daß so etwas wie achtundsechzig wieder möglich wird – ich meine jetzt Prag. Daß also die Mehrheit des Volkes einen sozialistischen Weg unterstützt, demokratisch – darauf habe ich immer gehofft.

Sie konnten »Leben im Winter«, nachdem Sie es abgelehnt hatten, einige Passagen für Hinstorff zu ändern, nur im westlichen Fischer Verlag veröffentlichen. »Matulla und Busch« jedoch konnte in der DDR erscheinen, sicher auch aus dem Grund, daß das Buch nicht DDR-kritisch anmutet. Was aber hatte sich in der DDR geändert, daß überhaupt wieder ein Buch von Ihnen publiziert werden konnte?

Ich glaube, daß die DDR das Prinzip der »repressiven Toleranz« erkannt hatte. Die haben sich wohl gedacht, daß es ihnen sogar als westkritisches Buch nützt. Das stimmte aber gar nicht, es hat nichts genützt. Filme wie »Blutige Erdbeeren« oder »Katharina Blum«, die ich damals, als ich im Osten lebte, gesehen habe, hat man als westkritische Filme eingeführt, um zu zeigen, wie es drüben zugeht. Ich bin aber mit einem Gefühl rausgegangen, daß das ganz gegen die repressiven Kräfte des Ostens gerichtet war. Als »Matulla und Busch« kam, habe ich mit mehreren Leuten gesprochen und ihnen die Frage gestellt, ob sie das nur als Westkritik sähen. Da haben die gesagt: Nee, Quatsch, überhaupt nicht. Das haben wir schon immer übersetzt auf die eigene Situation.

Die Erzählung »Matulla und Busch« entstand, bevor Sie selbst in ein besetztes Haus gezogen sind. Das ist um so interessanter, als dieser Text eigentlich wie eine Verarbeitung dieser Erfahrung wirkt. Die Schilderung der Hausbesetzerszene wirkt sehr authentisch – wie von einem, der dabeigewesen ist. Wie haben Sie für dieses Buch recherchiert?

Ich war schon ein paarmal bei den Hausbesetzern, ich hab auch schon mal ein »Plenum« mitgemacht, aber ich glaube, da sind auch Projektionen drin ... Das ist nicht immer realistisch, ich habe mir auch gewünscht, daß es so sei.

Inwieweit hat sich die literarische Fiktion erfüllt?

Besonders in der ersten Zeit war es ein Wahnsinnsgefühl: die Überzeugung, etwas in der Welt Einmaliges zu tun und in meinem Leben etwas Einmaliges zu tun und im Leben aller anderen und zu etwas wirklich Neuem aufzubrechen. Ich hatte noch nie mit fünfunddreißig Menschen ohne Herrschaft, ohne Hierarchie gewohnt, mit gleichem Recht, ohne Abstimmungen und allem scheindemokratischen Zauber. Da waren viele Junge dabei, und alle waren wir sofort begeistert, wirklich voller Feuer. Naja, irgendwann zieht der Alltag ein. Sie haben eine Vorstellung von etwas Großem, und dann realisieren Sie: Es ist alles fertig, die Häuser sind renoviert, und Sie haben alles so gemacht, wie Sie es sich vorgestellt haben. Plötzlich ist das Gefühl nicht mehr da.

Hätten Sie »Matulla und Busch« verändert, wenn Sie es erst nach Ihrer persönlichen Hausbesetzererfahrung geschrieben hätten?

Nein, auf keinen Fall. Man muß nach so einer Erfahrung, wenn man da ein paar Jahre gelebt hat, sicher einen anderen Ansatzpunkt finden, wenn man darüber schreiben will. Ich würde heute von einer Krisensituation ausgehen. Zum Beispiel hat sich einer von uns umgebracht.

Das geschieht in »Matulla und Busch«, glaube ich, auch.

Dann war das schon sein erster Versuch, das habe ich erzählt bekommen – ich war dann dabei, als er's schließlich geschafft hatte. Über eine solche Krisensituation würde ich erzählen oder über eine radikal feministische Frauengruppe, die in dem Machtvakuum, was da war, die Macht übernehmen wollte. Wenn ein Vakuum da ist, müssen Sie immer unheimlich balancieren, und alle müssen das wollen, sonst gerät die Sache aus der Balance. Das hat mich dann auch veranlaßt, aus diesem Haus auszuziehen. Auch, weil ich zu alt geworden bin und die Leute, die einzogen, immer jünger wurden, und ich dachte, jetzt wirst du bald Opa hier. Das wollte ich nicht werden. Aber die Erinnerung an die Diskussion damals, an diese Feindschaft, an diesen Stalinismus, der da kam ... Das war die gleiche Mentalität: Ich dachte, ich bin in einer stalinistischen Parteiversammlung. Das habe ich nie vergessen, das hat sich sehr eingeprägt. Über solche Krisensituationen würde ich was machen, eine Dokumentation vielleicht.

Matulla und Busch sind aus einer Generation, der auch Ihr Vater, den Sie früh verloren haben, angehörte. Sie sagten einmal, daß Sie keinen aus dieser Generation ohne Mißtrauen ob seines Verhaltens im Dritten Reich gegenübertreten können. In »Michael« wird der fiktionale Vater gar eines Kriegsverbrechens beschuldigt, fälschlicherweise, wie sich dann herausstellt. Wollten Sie mit diesen Figuren diese Generation auch ein wenig rehabilitieren?

Mit dem »Michael« hatte ich mir meine Neurose von der Seele geschrieben, mein Mißtrauen gegenüber dieser Generation. Als ich damit fertig war, hatte sich für mich auch erst mal diese Neurose erledigt. Später hab ich nicht mehr daran gedacht. Matulla und Busch waren mir einfach, weil sie so alt waren, sympathisch, auch, weil sie schon so lange so ein beschissenes Leben hatten. Wenn ich heute so einen Menschen sehe, der neunzig Jahre alt ist oder fünfundachtzig, dann hat er vielleicht als Zwanzigjähriger Leute umgelegt. Ich glaube aber, daß das verschiedene Menschen sind. Ich bin da sehr gespalten, aber ich glaube, daß sich die Menschen verändern, daß wir mehrere Menschen sind im Leben – ich bin's jedenfalls gewesen, ich war ein anderer mit zwanzig als mit vierzig oder mit sechzig.

Gab's für die Alten eine konkrete Vorlage?

Das war eine witzige Geschichte: »Leben im Winter« ist vom Fernsehen verfilmt worden, und in der Eingangsszene muß der eine seinem Zimmergenossen verklickern, daß er ihn jetzt verläßt, um in die Familie zurückzukehren. Und die haben das so hinreißend gespielt, daß ich, als ich den Rohschnitt gesehen hab, nur sagte: Mein Gott, so eine Schande, warum habe ich die beiden nicht zusammen gelassen. Da sagt der Regisseur: Kannste doch noch. Und der Produzent: Jaja, machen wir gleich weiter mit den beiden.

Ich habe mir überlegt, wie ich das machen kann: Ich will sie auf alle Fälle auf eine lange Reise schicken, zu der müssen sie ja aber einen Grund haben. Da bietet sich das Schatzsuchermotiv an oder das Erbemotiv. Schatzsucher könnte man machen, hat der eine im Krieg was vergraben und da waren die Alliierten drauf und jetzt räumen sie was und da wird das frei und jetzt kann er buddeln oder so. Irgend so was konnte man sich ja ausdenken. Aber warum nicht erben? Was kann er erben: Geld, Haus … – Haus. Sie sollten ja in Berlin landen, mußten von weit kommen. Ein Haus in der Zeit – da war es nicht nur meine Idee, sondern auch die des Regisseurs, mit dem ich mich getroffen hatte:

Klar, das Haus muß besetzt sein. So fing die Geschichte an. Dann habe ich mir das Foto von den beiden schicken lassen, habs mir angepinnt und angeguckt und mit dem ersten Satz angefangen: »Das zweite Leben des Friedrich Gustav Matulla beginnt an einem Frühjahrsmorgen ...« usw.

Nach ein paar Seiten waren die Figuren vergessen, da hat sich das verselbständigt. Diese Geschichte zu schreiben wurde zu einem der schönsten Abenteuer meines Lebens, drei Monate hat's gedauert. Einmal dachte ich: Verdammt noch mal, das ist doch sozialistischer Realismus, was du da machst. Da sagte meine Freundin, Helga M. Novak: Naja, hier machen wir ihn freiwillig. Ich kam mir sehr revolutionär vor

Von ihr wurden Sie ja im Oktober 1991 beschuldigt, ein Spitzel gewesen zu sein. In Ihrem Essayband »Von der Schwierigkeit, Westler zu werden« haben Sie über die Lebenszeit, die zwischen Gerücht und Gegenbeweis über eine eigene IM-Tätigkeit lag, geschrieben. Wie gehen Sie heute mit denjenigen um, die das Gerücht gefördert haben? Haben Sie ihnen verziehen?

Die Helga Novak schätze ich nach wie vor als eine große Dichterin, das ist eine ungeheuer starke Frau. Es ist eigentlich schade, daß ich sie so spät kennengelernt habe. Ich kann ihr das nicht übelnehmen, zumal sie sich entschuldigt hat.

Sie war auch nicht die erste, die dieses Gerücht in die Welt gebracht hat. 1978 gab es noch einen, der das gemacht hat, und ich habe davon Kenntnis bekommen. Aber in der DDR-Zeit hat das niemanden interessiert, mein Gott, da hat doch jeder jeden verdächtigt, und die Stasi hatte das schon in ihre Zersetzungspläne aufgenommen.

In der DDR hat das aber nicht funktioniert, sondern erst nach der Wende, als diese Hysterie aufkam, daß dreihundert, vierhundert Schriftsteller involviert gewesen sein sollten. Mit einigen, die sich nicht entschuldigt haben, kann ich nicht mehr reden, mit anderen trennt mich politisch etwas. Die Kluft ist einfach größer geworden, weil sie andere politische Standpunkte haben als ich. Zumeist sind das Verfechter der Totalitarismustheorie, die doch stark vereinfacht. Und dann gibt es noch jene, die von Kommunisten zu Antikommunisten geworden sind. Mit denen kann ich überhaupt nichts anfangen, weil ich nie Kommunist war. Es hat sich vieles zerschlagen. Zum Beispiel trafen wir uns regelmäßig in einem schönen großen Kreis, der sehr solidarisch war und sehr offen, zu deutsch-deutschen Lesungen. Wir haben immer die Wohnung gewechselt; bei uns in der Leipziger Straße war es zwei-, vielleicht sogar dreimal. Dann waren wir einmal bei Kunert, dann waren wir bei Erich Arendt und bei Friedrich Dieckmann. So wechselte das von einem zum anderen. Es kamen ost- und westdeutsche Schriftsteller zusammen, lasen sich ihre Texte vor und diskutierten. Günter Grass hat von Treff zu Treff immer ein Kapitel des »Butt« geschrieben und uns fast die Hälfte des Buches vorgelesen. Das war sehr schön, das ist alles weg, zerstoben. Ich habe Grass neulich mit »Sie« angeredet, weil ich mich nicht erinnern konnte, ob wir uns geduzt haben. Ich habe mich erkundigt, natürlich hatten wir uns alle geduzt, aber jetzt habe ich ihn mit »Sie« angesprochen und er mich auch.

In der Zeit der Isolation, die dieser Beschuldigung folgte, gingen Sie zu Sascha Anderson, der sich damals scheinbar in derselben Situation befand: unschuldig angeklagt zu sein, ohne sich wehren zu können. Sie trafen ihn nicht an, ließen ihm aber einen Gruß ausrichten. Später stellte sich heraus, daß Anderson doch IM war. Wie fiel Ihre Reaktion auf diese Nachricht aus?

Darüber war ich ziemlich erschüttert. Aber es ist verrückt, er hat auf eine solch einnehmende Weise gelogen, daß ich ihm so richtig böse nicht sein konnte. Ich habe es auch nicht geschafft, ihn zu ignorieren, wenn ich ihn getroffen habe, ich hab trotzdem Tach gesagt. Wir haben uns nicht lange unterhalten, aber das haben wir früher auch nicht gemacht. Natürlich ist mein Verhältnis zu ihm seitdem gestört.

Andere haben mir gesagt: Mein Gott, du kanntest den Sascha nicht, Sascha ist ein großer Lügner, der hat immer gelogen. Ich habe ein Stück Prosa von ihm gelesen, Knastprosa, und das fand ich bemerkenswert. Und das steht außerhalb seiner sonstigen Aktivitäten.

Sie wurden von der »Weltwoche« als »Reporter von Ereignissen, Chronist einer gespaltenen Stadt und zerrissener Menschen« charakterisiert. Nach 89 arbeiteten Sie jedoch vor allem essayistisch. Welchen Einfluß hatte der Fall der Mauer auf Ihr literarisches Selbstverständnis – warum können Sie sich der Wendethematik bisher nur im Essay nähern?

Mit diesem Genre kann ich viel direkter auf etwas reagieren. Mich hat die Wende sehr stark herausgefordert, mit dem Zusammenbruch der DDR hatte ich nicht gerechnet. Für eine ganze Weile war ich schockiert und sah auch nicht mehr richtig durch, zumal alles das, was meinem Bild von der DDR entsprach, plötzlich in Frage gestellt wurde.

Zum Beispiel, um nur einen ganz kleinen Fall zu nehmen, war es unbestritten, daß es den Frauen in der DDR ganz gut ging, daß sie einen besseren Stand hatten als die Frauen in der Bundesrepublik. Ich habe sogar gesagt, daß sie emanzipierter, weil ökonomisch unabhängig waren. Und Emanzipation fängt bei der ökonomischen Unabhängigkeit an. Das galt plötzlich nicht mehr. Es wurde gesagt, daß sie arbeiten mußten, beinahe wie Zwangsarbeit, weil die DDR die Arbeitskräfte brauchte. Das hätte nichts mit der Idee des Sozialismus zu tun. Ich kam ins Schwimmen und mußte erst mal wieder Boden unter den Füßen finden. Erst danach habe ich versucht, auf direkte Angriffe direkte Antworten zu finden. Ich konnte auch über den

Bau der Mauer, der ein fürchterliches, ein sehr schwerwiegendes Ereignis in meinem Leben war, nicht sofort schreiben. Das ging erst zehn Jahre später, als ich eine gewisse Distanz hatte und sich eine Gelegenheit dafür bot. Da fragte mich jemand, ob ich nicht an einer Anthologie zum fünfundzwanzigsten Jubiläum der DDR mitarbeiten wolle, »Tage für Jahre«. Und weil dreiundfünfzig und achtundsechzig schon besetzt waren und einundsechzig noch frei, habe ich eine Geschichte zu diesem Tag geschrieben. Ich glaube nicht, daß ich es zwei, drei Jahre danach hätte machen können. Ich kenne nur einen, der das kann, der diese Distanz nicht braucht, um die richtige Form zu finden für das, was ihn bewegt: Das ist Stefan Heym.

Der Essayist war ja auch in der DDR nicht unbedingt der Klaus Schlesinger, der präsent gewesen wäre, sondern das war ja der Erzähler. Warum sind die Jahre Mitte der Neunziger nun die essayistischen Jahre?

Weil die Herausforderung so groß war. Ich war unglaublich dankbar, daß die Mauer gefallen war und daß die Vereinigung kam, ich glaubte schon, in Westberlin zu erstarren. Was dann kam, hat mich durch das Gefühl der Ohnmacht belebt. Durch das Gefühl, einer Flut, einem sintflutartigen Strom von Lügen ausgesetzt zu sein. Ich werde mitgerissen und kann nichts dagegen machen und kann mich nicht wehren. Das waren Ohnmachtsgefühle, die genauso stark waren, wie die, die ich in der DDR empfunden habe. Es mögen andere Ursachen gewesen sein, aber die Gefühle waren die gleichen. Und daraus erwächst ein Widerstand.

Man kann nicht ohnmächtig leben, dann muß man aus dem Fenster springen – das geht nicht gut über lange Zeit. Und aus diesem Widerstand, dem Trotz, dem Fluchen Ihr Idioten ... entsteht ein Halbsatz. Die Zeit der Wende war eine Zeit von Halbsätzen und Sätzen, die setzten sich zusammen, und plötzlich war eine Passage da. Und dann kam der Moment, in dem das abgerufen wurde, und da setzte ich mich hin und schrieb. Aber es waren nicht ausschließlich essayistische Jahre. Ich habe ja auch »Die Sache mit Randow« geschrieben, und das halte ich für wesentlich wichtiger, allein, weil ich drei Jahre daran gesessen habe. Dann gab es noch den »Brief nach Island«, auch eine literarische Form.

1990 haben Sie in einem Interview gesagt, daß es jetzt egal wäre, ob man in Prenzlauer Berg oder in Schöneberg wohne, also in welchem der beiden Berliner Berge. Warum sind Sie dann doch zurück gezogen?

Vielleicht habe ich's damals tatsächlich geglaubt, daß es, weil plötzlich alles Westen war, eigentlich egal sei, wo man lebte. Aber es ist natürlich nicht egal, noch heute, zehn Jahre nach dem Fall der Mauer, sind das zwei Städte. Man muß schon blind oder sehr ignorant oder ausgesprochen schlafmützig sein, um nicht zu sehen, daß diese Stadt auch die letzten Jahre geteilt war. Das ist nicht besser geworden. Möglicherweise ist es bei der ganz jungen Generation anders. Es sind zwei Städte, und meiner Meinung nach ist die Aggression sogar noch gestiegen.

Das ist aber immer noch keine Begründung dafür, warum Sie zurück gezogen sind.

Ja, das stimmt. Ich fühle mich in dem zum Westen werdenden Osten eben immer noch wohler als in der Nähe des Kurfürstendamms. Im Westen fühlte ich mich die ganze Zeit wie ein Asylant, und ich hoffte immer auf Veränderungen in der DDR, so daß ich zurück kann. Ich weiß nicht, ob ich in die DDR zurückgegangen wäre, aber ich weiß, daß ich wieder zurück wollte, auch wegen meines Publikums. Im Westen hatte ich auch Publikum, wenn's auch von kleinerer Zahl war, aber man fühlt sich sicherer, wenn es ein Publikum gibt, von dem Sie wissen, es interessiert sich für Sie. Dann schreiben Sie sicherer. Das war mit ein Grund, also zog es mich wieder zurück, und da bin ich wieder zurückgegangen.

Sie haben vorhin – etwas kühn, wie ich finde – von herrschaftsfreien Räumen in den besetzten Häusern gesprochen, was sich dann durch die »Mühen der Ebenen« bald relativierte. Hat dieser Umzug auch damit zu tun, daß nach der gescheiterten Staatsutopie im Osten, einst Anlaß für den Wegzug, auch die private Utopie im Westen nicht funktioniert hat?

Ich hab immerhin neun Jahre dort gewohnt. Wir haben an diesem Haus fast alles selbst gemacht, jeder nach seinen Fähigkeiten. Handwerklich bin ich ein Idiot, deshalb wurde ich der Einkäufer, Autofahren konnte ich ja. Als das dann fertig war, war dieses Gefühl, etwas Einmaliges zu machen, plötzlich weg. Da wurde alles etwas träger, die ersten Kinder wurden geboren, und dadurch zog auch eine gewisse Kleinbürgerlichkeit ein. Ich hatte dann so einen Punkt, wo ich dachte: Verdammt, ist die Utopie gescheitert? Zumal ja plötzlich auch Macht- und Herrschaftskämpfe anfingen. Ich fragte mich, ob vielleicht die Utopie gar nicht in der Zukunft stattfindet, sondern in der Gegenwart. Vielleicht war das die Utopie: die drei, vier Jahre, die wir mit diesem Traum vom Neuen, Unverwechselbaren, Funktionierenden gelebt haben. Ich bin dann ausgezogen, auch weil die Mauer gefallen war und ich gesehen hab, daß ich in diesem Haus nur überwintert habe – und irgendwann wollte ich das nicht mehr.

Sind die utopischen Fünkchen erloschen?

Ich zitiere mich nur ungern, weil Biermann das so penetrant macht und mir das immer auf den Wecker fällt, aber irgendwann habe ich mal geschrieben: »Von der Utopie rede ich nur noch im Perfekt.« Ich kann nur noch einmal sagen, daß mir eine solidarische Gesellschaft sympathischer ist als eine auf Konkurrenz beruhende. Ich bin alt und habe kein so langes Leben mehr vor mir, was habe ich also noch mit den Utopien zu tun? Meine Utopie wäre: daß ich meine Erfahrungen in Geschichten verwandeln kann und daß sie, bevor ich den Löffel abgebe, noch fertig werden. Das reicht auch, denn ich hatte ein wahnsinnig gutes Leben, ein sehr interessantes Leben. Klar, ich habe mich Jahre über auch ganz scheußlich gefühlt, und es war oft schwer, dieses Leben. – Mein Gott, ich bin zweiundsechzig, so alt ist das ja nicht ... Aber wenn ich jetzt zurückblicke, war das eigentlich ein klasse Leben.

Kein Nachruf!

Nein, nein: Zäsuren. Die kann man schon machen.

Nachweise

»Die Seele der Männer« – Vorabdruck: Kapitel 5 (Auszug), in: die horen. Zeitschrift für Literatur, Kunst und Kritik, Bremerhaven, Heft 201, 2001, »Erfahrung Deutschland. SchreibArten & Lebens-Geschichten«; Kapitel 5 und 6, in: ndl. neue deutsche literatur, Berlin, Heft 1, 2002.

»David« – In: NDL. Neue Deutsche Literatur, Berlin, Heft 11, 1960.

»Die Spaltung des Erwin Racholl«, »Neun«, »Der Niedergang des Kleinhandels«, »Der Tod meiner Tante«, »Am Ende der Jugend« – In: Klaus Schlesinger, »Berliner Traum. Fünf Geschichten«, Rostock 1977.

»Marco mit c. Wie Marco Polo« – In: Neues Deutschland, Berlin, vom 18. 1. 1992 (gekürzte Fassung).

»Deshalb ist Literatur immer eine Form der Freiheit ...«. Ein Gespräch mit Klaus Schlesinger – In: die horen, Bremerhaven, Heft 201, 2001. Das Gespräch entstand im Rahmen der Lese- und Gesprächsreihe »Erfahrung Deutschland. Rückblicke – Einblicke – Ausblicke«, die 1999 an der Universität Halle stattfand. Der Gesprächsleiter Jürgen Krätzer erarbeitete die Fragen gemeinsam mit den Studenten Steffi Franke, Manuela Bank, Ellen Bräunig, Richard Kettmann, Gesine Meyer, Kathleen Räthel, Kathrin Simon, Mirjam Wagner, Susanne Wolf, Claudia Zierau und Camilla Zoller.

Inhalt